D1728725

Knaur.

Über die Autorin:
Ann Napolitano ist Anfang dreißig und lebt in New York.
Sie war lange Zeit die Assistentin von Sting. *Ein neues Leben*
ist ihr erster Roman.

Ann Napolitano

Ein neues Leben

Roman

Aus dem Amerikanischen von
Werner Löcher-Lawrence

Knaur Taschenbuch Verlag

Die amerikanische Originalausgabe erschien 2004 unter dem Titel
Within Arm's Reach bei Shaye Areheart Books, New York.

Dieser Roman erschien im Droemer Verlag bereits unter dem Titel
Als wir glücklich waren.

Besuchen Sie uns im Internet:
www.knaur.de

Vollständige Taschenbuchausgabe Oktober 2009
Knaur Taschenbuch
Ein Unternehmen der Droemerschen Verlagsanstalt
Th. Knaur Nachf. GmbH & Co. KG, München
Copyright © 2004 by Ann Napolitano
Copyright © 2007 für die deutschsprachige Ausgabe bei Droemer Verlag
Ein Unternehmen der Droemerschen Verlagsanstalt
Th. Knaur Nachf. GmbH & Co. KG, München
Alle Rechte vorbehalten. Das Werk darf – auch teilweise – nur mit
Genehmigung des Verlages wiedergegeben werden.
Umschlaggestaltung: ZERO Werbeagentur, München
Umschlagabbildung: FinePic®, München / Gettyimages
Satz: Adobe InDesign im Verlag
Druck und Bindung: CPI – Clausen & Bosse, Leck
Printed in Germany
ISBN 978-3-426-63875-0

2   4   5   3   1

Dieses Buch ist meinen Eltern gewidmet,
Catharine McNamara Napolitano und
James Romeo Napolitano,
die mir in meinem Leben
alle Möglichkeiten eröffnet haben

Erster Teil

Gracie

Meine Großmutter brachte viele Kinder zur Welt, und so musste es wohl früher oder später zu einer Tragödie kommen. Ihr erstes Kind, eine süße Tochter und ein Plappermäulchen, starb mit drei Jahren an Grippe und Dehydrierung. Damit wurde meine Mutter die Älteste der McLaughlins, und als meine Großmutter schließlich die Zwillinge erwartete, liefen oder krabbelten bereits drei weitere meiner fünf Tanten und Onkel herum, kletterten über die Möbel und machten meinen Großvater verrückt, dem es beim Tod seines ersten Kindes das Herz gebrochen hatte.

Zwillinge bedeuten heute eine Risiko-Schwangerschaft, und ich bin sicher, das war auch damals schon so, aber meine Großmutter hatte vier Kinder unter sechs Jahren sauber zu halten, anzuziehen, zu füttern und ihnen Manieren beizubringen, nur mit Hilfe von Willie, dem schwarzen Mädchen, das mit im Haus lebte. Mein Großvater war Anwalt, spielte an den Wochenenden Golf, und abends trank er Scotch. Das war lange bevor auch die Väter anfingen, sich um die Erziehung ihrer Kinder zu kümmern, lange bevor das überhaupt ein Thema war.

Jeden Morgen musste meine Großmutter meine Mutter und Pat in ihre ordentlich gebügelte Uniform stecken, Mutter in die katholische Mädchenschule und Pat in die katholische Jungenschule bringen. Die beiden Jüngsten blieben bei ihr zu Hause, wo sich meine Großmutter mit Willie Putzen, Waschen und Kochen teilte. Jede Woche musste sie ihrer Mutter und der Mutter ihres Mannes einen Brief schreiben und sie über die Familie auf dem Laufenden halten. Sonntags sorgte sie aus Achtung vor Gott dafür, dass die Kinder ruhig und betend in ihrem Zimmer blieben, ohne Spielzeug oder Bücher, nur mit der Bibel.

Eine Schwangerschaft, auch mit Zwillingen, änderte nichts an den täglichen Aufgaben. Das ging wirklich nicht, schließlich war meine Großmutter während der ersten elf Jahre ihrer Ehe öfter schwanger als nicht schwanger. Also hob sie Spielzeug vom Boden auf, teilte den Kindern Aufgaben im Haus zu und machte Schschsch!, wenn der Vater in der Nähe war. Mit Adleraugen wachte sie über die Tischmanieren und die Gebete vor dem Schlafengehen, während ihr eins sechzig großer, zarter Leib weiter anschwoll. Gelegentlich erlaubte sie sich ein kleines Schläfchen, aufrecht am Tisch sitzend, eine Schüssel mit Erbsen vor sich, die darauf warteten, aus der Schale gepult zu werden. Aber mehr nicht. Kinder auf die Welt zu bringen, eine große Familie zu haben, alle ordentlich großzuziehen, das war ihre Hauptaufgabe. Sie ignorierte jeglichen stechenden Schmerz und alle warnenden Anzeichen, dass womöglich etwas nicht in Ordnung war. Sie war keine, die sich beschwerte. Heute noch, mit achtundsiebzig, lehnt sie beim Zahnarzt jede Spritze ab. Völlig still liegt sie da, die Hände auf der Brust gefaltet, während der Zahnarzt staunend den Kopf schüttelt und in ihren Zähnen herumbohrt.

Die Wehen kamen eines Abends sehr plötzlich, nachdem meine Großmutter und Willie das Abendessen aufgetragen hatten. Sie stellte eine Schüssel Broccoli ab und presste die Handballen fest gegen die Kante des Tisches. *Kinder*, sagte sie.

Meggy, Ellbogen vom Tisch. Euer Vater und ich essen heute Abend später. Kelly – ihre scharfen blauen Augen richteten sich auf meine Mutter, die Älteste, nachdem die eigentlich Älteste nicht mehr da war –, *du passt auf alles auf, verstanden?*

Vorsichtig ging sie aus dem Esszimmer, wusste die Blicke der Kinder auf sich, verschwand um die Ecke und brach zusammen. Der Doktor schaffte es nicht mehr rechtzeitig. Willie setzte Wasser auf, trug einen Stapel saubere Handtücher ins Schlafzimmer und heulte, während mein Großvater verängstigt und deshalb ärgerlich am Kopfende von Großmutters Bett stand und sagte, sie solle es zurückhalten. Er verfluchte den Doktor, weil er so langsam war. Er verfluchte Willie, weil sie in sich hineinjammerte, als sie das Blut sah. Er verfluchte seine Pfeife, weil sie nicht gleich beim ersten Versuch brannte, und die Kinder nebenan, weil es sie gab. Und er verfluchte sein erstes Kind, sein süßes kleines Mädchen, das ihm weggestorben war und ihn hier so zurückgelassen hatte. Schiffbrüchig und allein. Nutzlos.

Der Doktor tauchte mit Taschen voller Lutscher für die Kinder der McLaughlins auf, als die Zwillinge gerade geboren waren. Totgeboren. Meine Großmutter muss es gespürt haben. Nach dem langen letzten Schauder der Wehen drehte sie den Kopf zur Wand, schloss die Augen und begann zu klagen. Meinem Großvater und dem Doktor ging das Geräusch durch und durch. Der Doktor beugte sich über die Babys, einen Jungen und ein Mädchen, und versicherte sich, dass er nichts mehr tun konnte. Er konnte nichts mehr tun. Das Klagen meiner Großmutter wurde lauter.

Hör doch, Catharine, sagte mein Großvater und sah von den reglosen, leicht violetten Babys zu dieser Frau, deren verzerrtes Gesicht er nicht kannte.

Der Doktor nahm die Neugeborenen hoch. *Schaffen Sie die hier raus,* sagte er zu meinem Großvater. *Sie erträgt ihren Anblick nicht.*

Mein Großvater packte die Babys. Er war froh darüber, dass es etwas zu tun gab – eine Antwort auf das Elend in diesem Zimmer, einen Befehl, den er befolgen konnte. Er stürzte durchs Haus, immer zwei Stufen auf einmal nehmend, stolperte er die Treppe hinunter und lief mit großen Schritten durchs Wohnzimmer, wo Kelly, Pat, Meggy und Theresa auf Sofa und Boden saßen. Willie hatte sie dort hingesetzt und ihnen befohlen, *ruhig zu sein* und *zu beten.* Erstarrt beobachteten die Kinder, wie ihr Vater an ihnen vorbeilief. Blut bedeckte sein frisches weißes Bürohemd, und er hielt zwei lila Babys gegen die Schulter gedrückt. Nur für Sekunden hatten sie ihn im Blick, aber das war lang genug.

Dann war mein Großvater in der Küche, wohin Willie sich geflüchtet hatte, nachdem der Doktor gekommen war. Er riss die Tür zur Garage auf und lief um die Ecke zu den riesigen Mülleimern, hob den Metalldeckel des einen hoch und warf die Babys hinein. Eins nach dem anderen fielen sie auf ein Kissen aus zerbrochenen Eierschalen, sauer gewordener Milch und ein paar Kartoffeln, die so unansehnliche Knoten und Knubbel getrieben hatten, dass man sie nicht mehr kochen und essen wollte.

Die Geburtsgeschichte der Zwillinge wirkt auf mich seltsam tröstend. Ich erkenne mich selbst darin, erkenne die Menschen, von denen ich abstamme und die um mich herum sind. Sie beweist: Selbst wenn das Schlimmste geschieht, das vorstellbar ist, bleiben die Menschen, die damit zu tun haben, doch am Leben. Schwer angeschlagen konnten die

McLaughlins den Tod der Babys am Ende hinter sich lassen. Sie blieben eine Familie. Alltagstrott, kleine Streitereien und das gewohnte Hin und Her zwischen ihnen gingen weiter. Ich erzähle mir diese Geschichte wieder und wieder, denn ich brauche jetzt etwas, das mich überzeugt. Ich brauche Sicherheit, dass meine Welt nicht auseinanderfliegt, mit welcher Überraschung oder was für einem verpfuschten Plan ich ihr auch komme.

Die Totgeburt der Zwillinge ist nur eines der zersplitterten Bilder unserer Familienerinnerung, die jeden von uns wie eine Welle mit sich reißt.

Meine Mutter hat den Tag damals mit denselben Augen erlebt, die dann zwanzig Jahre später meine Geburt sahen. Sie hat nie von den Zwillingen gesprochen – weil meine Mutter, genau wie ihre Mutter, von wichtigen Sachen nie spricht. Trotzdem war mir bewusst, was sie von ihrem Platz auf dem Wohnzimmerboden meiner Großeltern aus gesehen hat, lange bevor ich in der Lage war, es in Worte zu fassen.

Dieses In-Worte-Fassen ist für mich zu einer Obsession geworden. Manchmal lebe ich auch davon, Sätze zu formen, die Eindrücke, Andeutungen, Gefühle widerspiegeln. Nach der Geschichte dahinter zu suchen.

Ich schreibe eine Ratgeberkolumne für den Bergen Record. Eine Zeitlang bin ich mit dem Chefredakteur gegangen, und Grayson, so heißt er, hat mir den perfekten Job verschafft und ihn mir auch gelassen, als es mit uns in die Brüche ging. Er ist wahrscheinlich mein Lieblings-Ex. Ich liebe es, die richtige Formulierung zu finden und die Geschichten auf den Punkt zu bringen, die Leute zu dem gemacht haben, was sie sind. Es macht mir Spaß, die Probleme anderer Leute zu lösen. Wie gerne habe ich das letzte Wort, die richtige

Antwort und sehe das dann unauslöschlich schwarz auf weiß ausgedruckt.

Niemand in der Familie meiner Mutter spricht je über Sachen, die unangenehm sind oder mit Gefühlen zu tun haben, und das Ergebnis ist, dass es nichts mehr zu sagen gibt. Meine Mutter hat keine Ahnung, wie sie eine normale Unterhaltung bestreiten soll. Meine Tante Meggy hört zwar nicht auf zu reden, hat aber nie irgendwas Konstruktives zu sagen, und mehr als vier Worte aus Onkel Pat herauszubringen, ist ein absolutes Kunststück. Das heißt nicht, dass sie Geheimnisse bewahren wollen, sie wollen nur höflich, manierlich und tapfer sein. Die McLaughlins könnten niemandem ihr Leid klagen oder um Hilfe bitten, selbst wenn sie wollten – weil ihnen die Worte dazu fehlen. Sie haben sich in sich selbst verloren und sind überzeugt, dass es allein darum geht, stumm durchzuhalten.

Ich heiße zwar Leary, aber ich habe viel von den McLaughlins in mir. Es ist so, als sähe ich meine Familie in einem zerbrochenen Spiegel; ich erkenne scharfe Ecken und wachsende Risse. Stolz verschließt mir fest die schmalen Lippen. Natürlich sehe ich die Ironie meines Berufs, der mich die Leute bitten lässt, ihr Herz auf der Zunge zu tragen, ohne irgendwem zu erlauben, genauer hinzusehen, wer denn *ich* eigentlich bin. Abends gehe ich in den *Green Trolley,* lache, trinke, fange den Blick eines Mannes auf, den ich nie zuvor gesehen habe, und spüre, wie mich Leichtigkeit durchdringt. Aber ich weiß, das ist kein – und war es nie – Schritt, mich zu öffnen. In der Kneipe lüge ich und gebe mir manchmal sogar einen falschen Namen. Ich erzähle den Männern, was sie meiner Meinung nach hören wollen, und wenn die Worte erst aus dem Mund sind, glaube ich sie selbst schon halb.

Niemals sage ich etwas, das der Wahrheit wirklich nahe kommt, niemandem.

Unglücklicherweise habe ich jetzt ein Geheimnis, das ich nicht viel länger verstecken kann. Es gibt keine Lüge, Ausflucht oder Geschichte, die den Leuten die Wahrheit verbergen wird. Ein Blick in meine Richtung wird genügen, und jeder weiß, was ist. Mein Bauch wird mich verraten. Eine neunundzwanzigjährige Frau ohne festes Einkommen, unverheiratet, schwanger.

Heute Nacht stelle ich mir meinen Großvater vor, wie er die toten Säuglinge an seine Schulter drückt und dabei sein weißes Hemd ruiniert. Er atmet beständig, ein und aus, spürt die Wadenmuskeln, während er sich die Treppe hinunterkämpft, spürt das Klopfen in seinen Schläfen, die Trockenheit hinten im Hals. Sobald es geht, wird er etwas trinken. Er hält die Babys gepackt, spürt alles das und denkt: Zumindest lebe *ich*. Dann denkt er es als eine Frage, als er an den Kindern vorbeiläuft, die abweisend wie Bälle auf dem Boden und dem Sofa hocken.

Lebe ich? Ist das mein Leben?

Catharine

Ich halte an, weil alle, die ich je verloren habe, mitten vor mir auf der Straße stehen.

Vor der Stadtverwaltung stehen sie in einer Reihe quer über die Fahrbahn. Ich sehe sie aus der Entfernung, erkenne ihre Gesichter aber nicht sofort. Sie sehen aus wie eine Familie auf dem Weg ins Amt, wo sie eine Beschwerde eingeben wollen. Oder sie haben einen Gerichtstermin. So, wie sie sich bewegen und gekleidet sind, machen sie einen ernsten und entschlossenen Eindruck. Da ist ein ältliches Paar und hinter ihnen ein mittelalter Mann mit einem Säugling, seine freie Hand streckt sich zurück zu einem dreijährigen Mädchen mit blondem Haar. Ich frage mich, wo die Mutter des blonden Mädchens und des Babys ist. Warum ist der Mann mit den beiden Kindern allein? Das ältere Paar ist eindeutig zu alt und zu sehr mit sich selbst beschäftigt, als dass es helfen könnte – die Hand des Mannes ist bei der Frau eingehakt, und ihre Köpfe neigen sich zueinander, als hätten sie Angst, auch nur ein Wort zu verpassen.

Ich muss mir in Erinnerung rufen, dass sich die Zeiten geändert haben. Es gibt allein erziehende Mütter und Väter und Frauen, die ihre Männer verlassen, während früher fast immer der Mann die Frau im Stich ließ. Und das sagt noch nichts darüber, was heutzutage sonst noch alles möglich ist. Genau das ist es, worüber ich nachdenke, während ich die North Central Avenue Richtung Stadtverwaltung hinunterfahre. Im Besonderen denke ich über meine Enkelin Gracie nach. Ich fahre gerade heim von einem Besuch bei ihr.

Ich hatte Gracie und Lila zwei Wochen nicht gesehen, weil ich mit einer üblen Erkältung herumlaborierte. Ich habe Gracie die Veränderung gleich angesehen, als sie in die Küche kam. Sie bewegte sich mit einer ungewohnten Schwere, und auf ihrem Gesicht lag ein Leuchten. Sie stellte mit einem Mal mehr dar als früher. Natürlich habe ich mir nichts anmerken lassen, schon weil ich mir gesagt habe, dass ich mich täuschen muss. Gracie ist nicht verheiratet. Und ich kann mich nicht mehr so auf mein Gespür verlassen wie früher. Es kann nicht sein, dass dieses junge, männerverrückte Mädchen – für mich ist sie immer noch ein Mädchen – ein Kind erwartet. Ich muss wohl den Verstand verlieren.

»Was ziehst du für 'n Gesicht?«, fragte Gracie, die Hand auf dem Wasserkessel.

»Ich ziehe kein Gesicht«, hörte ich mich sagen. »Und rede nicht so schlampig. Hörst du dir je selbst zu? Du solltest mehr auf deine Sprache achten, Gracie. Du und deine Schwester, ihr sprecht kein richtiges Englisch. Und deine Cousins sind noch schlimmer, muss ich leider sagen. Vielleicht solltest du mehr Zeit in der Kirche verbringen und den Predigten zuhören … alles in dir ist verwischt.« Ich musste den Kopf schütteln, um mich zum Schweigen zu bringen.

»Ich weiß, Grandma.« Gracie lächelte und rollte mit den Augen. Ich konnte sehen, dass sie mir zu helfen versuchte, mich zu beruhigen. »All meine Probleme würden verschwinden, wenn ich regelmäßig zur Messe ginge.«

»Es könnte nicht schaden«, sagte ich. Mein Kopf schmerzte. »Es hätte sicher nicht geschadet.«

Damit hörte ich auf zu reden, fühlte mich aber dennoch

nicht besser, war nicht mehr Herr der Lage. Ich konnte meine Gedanken nicht davon abhalten, kielüber zu gehen mit dieser unmöglichen Idee, was das Mädchen anging, das da vor mir stand und mir den Tee genau so machte, wie ich ihn mag, ohne Zucker und mit einem Tropfen Milch. Und während ich mich da in Gracies Haus, das sie von ihrem Vater mietet, am wackligen Küchentisch festhielt, sah ich mich selbst in ihr, meine Vergangenheit. Jene Zeit in meinem Leben, als ich endlos schaffte, schleppte und Babys auf die Welt brachte. In Gracies Alter hatte ich meine Familie immerhin schon halb zusammen. Mit neunundzwanzig ging ich mit Meggy schwanger, oder vielleicht auch Johnny. Ich hatte meine Tochter verloren, aber noch nicht die Zwillinge.

Ich denke über meine Babys nach und fahre näher auf die Leute zu, die wie eine Kette über die Straße gespannt sind. Immer habe ich es gleich gesehen, wenn eine Frau schwanger war, noch bevor man es ihr körperlich anmerkte. Bei Gracie habe ich keine Mutterschaft erwartet, deshalb war ich nicht gleich sicher. Aber jetzt hier, mit den Händen auf dem widerspenstigen Lenkrad meines Wagens, weiß ich, dass es so ist. Dass sie schwanger ist. Ich weiß nur nicht, was ich davon halten soll.

Ich bin fast schon in die Familie hineingefahren, als ich sie alle erkenne. Da ist zuerst nur so ein Gefühl, ein Ziehen in der Magengrube, und ich werde langsamer. Mein Fuß tritt allem Anschein nach ohne mein Zutun auf die Bremse. Der Wagen bockt unter mir, und ich kann sie einzeln erkennen, jeden für sich. Mutter, Vater, Patrick. Meine älteste Tochter. Und, an Patricks Brust geschmiegt, nicht nur einen Säugling, sondern zwei.

Ich halte. Bis auf die Zwillinge, die die ganze Zeit gähnen

und in Patricks Jackett hineinbrüllen, blickt meine Familie ziemlich ausdruckslos zu mir herüber. Patrick scheint mich gar nicht zu bemerken, er hat mit den Kleinen zu tun. Mutter und Vater lehnen gegeneinander. Meine Tochter ist vornübergebeugt und zieht die Kniestrümpfe hoch. Die Zwillinge betrachte ich besonders lang. Ich habe noch nie vorher die Möglichkeit gehabt, sie so anzusehen. Sie sind so sehr schön und so sehr mein, dass meine alten, verschrumpelten Brüste schmerzen und auf Milch hoffen.

Wann kann ich wieder denken?, denke ich. *Mein Gott, ich muss tot sein.*

Meine Mutter spricht: *Nein, Catharine, das bist du nicht.*

Meine Mutter lächelt, und es ist ein Lächeln, das ich in meiner Kindheit sehr oft gesehen habe. Es ist das Lächeln, das ich immer gefürchtet habe, denn es bedeutete Lügen und Verrücktheit. Ich hasste es, wenn meine Mutter ihre Augen von mir abwandte, um Menschen anzusehen, die sie sich nur vorstellte. Aber jetzt richtet sie das verrückte Lächeln direkt auf mich. Und sie sagt, dass ich lebe. Und ich weiß, irgendwie, dass meine Mutter diesen Augenblick herbeigeführt hat. Sie hat mir meine Familie gebracht.

Ich blicke in ihre Gesichter. Patrick wippt leicht auf den Fußballen und versucht den kleinen Jungen zu beruhigen. Säugling und Vater sehen sich so ähnlich, dass ich einen Kloß im Hals fühle. Beide haben sie einen frustrierten, verkrampften Gesichtsausdruck. Das dreijährige Mädchen, meine Tochter, zupft an Patricks Jackett, um ihn auf sich aufmerksam zu machen. Patricks Gesicht wird rot. Er will etwas trinken. Gleich explodiert er. Ich kenne diesen Blick. Ich will die Kinder warnen, damit sie sich in Sicherheit bringen, aber ich kann mich nicht bewegen.

Ich habe deinem Vater gesagt, du würdest uns sehen können, sagt meine Mutter.

Bitte hilf den Babys, sage ich.

Meine Eltern hören mir nicht zu. Sie tauschen einen Blick aus. Sie haben mich vergessen. Patrick hält unser kleines Mädchen jetzt am Arm gefasst und schüttelt sie, er versucht sie zu beruhigen. Erst kämpft sie gegen ihn an, dann hört sie auf und wirkt wie eine Stoffpuppe in seiner Hand. Die Zwillinge sind immer noch gegen Patricks Brust gequetscht, sie schreien, was ihre Lungen hergeben. Ich spüre, wie mich mein Atem verlässt. Ihre Schreie sind ohrenbetäubend. Ihre kleinen Gesichter laufen lila an.

Ich denke: *Oh Gott, es geht noch mal von vorn los.*

Und dann wird alles lauter, schlimmer. Das nasale Röhren von Autohupen und Reifenquietschen erdrückt die Schreie meiner Babys und die Wagentür fliegt auf, und ich denke: *Gott sei Dank, jetzt kann ich zu ihnen. Jetzt kann ich sie retten.*

Aber die Straße vor mir ist leer. Meine Familie ist verschwunden, und Louis, Kellys Mann, beugt sich über mich, löst meinen Sicherheitsgurt, nimmt mich beim Arm und hebt mich halb aus dem Wagen in das klare weiße Mittagslicht. Er spricht zu mir. Seine Worte tanzen wie Sterne über meinem Kopf. Mein Schwiegersohn sagt mir, dass ich mich am Riemen reißen soll, dass meine Kinder mich brauchen, dass mein Einfluss größer ist, als ich denke, und dass ich, bevor ich auch nur daran denke zu verschwinden – egal, auf welche Weise –, mit ihnen ins Reine kommen muss.

Louis bringt mich gegen meinen Willen ins Krankenhaus. Ich will nach Hause und still in meinem Zimmer zwischen meinen Sachen sitzen.

Ich will für mich sein, Ruhe haben, um herausfinden zu können, was vorgeht.

Stattdessen werde ich in einen Rollstuhl gesetzt, wo ich doch absolut imstande bin zu gehen, und sie schieben mich in ein Untersuchungszimmer. Ein junger Arzt mit einem buschigen Schnauzer und Haar, das ihm aus den Ohren wächst, stößt und stupst mich, steckt mir eine Nadel in die Stirn und stellt dumme Fragen. Schließlich geht er, ohne auch nur irgendetwas zu sagen wie: *War schön, Sie kennenzulernen,* oder sich auch nur zu verabschieden, und die Schwester sagt, wir sollen warten, und dann sind wir allein.

Ich werfe Louis einen zornigen Blick zu und frage: »*Worauf* sollen wir warten?«

»Das haben sie nicht gesagt«, antwortet er.

Diese Antwort, die keine ist, überrascht mich nicht. Ich habe meinen Schwiegersohn immer gemocht, aber er neigt zur Schwäche.

Draußen auf dem Flur poltert es, und dann steht Lila in der Tür des Untersuchungszimmers. Sie trägt wie alle hier an diesem gottverlassenen Ort einen weißen Kittel, aber sie hat den kurzen Schritt und den angestrengten Ausdruck meines zweitältesten Enkelkinds. Sie studiert im dritten Jahr Medizin und ist von Natur aus eine Schwarzseherin. Mich als Patientin hier im Krankenhaus anzutreffen hat ganz offenbar ihr mühsam bewahrtes Gleichgewicht gestört. Ich gebe ihrem Vater auch daran die Schuld.

Sie sieht zuerst ihn an. »Daddy, was ist passiert?«

»Liebes, hallo. Wir hatten gerade Sitzung, als es draußen einen kleinen Unfall gab. Ich war rein zufällig da.«

»Es geht mir gut, Lila. Mach dir keine Sorgen«, sage ich. »Ich hatte einen winzigen Blechschaden, sonst nichts. Ich wäre nicht hergekommen, aber dein Vater hat darauf bestanden. Das ist alles nur Zeit- und Geldverschwendung.«

Louis räuspert sich. »Ich habe dir doch gesagt, dass ich alles bezahle, Catharine.«

»Aber die Zeitverschwendung«, sage ich und wundere mich, wie aufgebracht ich mich anhöre.

Lila kommt ans Bett und nimmt meine Hand. Sie fühlt, ob ich Fieber habe und ob meine Haut feucht oder trocken ist. Lila ist meine ganz persönliche Leibärztin. Jedes Mal, wenn ich sie sehe, nimmt sie meinen Puls und stellt mir ein paar spezielle Fragen, wie ich mich fühle. Groll und Schrecken kämpfen auf ihrem Gesicht, während sie meine Hand drückt. »Wie viele Stiche hast du bekommen?«, fragt sie. »Was ist passiert?«

Mit meiner freien Hand winke ich zu ihrem Vater hinüber. »Louis, warum gehst du nicht und suchst nach der Frau, die sagte, sie wolle sich um mich kümmern. Lila leistet mir so lange Gesellschaft.«

Louis scheint erleichtert, freizukommen und etwas tun zu können. »Ist gut«, sagt er, »ich seh mal, ob ich die Sache nicht etwas beschleunigen kann.«

Wir sind keine gefühlsduselige Familie, und ich spüre, wie Lila und ich uns bewusst sind, dass meine Hand noch in ihrer ist. Langsam ziehe ich meine zurück. »Du siehst schon ganz wie eine Ärztin aus in deinem weißen Kittel.«

Lila schwillt vor Stolz richtig an. »Mein Kittel ist kürzer als der von den Ärzten«, sagt sie. »So sorgen sie dafür, dass man die Studenten von ihnen unterscheiden kann. Heute Morgen habe ich aber schon jemanden genäht. Das ist eine Ehre, wenn man das darf.«

Ich nicke, höre ihr aber nur mit halbem Ohr zu. Mir ist der Gedanke gekommen, dass ich mir die Situation hier mit Lila zunutze machen sollte. Falls ich tatsächlich verrückt werde, sollte ich zusehen, dass etwas Gutes für mich dabei herausspringt. Ich muss mit meiner Familie über meine Familie reden.

»Grandma«, sagt Lila. Sie sieht immer noch etwas erschreckt aus. »Glaubst du, dass sich Menschen ändern können?«

Ich bin längst auf meinem eigenen Gleis. Ich weiß nicht, was sie meint, und kann meinen Gedanken nicht wieder aufgeben. »Ich möchte Ostern die ganze Familie einladen.«

Lila blinzelt. »Ostern ist in ein paar Wochen. Alle? Auch Onkel Pat?«

»Alle. Und ich möchte das Fest bei dir und Gracie veranstalten.«

Lila tritt einen Schritt zurück. Sie trägt wieder ihren klinisch ernsten Ausdruck auf dem Gesicht. Sie glaubt, dass ich verwirrt bin und nicht weiß, was ich sage. »Du meinst Gracies Haus, Grandma, nicht wahr? Ich wohne nur für ein paar Tage bei ihr, bis ich die Sache mit meinem Zimmer im Studentenwohnheim geklärt habe. Das weißt du doch.«

»Ich möchte nicht, dass du sie allein lässt. Ich möchte, dass du fest bei ihr bleibst.«

Lila lacht kurz auf und klingt alles andere als begeistert. »Wovon redest du? Gracie und ich haben nicht mehr zusammen gewohnt, seit wir Kinder waren, und dafür gibt es gute Gründe. Im Übrigen weißt du, dass ich meine Ruhe brauche.«

»Niemand muss allein für sich leben. Es ist dir nur bequemer so. Ein bisschen Unbequemlichkeit täte dir ganz gut.«

Lila kneift die Lider so eng zusammen, dass ihre braunen Augen kaum noch zu sehen sind.

»Schau, mein Liebes.« Ich versuche meine Stimme weicher klingen zu lassen, schmeichelnder. Ich weiß, wie stur meine

Enkelin ist. Wenn ich sie bedränge, verliere ich sie nur. »Deine Schwester braucht deinen klaren Kopf. Du warst immer schon vernünftiger. Im Übrigen«, sage ich, »muss es für dich doch auch finanziell schwierig sein, dir eine eigene Wohnung zu leisten. Mit deiner Schwester zusammenzuleben ist in so vieler Hinsicht vernünftig.«

»Ich brauche meinen eigenen Raum, Grandma, ob du es glaubst oder nicht. Das hier ist alles ziemlich anstrengend, und ich brauche einen Ort, wo ich die Tür abschließen und für mich sein kann.«

Ich lehne mich vor. Ich möchte, dass meine Enkel und alle, die ich liebe, stark und robust sind. Das macht es erforderlich, dass ich ihnen manchmal einen kleinen Schubs gebe. »Wer hat je gesagt, dass es leicht sein würde, Ärztin zu werden? Das Leben ist nicht dazu da, leicht zu sein, Lila. Das ist was für Aussteiger.«

Lila hat dunkleres Haar und mehr Sommersprossen als ihre Schwester. Gracies Haut, Haare und Augen sind blass. Sie sieht oft wie ausgewaschen aus, aber wenn sie glücklich ist, leuchtet sie von innen. Lila sieht immer stark und dynamisch aus, und in diesem Augenblick ärgerlich. Sie ist ein Scheinwerfer, ihre Schwester eine Kerze.

Ich weiche ihrem Blick nicht aus. Wenn Lila einen Wettkampf daraus macht, werde ich gewinnen. Das sollte sie mittlerweile wissen. »Dann treffen wir uns also Ostern bei euch«, sage ich. »In mein Zimmer im Heim passen nicht alle hinein, und deine Mutter strengt es zu sehr an, wenn sie so ein Treffen bei sich hat. Du und deine Schwester, ihr werdet mir doch helfen, oder?«

Lila öffnet den Mund, um etwas zu sagen, aber da kommt die Krankenschwester herein und verkündet mit einer Stimme wie ein Nebelhorn, dass sie meine »Daten« aufnehmen will. Louis ist nur einen Schritt hinter ihr. Mir macht es nichts, dass unser Gespräch dadurch abgebrochen wird. Wenn Lila mir noch etwas anderes sagen will, bin ich sicher, dass sie mich aufspürt und es mich hören lassen wird.

Als ich meine Hand auf den Türknauf meines Zimmers im Christlichen Heim für Senioren lege, fühle ich mich plötzlich so schwach, dass es mir schwerfällt, ihn zu drehen. Ich hatte nicht gemerkt, wie sehr mich der Unfall mitgenommen und geschwächt hat. Aber drinnen dann fühle ich mich mit jedem Schritt besser. Mein Zimmer erinnert mich an die Hotelsuiten, in denen ich aufgewachsen bin. In Altersheimen – wie auch in Hotels – braucht man persönliche, unverwechselbare Noten, um den eigenen Raum von dem der Nachbarin gleich nebenan zu unterscheiden. Die eigenen Dinge – der Lieblingsstuhl, die alte Standuhr, die Schwarz-Weiß-Vergrößerungen von jedem einzelnen der Kinder, die alle gleichzeitig lachen – sind es, die das Zimmer zum Zuhause machen, nicht die Hypothek, der Hinterhof, ein Ehemann oder der Ausblick. So haben meine Eltern ihr ganzes Leben verbracht, und so fühle ich mich ihnen heute verbunden. Ich ziehe es vor, ihre Anwesenheit hier bei mir zu spüren und ihrem toten Ich nicht auf der Straße zu begegnen, in der Stadt, in der ich den Großteil meines Erwachsenenlebens verbracht habe.

Wir lebten in drei verschiedenen Hotelsuiten, während ich aufwuchs, in drei Städten. Erst in Atlantic City, dann in New York und zuletzt in St. Louis. In der letzten Suite hat Patrick mir den Hof gemacht, und in ihr habe ich auch meine Eltern zurückgelassen, als ich frisch verheiratet ostwärts zog.

Mit dreiundzwanzig habe ich meinen Mann kennengelernt, da war ich schon ein altes Mädchen. Meine beiden Schwestern waren lange verheiratet. Ich lebte bei meiner Mutter und meinem Vater in dem Hotel, das er führte. Im Jahr davor hatte ich das College abgeschlossen, und als ich zurückkam, nannten mich die wenigen Freunde, die ich am Ort noch hatte, einen Snob – so dass ich es hören konnte – und ignorierten mich, wenn ich sie direkt ansprach. Es machte mir nichts. Ich war stolz auf meinen Abschluss, einen Bachelor of Arts in Ernährungswissenschaft, und zufrieden mit einem Leben, das mich morgens mit Mutter in die Kirche führte und abends mit ihr und Vater gemeinsam essen ließ. Ich habe noch nie viel Gesellschaft gebraucht.

Meine Eltern sind beide aus Irland, aber mein Vater schien in der Minute Amerikaner geworden zu sein, als sein Fuß den Boden von Massachusetts berührte. Er war groß und hielt sich aufrecht, trug immer einen dreiteiligen Anzug, trank selten und hatte einen festen Händedruck. Er war ein erfolgreicher Mann, der Vier-Sterne-Hotels leitete, und das immer in den großen Städten. Er hat Franklin Delano Roosevelt kennengelernt und mit Babe Ruth Golf gespielt. Er war ein wundervoller Vater.

Meine Mutter dagegen schien mit jedem neuen Jahr in den Staaten immer noch irischer zu werden, und exzentrischer. Ihr Akzent wurde so stark, dass nur unsere Familie sie noch verstand. Gab es ein Gewitter, versteckte sie sich im Kleiderschrank und betete mit lauter Stimme. In jeder Tasche trug sie einen Rosenkranz, meist hatte sie gleich zwei oder drei bei sich. Nervös befühlte sie die Tasche vorn auf ihrem Kleid, dann die Handtasche, schloss die rechte Hand und suchte und griff nach den allgegenwärtigen Perlen. Wenn wir beim

Frühstück in unserer Hotelsuite saßen, richtete sie ihre Stimme oft zum leeren Stuhl beim Fenster, als säße dort, wen immer sie aus Irland in diesem Moment am meisten vermisste. Ihre Mutter, ihre Schwester Nancy oder Diandra, ihre Freundin aus Kindertagen. Seht doch, Mädchen, sagte sie, seht ihr, wie Tante Nancy lächelt? Meinen Tee mochte sie immer am liebsten. Wünscht ihr einen guten Morgen, Mädchen! Achtet auf eure Manieren!

Mein Vater spielte mit. Wenn er gerade in den Raum getreten war, tat er erfreut, dass er die Möglichkeit hatte, einen kleinen Schwatz mit Nancy zu halten. Er verhielt sich so, als hätte meine Mutter ihm einen Gefallen damit getan, Nancy in unsere Suite zu bringen. Wie ist das Wetter im alten Kartoffelland?, fragte er zum leeren Stuhl am Fenster hin. Kann nicht behaupten, dass ich den grauen Himmel vermisse, aber dein hübsches Gesicht, das vermisse ich, Nancy-Mädchen. Und ich kann dir gar nicht sagen, wie sehr sich Lorna nach deiner Gesellschaft sehnt.

Ich wusste, mein Vater glaubte nicht wirklich, dass meine Tante dort im Sonnenlicht saß, so wie es meine Mutter glaubte. Und sosehr ich ihn liebte, verstand ich doch nie, warum er so tat, als teilte er ihre Visionen. Warum liebte er meine Mutter offenbar noch *mehr*, wenn sie ihn mit ihren dummen Spielen und Phantasien umgab? Warum ermutigte er sie noch? Ich begriff es nicht. Wenn meine Mutter darauf bestand, dass ich etwas zu Tante Nancy oder Diandra oder irgendeiner anderen Person sagte, die ich nie gesehen, geschweige mit ihr gesprochen hatte, brachte ich nicht mehr als ein steifes Lächeln in Richtung des leeren Stuhls zustande. Ich war nie unhöflich, weigerte mich aber mitzuspielen.

An meinem dreizehnten Geburtstag führte mich mein Vater

ganz allein zum Eisessen aus, und ich fragte ihn, warum er nicht durchgriff und Mutter sagte, dass sie sich wie eine Verrückte aufführte.

»Du tust ihr damit keinen Gefallen, Papa«, sagte ich. Ich saß aufrecht auf meinem Thekenhocker und freute mich, endlich erwachsen zu sein und dieses Gespräch mit meinem Vater führen zu können. Wir konnten offen miteinander reden, von einem Erwachsenen, der meine Mutter jahrelang ertragen hatte, zum anderen. »Sie denkt, es ist in Ordnung, sich so zu verhalten, weil du nichts dagegen einwendest. Wenn du ihr sagen würdest, dass sie damit aufhören soll, würde sie es tun. Dann könnten wir eine normale Familie sein. Wir könnten uns über normale Dinge unterhalten und wären nicht gezwungen, ihren, ihren …«, ich kämpfte um das richtige Wort, »ihren Geistern Tee und belegte Brote anzubieten.«

Mein Vater stützte die Ellbogen auf die Theke und faltete die Hände unter dem Kinn. Seine Bewegungen waren gemessen und ruhig. »Noch eine Limonade bitte, wenn Sie einen Moment Zeit haben, Ma'am«, sagte er zur Bedienung. »Catharine, deine Mutter bringt einfach nur mehr Leben ins Zimmer. Sie ist nicht verrückt. Sie ist auf eine Art irisch, wie du und ich es nicht sind. Du musst sie mit Respekt behandeln.«

Ich schnappte nach Luft. Nie wurde ich von ihm gemaßregelt. Ich tat nie etwas Falsches und ertrug es nicht, dass er anders dachte. »Ich liebe Mutter«, sagte ich. »Und ich *respektiere* sie.«

Aber der zweite Teil war eine Lüge, und ich verwand nie mein schlechtes Gewissen deswegen. Ich versuchte den mangelnden Respekt dadurch wettzumachen, dass ich sie noch mehr liebte. Ich verwandte all meine Kraft darauf. Jeden Tag zeigte ich ihr meine Liebe, indem ich ihr kleine Aufgaben abnahm oder ein einzelnes Gänseblümchen besorgte, das ich in einer Tasse auf die Fensterbank stellte. Ich gab den Zimmermädchen Anweisungen und blockte ihre Beschwerden ab, weil ich wusste, dass Mutter sie nicht gerne um sich hatte oder gar mit ihnen sprach. Ich leistete ihr Gesellschaft, wenn mein Vater unten im Büro war. Und ich blieb zu Hause, lange nachdem meine Schwestern geheiratet hatten und ausgezogen waren. Es schien eindeutig, dass ich mein ganzes Leben würde aufgeben müssen, um zu beweisen, dass ich meine Mutter respektierte. Ich war bereit dazu. Aber dann erschien Patrick und eröffnete mir einen Weg hinaus ins Leben.

Ich habe Patrick McLaughlin im Speisesaal des Hotels kennengelernt, wobei mir klar war, dass mein Vater das Treffen arrangiert hatte. Patrick war ein junger Anwalt aus New Jersey, der geschäftlich in der Stadt zu tun hatte. Er erfüllte die Anforderungen, die mein Vater an einen Schwiegersohn stellte: Er war Ire und konnte für mich aufkommen. Seine Eltern waren arme Einwanderer, die in Paterson einen kleinen Lebensmittelladen betrieben und alles dafür geopfert hatten, dass ihre Söhne zur Schule gehen konnten. In der Art, wie Patrick McLaughlin sich gab und ging, waren allerdings kein Paterson und auch kein Lebensmittelladen zu erkennen. Er gab den tollen Hecht. Er produzierte sich, als wäre er der Präsident, das Gelbe vom Ei, der Thronfolger, und zwar alles auf einmal. Ich hielt nicht viel von ihm, bis ich ihn mit meiner Mutter sah.

Am ersten Abend, als er uns in unserer Suite besuchte, erzählte Mutter eine Geschichte von zu Hause (eine Geschichte, mit der sie begonnen hatte, bevor ich geboren wurde, und die ihr ganzes Leben weiterzugehen schien, ohne Ende). Irgendwann stimmte Patrick mit ein. Auch er sprach von Irland, obwohl er nie da gewesen war. Er sagte, seine Mutter stamme aus County Wicklow, und meine Mutter strahlte. Sie beugte sich vor, faltete die Hände über dem Herzen und erzählte ihm, dass sie morgens beim Tee mit ihrer alten Nachbarin Diandra gesprochen habe. Diandra habe gleich dort drüben gesessen – und meine Mutter deutete auf den verfluchten leeren Stuhl, von dem ich jeden Tag hoffte, dass ihn jemand in Brand setzen würde. Patrick nickte, seine Augen leuchteten auf. Ich sah ihn scharf an, ja, ihm war bewusst, dass Diandra nicht wirklich da gewesen war, dass sie nicht wirklich existierte. Aber wie mein Vater spielte er mit und verpasste nicht eine Runde. Patrick erzählte mir später, dass er sich in diesem Moment wie zu Hause gefühlt habe.

Während seines Aufenthalts in St. Louis sah ich Patrick nie trinken, und so erlebte ich seine irische Wesensart nur im Austausch mit meiner Mutter. Ich dachte daran, was mir mein Vater zehn Jahre zuvor erklärt hatte, und ich begriff, dass Patrick auf die gleiche verrückte Weise irisch war wie meine Mutter. Aber er war auch klug, ein Anwalt, vernünftig. Er hatte eine Anzahlung für ein Haus in einer Stadt namens Ridgewood geleistet, die in New Jersey lag, er war dreißig Jahre alt und bereit zu heiraten. Mich beeindruckte ungeheuer, dass er sich gleichermaßen wohl dabei fühlte, mit meinem Vater über Geld zu sprechen wie mit meiner Mutter über Hausgeister. So wie er war, konnte ich die Züge akzeptieren, die er mit meiner Mutter teilte. An jenem ersten Abend, als er mit dem Hut auf den Knien in unserer Suite saß, begriff ich, dass Patrick McLaughlin die Antwort war, von der ich nicht einmal angenommen hatte, dass es sie tatsächlich gab. Durch ihn würde ich meine Mutter lieben und, was so wichtig war, auch respektieren können.

Wir heirateten drei Monate später. Dreizehn Hochzeitsgäste kamen in die St. Paul's Church, die zwei Blocks von unserem Hotel entfernt lag. Patrick trug weiße Handschuhe und einen Frack. Ich trug ein bodenlanges Kleid mit winzigen Knöpfen, die hinten vom Nacken bis hinunter zum Saum gingen. Am Morgen danach, mitten in einem Gewitter, machten wir uns auf den Weg nach New Jersey. Mein Vater brachte uns zum Bahnhof. Als wir vom Hotel losfuhren, winkte ich durch das Rückfenster des Wagens hinauf zu den Fenstern der Suite, obwohl ich wusste, dass meine Mutter sich ihnen bei diesem Wetter noch nicht einmal nähern würde. Tief im Schrank würde sie hocken, die Tür zugezogen, das Gesicht in Vaters Mantel vergraben, die Perlen des Rosenkranzes vor die Brust gepresst. Die Gebete meiner Mutter und heftiges Donnerkrachen trugen mich aus St. Louis fort.

Zu Weihnachten wollte ich sie besuchen, aber da war meine Schwangerschaft schon zu weit fortgeschritten, als dass ich noch hätte reisen können. Und dann kamen Kelly und Patrick jr., und das Leben wurde so, dass ich kaum noch ein paar Stunden aus dem Haus kam, geschweige denn für ein paar Tage quer durchs Land. Vater besuchte uns, als mein erstes Kind starb, aber Mutter kam nicht mit. Ich sah sie nie wieder.

Louis

Ich komme gerade aus einer völlig sinnlosen Besprechung mit Bürgermeister Vince Carrelli und dem Stadtrat, als es zu dem Unfall kommt. Ich stehe auf der Treppe zur Stadtverwaltung und überlege, ob es die Mühe wert ist, noch einmal zurückzugehen und mit Vince zu reden, der sich wie ein Idiot aufführt, seit ich ihn letzte Woche wieder beim Trinken erwischt habe. In dem Augenblick sehe ich, wie Catharines grauer Lincoln die Straße herunterkommt.

Auf dem Nummernschild steht »Mac 6«. Jeder Lincoln Town Car, den Patrick McLaughlin kaufte, hatte das gleiche Nummernschild, der einzige Unterschied waren die Ziffern. Bei seinem Tod stand »Mac 5« in der Garage. Ich bereite mich darauf vor, meiner Schwiegermutter zuzuwinken, sobald sie nah genug ist. Wahrscheinlich kommt sie von Ryan und ist auf dem Weg nach Hause. Ihr jüngster Sohn lebt gleich hinter den Bahngleisen in einem heruntergekommenen Gebäude gegenüber von Finch Park.

Als der Wagen so nahe ist, dass ich Catharines graue Locken und die Silberrandbrille erkennen kann, glaube ich, sie hat auch mich entdeckt, weil sie langsamer wird. Aber dann merke ich gleich, dass sie zu schnell langsamer wird. Sie fährt mitten auf einer verkehrsreichen Straße, auf der sich kaum einer an die Geschwindigkeitsbegrenzung hält. Ein Minivan kommt ihr von hinten näher; ich kann nicht sagen, ob der Fahrer das Langsamer-Werden des Lincoln bemerkt hat.

Und dann, unglaublich, hält Catharine an. Sie parkt mitten auf der Straße.

Das Ganze dauert eine Sekunde. Ich beobachte, wie Catharine die Hände vom Steuer nimmt, als hätte sie entschieden, dass sie genug gefahren ist, und da hängt der Minivan auch schon auf ihr. Der Fahrer versucht im letzten Moment noch auszuweichen, aber er kommt nicht ganz an ihr vorbei und rammt den Kotflügel des Lincoln.

Ich renne über die Straße, noch bevor der Minivan sie tatsächlich erwischt, weil ich Angst habe, dass Catharine aus dem Auto steigt und in den Verkehr läuft, der jetzt auf beiden Seiten am Auto vorbeiströmt. Ich hebe die Hände mit den Handflächen nach vorn, um den Fahrern zu signalisieren, dass sie anhalten sollen. Ich öffne die Fahrertür und beuge mich hinein. Catharine sitzt brav hinter dem Steuer, wie ein kleines Kind, die Handtasche auf dem Schoß. Von ihrer Stirn tropft Blut.

»Louis«, sagt sie. »Was um alles in der Welt machst du hier?«

Ich fahre schnell, achte aber genau auf den Verkehr, wobei ich immer wieder zu Catharine hinübersehe, um mich zu vergewissern, dass sie bei Bewusstsein ist. Trotzdem geht mir nicht aus dem Kopf, wohin wir gerade fahren. Das letzte Mal war ich vor zwei Monaten im Valley Hospital, damals kam ich in einem Krankenwagen mit einem jungen Mann an, der bereits tot war. Weder der Ort noch die Erinnerung sind mir angenehm, und unglücklicherweise rase ich nun auf beides zu.

Auf dem Parkplatz des Krankenhauses muss ich kurz rechts ran, weil ein Krankenwagen mit rot blinkendem Licht vorbeiheult. Ich helfe Catharine in die Notaufnahme und sehe gleich den Pfleger, einen dicklichen rothaarigen Jungen, der mir geholfen hat, Eddie ins Krankenhaus zu tragen. Ich werfe einen Blick auf die runde, abgestoßene Uhr über der Empfangstheke, die an jenem Nachmittag auf halb vier stehengeblieben zu sein schien.

Als Eddie in die Notaufnahme getragen wurde, waren Ärzte und Schwestern um uns herum. Sie schrien mir ins Ohr und kreuz und quer über ihn hinweg. Seine Frau war auch da, in ihrer weißen Uniform stand sie am Rande des Trubels, wobei ich erst später erfuhr, dass sie seine Frau war. Dass sie Krankenschwester war, gerade Dienst hatte und den Anruf wegen des Unfalls gehört hatte, und dazu den Namen des Opfers.

Heute stehe ich zehn Minuten an der Empfangstheke, bis ich überhaupt jemanden so weit habe, dass er mir zuhört. Catharine und ich müssen uns dann auf die orangefarbenen Plastikstühle setzen, die sie den Leuten zuweisen, die nicht heftig bluten oder sonstwie kurz vor dem Tod stehen. Catharine trägt eine behelfsmäßige Binde an der Stirn, und der Schnitt hat aufgehört zu bluten, was mich die Situation etwas entspannter sehen lässt. Sie sucht sich eine Zeitschrift aus und hält sie auf dem Schoß.

Ich sehe nach unten und zähle die grauen Bodenfliesen. Es sind achtundsechzig in der Hälfte des Raumes, in der wir sitzen.

»Du gehst langsamer als ich«, sagt sie, als sie uns in ein Untersuchungszimmer dirigieren.

Ich sehe sie an. Trotz ihres Widerstands hat die Schwester darauf bestanden, dass sie in einem Rollstuhl hinübergeschoben wird. »Du gehst doch gar nicht«, sage ich.

»Du weißt schon, was ich meine«, sagt sie. »Du bewegst dich

wie ein alter Mann. Und warum drehst du dir fast den Hals ab? Suchst du jemanden?«

Fast sage ich, dass ich tatsächlich ein alter Mann bin, aber das würde sie nur zu einem Streit provozieren, und der hätte keinerlei Sinn. Es ärgert sie, dass ich sie hergebracht habe, und deshalb sucht sie nach etwas. Ich gehe ihr aus der Schusslinie, indem ich das Untersuchungszimmer immer wieder kurz verlasse, bis Lila auftaucht und Catharine mich ganz rausschmeißt.

Ich verlasse den Raum und fühle mich durch den Anblick meiner Tochter in ihrem weißen Kittel gestärkt. Meine schöne Tochter, die zukünftige Ärztin. Durch sie wirkt das Krankenhaus sicherer auf mich, handhabbarer. Ich fühle mich jetzt gut genug, um über die Gänge zu wandern, und spreche einen Pfleger an, frage ihn nach dem Weg und versuche dabei die Tatsache zu ignorieren, dass mein Herz jedes Mal einen Satz macht, wenn sich mir eine Schwester zuwendet. Ich lasse meinen Blick verfließen, als ich weitergehe, und sehe nicht in die Gesichter. Was würde ich machen, was würde ich sagen, wenn ich auf Eddies Frau träfe? Hätte ich gewusst, dass es mich heute Nachmittag hierher verschlagen würde, hätte ich womöglich etwas vorbereitet, aber wie es nun steht, bin ich nicht vorbereitet. Alles, was ich im Moment im Sinn habe, ist, die verdammte Kapelle zu finden. Ich laufe über die Gänge – einmal links, einmal rechts und dann noch zweimal nach links –, beeile mich und versuche einen entschlossenen und gesammelten Eindruck zu machen.

Dort drüben auf der Wand sehe ich Eddie, wie er im hohen Gras liegt, eingerollt auf der Seite, als schliefe er. Sein Flanellhemd steckt in der Jeans. Den Werkzeuggürtel hat er noch umgebunden. Sein dunkles Haar ist kurzgeschnitten. Ich sehe einen Teil seines Gesichts. Sein Ausdruck wirkt entspannt. Er hat eindeutig keine Ahnung, was er gerade verloren hat. Im Gegenteil, sein Gesicht scheint voller Erwartung einer strahlenden Zukunft entgegenzusehen.

Meine Leute waren dabei, das Dach eines mittelgroßen Kolonialbaus zu erneuern. Eine einfache, klare Aufgabe. Wenn's hochkommt, ein paar Wochen Arbeit. Drei Männer oben auf dem Dach und ich kam ein paarmal pro Tag, um von unten nach dem Rechten zu sehen. Die Sache ging planmäßig voran, ohne größere Unterbrechungen. Eddie Ortiz war seit sechs Monaten bei mir. Er war wirklich geschickt und dazu ein kluger Kopf, was bei Bauarbeitern eher selten ist. Er war nicht älter als Gracie, aber bereits verheiratet und hatte zwei kleine Kinder. Ich wusste, er wollte vorankommen und mehr Verantwortung übernehmen. Ich hatte bereits beschlossen, ihm nach dem Auftrag eine Gehaltserhöhung zu geben und dass er mir bei der Beaufsichtigung helfen sollte. Die Arbeit wurde für mich zu viel, Eddie war genau im richtigen Moment auf der Bildfläche erschienen.

An jenem wolkenlosen, trockenen Mittwochnachmittag kletterte ich hoch aufs Dach, um mir die Arbeit der Männer genau anzusehen. Eddie wies mich auf eine kleine Schwachstelle in der Dachkonstruktion hin, tat einen Schritt Richtung Kante und verlor den Halt. Es ging so schnell, dass niemand von uns den Arm ausstrecken oder ihn warnen konnte. Ich werde nie darüber wegkommen, wie schnell es ging. Vor einer Minute noch hatte ich auf meinen Fersen gesessen, ein Sandwich gegessen und Eddie zugehört. Und jetzt stand ich am Rand des Daches und sah den jungen Mann unten im hohen Gras liegen. Seine Stimme schwang noch durch die Luft.

Ich knie in einer der Bänke, habe aber noch kein Gebet her-
ausgebracht. Eddie hängt tot vor mir am Kreuz, Catharine ist
verletzt, da hinten am Ende des Ganges. Ich weiß nicht, warum ich immer weiter versuche, Dinge in Ordnung zu bringen. Es hat keinen Sinn, aber ich scheine das nicht in meinen
Dickschädel bringen zu können. Nur weil ich versucht habe,
Vince zu helfen, hat dieser Dummkopf heute Nachmittag
das Stadtratstreffen sabotiert und alle im Raum in eine unangenehme Situation gebracht. Wahrscheinlich könnte man
mich und Vince Freunde nennen, aber es ist die Art Freundschaft, die aus einer gemeinsamen Geschichte erwächst und
nicht aus gegenseitigem Respekt. Ich habe das letzte Jahr
über ein Auge auf ihn gehabt, nachdem seine Frau Cynthia
gestorben ist. Mehrmals hat er mich in weinumnebeltem
Zustand angeschrien, dass ich sämtliches Land weit und breit
aufkaufe und alles daransetze, ihm Ramsey, den Ort hier,
wegzunehmen. Nach jedem dieser Ausbrüche ist Vince dann
beschämt, und wir haben ein paar missliche Wochen vor uns,
wie diese jetzt. Wahrscheinlich ist er direkt von der Sitzung
in seinen Friseurladen an der Main Street gerannt, wo er mit
den Verlierern zusammenhockt, die bei ihm ein und aus gehen und fest daran glauben, dass der Bürgermeister nichts
falsch machen kann, selbst wenn es bedeutet, dass er sich ins
Jenseits säuft.

Allerdings kann ich Vince für sein Verhalten nicht allein die
Schuld geben. Ich weiß nicht, wie ich reagieren oder was für
ein Leben ich führen würde, wenn ich Kelly verlöre. Wobei
die Wahrheit ist, dass ich tatsächlich Gefahr laufe, es herauszufinden. Meine Frau spricht kaum mehr mit mir, und ich
kann es ihr nicht vorwerfen. Sie hat versucht, mir nach
Eddies Beerdigung zu helfen, aber ich habe sie abgewiesen.

Und immer so weiter. Seit einiger Zeit schlafe ich auf der Couch im Arbeitszimmer, auch wenn noch keiner von uns ein Wort dazu gesagt hat. Ich fühle mich sicherer dort in dem kleinen dunklen Raum mit dem flimmernden Fernseher als in unserem großen Schlafzimmer. Ich passe nicht gut auf die Couch, aber ich kann schlafen, wenn ich mich in L-Form hinlege, mit den Beinen auf dem kleinen Kaffeetisch. Es ist eigentlich ganz bequem. Die ganze Nacht über läuft der Nachrichtenkanal, den Ton drehe ich herunter. Mit dem gedämpften Lärm in den Ohren scheine ich weniger zu träumen und schlafe leichter ein. Der Fernseher hält mich davon ab, eigene Bilder in meinem Kopf entstehen zu lassen. Stimmen zu hören, die ich nicht hören will. Wieder und wieder den Nachmittag an mir vorbeiziehen zu lassen, an dem Eddie gestorben ist.

Ich spüre einen leichten Druck auf der Schulter, schrecke hoch und stehe einer Person gegenüber, die ich als die Schwester wiedererkenne, die Catharine aufgenommen hat.

»Ist alles in Ordnung bei ihr?«, frage ich. Wie lange war ich hier drin? Zehn Minuten? Eine Stunde?

»Mrs. McLaughlin darf nach Hause. Sie können beide gehen.«

Ich folge der Schwester den Gang hinunter. Sie ist eine kräftige Frau mit fast rechteckiger Figur. Ein weißes Hütchen schwimmt wie ein Boot auf ihren Locken, das in tückischer See den Kiel unten zu halten versucht. Ich frage sie in ihren Rücken hinein: »Wissen Sie, ob Schwester Ortiz gerade Dienst hat?«

Sie dreht sich nicht um. »In diesem Krankenhaus gibt es keine Schwester, die so heißt.«

»Sind Sie sicher? Ich weiß, dass sie hier arbeitet.«

»Nicht unter diesem Namen. Ist sie verheiratet?«

»Sie war.« Die Worte stecken mir tief in der Kehle. Ich muss husten, um sie herauszubringen. »Sie war verheiratet.«

»Vielleicht ist sie unter ihrem Mädchennamen angestellt. Kennen Sie den?«

Ich weiß, wo sie wohnt. Ich weiß, dass sie jetzt zwei kleine Kinder allein großziehen muss. Ich weiß, dass sie zurechtzukommen scheint, soweit ich das erkennen konnte. »Nein.« Die Schwester zuckt mit den Schultern. Der gesamte Oberkörper geht dabei mit, aber der kleine Hut bleibt am Platz, und dann sind wir auch schon angekommen. Ich bin zurück in dem Raum mit Catharine und meiner Tochter, die so blass und müde aussieht, wie ich mich fühle.

Auf dem Weg vom Krankenhaus zu ihr nach Hause sage ich so beiläufig, wie ich kann: »Wie sollen wir es machen? Willst du einen Termin mit einem Spezialisten vereinbaren, oder soll ich?«

»Dafür gibt es keinen Grund, Louis. Der Arzt sagt, es geht mir gut. Ich habe eine Beule am Kopf, das ist alles.«

Ich mag meine Schwiegermutter, und über dreißig Jahre lang habe ich es mir zur Devise gemacht, nicht mit ihr zu streiten. Aber irgendwann muss man mit den Regeln brechen, und der Tag heute scheint dafür nicht schlechter zu sein als andere. »Lila hat das Kurvenblatt gesehen. Sie sagt, der Doktor meint, du könntest einen leichten Schlaganfall gehabt haben.«

Eine Minute vergeht. Ich sehe nach vorn auf die Straße, Catharine blickt aus dem Seitenfenster.

»Könnte«, sagt sie endlich. »Ich habe nie was auf *könnte* und *hätte* gegeben. Ich hätte Nonne werden können. Du hättest irgendwo anders aufwachsen und nie meine Tochter kennenlernen können. Was soll das Ganze?«

Ich werfe einen Blick zu ihr hinüber. »Nun, ich denke, du solltest das noch mal überprüfen lassen. Nur um sicher zu sein.«

»Ich gehe zu meinem Arzt.«

»O'Malley? Dieser alte Irre? Großer Gott, Catharine, der Mann ist so gut wie blind und taub. Ich weiß, dass Kelly eine Ärztin hat, die sie mag. Wir machen dir einen Termin bei ihr. Es ist wichtig, dass wir uns darum kümmern.«

Da bricht es aus Catharine heraus: »Nein, Louis. *Ich* werde mich kümmern, und im Übrigen will ich nichts mehr davon hören. Erzähl Kelly, was du musst, aber was auch immer noch passiert, von jetzt an entscheide ich. Und glaub mir oder nicht, aber ich habe Kopfschmerzen und würde gerne mit der Diskussion aufhören.«

Ihr Gesicht ist so ausdruckslos wie ein Stück glatter Fels. Catharine weigert sich, noch ein Wort mehr zu sagen.

Als ich meine Schwiegermutter das erste Mal sah, hat sie mir höllisch Angst eingejagt. An dem Tag begriff ich, dass es keine Möglichkeit gab, sie zu beeinflussen, und dass es wenig Sinn hatte, mit ihr zu debattieren.

Kelly hatte mich zum Sonntagsessen zu ihren Eltern eingeladen, wobei es eher den Anschein hatte, als hätte sie mich auf einen Bahnhof mitgenommen. Überall gleichzeitig schienen junge Leute und Teenager zu sein. Pat und Johnny schlugen mir auf die Schultern und musterten mich von Kopf bis Fuß. Meggy kam mit einem kurzen Rock ins Zimmer, und ihr Vater schickte sie gleich wieder hinaus, damit sie sich umzog. Ryan und Theresa, die beiden Schüchternen, gaben mir die Hand und boten mir einen Sprudel oder hausgemachte Limonade an. Kelly war damals auch schüchtern, aber weniger zurückhaltend. Sie blieb dicht bei mir und stellte uns vor. Ich spürte, wie sie geradezu körperlich darum besorgt war, dass man mich mochte. Wir aßen früh, damit Patrick auf den Golfplatz konnte. Alle bis auf mich kamen gerade aus der Messe.

»Louis, waren Sie heute Morgen in der Kirche?«, fragte Kellys Mutter. Sie war eine kleine Frau und hatte eine erstaunlich gute Figur, dafür dass sie so viele Kinder zur Welt gebracht hatte. Ich betrachtete sie mit einem gewissen Maß an Ehrfurcht. Meine Mutter hatte nur mich bekommen und redete ohne Unterlass davon, wie schmerzvoll diese Erfahrung gewesen sei und welche Verwüstungen ihr Körper davongetragen habe. Sieh, was du angerichtet hast, sagte sie und deutete dabei auf ihren dicken Bauch.

Alle am Tisch sahen mich höflich an. Das war eindeutig eine wichtige Frage. »Ich war gestern um fünf in der Abendmesse«, sagte ich.

»Gehen Sie jede Woche in die Kirche?«

»Ja, Ma'am. Mit meinen Eltern.«

Catharine nickte, und ich war erleichtert. Ich wollte Kelly um ihre Hand bitten, und ich wusste, dass ich nicht mit Patrick McLaughlins Zustimmung rechnen konnte. Kelly hatte mich gewarnt, dass er mich bereits abgeschrieben hatte, da ich nicht aus reichem Hause stammte, und auch wenn ich irisches Blut in mir hatte, so war ich es doch nicht zu hundert Prozent. Es war klar, dass ich diese Fehler nicht würde wettmachen können, dennoch war ich zum Erfolg entschlossen. Ich hatte Kelly bei Bloomingdale's kennengelernt und danach an nichts anderes mehr denken können als an sie. Sie war so süß, sie lachte über all meine Witze, und plötzlich wollte ich nichts anderes mehr in meinem Leben, als die Traurigkeit aus ihren Augen zu verbannen. Es schien mir so klar, dass sie dazu bestimmt war, meine Frau zu werden. Also dachte ich, wenn ich nur die Unterstützung ihrer Mutter bekäme, dann würde die vielleicht mit ihrem Mann reden, und ich hätte doch eine Chance. Wenn sich mir jetzt die Gelegenheit dazu bot, dann, da war ich zuversichtlich, würde ich sie schon zu ergreifen wissen.

Kelly hielt während des Essens meine Hand unter dem Tisch und half mir durch diese seltsame, unangenehme Erfahrung. Da es Patricks Aufgabe war, das Tischgespräch vom Kopf der Tafel aus zu führen, und meine Anwesenheit ihn hinter seinem Teller mit Truthahnfleisch und dem Glas Scotch in Schweigen versetzt hatte, sagte niemand ein Wort. Er war ein sehr starrköpfiger Mann, und obwohl ich glaube, dass er mich langsam zu mögen begann, dauerte es doch noch fast ein Jahr, ehe er das Wort direkt an mich richtete.

Es gab allerdings eine Art wortlose Strömung, die über und unter dem Tisch verlief. Ich spürte, wie Kelly die Beine schwang und nach Johnny trat, der rechts von ihr saß. Auch auf der anderen Seite bei Meggy war Fußgescharre zu hören, und irgendwann vollführte jemand einen Tritt, der den Saum meiner Hose streifte. Meggy machte mir schöne Augen, aber, soweit ich es beurteilen konnte, mehr um Kelly zu ärgern, als um mit mir zu flirten. Ich wusste nicht, wen ich ansehen sollte und ob es angemessener war, zu lächeln oder jede Regung zu vermeiden. Es kam mir so vor, als sei ich in ein kompliziertes Kartenspiel geplatzt, dessen Regeln mir niemand erklärt hatte. In vieler Hinsicht hatte ich recht, wie ich mit den Jahren begreifen sollte. Die McLaughlins haben ihre eigenen Verständigungsweisen, geheime Angriffswege und feste Loyalitäten, die für einen Außenseiter unlesbar sind. Und ich bin immer ein Außenseiter geblieben.

Was ich damals nicht wusste, war, dass sich die McLaughlins zu der Zeit nur selten alle unter einem Dach befanden. Es waren Schulferien – Johnny würde in ein paar Wochen die Highschool abbrechen, um sich für die Armee zu verpflichten, Meggy war aus ihrem katholischen Internat nach Hause gekommen und Pat aus der Universität. Kelly, Theresa und Ryan wohnten immer noch im herrschaftlichen Haus in Ridgewood. Wenn sich alle McLaughlins im Haus befanden, war Catharine auf der Hut, ihre Augen wanderten von ihrem Mann zu den Gesichtern ihrer Kinder und wieder zurück. Die Kinder, Kelly eingeschlossen, waren ein Bündel nervöser Energie, aus dem von Zeit zu Zeit eine scharfe Bemerkung fuhr, ein Tritt unter dem Tisch oder eine Annäherung an den Freund der Schwester, der zu Besuch war. Ryan lachte hoffnungsfroh über alles, was sich wie ein Witz anhörte. Theresa streichelte den kleinen Hund unter ihrem Stuhl, den sie gerade erst auf der Straße gefunden hatte und der nach dem Essen von Patrick prompt aus dem Haus verbannt wurde. Kelly hielt meine Hand, als wäre sie ein Drachen, der in Gefahr war, davongeblasen zu werden, und ich war der kräftige Pfosten, den sie in letzter Minute noch hatte fassen können.

Meine eigene Familie saß selten zusammen bei Tisch. Mein Vater, der zwei Monate später an einer kurzen, heftigen Lungenentzündung sterben würde, aß immer im Büro. Meine Mutter, eine flatterhafte Frau, die ein paar Jahre nach dem Tod meines Vaters in den finsteren Griff der Alzheimer-Krankheit geraten sollte, setzte mir abends mein Essen vor, strich um mich herum und fragte, ob ich noch etwas Salz wollte, Pfeffer oder Ketchup. Es hatte nichts damit zu tun, was ich gerade aß – immer bot sie mir ungeduldig die gleichen Dinge an. Ich habe nie gesehen, dass sie sich hingesetzt und eine volle Mahlzeit eingenommen hätte. Ihr gefalle es, hier und da etwas Kleines zu essen, sagte sie, und das tue sie den ganzen Tag in der Küche.

Wie auch immer, angesichts meiner mangelnden Vertrautheit mit der Situation eines solchen Familienessens – vor allem dem einer so großen und unruhigen Familie – und meines unerwünschten Vorhabens, Kelly dieser Familie wegzunehmen, um ihr ein anderes, glücklicheres Leben an meiner Seite zu bieten, war ich erleichtert, als Patrick seinen Stuhl schließlich zurückstieß und damit das Essen offiziell beendet war. Ich blieb mit Johnny, Pat und Ryan am Tisch sitzen, während die Frauen die Teller abräumten. Wir spielten mit dem Silberbesteck herum, bis es uns weggenommen wurde, und redeten unbeholfen über Jack Kennedy und die Dodgers. Dann rief mich Catharine in die Küche.

Diese Aufforderung schien mir eine glückliche Fügung, da ich gehofft hatte, ein paar vertrauliche Worte mit ihr wechseln zu können. Das Erste, was mir ins Auge sprang, als ich durch die Schwingtür in die Küche trat, war, wie sauber sie war. Wir hatten kaum zehn Minuten zuvor ein großes Essen beendet, und die Abstellflächen, der Boden, der Herd, alles war makellos. Die Mädchen waren verschwunden.

»Vielen Dank für das köstliche Essen, Mrs. McLaughlin«, sagte ich. »Ich habe es wirklich genossen.«

Catharine hob die Hand. »Ich verstehe, dass Sie ernste Absichten meiner Tochter gegenüber haben, Mr. Leary. Ich weiß von Ihrem Ingenieursabschluss und Ihrer Stelle in dem

Architekturbüro. Ich weiß, dass Sie für meine Tochter sorgen können. Aber während des Essens habe ich gesehen, dass Sie auf meine Zustimmung und Hilfe bauen, und dazu wollte ich etwas sagen. Sie müssen wissen, dass mein Mann in dieser Familie die Entscheidungen trifft. Sie erreichen bei ihm weder durch Kelly noch durch mich etwas. Ich werde Ihnen nicht helfen können.«

Mir stockte der Atem. Plötzlich fiel mir auf, wie still es im ganzen Haus war, und ich stellte mir sämtliche McLaughlins vor, wie sie hinter mir das Ohr an die Tür drückten und lauschten. Ich verstand jetzt, warum Kelly ihre Mutter spaßeshalber den »eisernen Handschuh« nannte. Alles, was ich herausbrachte, war: »Ich verstehe.«

»Gut. Und hatten Sie auch wirklich genug zu essen?«

Es kostete mich zwei weitere Monate und einen kräftigen Schluck Whiskey, bis ich mich dazu aufzuraffen vermochte, Patrick McLaughlin um die Hand seiner Tochter zu bitten. Patrick stellte nicht einmal das Golfspiel ab, das im Fernsehen lief, während ich fragte und er antwortete. Die ganze Zeit über hielt er die Augen auf den kleinen weißen Ball gerichtet. Er sagte, ich bekäme die Erlaubnis, seine sechsundzwanzig Jahre alte Tochter zu heiraten, aber nur weil Kelly schon ein altes Mädchen und keine Schönheit sei. Patricks Antwort begeisterte mich – er hatte ja gesagt! –, bis ich mich umdrehte und Kelly in der Tür stehen sah. Bis ich den Blick sah, den die Bemerkung ihres Vaters auf ihr Gesicht gebracht hatte.

Als ich Catharine schließlich im Christlichen Zentrum für Senioren abgeliefert und die Oberschwester dort davon unterrichtet habe, was vorgefallen ist, findet der Tag sein Ende.

Ich sitze eine lange Minute auf dem Parkplatz in meinem Lieferwagen und streite mit mir. Was ich tun sollte, ist, geradewegs nach Hause zu fahren und Kelly zu erzählen, was passiert ist. Was ich tun möchte, ist, nach Wyckoff zu fahren, in die übernächste Stadt. Ich möchte in den Irrgarten der Wohnstraßen dort einbiegen, an Reihen hübscher, aber kleiner Häuser entlangfahren und vor einem Haus mit gelben Fensterläden halten, Eddies Haus.

Zu Beginn der Woche habe ich einen Konkurrenten um einen Gefallen gebeten. Er hat bei Eddies Frau geklingelt und ihr angeboten, ein paar Reparaturarbeiten für einen lächerlich niedrigen Preis auszuführen. Ich wollte, dass er ihr die Dachrinnen säubert und das Dach und seine Verstrebungen überprüft. Normalerweise hätte ich natürlich angeboten, es selbst zu tun, oder ein paar von meinen Jungs hingeschickt, aber ich befürchte, dass Eddies Witwe keine Hilfe von der Truppe ihres verstorbenen Mannes will. Es hat mich gefreut, als mein Konkurrent anrief und sagte, dass Mrs. Ortiz sein Angebot angenommen habe. Jetzt würde ich am liebsten hinfahren und prüfen, was er gemacht hat; nachsehen, ob der Rasen gemäht werden sollte; ob die Kinder draußen spielen und glücklich aussehen.

Die paar Mal, die ich seit der Beerdigung an seinem Haus vorbeigefahren bin, habe ich Mrs. Ortiz und die Kinder nur einmal gesehen. Sie waren gerade nach Hause gekommen und luden Lebensmittel aus Eddies altem weißen Cadillac. Eddies Frau trug ihren Krankenschwesterkittel. Ich sah einen Jungen, der um die sieben Jahre alt gewesen sein muss, und ein etwas älteres Mädchen. Die Kinder hatten beide dunkles Haar und platzten vor Energie, sprangen um den Wagen herum und jagten einander dann ins Haus. Das lange Haar von

Mrs. Ortiz war so dunkel, dass es fast schwarz schien, aber ihre Haut war um einiges blasser als die ihres Mannes und ihrer Kinder. Sie sah aus wie Mitte dreißig. Ich beobachtete sie, wie sie sich wieder und wieder ins Auto beugte und nach ihren Einkaufstüten griff. Die Art, wie ihre Schultern nach unten hingen, zeigte klar, dass sie müde war, und doch hielt sie ihren schmalen Körper aufrecht. Sie packte eine unglaubliche Anzahl Tüten auf ihre Arme, schob die Autotür mit dem Fuß zu und ging zum Haus hinüber. Als sie an den Sträuchern neben der Haustür vorbeikam, fiel mir auf, dass sie beschnitten werden müssten. Auf der Treppe hoch zur Tür dann schien mir das Geländer leicht in ihrer Hand zu wackeln.

Ich lasse den Lieferwagen wieder an, fahre vom Parkplatz, und der Schmerz in meinem Hinterkopf sagt mir, dass ich mir heute keinen Ausflug genehmigen werde. Ich tue nicht das, was ich tun sollte. Aber zumindest nehme ich als kleine Rebellion den langen Weg nach Hause, der an all den Stücken Land entlangführt, die mir in Ramsey gehören. Der Weg wird ständig länger. Ich habe in letzter Zeit eine Menge gekauft. Eddies Tod hat mir das Baugeschäft sauer werden lassen. Ich mache zwar weiter damit, dafür bringt es mir zu viel Geld, aber das Kaufen, Verkaufen und Vermieten von Land gefällt mir besser. Es ist ein saubereres Geschäft. Da gibt es keine falschen Pläne, rostigen Nägel, losen Bretter, kein schlechtes Wetter oder unfähige Arbeiter. Niemand verliert sein Leben oder zieht das Bein nach wegen eines Immobiliengeschäfts. Wenn man sich bewegt, dann nur, um etwas damit zu verdienen.

Ich fahre die Strecke langsam ab, komme an der Bank auf der Main Street vorbei, dem *Green Trolley*, dem freien Bauplatz neben der Feuerwache, dem Apartmentblock an der Dogwood Terrace, den beiden Häusern an der Lancaster Avenue und dem Haus am Holly Court, in dem Gracie wohnt. Wie immer, wenn ich bei ihr vorbeifahre, überlege ich, ob ich sie besuchen soll, tue es dann aber nicht. Ich glaube, es ist wichtig, Gracie und Lila ihren eigenen Raum zu geben. Die meisten Kinder meiner Freunde haben sich hinaus in die Welt katapultiert, um möglichst viele Meilen zwischen sich und ihre Eltern zu bringen. Ich weiß nicht, warum meine Mädchen in Ramsey geblieben sind, aber ich freue mich darüber. Ich will das Risiko nicht eingehen, irgendwelche Fehler zu machen, die sie davontreiben könnten.

Nach Holly Court biege ich links ab, eine taktische Entscheidung, weil ich so noch drei Minuten länger unterwegs bin. Dieser letzte Umweg unterscheidet sich von den vorhergehenden – diesmal ist es ein Ausweichmanöver. Ich will nicht an der Baustelle an der Birchwood Lane vorbeikommen, auf der Eddie gestorben ist. Ich tue dieser Tage mein Bestes, diesen Teil der Stadt zu meiden.

Kelly sitzt am Computer im Wohnzimmer, als ich nach Hause komme.

»Wie war's im Büro?«, frage ich, nachdem ich sie auf die Wange geküsst habe. Das frage ich für gewöhnlich, um ihre Stimmung zu testen.

»Annehmbar«, sagt sie. »Keine größeren Krisen. Sarah und Giles haben tatsächlich etwas gearbeitet, oh Wunder. Es war mal was anderes, ein bisschen Hilfe zu haben.«

»Na prima«, sage ich über die Schulter, als ich in die Küche gehe, um mir ein Bier zu holen. »Hast du von deiner Mutter oder von Lila gehört?«

Kelly sieht vom Bildschirm auf. »Nein. Warum?«

»Deine Mutter hatte heute vor der Stadtverwaltung einen kleinen Unfall mit dem Wagen. Es geht ihr gut. Ich war zufällig da und habe sie ins Krankenhaus gefahren.«

Offenbar habe ich mich entschieden, meiner Frau nicht von der Möglichkeit eines Schlaganfalls zu erzählen. Im Zweifel für den Angeklagten – wenn Catharine denkt, sie kann selbst damit umgehen, will ich ihr den nötigen Raum dazu geben.

»Lieber Gott.« Kelly dreht sich auf ihrem Stuhl um, eine plötzliche Bewegung, mit der sie all ihre Aufmerksamkeit auf mich fokussiert. »Wann ist es passiert?«

»Es muss so gegen zwei gewesen sein.«

»Und niemand hat mich angerufen? Louis, warum hast du nicht angerufen? Bist du sicher, dass es ihr gut geht? Mein Gott, ich hätte dabei sein sollen.«

»Ich wusste, dass du zu tun hattest, und es ging alles ziemlich schnell. Lila hatte Dienst im Valley und kam auch dazu. Es schien uns keinen Grund zu geben, noch jemanden von der Arbeit abzuhalten.«

»Louis«, Kelly schüttelt den Kopf, und ihr wie gestärktes Haar schüttelt sich mit, »sie ist *meine* Mutter. Du hast kein Recht, solche Entscheidungen zu fällen.«

»Großer Gott, Kelly, sind dreißig Jahre Ehe nicht genug …«

Ich verstumme. Das war ein Fehler. Ich hätte unsere Ehe nicht ins Spiel bringen sollen. Wir sprechen nicht mehr über unsere Ehe.

Kelly sitzt völlig ruhig da. »Du hast dieser Tage kaum mehr Zeit, mit mir zu sprechen. Meist weiß ich nicht mal, wo du bist. Wie kannst du nur so scheinheilig sein?«

Sie hat recht. Kelly ist eine Frau, die mir einiges abverlangt, will ich sie richtig lieben. Sie ändert sich ständig, was mich über drei Jahrzehnte lang auf Trab gehalten hat. Ich habe das immer an ihr gemocht, und an uns, selbst wenn ich die Veränderungen auch schon mal falsch eingeordnet habe. Die Herausforderung hat mir gefallen. Aber im Moment verdiene ich Kelly nicht. Ich bin unfähig, mich der Situation zu stellen und richtig zu reagieren. Ich habe nicht genug Energie. Ich wünschte, es wäre schon spät und ich könnte mich im Arbeitszimmer verkriechen und den Fernseher anstellen, den Ton heruntergedreht.

»Es tut mir leid«, sage ich.

»Mir gefällt nicht, was hier vorgeht«, sagt Kelly und sieht für einen Augenblick wie Lila als kleines Mädchen aus, drauf und dran, einen ihrer Wutanfälle zu bekommen. »Du gibst dir keine Mühe. Du unternimmst auch nicht die kleinste Anstrengung.«

Sie wirft mir das hin, als wäre es das größte aller Verbrechen, und ich weiß, dass es für sie so ist. Aber irgendetwas in mir hält mich davon ab, die Hand auszustrecken, hält meine Räder davon ab, sich in die Richtung zu bewegen, in die sie sich bewegen sollten. Und dieses Etwas ist wie ein Fels, unbeweglich, und es hockt mir auf der Brust. Es lässt mich tief in die Couch sinken, ins Gras neben Eddies reglosen Körper; die Schwere der Luft im Raum drückt mich nach unten.

»Hast du nichts zu deiner Verteidigung zu sagen?« In Kellys Stimme liegt so etwas wie Abscheu.

Ich habe nichts zu sagen. Ich wünschte, es wäre anders.

»Gut.« Sie steht auf, ihr schmaler Körper ist eine Ansammlung scharfer Winkel. »Dann muss ich meine Mutter anrufen, und Lila, um herauszufinden, was hier wirklich läuft.«

Gracie

Ich weiß, ich muss es Joel sagen. Ich muss.

Denn a) ist er der Vater und b), selbst wenn ich jetzt mit ihm Schluss mache, lebt er immer noch in Ramsey. Er ist bei der Freiwilligen Feuerwehr, und zwei Minuten nachdem es mir irgendwer ansieht, wüsste er sowieso davon. An den Feuerwehrleuten geht kein Tratsch vorbei. Man glaubt es kaum, wenn man die großen, kräftigen Typen über andere herziehen hört. Und Weber, Joels bester Freund bei der Feuerwehr, der schwört, dass er Gedanken lesen kann, guckt mich schon seit einiger Zeit immer so komisch an. Ich habe längst das Lieblingsbier von dem fetten Sack im Kühlschrank, damit er, wenn er mit Joel vorbeikommt, glücklich und abgelenkt ist.

Wie auch immer, ich weiß, dass ich nicht viel Zeit habe. Ich versuche es Joel zu erzählen, wenn er über Nacht bleibt, aber am Ende füttere ich ihn nur. Ich gebe ihm ein Heineken, wenn er durch die Tür kommt, weil ich weiß, er mag abends gerne ein paar Flaschen.

In den letzten zwei Wochen habe ich zweimal Fleisch-Lasagne gemacht, einen Limettenkuchen, ein Grillhähnchen, ein Meeresfrüchte-Risotto und ein Chili mit Truthahnwürstchen. Wobei ich beim Kochen merke, dass ich meine eigenen Lieblingsspeisen mache, nicht seine. Wir sind auch noch nicht lange genug zusammen, als dass ich über seine Vorlieben so genau Bescheid wüsste. Mag sein, dass die meisten

Frauen den Geschmack ihres Freundes nach vier Monaten kennen. Ich nicht. Vielleicht hätte ich fragen sollen.

Als ich ihm eines Abends um elf das Meeresfrüchte-Risotto vorsetze, mustere ich sein Gesicht, um zu sehen, ob er es mag. Er scheint alles zu mögen. Joel ist pflegeleicht und sehr nett. Er ist einer, mit dem ich wahrscheinlich noch ein paar Wochen gehabt hätte, aber jetzt bin ich schwanger.

Er liebt nicht mich – was in Ordnung ist –, sondern immer noch seine letzte Freundin. Das ist das Problem, und er ist Meilen davon entfernt, über sie wegzukommen. Sie heißt Margaret, hat rote Haare und eine große Klappe. Er hat richtig Angst vor ihr. Wenn er und ich zusammen irgendwo sind, guckt er immer über die Schulter, um sich zu vergewissern, dass sie nicht in Sicht ist.

Ich frage mich, ob sie ihn geschlagen hat. Er sagt nein, aber sie muss schon was ziemlich Übles mit ihm angestellt haben, dass er so nervös ist. Manchmal, wenn wir miteinander schlafen – und der Sex mit ihm ist verdammt gut, weshalb wir es wahrscheinlich schon vier Monate zusammen aushalten –, sehe ich, wie er zur Schlafzimmertür hinüberguckt, und dann hat er genau diesen Ausdruck von Angst auf dem Gesicht, als erwartete er ernsthaft, dass sie jede Minute hereinspaziert käme.

Vielleicht hat das Herumspionieren, das Joel in seinem anderen Job macht, dabei mitgeholfen, dass er so paranoid ist. Er ist der Assistent von Vince Carrelli, dem Bürgermeister von Ramsey, was beeindruckend klingt, aber Joel hat den Job gekriegt, weil sein Vater im Stadtrat ist. Er hat ihn angenommen, weil er so flexibel genug ist, die meiste Zeit der Feuerwehr zu widmen. Joel sieht sich für Bürgermeister Carrelli um, was sich in der Stadt so tut. Er fährt die Parks ab, hat ein

Auge auf die Highschool (die günstigerweise gegenüber von der Feuerwache liegt), den Durchgang hinter dem *Seven Eleven*, wo sich die meisten Kleinstadt-Drogendeals abspielen, und verschiedene Baustellen. Bei seinen Runden trifft er oft auf meinen Vater, da viele der Baustellen in der Stadt ihm gehören. Bürgermeister Carrelli gehört auch noch der Friseurladen an der Main Street, wo er zusätzlich arbeitet, und mit dem Tratsch aus dem Laden und den Informationen von Joel weiß er wirklich so gut wie alles, was in Ramsey vor sich geht.

Wenn ich will, dass Joel die Neuigkeit von *mir* erfährt, muss ich ihm unbedingt bald von dem Baby erzählen. Ich habe Glück, dass er nicht sowieso schon davon weiß.

Am Nachmittag nach der zweiten Fleisch-Lasagne, als ich mit den Zutaten für den Limettenkuchen auf dem Rücksitz die Main Street hinunterfahre und an der roten Ampel stoppe, macht Weber die Beifahrertür von meinem Honda auf. Er klettert herein und schlägt die Tür hinter sich zu.

»Himmel noch mal, Weber!« Ich presse mein Handgelenk gegen das Schlüsselbein. »Du kannst doch nicht so einfach hier reinplatzen! Willst du, dass ich einen Herzanfall kriege?«

Weber lächelt. Sein Bürstenschnitt sieht frisch gemäht aus. Er trägt ein schwarzes T-Shirt mit dem lächelnden Gesicht von Jon Bon Jovi. »Kannst du mich zur Feuerwache fahren, *Mylady?* Mein Truck steht in der Werkstatt.«

»In Ordnung.« Jetzt, da ich mich von meinem Schreck erholt habe, ärgere ich mich.

Ich habe genug im Kopf, auch ohne Wagentüren, die aufgerissen werden, ohne dass ich damit rechne.

Ich bin noch keine drei Meter weit gefahren, als er seinen

großen Mund öffnet. »Wie wär's, wenn ich dir die Tarotkarten lesen würde?«

»Die was?«

»Die Tarotkarten. Lass mich dir die Karten lesen. Deine Aura ist in letzter Zeit echt am Boden, und die Karten werden uns sagen, was los ist.«

Ich starre zu ihm hinüber. »Du bist ein dämliches Arschloch.«

»Ich wette, deine Betrugskarte kommt dabei ganz groß raus.«

Ich suche nach einer Lücke im Verkehr, damit ich rechts ranfahren und ihn rauswerfen kann, aber ich bin auf beiden Seiten blockiert. Mir bleibt nichts übrig, als weiterzufahren.

Er lehnt sich gegen das Seitenfenster und mustert mich mit halb geschlossenen Augen. Ich hasse es, seinen Blick auf meiner Haut zu spüren.

»Betrügst du Joel?«, fragt er.

Wegen des Babys versuche ich ruhig zu bleiben. »Raus aus dem Wagen«, sage ich.

»Beantworte erst meine Frage. Es wäre ja nicht zum ersten Mal. Ich weiß, dass du Douglas betrogen hast.«

Es ist unglaublich, am helllichten Nachmittag, auf dem Weg vom Supermarkt nach Hause, hängen diese Worte hier in meinem Auto in der Luft. Ich schüttele den Kopf. Wenn so was passieren kann, ist alles möglich. Mein Leben hat ganz offiziell seinen Sinn verloren.

Dann jedoch fange ich an zu denken: Warte mal, vielleicht bietet sich hier eine Möglichkeit. Vielleicht sollte ich ihm sagen, dass ich Joel tatsächlich betrogen habe. Dann erzählt er es Joel, und wir machen Schluss, und wenn Joel später erfährt, dass ich schwanger bin, glaubt er, das Kind ist von dem anderen. Aber weil es gar keinen anderen gibt, bin ich wie Maria Magdalena. Es wäre eine unbefleckte Empfängnis. Ich würde das Baby in einer Nacht voller Sex empfangen haben, die es nie gab. Ich wäre erlöst.

Die Idee scheint brillant, eine glückliche Fügung. Ich habe die Antwort gefunden und, in gewisser Weise, auch die Wahrheit. Meine Großmutter würde mich zum ersten Mal mit Liebe *und* Zustimmung in den Augen ansehen. Ich stände über jedem Vorwurf, und meiner Mutter würde es nicht gelingen, mich mit ihrem Sarkasmus zu treffen. Ich wäre rein. Mein Kind und ich würden sich in Gottes Licht wärmen. Wir wären gesegnet.

Dann hupt jemand hinter mir, und ich komme wieder zur Besinnung.

Ich schreie Weber an: *Nein, ich habe niemanden betrogen!*, und stoße ihn an der nächsten Ampel aus dem Wagen.

Ich habe Weber nicht angelogen.

Ich betrüge meine Freunde nie, auch wenn ich das Ende einer Beziehung manchmal etwas beschleunige, damit ich wieder Spaß haben kann. Die Freund-Freundin-Zweisamkeit fühlt sich zuerst immer gut an. Es ist angenehm zu wissen, dass sich jemand darauf freut, mich abends zu sehen, zu wissen, dass ich eine Hand habe, die ich halten kann, dass mich jemand mag und dieses Gefühl über Tage, Wochen, ja sogar Monate hält. Am Ende aber macht mich die Struktur der Beziehung und das Immer-Gleiche des Freundes kribblig. Ich fange an, daran zu denken, abends auszugehen, träume sogar davon, und dann ist es mit der Beziehung so gut wie vorbei.

Ich will immer wieder das Gleiche: in den *Green Trolley* gehen und mich neben irgendeinen Fremden an die Theke setzen. Ich will ein Bier schlürfen, mein Haar wegschnipsen und spüren, wie meine Augen unter seinem Blick zu leben beginnen. In diesen Augenblicken weiß ich, wer ich bin. Ich erkenne mein Spiegelbild in den Augen der Männer, die sich für mich interessieren. Es müssen Fremde sein, und es hält nur für eine Nacht, aber die ist absolut wundervoll. Ich liebe alles daran. Kaum, dass ich durch die Tür des *Green Trolley* trete, spüre ich schon die Vorahnung, die sich wie eine Blase in meiner Brust füllt. Gewöhnlich trage ich meine Lieblings-jeans, die sich genau richtig an meine Hüften schmiegt, und ein enges T-Shirt. Ich lasse den Blick durch den Raum schweifen und trenne die Leute, die ich kenne, von denen, die ich nicht kenne. Langsam gehe ich zur Theke, setze mich auf meinen Lieblingsplatz ganz am Ende und bestelle bei Charlie (während der Woche) oder bei Leonard (am Wochenende) ein Corona Light mit Limone. Und genauso leicht ist es dann, jemand Neues zu finden, um mich mit ihm zu unterhalten. Ich fange das Gespräch an und stelle mich vor, indem ich irgendeine oder alle der folgenden Informa-tionen von mir gebe: Name, Alter, Beruf, wo ich wohne, welche Partei ich wähle, Religion. Ich hatte da an der Theke schon einige anregende Gespräche über Gott und die Welt. Manchmal erfinde ich meine Antworten, manchmal sage ich die Wahrheit. Es ist wirklich kein Unterschied. So oder so sind die Informationen brandneu. Wenn sie aus meinem Mund kommen, haben sie den frisch verbindlichen Klang von Herbstblättern, die unter den Tritten rascheln.

Und dann, mitten in einem meiner Sätze oder auch am Ende eines durchdachten Gedankens, erwartet und doch unerwar-tet, kommt ein Kuss. Ein köstlicher erster Kuss.

Wenn ich den Kopf wieder zurückziehe, sieht der Mann mich an, als wäre ich schön und erstaunlich und das Beste, was ihm je begegnet ist. Und in dem Augenblick bin ich tatsächlich all das. Ich fließe über vor Selbstvertrauen. Ich bin die, die ich sein möchte. Und es wird noch besser: Ich bin angesäuselt, meine Augen schließen sich, und der Weg nach Hause ist gepflastert mit sanftem Lachen und mehr Küssen. Und dann ist es dunkel, und ich spüre seine Hände und weiche, feuchte, sich nach hinten beugende Küsse, die ins Nichts sinken. Meilen von Haut lassen sich mit den Fingerspitzen erkunden, Ecken und Kurven und scharfe Wendungen. Ich habe das Gefühl, immer weiter vorzudringen, immer nach dem nächsten Moment zu greifen, mit trockener Kehle darauf zu warten, dass alles, was ich bin, explodiert.

Dienstag habe ich eine Verabredung mit Grayson im Büro, um über meine Kolumne zu sprechen. Am Montag rufe ich ihn morgens während der immer dann stattfindenden Besprechung der Ressortleiter an, damit ich eine Nachricht auf seinem Anrufbeantworter hinterlassen kann. Ich bringe es nicht fertig, jetzt mit Grayson zu sprechen, und bestimmt nicht, ihn zu treffen. Ich muss mit Joel ins Reine kommen und mich selbst wieder besser in den Griff kriegen, bevor ich ihn treffe.

Grayson war meine längste Beziehung, wir waren fast ein Jahr zusammen. Und dann machte ich mit einer Nachricht auf seinem Anrufbeantworter Schluss mit ihm und kündigte gleichzeitig meinen Job. Ich weiß, es ist erbärmlich, aber ich kann mit Auseinandersetzungen nicht gut umgehen. Ich bin kein tapferer Mensch. Grayson rief nicht zurück, aber gegen Ende der Woche kam ein neuer Schwung *Liebe-Abby-*

Briefe mit der Post und der Notiz: *Ich lasse dich nicht kündigen – Grayson.* Und das war's. Also nahm ich meine Arbeit ohne viel Getue wieder auf. Ich mag meinen Job und hatte nur gekündigt, um Grayson den Ärger zu ersparen, die Frau rauszuschmeißen, die ihn gerade in die Wüste geschickt hatte.

Aber Grayson und ich waren während des Jahres, das wir gemeinsam verbracht hatten, Freunde geworden, zusätzlich zu unserer Beziehung. (Genau genommen war es eine Art Ausgleich für den Sex, der nicht allzu inspirierend war.) Er hat mich nie gefragt, warum ich eigentlich mit ihm Schluss gemacht habe. Plötzlich waren wir einfach nur noch Chef und Angestellte. Trotzdem lässt sich nicht abstreiten, dass da immer etwas ein bisschen zu Intensives zwischen uns ist. Der Boden kann felsig werden, wenn ich meiner nicht ganz sicher bin.

»Einen schönen Montag, Grayson«, spreche ich ihm aufs Band. »Es tut mir leid, aber mir ist was dazwischengekommen, und ich muss unser Treffen morgen absagen. Mach dir bitte keine Sorgen, ich komme mit meiner Kolumne diese Woche bestens voran, und du hast alles rechtzeitig auf dem Tisch.« Ich zögere und habe das Gefühl, dass da noch etwas ist, das ich sagen sollte. »Ehrenwort. Bei meinem Leben.«

Dann höre ich mich selbst, wie ich in ein nervöses Lachen schlittere, und lege auf, bevor ich auf dem Anrufbeantworter meines Ex-Freundes und Chefs völlig die Fassung verliere.

Ich glaube, dass man aus der Geschichte lernen kann. Achte auf die Fehler, die vor dir gemacht wurden, und wiederhole sie nicht.

Mein Onkel Pat, der bis zu Großvaters Tod abwechselnd vor

ihm davonlaufen, ihm dann wieder gefallen und ihn schließlich schockieren wollte, zeigt mir, dass ich auch mit meiner
Mutter ins Reine kommen muss. Ich will nicht, dass sie irgendeinen Anspruch auf mein Leben erhebt. Daran arbeite
ich noch.

Mein Onkel Johnny ist das schlagende Beispiel dafür, dass
man an dem, was man wirklich ist, unbedingt festhalten muss.
Als Junge war er wild und voller Streiche. Fast täglich musste er einen Teil des Nachmittags am Esszimmertisch sitzend
verbringen, die Hände vor sich gefaltet, die Füße flach auf
dem Boden, und darüber nachdenken, was er nun wieder
unter Grandmas wachsamen Augen angestellt hatte. Aber er
mochte die Schule nicht und hatte Schwierigkeiten, sich zu
konzentrieren, und so trat er nach Beginn des Vietnamkriegs,
ohne jemandem etwas davon zu sagen, in die Armee ein. Auf
den Fotos, die am Tag vor seinem Abschied gemacht wurden,
ist ein dünner Achtzehnjähriger mit einem boshaft char-
manten Grinsen zu sehen. Als er zurück nach Hause kam,
war ihm jedes Feuer ausgetrieben worden. Er gehört zu den
ernstesten, unglücklichsten Erwachsenen, die ich je gesehen
habe.

Aber Meggy ist die, von der ich wirklich lernen kann. Mit
zwanzig hat sie Onkel Travis geheiratet, weil sie schwanger
war. Ich glaube nicht, dass sie je verliebt ineinander waren.
Voller Groll haben sie sich das Jawort gegeben und auf ewig
Abscheu voreinander empfunden, weil sie sich nicht aufge-
lehnt und etwas Besseres eingefordert haben.

Ich denke an Meggy, als ich Joel endlich alles sage. Wir liegen
im Bett, und das Licht ist aus. Wir haben gerade miteinander
geschlafen, weil wir es immer tun, wenn er über Nacht bleibt.
Warum sollte er sonst hier bei mir bleiben?

Ich wölbe die Hände über meinem Bauch. Wenn ich mitten auf ihn drücke, fühle ich eine feste Stelle, die etwa so groß wie meine Handfläche ist. Ich sage genau das, was ich in der Vergangenheit schon oft zu Männern gesagt habe: »Ich glaube, wir sollten uns nicht mehr sehen.«

Ich höre, wie Joels Atem stockt und dann flach wird. Meiner Erfahrung nach hassen es Männer, wenn man mit ihnen Schluss macht. Dass es zu Ende ist, regt sie gewöhnlich nicht so auf, aber dass sie es sind, denen gekündigt wird. »Wie meinst du das? Ich dachte, es macht uns Spaß«, sagt er.

»Der Sex ist gut«, gebe ich zu.

»Besser als gut.«

Ich lächle in die Dunkelheit. Ich bin sicher, dass Margaret trotz all ihrer furchteinflößenden Qualitäten, mit ihrer Unbeirrbarkeit und dem Helm aus rotem Haar im Bett nichts Besonderes ist. Dann erinnere ich mich, was ich hier tue und warum dieser Schlussstrich anders ist.

Ich hole Luft und sage es: »Ich bin schwanger.«

Es ist das erste Mal, dass ich die Worte laut ausspreche. Die Neuigkeit hat über Wochen nur in meinem Kopf gelebt. Draußen an der Luft klingt sie wuchtig und unabänderlich. Ich will sie gleich zurücknehmen. Das allein kann ich denken: Ich will es zurücknehmen.

Ich mag den Klang der Worte nicht. Sie hören sich bedeutsam und dumm und wie ein Klischee an. »Ich bin schwanger« ist ein Satz direkt aus einer Vorabendserie oder einem schlechten Film. Und das bin nicht ich, ich will nicht das Mädchen sein, das diesen Satz gerade gesagt hat und jetzt auf die Reaktion ihrer Freunde wartet. Ich will mich und meine Situation besser erklären. Aber was sonst kann ich sagen? Die Sprache reicht nicht aus. Ich bin eine Gefangene der Worte, und des Augenblicks. Ich bin dieses Mädchen, und ich bin ich. Und gerade hat sich mein Leben geändert.

Joel sagt mit sehr vorsichtiger Stimme: »Bist du sicher?«

Ich nicke in die Dunkelheit. Ich kann nicht sprechen.

»Bist du wirklich hundertprozentig sicher? Ich meine, hast du einen von diesen Schnelltests gemacht, oder bist du zum Arzt gegangen? Auf diese Tests kann man sich nicht verlassen.«

»Ich war beim Arzt. Ich bin fast im dritten Monat.«

Joel liegt auf dem Rücken neben mir. Er hat sich nicht bewegt. Und doch scheint seine Stimme von weiter her zu kommen als von dem Kissen neben mir. »Bist du sicher, dass es von mir ist?«

»Es gibt keinen Grund, gemein zu werden«, sage ich. »Ich will dich da nicht mit hineinziehen. Wirklich nicht. Ich dachte nur, du solltest es von mir erfahren.«

»Willst du es behalten?«

Ich verlagere mein Gewicht und erhebe mich auf meine Ellbogen, so dass er hinter mir ist. Es ist die einzige Antwort, von der ich überzeugt bin, seit ich beobachtet habe, wie sich die Linie des ersten Schwangerschaftstests rosa färbte. Überraschenderweise schien es die einzig mögliche Entscheidung zu sein. »Ja.«

»Ja. Okay … Ja.« Er sagt das Wort, als würde er es ausprobieren, ausprobieren, um seine Bedeutung ausmachen zu können. »Es tut mir leid«, sagt er. »Wirklich. Aber ich muss jetzt gehen. Ich rufe dich morgen früh an.«

»Das musst du nicht«, sage ich.

Joel sitzt auf der Bettkante. Ich sehe auf seinen Rücken.

»Du wusstest es doch, Gracie. Du wusstest doch, dass es keine ernsthafte Beziehung für mich war? Ich habe versucht, über

Margaret hinwegzukommen. Und du hast sowieso nie ernsthafte Beziehungen. Alle wissen das.«

»Was meinst du damit – alle wissen das?«

Joel hat Angst in den Augen. Er steht nackt da, die Schuhe in
der einen, die Socken in der anderen Hand. Er denkt an
Margaret. Er fragt sich, was sie sagen wird.

Ich frage mich, ob je einer der Männer, mit denen ich zusammen war, so viel über mich nachgedacht hat, mir so viel
Macht gegeben hat. Grayson wahrscheinlich, aber der grü-
belt über alles nach; das zählt also nicht.

Joel sieht auf die Schuhe, die er hält. Wie benommen sagt er:
»Ich weiß nicht, wie das hat passieren können. Ich war so
vorsichtig.«

Ich will, dass er geht. Ich setze mich im Bett auf und ziehe
mir die Decke bis ans Kinn, so dass all meine nackte Haut
bedeckt ist. Damit ist es vorbei. »*Wir*, Joel. *Wir*. Und wir waren nicht immer vorsichtig.«

Aber ich glaube diese Worte nur halb, während ich sie sage.
Tief in mir weiß ich, dass Joel bei diesem Ereignis nur in der
kleinstmöglichen Weise involviert war. Es hat in mir begonnen und wird aus mir kommen. Dieses Baby gehört mir. Es
ist mein Weg, nicht seiner. Deshalb bin ich auch nicht erstaunt, dass er anfängt, darüber zu streiten.

»Ich will deine Gefühle nicht verletzen, Gracie, bestimmt
nicht. Ich wollte nie etwas mit deinen Gefühlen zu tun haben. Aber … das kommt mir nicht vor, als wäre es wahr. Ich
fühle nicht, dass es von mir ist. Es ist nicht meins.« Er hat
seine Hose an. Er ist noch mitten in seinem letzten Satz und
zieht sich sein Hemd über den Kopf, als er das Schlafzimmer
verlässt.

Von unten höre ich das luftige Geräusch der Kühlschranktür,

als sie sich öffnet, dann das Klacken von Bierflaschen, bevor Joel hinausgeht und das Haus dunkel wird und leer. Erst jetzt fühle ich ein Glimmen süßer Erleichterung, wie immer, wenn eine Beziehung zu Ende geht und ich die Glückselig-keit des Alleinseins verspüre.

Aber dieses Mal ist es nur ein Glimmen, ich bin nicht wirk-lich allein.

Am nächsten Morgen gehe ich in die Küche und denke nur an eines: Kaffee. Französische Röstung mit drei Löffeln Voll-milch. Seit achteinhalb Wochen, seit ich herausgefunden habe, dass ich schwanger bin, habe ich keine Tasse mehr ge-trunken. Aber jetzt brauche ich eine, in diesem Augenblick, so bald wie möglich.

Ich gehe direkt zur Kaffeemaschine. Als ich Lila über den Tisch gebeugt sehe, schrecke ich zurück. Ich habe vergessen, dass sie hier ist. Normalerweise wohnen Frauen bei mir, die ich nicht kenne und deren Namen ich von der Mitbewoh-ner-Website des Bergen Record habe. Ich suche mir immer eine aus, die nur für ein paar Monate unterkommen will und die ich nicht wirklich kennenlernen muss. Als es dann mit Lilas Zimmer plötzlich nichts wurde, zog gerade jemand bei mir aus. Es ist Jahre her, dass ich meine Schwester im Pyjama gesehen habe. Normalerweise haben wir uns immer nur zum Essen getroffen oder um ins Kino zu gehen; auf jeden Fall waren wir richtig wach und miteinander verabredet. Meine Schwester in meinem eigenen Zuhause zu so ko-mischen Tages- oder Nachtzeiten anzutreffen ist neu und seltsam.

»Sieh dir nur diese Bilder an«, sagt sie. »Grandma muss sie beim letzten Mal hiergelassen haben. Sie waren in einem

Umschlag, auf dem unser Name stand, mit einem der Magnete am Kühlschrank festgemacht. Hast du sie da gesehen?«

Erst als die Kaffeemaschine unter meinen Fingerspitzen warm wird und die heiße Flüssigkeit anfängt, in die leere Kanne zu platschen, gehe ich zu ihr an den Tisch, um zu sehen, was sie meint. Vor dem Zuckertopf liegen drei Fotografien aufgereiht, auf denen Lila und ich als kleine Mädchen zu sehen sind. Ich war wahrscheinlich sieben, Lila fünf, trotzdem sind wir ähnlich groß und schwer. Die drei Bilder scheinen vom selben Nachmittag zu stammen. Wir tragen Wintermäntel und stehen auf einem Berghang. Es liegt kein Schnee, nur der Wind fährt durchs Gras.

Auf dem ersten Bild posieren wir Rücken an Rücken, die Hände vor der Brust, das Haar weht uns gegenseitig ins Gesicht. Ganz eindeutig sind wir aufgefordert worden zu lächeln und ziehen unbeholfen die Mundwinkel hoch. Wenn man genauer hinsieht, erkennt man, wie wir uns unter unseren aufgeplusterten Anoraks gegenseitig die Ellbogen in die Seiten graben. Beide versuchen wir, die andere so weit zu ärgern, dass sie nach dem Onkel ruft und dann von Mutter ausgeschimpft wird, weil sie das Bild verdirbt.

Die beiden anderen Fotos zeigen uns beim Spielen. Ich renne mit geballten Fäusten geduckt den Hang hinauf, während Lila mir von oben entgegenkommt, die Arme wie die Flügel eines Flugzeugs weit ausgestreckt, der Mund ein großes »Oh«. Auf dem dritten Foto tun wir so, als wären wir tot. Wir liegen auf dem Rücken, Arme und Beine ausgestreckt, die Augen fest zugekniffen.

»Ich kann mich an den Tag nicht erinnern«, sagt Lila. »Du etwa?«

»Nein.«

Lila beugt sich immer noch vor und studiert die Fotografien nach versteckten Hinweisen. »Ich kann es nicht haben, wenn ich mich an etwas nicht erinnern kann. Wozu taugt ein fotografisches Gedächtnis, wenn ich mich nicht mal an Tage aus meinem eigenen Leben erinnern kann?«

Unsere Eltern haben uns in der Grundschule etliche psychologische Tests machen lassen: Intelligenztests, Persönlichkeits- und Neigungstests etc. Sie haben uns nie etwas über die Ergebnisse gesagt, was gut war, denn Lila und ich lagen ständig im Wettstreit und waren gemein zueinander, bis ich weg aufs College ging. Wir hätten es womöglich nicht überlebt zu wissen, wer den höheren IQ hatte. Das Einzige, was uns unsere Eltern verrieten, war, dass ich eine Begabung für Lesen und Schreiben hatte und Lila ein fotografisches Gedächtnis. Beide kämpfen wir seitdem mit der Last dieser einfachen Talente. Ich glaube, wir waren uns nie wirklich sicher, ob sie tatsächlich existierten oder ob wir sie nur herbeigezwungen hatten mit dem, was wir mit neun und elf Jahren im Prüfungszimmer irgendeines bärtigen Psychologen unter Tintenkleckse geschrieben und uns an Wortassoziationen hatten einfallen lassen.

Lila nimmt die Fotos und steckt sie zurück in den Umschlag. »Hat Mom gestern Abend angerufen?«

»Nein. Warum sollte sie?«

»Grandma hatte am Nachmittag einen Autounfall.«

Ich höre sie, aber ihre Worte ergeben keinen Sinn, also dränge ich sie mit Fragen zurück: »Was meinst du damit? Ist alles in Ordnung mit Grandma? Es geht ihr doch gut?«

»Ich weiß auch nicht genau, was passiert ist. Es war ein Blechschaden, direkt vor der Stadtverwaltung, und Dad hat sie ins Krankenhaus gefahren. Sie musste mit ein paar Stichen genäht werden, und der Arzt dachte, dass es durch einen winzigen Schlaganfall zu dem Unfall gekommen sein könnte. Aber das lässt sich nicht nachweisen, und als ich da war, hatte sie einen absolut klaren Kopf. Es geht ihr gut.«

»Bist du sicher?«

»Meinem Eindruck nach ja.«

»Gott sei Dank.«

Ich stelle mir Grandma hinter dem Steuer eines Wagens vor, der ihr außer Kontrolle gerät. Ich sehe, wie ihre Augen vor Angst größer werden, und meine eigenen füllen sich mit Tränen. Ich will nicht weinen. Meine Schwester ist nicht gerade jemand, vor dem man weinen möchte. Ich bin mir nicht sicher, ob sie selbst je geweint hat. Natürlich hat sie das, als wir noch klein waren, auch wenn es nicht so ist, dass ich mich daran erinnern könnte. Ich ziehe am Gürtel meines Bademantels. Wenn ich einfach weiterrede, werde ich das Bild von Grandma, die verletzt ist und die Kontrolle verloren hat, vielleicht wieder los. »Würde es dich sehr nerven, wenn ich dir etwas erzähle?«

»Worum geht es denn?«

»Ich will dir nur diese eine Sache erzählen.«

»Bleib mir mit deinen Männerproblemen vom Hals.«

»Ich bin schwanger. Ich hab's Joel letzte Nacht gesagt.«

Lila dreht den Kopf und sieht mich an, dabei kneift sie immer noch die Augen zusammen, als suchte sie etwas. »Du bist *wieder* schwanger?«

Ich versuche, nicht defensiv zu klingen. Die Tränen sitzen immer noch hinter meinen Augen und warten auf eine Gelegenheit hervorzuströmen. »Ja. Diesmal behalte ich das Baby.«

»Ich hätte ihnen sagen sollen, dass sie dir die Eileiter abklemmen, als ich mit dir in der Klinik war. Warum erzählst du mir das? Du weißt, dass ich so was nicht wissen will!«

Ich atme langsam, um uns beide zu beruhigen. Mir fehlt die Energie, mit ihrem Zorn umzugehen. Lila hat die tsunamiartigen Wutausbrüche meiner Mutter geerbt, die sie wiederum von ihrem Vater hat. Lila hasst diesen Zug an sich, und sie weiß, welchen Weg er in unserer Familie genommen hat. Sie konzentriert sich darauf, sehr, sehr ruhig zu bleiben. Mit der Zeit hat sie sich eine fast klinische, frostige Art anerzogen, mit der sie ihre Gefühle in Zaum hält. Aber das gelingt ihr nicht immer. Wenn man sie überrascht, wie ich es gerade getan habe, kann es ihr die Kontrolle wegblasen wie ein Stück Papier von der Fensterbank.

Wenn Lila in Wut gerät, sind Logik, Vernunft, Freundlichkeit und ziviler Ton verloren. Ich habe mich nie so verletzt gefühlt wie durch die harsch, spitz und vernichtend niederprasselnden Worte meiner Mutter und meiner Schwester. Mein Vater und ich sind vom ersten Tag an auf Zehenspitzen um sie herumgeschlichen, auf der Hut, sie nicht zu verärgern und zu provozieren oder, was Lila anging, zu überraschen. Heute Morgen bin ich aus dem Tritt geraten. Ich hätte mir überlegen sollen, wie ich es ihr sage.

Aber Lila fängt sich rechtzeitig wieder. Ihr Atem geht langsam wie meiner. Wir sehen uns an. Lila ist fünf Zentimeter größer als ich, deshalb blicke ich etwas nach oben und sie nach unten. Ich kann sehen, wie ihr die Gedankenketten durch den Kopf rasen: dass ich nicht verheiratet bin, Joel nicht liebe und Mom, Dad und Grandma alles sagen muss; ich verdiene kein Geld und habe Bindungsprobleme.

»Weiß Grandma es?«, fragt Lila.

Jetzt muss ich fast lachen. Wie kann sie glauben, dass ich auch nur annähernd bereit oder fähig bin, Grandma zu erzählen, dass ich ein unrechtmäßiges, uneheliches Kind bekomme?

»Natürlich nicht.«

»Hast du eigentlich den Verstand verloren?« Meine Schwester klingt neugierig.

Der Geruch des Kaffees, der dampfend auf der anderen Seite des Raums auf mich wartet, treibt mir die Tränen in die Augen. Ich brauche ihn, unbedingt.

Vor fünf Beziehungen und zweieinhalb Jahren hatte ich eine Abtreibung. Drei von vier Frauen in meinem Alter, die ich kenne, hatten zumindest eine. Die Fahrt in die Abtreibungsklinik (vorzugsweise eine, die ein paar Städte von der eigenen entfernt liegt) ist ein wichtiger, stummer Grenzüberschreitungsritus unter weißen, gut ausgebildeten Frauen meiner Generation. Es ist ein sorgsam, tief in uns verstecktes Geheimnis, über das auch wer sonst viel redet Schweigen bewahrt. Von den Hunderten *Liebe-Abby*-Briefen, die ich bekommen habe, haben nur eine Handvoll das Thema Abtreibung gestreift, nicht einmal kam die Frage, wie man sich davon erholen soll. Das ist ein Glück, denn ich weiß keine Antwort. Körperlich war ich schnell wieder auf dem Posten, die Gefühle sind eine andere Sache. Ich spüre eine Leere in mir, einen sehr katholischen Schmerz, der mir sagte, dass ich gesündigt hatte.

Vielleicht haben Lila und Joel recht, wenn sie sich über mich aufregen. Vielleicht bin ich selbstzerstörerisch. Vielleicht wollte ich alles so. Vielleicht habe ich es irgendwie darauf angelegt, schwanger zu werden, obwohl ich mich meist brav an die Pille und gerippte Kondome gehalten habe. Vielleicht wusste mein Körper, dass dieses der einzige Weg zur Erlösung ist, und hat, ohne meinen Verstand zu Rate zu ziehen, einfach losgelegt. Ich glaube an meine Entscheidung, das Baby zu behalten, aber das bedeutet nicht, dass es notwendigerweise auch die richtige Entscheidung ist und ich die Frau erkenne, die sie getroffen hat.

Meine Schwester hebt die Brauen. Mit Doppeldeutigkeiten, Vagheiten und langen Pausen weiß sie nichts anzufangen. Wenn sie etwas verwirrt, will sie eine Antwort. Sie wartet, möchte wissen, warum ich so scharf von meinem Lebensweg abbiege. Sie will die Schwester ihrer Erinnerung – die sie seit der Kindheit bis heute Morgen gekannt hat – mit der Frau zur Deckung bringen, die da mit diesen großen, unwillkommenen Neuigkeiten vor ihr steht.

Ich wünschte, ich könnte ihr helfen. Ich möchte Lila immer helfen, obwohl es am Ende für gewöhnlich andersherum geht. »Vielleicht habe ich den Verstand verloren«, sage ich so ruhig wie möglich.

Dann drehe ich ihr den Rücken zu und irre durch die Küche, versuche mich zu fassen, vom Kaffee wegzubleiben und herauszufinden, wo ich die Kraft hernehmen soll, noch weitere zehn Minuten hinter meiner Entscheidung zu stehen, für den Rest des Tages, den Rest meines Lebens.

Lila

Zwei Tage nachdem Gracie mir erzählt hat, dass sie schwanger ist, erwische ich sie, wie sie irgendeinen Mann aus ihrem Bett und dann aus der Hintertür schmuggelt. Es ist fünf Uhr morgens. Ich bin kaum bei Bewusstsein und kauere mich in der Küche über eine Tasse Kaffee. Um sechs fängt mein Dienst im Krankenhaus an.

Ich habe kein Licht gemacht, weil ich so weicher in den Tag komme. Ich bin kein Morgenmensch. Jedes Mal, wenn ich vor sieben aufstehen muss, habe ich das Gefühl, man tut mir großes Unrecht an.

Das ist wahrscheinlich auch der Grund – da ich schon in der Defensive bin – dafür, dass mir die Geräusche da mitten im Haus zuerst Angst machen. Ich richte mich auf und mache einen Schritt in Richtung der Steakmesser. Ich denke: Einbrecher, Vergewaltiger, 6-Uhr-Nachrichten, bitte tu mir nicht weh.

Aber dann zieht sich das Geräusch auseinander und teilt sich in zwei getrennte Schrittfolgen. Ich mache mir nicht mehr die Mühe, nach den Messern zu greifen. Ich begreife, was vorgeht. Da bricht keiner ein. Da bricht einer aus.

Ich höre Gracie flüstern: *Die dritte Stufe.* Aber er hört sie nicht rechtzeitig, und die dritte Stufe jault laut auf. Beide bleiben einen Moment unbeweglich stehen, Schweigen, dann geht es weiter. Sie führt ihn nicht durch die Küche, die direkt unter dem Zimmer liegt, in dem ich wohne, sondern durch das Esszimmer zum Hinterausgang. In so was ist meine Schwester gut. An der Tür bekomme ich ihn kurz in den Blick, als sie sich zum Abschied küssen. Ich habe ihn nie zuvor gesehen. Er ist schwarz, wirklich dünn und hält seine Turnschuhe in der Hand. Dann wird die Tür vorsichtig, leise geöffnet, und er ist verschwunden.

Es kotzt mich an. Es ist verflucht noch mal fünf Uhr morgens, und alles, was ich will, ist in Ruhe meinen Kaffee trinken. Aber Gracie kann nicht anders. Selbst wenn sie's nicht drauf anlegt, springt sie mir mit ihrem Leben ins Gesicht und versucht mich mit hineinzuziehen. Wobei die Wahrheit ist, und das weiß sie ganz genau, dass ich absolut kein Interesse daran habe. Bevor ich hier eingezogen bin, haben wir uns verstanden. Alles war hübsch ausbalanciert. Wir respektierten die Verschiedenheit der anderen und wagten uns nicht zu weit vor. Aber seit ich bei Gracie wohne, ist es mit der Balance vorbei.

Wenn es doch bloß mit meiner Studentenbude geklappt hätte und ich nicht hierbleiben müsste, denke ich.

Wenn Gracie doch bloß ihren Mund gehalten hätte. Und die Beine zusammen.

Wenn ich doch bloß heute Morgen bis zu einer zivileren Zeit hätte schlafen können. Wenn ich doch bloß nicht so viel zu tun hätte.

Gracie nimmt den Weg zurück durch die Küche und sieht mich im Schatten meine Tasse Kaffee halten. Wir blicken uns gegenseitig von oben bis unten an. Sie schläft noch halb. Auf ihrem Gesicht liegt der sulzige Ausdruck, den es annimmt, wenn es ihr einer besorgt hat.

»Bitte hör auf, mich so selbstgerecht anzustarren, Lila. Ich kann das nicht haben.«

»Ich glaube nicht, dass du erkennen kannst, wie ich dich angucke, Gracie. Wir stehen hier im Dunkeln.«

Mit einem harten Klacken betätigt Gracie den Schalter, und der Raum explodiert vor Licht. Mit meiner freien Hand bedecke ich mir die Augen.

»Ich wollte nur was für meine Stimmung tun«, sagt sie. »Ich wollte nur ein bisschen Spaß. Ein kleines bisschen. Ist das so schrecklich?«

Ich bin so müde, dass die Haut auf meinem Gesicht schmerzt. Wann habe ich mich zum letzten Mal gut gefühlt? Oder Spaß gehabt? »Warum läufst du nicht runter zur Ecke?«, sage ich. »Ich bin sicher, da hängt noch der eine oder andere Penner herum, den du herbringen und vögeln kannst. Das wär doch was.«

Etwas in Gracies Gesicht wird flach und hart, wie ein zugefrorener Teich tief im Winter. Sie zögert, aber dann schießt sie zurück: »Wenigstens bin ich keine flachärschige Jungfrau, die nicht mal *versucht,* was vom Leben mitzukriegen.«

Danach bleibt uns beiden nicht mehr viel zu sagen.

Wir beenden diesen Streit so, wie wir es als kleine Mädchen getan haben, mit einem Anstarr-Wettbewerb. Der Schreiberknabe, einer von Gracies Freunden, der eine ganze Weile bei ihr herumhing, sagte immer, dass Gracie und ich Experten für stumme, tödliche Blicke seien, nur dass wir unterschiedliche Stile hätten. Gracies Blick besagt, dass sie mehr weiß als man selbst, aber keine Angst, sie wird ihre Riesen-Überlegenheit für sich behalten, weil alles andere unhöflich wäre. Ich dagegen bin die Spezialistin für den Verpiss-dich-Blick, den Wenn-Blicke-töten-könnten-Ansatz.

Im hellen Licht der Küche starren meine Schwester und ich uns gegenseitig in Grund und Boden. Durch das Fenster über der Spüle sieht man einen schwarzen Himmel, und keine Seele ist da draußen wach, nicht eine Glühbirne leuchtet in Ramsey. Wir sind allein in diesem Raum, in diesem Haus, an diesem neuen Tag. Blaue und braune Augen, ineinander verkeilt. Du hast von nichts eine Ahnung.

Zum Teufel mit dir, du kennst mich nicht.

Ich gebe als Erste auf, weil ich zur Arbeit muss. Ich trage Verantwortung. Ich kippe den kalten Kaffee in die Spüle, greife nach meiner Tasche und knalle die Hintertür ohne ein weiteres Wort hinter mir zu.

Den Großteil meines Morgens im Krankenhaus verbringe ich damit, meinen Rhythmus wiederzugewinnen. Ich spiele die coole, kompetente Ärztin in der Ausbildung. Ich telefoniere Laborergebnissen hinterher, wische Blut auf und halte Haut- und Gewebestücke zur Seite, damit der Diensthabende in den Patienten hineinsehen und die Schwere des Schadens abschätzen kann. Mitten am Vormittag muss der diensthabende Arzt plötzlich weg, und so erlaubt er mir, eine kleine Armverletzung ohne Beaufsichtigung zu nähen. Der Patient, ein kahler, dicklicher Mann, ist den Tränen nahe und bittet um eine lokale Betäubung.

»Eine Injektion mit Lidocain tut mehr weh als das Nähen«, sage ich ihm. »Lassen Sie mich den Schnitt schnell nähen, und dann sehen Sie, dass Sie keine Spritze brauchen.«

»Das glaube ich Ihnen nicht.« Der Kerl schmollt doch tatsächlich. »Ich will die Spritze.«

»Schön. Es ist Ihr Arm.« Ich nehme die Spritze hoch und versuche erst gar nicht, sie niedrig und versteckt zu halten, so wie die Ärzte es einem erklären. Lass diesen Sack ruhig genau sehen, was er da kriegt.

»Scheiße, Sie wollen doch wohl nicht dieses Ding da in mich reinstechen, oder? Hören Sie auf, vielleicht sollte doch der richtige Arzt wieder zurückkommen.«

Jemand hinter mir beugt sich dazu; eine bekannte, gehauchte Stimme klingt in mein Ohr. »Lassen Sie mich helfen, Sir.« Die penetrante, perfekte Belinda schenkt dem Patienten ihr Zahnpastalächeln. »Haben Sie keine Angst. Das muss überhaupt nicht weh tun.«

Ich frage mich, wie Belindas Haar auch noch nach achtzehn ununterbrochenen Stunden Krankenhaus nach Erdbeeren riechen kann. Der Mann lächelt zurück. Seine Augen werden ganz glasig. Ihr Geruch, ihr gefärbtes blondes Haar und die um eine Nummer zu kleine weiße Jacke tun offenbar ihre Wirkung. »Bitte«, sagt er. »Ich möchte, dass sie es macht. Nicht Sie.«

Ich schüttele den Kopf und übergebe die Spritze. Belinda macht aus der Situation eine weitere Schlacht im langen Krieg zwischen uns, und ich habe keine Lust zu kämpfen. Während der ersten beiden Jahre an der Uni war ich stets als Nummer eins unseres Jahrgangs gelistet, sie war Nummer zwei. Jetzt spürt sie, dass der Titel zu haben sein könnte, und zückt die Waffen, sobald sich die Gelegenheit bietet. Ich muss ihre Hartnäckigkeit bewundern.

»Wie geht es deiner Großmutter?«, fragt sie über die Schulter.

»Der geht's gut«, sage ich und verlasse den Raum. Natürlich war es Belinda, die sie losgeschickt hatten, um mir zu sagen, dass Grandma in der Notaufnahme war. Erst habe ich ihr nicht geglaubt. Ich dachte, sie wär völlig abgedreht und hätte sich das mit meiner Großmutter ausgedacht, um mir den Patienten zu stehlen, mit dem ich gerade beschäftigt war. Als ich dann aber begriff, dass sie die Wahrheit sagte und Groß-mutter einen Unfall gehabt hatte, war ich erschrocken und durcheinander, und es ärgert mich immer noch, dass Belinda mich so gesehen hat. Ich hasse es, dass sie jetzt über Grandma spricht. Ich will, dass unsere Rivalität nur mit dem Studium zu tun hat, mit der Uni.

Die ersten beiden Jahre hatten wir fast ausschließlich Vorle-sungen und Seminare, was viel Auswendiglernen bedeutete. Ich bekam in allen Prüfungen die volle Punktzahl, ohne mich groß anstrengen zu müssen. Ich ging nach Hause, wenn alle anderen noch in die Bibliothek strömten. Unsere Do-zenten führten mich dem Jahrgang als leuchtendes Beispiel vor. Mir gefiel mein spezieller Status ungemein, und ich ak-zeptierte, dass ich als Nummer eins für mich blieb. Ich hielt die Tür meines Zimmers vor den schwatzenden Leuten draußen auf dem Gang geschlossen und lächelte den ande-ren Studenten süffisant zu, wenn ich zwanzig Minuten vor Schluss schon den Prüfungsraum verließ. Ich leckte noch den letzten Tropfen Lob meines Professors auf und genoss ganz bewusst jeden einzelnen Augenblick im Seminarraum, jedes neue Semester, in dem ich ganz oben stand und in meinem Element war.

Aber jene Tage sind vorbei. Im zweiten Teil des Studiums geht es um die Erfahrung »vor Ort«. Keine Seminare, keine Bücher, wenig Prüfungen. Die Tage meiner problemlosen Vorherrschaft sind vorbei. Ich bin mitten in meinem medi-zinischen Praxisdurchlauf. Meine Kommilitonen laufen mit dunklen Ringen unter den Augen durchs Krankenhaus und beschweren sich, wie müde sie sind, wie überarbeitet, wie überlastet. Jede dritte Nacht haben wir Bereitschaft, das heißt, wir sind im Krankenhaus. Für uns Studenten stehen wacklige Etagenbetten in allen möglichen Ecken, aber niemand von uns schläft wirklich. Wir machen die Runde mit dem uns zugewiesenen diensthabenden Arzt und sehen uns jeden Patienten an, der eingeliefert wird und nicht klar ein chirurgischer oder neurologischer Fall ist. Als Teil der medizinischen Mannschaft untersuchen wir ihn, dokumentieren seine Krankengeschichte, stellen eine Diagnose und geben eine Prognose ab.

Der Dienst dauert Stunden über Stunden, aber das stört mich eigentlich nicht. Es macht mir nichts, dass ich zu wenig schlafe. Mir gefällt es herauszufinden, wie weit ich meinen Körper und meinen Verstand belasten kann. Nach drei Tagen ohne große Pause verflüchtigen sich meine persönlichen Sorgen, und ich sehe nur noch die Arbeit. Was mich stört und wogegen ich etwas habe, sind die Leute.

Das Krankenhaus wimmelt von ihnen. Wo immer du dich hinwendest, sind Ärzte, Medizinstudenten, Schwestern, Schwesternhelferinnen, Schwesternschülerinnen, Anästhesisten und Spezialisten. Jeder hat seinen bestimmten Job, und trotz der strengen Hierarchie, die befolgt werden muss, kommen sie sich gegenseitig in die Quere. Das Krankenhaussystem basiert auf Qualifikation und Dienstalter, das heißt, selbst wenn du die Fähigkeiten und das Wissen hast, kannst du erst weiterkommen, wenn du ein paar Jahre einem mittelaltrigen Oberarzt hinterhergelaufen bist und den Leuten den Arsch leckst. Du musst die richtigen Dinge sagen und dich den richtigen Leuten gegenüber unterwürfig geben. Nicht mal mit den Schwestern hast du deine Ruhe, weil sie denken, sie wissen viel mehr als die kleinen Medizinstudenten, und wenn die Arbeit mal weniger wird, wollen sie sich unterhalten, dir näherkommen, über ihr und dein

Leben reden, bis ich am liebsten aus dem nächsten Fenster spränge.

Mit den Patienten ist es okay, ihnen gegenüber kann ich wenigstens meinen Kopf gebrauchen. Ich halte ihre Symptome gegen das, was ich gelernt habe. Ich erwäge die möglichen Krankheiten, die möglichen Behandlungsmethoden und die möglichen Komplikationen. Aber auch die Arbeit ist nicht ungetrübt, da ich nicht viel tun darf, und viel zu oft schickt mich der Arzt aus dem Krankenzimmer, um mit der Familie des Patienten zu sprechen. Das ist von allem die schlimmste Arbeit, denn die Familien sind mit wenigen Ausnahmen ein einziges Durcheinander. Dabei macht es nichts, ob ihr Zehnjähriger die Mandeln herauskriegt oder der Vater gerade in einer Notfalloperation einen dreifachen Bypass bekommt. Immer herrscht Hysterie. Ich sehe es in ihren Augen und höre es an ihren Stimmen. Die Menschen wissen, im Krankenhaus ist immer gerade jemand in einem der Zimmer um sie herum dran mit Sterben, und sie scheinen zu glauben, wenn sie nur viel und laut genug reden und Tränen vergießen, verbessern sich die Chancen ihrer Liebsten, noch einmal davonzukommen.

Wahrscheinlich habe ich auf eine Art schon immer gewusst, dass ich nicht unbedingt verrückt nach Menschen bin. Ich hatte nie viele Freunde und habe größere Menschenansammlungen in Kneipen und bei Partys immer gemieden. Ich habe mir eine Studentenbude mit Leuten ausgesucht, die mich nicht mochten und in Ruhe ließen. Trotzdem habe ich nie bewusst darüber nachgedacht, dass ich ein Misanthrop sein könnte. Das ist nicht die Art Charakterzug, die man sich gerne selbst zuschreibt. Und ich habe die Möglichkeit auch nie wirklich ins Auge gefasst, bis vierzig Stunden nach meinem Streit mit Gracie, als ich bereits zwei volle Tage im Krankenhaus verbracht habe, ohne einen Moment für mich selbst.

Ich bin auf dem Weg zur Toilette, vor allem weil ich die Tür hinter mir abschließen, mich aufs Klo setzen und die Augen schließen möchte. Aber jemand folgt mir. Es ist eine Frau, die ich gerade zwanzig Minuten lang zu beruhigen versucht habe; ihr Sohn hat sich beim Skateboarden eine Gehirnerschütterung geholt und das Bein gebrochen.

»Miss«, sagt die Mutter zu mir, »er erkennt mich nicht. Er spricht nicht. Sind Sie sicher, dass alles wieder in Ordnung kommt?«

»Ihr Sohn schläft«, sage ich. »Er erkennt Sie nicht und spricht nicht, weil er schläft. Wir haben ihm Schmerzmittel gegeben, und die machen ihn schläfrig. Das habe ich Ihnen doch schon erklärt. Verstehen Sie das?« Ich spreche langsam, weil ich will, dass sie mich diesmal hört. Sie scheint etwas langsam zu sein.

»Irgendetwas mit ihm scheint mir nicht richtig zu sein«, sagt sie.

Ich stehe vor der Tür zur Toilette. Ich muss diese Frau loswerden.

»Ihr Sohn hatte zu viel Bier getrunken«, sage ich, »und er ist mit dem Kopf aufgeschlagen, als er vom Skateboard fiel. Er hat keinen Helm getragen. Es war idiotisch, sich so zu verhalten. Insofern haben Sie recht. Er ist nicht ganz richtig im Kopf.«

Die Frau hebt eine Hand vor den Mund. Ich lege meine Hand auf die Klinke zur Toilette, aber etwas hält mich davon ab hineinzugehen. Ich lasse den Blick schweifen und sehe Dr. Lewis, dem ich im Moment zugeordnet bin, auf der anderen Seite des Korridors. Er starrt mich an, als hätte ich gerade zugegeben, während der Mittagspause Kokain geschnupft zu haben.

Er kommt herübergelaufen, legt den Arm um die Schultern der Frau und führt sie weg. Ich gehe zur Toilette. Als ich wieder herauskomme, wartet er draußen. Er hat eine Glatze und ist so groß wie ich. Auf seiner Stirn sind tiefe Falten.

Er kommt gleich zur Sache. »Sie wollen nicht Ärztin werden, Miss Leary, oder?«

»Ich war müde«, sage ich. »Ich hatte mich bereits angemessen lang mit der Frau beschäftigt, und die Verletzungen ihres Sohnes sind nicht ernst …«

»Ernst«, wiederholt er.

Ich frage mich, ob an diesem Nachmittag irgendwas im Trinkwasser des Krankenhauses ist, das den Leuten ein paar Stellen ihres IQs weggespült hat. »Ja«, sage ich, »ernst.«

»Ich frage mich, ob das *Ihr* Ernst ist, Miss Leary.«

Ich bleibe stumm, weil er eindeutig auf irgendwas zusteuert und es keinen Sinn hat, ihm dabei in die Quere zu kommen.

»Ich habe Sie beobachtet.« Er nickt, um das Gesagte zu unterstreichen. »Sie haben großes Potential, wie Sie offenbar wissen. Sie haben einen scharfen Verstand. Aber Sie verfügen über keinerlei Güte, und da liegt das Problem. Sie stehen durchaus gut da, weil Sie bisher auf den Ruf haben bauen können, den Sie sich im ersten Teil des Studiums erworben haben. Aber Sie brauchen mehr als Intelligenz, um von jetzt an weiterzukommen. Es wird Ihnen guttun, sich daran zu erinnern.« Er klopft sich mit der Faust vor die Brust und geht davon.

Dr. Lewis' Zurechtweisung geht mir im Kopf herum. Ich wende sie hin und her. Bin ich die Person, die er da beschrieben hat? Will ich nicht Ärztin werden?

Mit einer Sache hat er definitiv recht. Bei meiner Arbeit im Krankenhaus bewege ich mich auf sehr dünnem Eis. Jedes Mal, wenn ich mit einem neuen Arzt zu tun bekomme, freut er oder sie sich, mit mir zu arbeiten, weil sie von meinen Leistungen gehört haben, meinen Noten, meinem Gedächtnis. Aber die Freude währt nur so lang, bis ich unweigerlich vor ihren Augen die Geduld verliere. Ich weiß, dass Dr. Lewis darum gebeten hat, nicht mehr mit mir arbeiten zu müssen. Vielleicht haben das auch schon andere getan. Die Situation macht mir Sorgen, da es wenig Aussicht auf Verbesserung zu geben scheint. Selbst bei meinem herausragenden Ruf bin ich dabei, meine Chancen zu verspielen.

Als ich am Ende des Tages das Krankenhaus verlasse, rufe ich von meinem Handy den Makler an und mache einen Termin für den nächsten Morgen aus. Ich würde so ziemlich alles für Grandma tun, aber nicht das. Ich muss die Möglichkeit haben, mich besser abzuschotten. Ich brauche meine eigene Badewanne, in der ich mich einweichen lassen kann, meinen eigenen Anrufbeantworter, der ständig eingeschaltet bleibt, und meine eigenen Vorhänge, die ich zuziehen kann.

Als ich in Gracies Haus komme, sitzt sie am Küchentisch und hat lauter *Liebe-Abby*-Briefe vor sich ausgebreitet.

Ich bin kaum durch die Tür, als sie sagt: »Lila, es tut mir so leid wegen vorgestern Morgen. Bitte, sei nicht böse auf mich.«

Es muss das hundertste Mal in unserem Leben sein, dass ich sie darum betteln höre, ihr zu erklären, dass sie ein guter Mensch ist und alles wieder gut wird, wie fragwürdig ihr

Verhalten auch sein mag. Ich beuge mich in den Kühlschrank und tue so, als suchte ich nach etwas zu essen.

Ich nehme einen Apfel und drehe mich um. »Und was machen die Pechvögel diese Woche?«

»Das sind keine Pechvögel, Lila.«

Als sie mit dem Job anfing, machte sich Gracie zusammen mit mir über die Briefe lustig. Die Sache ist schließlich absolut lächerlich. So viele Leute, meist Frauen, schicken ihre sie tief bewegenden Fragen und schmerzvollen Geheimnisse an jemand völlig Fremden. Sie wollen tatsächlich den Rat dieser Fremden, warten darauf und nehmen ihn an. Und was zeichnet diese Fremde besonders aus, dass sie Gott spielen kann? Fangen wir erst gar nicht davon an. Bei meiner Schwester war es der Umstand, dass sie mit dem Redakteur der Zeitung ins Bett gegangen ist. Und so verlassen nun Frauen im gesamten nördlichen New Jersey ihre Männer, versöhnen sich mit ihren Teenager-Kindern oder schreiben sich für College-Kurse ein, weil meine Schwester, schwanger, unverheiratet, neunundzwanzig und eine gute Nummer, sich denkt, das könnte die Lösung sein.

»Vor allem die Briefe von den jungen Mädchen berühren mich«, sagt Gracie. »In dieser Woche schreiben allein sieben, dass sie von ihrem Freund unter Druck gesetzt werden, mit ihnen zu schlafen. Jetzt wissen sie nicht, was sie machen sollen, weil sie sich noch nicht so weit fühlen, aber sie wollen auch ihren Freund nicht verlieren. Drei Briefe sind von Mädchen, die um Hilfe bitten, weil sie depressiv sind.«

Gracie fährt mit den Händen über die Briefe. Ihre Haut ist blass wie meine, ohne Falten, aber ihre Finger sind schlank, meine dicklich. Sie sieht so erschöpft aus, wie ich mich fühle.

»Wer bin ich denn, dass ich ihnen einen Rat geben könnte?«

Dagegen kann ich nichts sagen, also konzentriere ich mich auf meinen Apfel, der ein bisschen mehlig ist. Ein Bild von Grandma im Krankenhaus blitzt mir durch den Kopf: alt, mit einem Verband, gebeutelt. Plötzlich wünsche ich mir, dass meine Schwester bei mir gewesen wäre, um nach Grandma zu sehen. Ich will nicht das einzige Enkelkind mit diesem Bild im Kopf sein. Ich wünschte, mein Gedächtnis besäße die Fähigkeit, von Zeit zu Zeit loszulassen. Es ist in letzter Zeit zu laut in meinem Kopf, zu rau. Ich vermisse die Stille, die ich in meinem Studentenzimmer oder auch an meinem Lieblingsplatz in der Bibliothek schaffen konnte.

Wenn ich jetzt in der Bibliothek wäre, würde ich ein Kapitel in meinem medizinischen Lehrbuch lesen. Vielleicht das über Epidemiologie, das immer eines meiner liebsten war. Ich würde mir die Ursachen und Symptome von Borreliose, chronischer Erschöpfung und Pfeifferschem Drüsenfieber noch einmal ansehen, würde von einem geschwächten Immunsystem lesen, das alle Bakterien, Infektionen und Viren hereinlässt und eine schlechte Situation noch verschlimmert. Ich bin ein Fan dieser Krankheiten, die eine ungenaue Symptomatik haben, mit schwerer Müdigkeit einhergehen und imstande sind, die Leute vom Rand her verschwimmen zu lassen. Sie trüben alles – Persönlichkeit, Fertigkeiten, Bewegung, Erinnerung. Wenn ich müde und ausgelaugt bin, stelle ich mir gerne vor, dass ich Pfeiffersches Drüsenfieber habe und damit die Möglichkeit, aus meinem Leben zu treten und mich zu verlieren.

»Gehst du heute Abend aus?«, frage ich.

Gracie lächelt reuig. »Nein. Ich habe für eine Weile die Nase voll von Männern.«

»Tatsächlich oder bildlich gesprochen?«

»Wie witzig.«

»Nun, ich mache einen Spaziergang.« Ich bin überrascht, das aus meinem Mund zu hören. Ich gehe selten spazieren. Ich bin eher jemand, der vorm Fernseher liegt, bis er einschläft. Aber als ich draußen in der kühlen Frühlingsluft stehe, weiß ich, es war die richtige Entscheidung. Ich musste raus aus dieser stickigen Küche, weg von meiner Schwester, weg von all den Briefen voller nicht beantwortbarer Fragen und untröstbarem Kummer.

Ich umkreise den Block und komme zum *Green Trolley* und dem Schild mit dem aufgemalten grünen Bahnwaggon. Ich überlege, ob ich hineingehen soll. Vielleicht muss ich mal auf den Putz hauen. Ich war seit dem College nicht mehr betrunken. Und mit einem Mann hatte ich, nun, schon seit langem nichts mehr.

Aber meine Beine tragen mich am Eingang vorbei. Am Ende ist es doch Gracies Kneipe. Ich halte den Blick starr vor mich gerichtet, um nicht in Blickkontakt mit der Hälfte meiner Highschool-Klasse zu kommen. Aus dem Augenwinkel sehe ich Joel und seinen Kumpel Weber auf dem Parkplatz neben einem übergroßen jungen Kerl, der gerade alles aus sich rauskotzt. Joel hat die Hand auf dem Rücken des Jungen, und er versteinert, als er mich sieht. Weber hat dagegen kein Problem, was zu sagen.

»He, Doc«, ruft er, »wir brauchen hier medizinische Hilfe. Haalloo, hier drüben bin ich – oh, Scheiße, du willst mich doch nicht ignorieren, Leary? Joel, sie ignoriert mich.«

Joel bleibt völlig unbeweglich. Weber macht zwei Hüpfer in meiner Richtung. »Ich wusste, dass deine Schwester ein Geheimnis hat«, sagt er. »Hat sie dir gesagt, dass ich's wusste?«

Ich weiß von Webers sogenannten hellseherischen Fähigkeiten. Er kann ja, was das betrifft, nicht den Mund halten. Was mich angeht, ist er nichts als ein fetter Feuerwehrmann, nicht mal wirklich ein Freund von Joel, wenn er auf dem Parkplatz der Stadtkneipe so dessen Angelegenheiten herausbrüllt.

»Ich weiß, dass du auch ein Geheimnis hast«, sagt Weber. »Deshalb bist du so verflucht verklemmt. Du musst lockerer werden! Ich kann dir dabei helfen – komm mit rein und trink ein Bier mit mir.«

Ich drehe den Kopf und begegne seinem Blick. Ich kann sehen, dass ihn das abkühlt, ich wusste es. Die Luft zischt aus ihm raus. Selbst sein Bürstenschnitt scheint welk zu werden. Ich muss Eiswasser in meinen Adern haben.

»Lass meine Schwester und mich verdammt noch mal in Ruhe«, sage ich und gehe weiter.

Catharine

Ich werde keiner Seele erzählen, dass es Geister waren, die mich vor der Stadtverwaltung gestoppt haben. Und es muss auch keiner wissen, dass das schon seit einiger Zeit so geht. Es würde zehn Sekunden dauern, bis meine Kinder, ganz gleich, welche von ihnen, die Köpfe zusammengesteckt und entschieden hätten, dass ich eines von diesen schicken neuen Psycho-Medikamenten brauche. Und ich denke auch nicht daran, etwas davon Dr. O'Malley zu erzählen, der in meinem Alter ist und es gar nicht liebt, irgendein Anzeichen des Altwerdens bei mir festzustellen.

Ich nehme an, ich gehe nur aus Gewohnheit noch zu ihm. Er hat mich von allen meinen neun Kindern entbunden. In Panik bin ich zu seiner Praxis gefahren, den Kopf meiner Erstgeborenen auf dem Schoß, sie atmete schwer, das Gesicht war geschwollen und rot. Sie war groß für eine Dreijährige, und obwohl ich ihr erst eine Woche vorher erklärt hatte, dass sie zu groß sei, um noch auf den Arm genommen zu werden, trug ich sie vom Auto in die Praxis. Ich saß im Wartezimmer, und meine Sorgen zogen sich wie ein Spinnennetz quer über die Stadt zu Kelly, die allein zu Hause war. Willie hatte jeden Moment von einer Besorgung zurückkommen müssen, und so entschied ich, das achtzehn Monate alte Mädchen allein in seinem Laufstall zu lassen. Ich sagte mir, dass alles langsamer gegangen wäre, wenn ich sie mitgebracht hätte. Ich überlegte, ob ich Patrick im Büro anrufen sollte. Ich hasste es, ihm damit zu kommen, und so meldete ich mich erst später am Nachmittag bei ihm, als Dr. O'Malley mich wieder nach Hause geschickt hatte. Alles, was er noch tun könne, hatte er gesagt, war zu hoffen, dass mein kleines Mädchen eine Kämpferin war.

Die Visionen, die ich habe, sind ein Geschenk von Patrick. Sein Abschiedsgeschenk. Sein ganzes Leben über hat er Visionen gehabt. Und am Ende hat er mir seine Klarsichtigkeit hinterlassen. Zweiundvierzig Jahre waren wir verheiratet. Es passt zu seinem Charakter – obwohl ich mir das nie so vorgestellt hätte –, dass er mich mit einem Stück seiner selbst ausstatten würde, als er sein Leben hinter sich ließ.

Als unsere Kinder noch jung waren, sang ihnen Patrick abends irische Lieder vor. Während er sang, sah er die McNamara-Band leibhaftig durchs Wohnzimmer marschieren – wenige an der Zahl, aber die Besten im Land –, und sie schlugen die Becken. Er sah den Bandleader hinter Kellys Kopf innehalten, und seine Brust schwoll vor Stolz. Patrick schwor, dass sie sich in die Augen sahen. Er hob dem Bandleader sein Glas Scotch entgegen, und die Band zog weiter. Er sang von Miss Kate Finnoir, die ihren Beau auf der Straße unter ihrem Fenster stehen ließ, und der sang sich die Seele aus dem Leib, während jemand anders aus dem Haus rief, er solle sich davonscheren. Manchmal, mitten an einem Mittwochnachmittag, sah Patrick den jungen Mann mit den Händen auf dem Rücken am Bordstein vor einem Brownstone in Paterson stehen, die Augen auf ein Fenster im zweiten Stock gerichtet. Patrick unterbrach seinen Gang und lauschte ihm, wie er von seiner tiefen, unsterblichen Liebe zu Miss Kate sang.

Zu Anfang unserer Ehe erzählte mir Patrick von diesen

Visionen. Er war weder besorgt deswegen, noch waren sie ihm peinlich oder hätten ihn überrascht. Sie waren nichts als ein normaler, ja angenehmer Teil seines Lebens. Für ihn waren sie so wirklich wie der Anblick seiner Frau neben seinem Sessel, wenn sie ihm das Glas nachfüllte.

Ich habe nie ein Wort dazu gesagt, wenn er zu mir kam und mir erzählte, wen er an diesem Tag wieder gesehen hatte. Ich nickte und lächelte und folgte seinen Ausführungen, obwohl es eine ziemliche Herausforderung bedeutete, wenn er begeistert war und es später und später wurde. Ich schenkte ihm meine ganze Aufmerksamkeit, bis er mit seiner Geschichte fertig war, dann wandte ich mich wieder dem Stopfen von Johnnys Hosen zu, räumte die Küche auf oder fütterte das Baby. Erinnerten mich seine Geschichten an meine Mutter und den Stuhl am Fenster? Ja, aber dabei konnte ich nicht aus den Augen verlieren, dass sich mein Mann gut um mich und die Kinder kümmerte. Es fehlte uns an nichts. Was mich anging, so konnte Patrick sehen, was er wollte.

So war die Situation über lange Jahre. Irgendwann jedoch, wobei ich nicht mehr weiß, wann das war, hörte mein Mann auf, mir von seinen Visionen zu erzählen. Ich bin nicht sicher, warum. Das Leuchten, das ich von Zeit zu Zeit in seinen hübschen grünen Augen sah, sagte mir aber, dass ihn seine Fähigkeit nicht verlassen hatte. Dann, an einem Dienstagnachmittag während der Ferienzeit, starb mir mein Patrick. Ich hatte gewusst, dass das Ende nah war, denn es ging ihm zu schlecht zum Golfen oder Trinken. Das Blut reichte nicht mehr bis in sein rechtes Bein, und er sagte, der Scotch habe hinten in der Kehle angefangen, ölig und dick zu schmecken. Gott ruft dich, sagte ich ihm, und streite nicht mit mir darüber, denn du weißt, ich habe recht.

Wir mussten beide lächeln; das war ein ganz privater Witz. Patrick behauptete immer, dass er mich aus zwei Gründen geheiratet hatte: einmal wegen der Geschäftsbeziehungen meines Vaters und dann, weil ich so ungeheuer überlegt war, dass ich immer recht hatte.

Er starb im Schlaf, an einem schweren Herzinfarkt. Ich fand ihn, als ich ihn von seinem Schläfchen aufwecken wollte. Ich setzte mich für einige Minuten neben sein Bett und betete, bevor ich zum Telefon griff. Ich spürte, dass die Seele meines Mannes den Raum noch nicht verlassen hatte. Heute glaube ich, dass das der Moment war, als Patrick seine Gabe an mich weitergab. In jener zähflüssig flüchtigen Zeit zwischen Leben und Tod kann alles passieren. Plötzlich endete eine zweiundvierzigjährige Ehe. Plötzlich trug ich den neuen, unerwünschten Titel »Witwe«. Ein kalter Schauer durchwehte den Raum, obwohl alle Fenster fest gegen Zugluft geschlossen waren.

Heute setze ich mich nach dem Mittagessen an den kleinen Tisch, den ich unter das Fenster meines Zimmers gerückt habe. Ich sitze bereits eine Weile da, als sich die Szenerie draußen mit einem Mal ändert. Ich beobachte gerade eine kleine Gruppe gesprenkelter Vögel, die das Vogelhaus an dem riesigen Baum mitten auf dem Rasen immer wieder anfliegen. Unter dem Baum steht eine Bank, auf der wie jeden Nachmittag dieselben beiden älteren Männer sitzen, den Stock an ihre Hüfte gelehnt, und Zeitung lesen. Mir gefällt dieser vertraute Anblick. Es ist ein herrlicher Frühlingstag. Wie schön wird es sein, zu Ostern meine ganze Familie zu sehen; es ist nicht mehr lang, bis die Sonne diesen heiligen Tag begrüßen wird.

Zuerst fällt mir auf, dass die Vögel nicht mehr da sind. Ich habe sie nicht wegfliegen sehen, also setze ich die Brille auf, um mich zu vergewissern, dass das Vogelhaus tatsächlich leer ist. Aber auch das ist nicht mehr zu entdecken. Ich spüre ein winziges Schaudern in mir und muss gegen das Bedürfnis angehen, die Augen zuzukneifen. Stattdessen beuge ich mich weiter vor und sehe, was ich sehen soll. Die beiden älteren Männer und die Bank, die Zeitungen und die Stöcke sind ebenfalls verschwunden.

An ihrer Stelle tollt unter der mächtigen Eiche eine Horde kleiner Kinder herum. Es sind mindestens zehn, das Älteste ist neun, und auch ein Baby krabbelt durch den Schmutz und hält immer wieder einmal inne, um an einem Grashalm zu ziehen. Die Kinder lachen, jagen hintereinander her und springen über das Baby. Die Neunjährige, ein fröhlich drein-blickendes Mädchen, nimmt ein kleines Kind hoch und wir-belt es in der Luft herum. Ich fliege, schreit das Kleine und verschluckt sich vor lauter Lachen. Die Kinder kommen mir bekannt vor. Sie sind voller Sommersprossen, blass und irisch, und auf den ersten Blick glaube ich schon, es sind meine. Es gibt ein Paar Zwillinge, genau wie meine, und die Älteste ist ein Mädchen. Ich beuge mich noch mehr aus dem Fenster hinaus, und die Enttäuschung lässt mir den Atem in der Keh-le stocken. Nein, nein, nein. Die Zwillinge sind beide Jun-gen, und keines dieser Kinder ist von mir. Wer sind sie dann? Warum sitze ich jetzt hier mit ihnen fest?

Mir fällt auf, wie schlampig die Kinder aussehen. Einige Ho-sen sind an den Knien zerrisssen. Das Kleine, das sich wieder beruhigt hat, trägt einen geerbten Pullover, der ein paar Nummern zu groß ist. Das Baby fängt an zu schreien, und die Dringlichkeit des Schreiens zeigt, dass es hungrig ist.

Meine Kinder trugen ähnliche Sachen, als sie klein waren. Niemand hat Schuhe an. Fraglos gehören diese Kinder zu einer einzigen Familie. Wirr versteckt lassen sich ein paar gemeinsame Züge erkennen: das rote Haar, die übergroßen Ohren, das breite Grinsen. Ich habe sie schon einmal gesehen. Ich sehe noch genauer hin und suche nach einem weiteren Anhaltspunkt. Die Kinder klettern und straucheln, umarmen und stoßen sich, ohne sich je mehr als ein, zwei Meter vom dicken Eichenstamm zu entfernen. Aber sie stecken nicht aus freien Stücken so eng beieinander. Die Älteste versucht gelegentlich auszubrechen, läuft ein Stück weg, hält dann aber immer am gleichen Punkt an, dreht um und geht zu ihren Geschwistern zurück.

Sie ist am Baum festgebunden. Alle Kinder sind an den Baum gebunden. Sie tragen weiße Gürtel um den Bauch, die mit einem breiten weißen Band an den Baumstamm gebunden sind.

Es sind die Kinder von den Ballens. Sie leben in Paterson, gleich dort, wo Patrick aufgewachsen ist. Als Kind war Patrick mit der Mutter der Kinder befreundet. Der Vater war ein Trinker und meist nicht zu Hause. Patrick, die Kinder und ich haben sie einmal kurz besucht, als wir bei Patricks Eltern gewesen waren. Wir hatten von Patricks Mutter irgendetwas zu essen dabei, vielleicht eine Kasserolle oder einen Kuchen. Ich habe mich in dem Viertel nie wohl gefühlt. Es war so ein Unterschied zu dem, wie ich aufgewachsen war. Dieser winzige, vollgestellte Lebensmittelladen, den Patricks Mutter führte. Die zwei vollgepackten Zimmer oben, wo Patrick, seine Brüder und Eltern gelebt hatten. Die kleinen, ärmlich gebauten Häuser, welche die Straßen ringsum säumten, alle voller Iren. Das Haus der Ballens war nicht mehr als ein Verschlag. Mit unserem sauber polierten Ford hielten wir an jenem Nachmittag davor an, und die Kinder waren schon rausgesprungen, ehe ich sie zurückhalten konnte. Kelly, Pat, Meggy, Theresa, Johnny, Ryan. Ich hatte nur kurz anhalten, unser Mitbringsel abgeben und gleich wieder weiterfahren wollen. Widerwillig folgte ich ihnen, weil ich nicht unhöflich erscheinen wollte. Mrs. Ballen öffnete die Tür. Sie hatte Schweißperlen auf der Stirn und wischte sich die Hände an einem schmutzigen Geschirrtuch ab. Sie wurde rot bis an die Haarwurzeln, als sie uns sah, nahm die Kasserolle oder den Kuchen oder was immer es war und bedankte sich. Johnny sagte: Wo sind die Kinder? Mrs. Ballen schien es noch unwohler zu werden, und sie sagte: Hinter dem Haus, und alle liefen wir Johnny hinterher, weil wir nicht wussten, was wir sonst tun sollten. Was sollte ich am Ende mit dieser Frau gemein haben? Patrick sagte etwas zu Mrs. Ballen über seine Kanzlei, und sie nickte. Ich glaube, er hatte ihr irgendwann bei etwas geholfen. Wir hörten ihre Kinder – eins heulte, ein paar lachten, dazwischen schrie jemand auf –, als wir um die Hütte herumliefen. Wir kamen um die hintere Ecke, und da sahen wir sie. An den Baum mitten im Hof gebunden wie eine Meute Hunde. Mrs. Ballen war immer noch tiefrot, und entschuldigend sagte sie: Anders kann ich sie nicht im Auge behalten.

Wie ich diesen Nachmittag gehasst habe. Diese grässlichen zwanzig Minuten mit Mrs. Ballen und ihren Kindern. Bis wir schließlich unsere eigenen Kinder wieder in den Ford packten und am Wasserfall vorbei aus Paterson herausfuhren, zurück nach Ridgewood in unser ordentliches, behagliches Heim, wo Willie mit dem Essen wartete. Warum soll ich jetzt diese Kinder sehen? Seit Jahren habe ich nicht an sie gedacht. Ich habe sie oder Mrs. Ballen nie wieder gesehen. Ich weiß, sie ist jung an einem Herzanfall gestorben, die arme Frau. Ich habe keine Ahnung, was aus ihrem Nachwuchs geworden ist, der jetzt um die vierzig, fünfzig sein muss, genau wie meine Kinder. Und doch sind sie jetzt da, an einen Baum vor meinem Fenster gebunden.

Ich sehe nicht weg. Schließlich glaubt Gott oder Patrick, dass es etwas ist, das ich sehen sollte, und ich will nicht darüber streiten. Ich kann Unangenehmes durchaus ertragen. Ich rücke mich in meinem Stuhl zurecht und sehe zu. Die Kinder der Ballens sind fast eine Stunde dort draußen. Nach einer Weile bemerken die älteren mich. Das älteste Mädchen und die Zwillinge winken mit den Armen in meine Richtung und deuten dann auf ihre Hüften. Sie wollen, dass ich sie losbinde. Sie wollen, dass ich sie befreie. Die Zwillinge stehen aufrecht, zwei hübsche kleine Jungen, und sie drücken die Hände vor der Brust zusammen. Betend, flehend, hoffend.

Es tut mir leid, ich kann nicht, ich weiß nicht, wie, sage ich wieder und wieder, bis die Vision ein Ende findet, bis die Kinder verschwinden und ich allein zurückbleibe.

Nach diesem Erlebnis mache ich einen Besuch bei meinem Sohn Ryan. Etwas an der Trübheit, der Zeitlosigkeit meiner Vision führt mich zu ihm. Es ist so, dass ich ihn jeden Dienstagnachmittag besuche, ob es regnet oder die Sonne scheint. So machen wir es immer. Er bewirtet mich mit Pepperidge-Farm-Keksen und Tee, und ich esse und trinke so bewegungslos wie möglich, in der Hoffnung, dass die Vögel über mir nicht merken, dass ich da bin. Er hat vier oder fünf gelbe Vögel, die groß wie Katzen sind. Ihre Flügel sind beschnitten, so dass sie nicht fliegen können, aber sie können von

Stange zu Stange springen. Ich vergesse immer, was für Vögel es sind. Ich vergesse ihre Namen. Sie hüpfen von einer Ecke des Zimmers in die andere, kreischen und reden und gehen aufs Klo, wann immer ihnen danach ist. Ich bin natürlich sehr vorsichtig, wo ich mich hinsetze.

Ryan fragt zuerst nach seinen Brüdern und Schwestern. Er hat ein sehr gutes Herz. »Wie geht es Kelly, wie geht es Pat, wie geht es Theresa, wie geht es Meggy, wie geht es Johnny?« Heute tut er so, als hörte er nicht zu, während ich die Antworten durchgehe. Ich sage ihm, dass es allen gut geht. Wenn ich nichts Gutes zu sagen habe, überspringe ich die Antwort einfach. Von meinem Unfall erzähle ich nichts, er muss sich keine Sorgen machen. Gracie lasse ich heute auch aus. Aber es gibt viel anderes zu sagen, zwischen uns beiden reißt das Gespräch nie ab. Und wenn wir einmal aufhören, fühlt es sich nicht so an. Die Sache mit Ryan ist, dass man ihm nicht zuhören kann wie irgendwem sonst. Man muss auf das achten, was sich zwischen den Worten findet. Man muss auf seine Besorgnis, seinen Glauben, sein Herz hören.

Ich vergleiche die Art, wie ich mit Ryan umgehe, mit meinem Bibelstudium als Kind. Ich las Geschichten von Noah, Adam, Salomon und Rachel, und die Geschichten schienen nichts anderes als Geschichten zu sein. Ich ließ mich nicht von Einzelheiten oder weniger wichtigen Personen in ihnen ablenken. Die biblischen Geschichten waren Wolken aus Phantasie, die mich umhüllten, bis ich ihren festen, sicheren Kern aus Wahrheit sah. Achte die Alten, liebe deinen Nächsten, du sollst nicht stehlen, füge anderen nur zu, was du auch willst, dass sie es dir zufügen. Ryan ist sehr ehrenhaft. Er fühlt sich unserer Familie so tief verbunden wie dem Allmächtigen. Genau wie ich.

»Meggy hat Dana in der Schule in ihrem neuen Viertel angemeldet«, sage ich. »Hoffentlich geht der Wechsel gut für sie. Meggy verhätschelt sie viel zu sehr und lässt sie tun, was sie will.«

Selbst noch während ich jetzt spreche, werde ich durch die Erinnerung an die Kinder bei dem Baum abgelenkt. Ich habe sie noch nicht abschütteln können, spreche aber trotzdem mit Freude über die besseren Chancen meiner Kinder und Enkel. Ich habe das Gefühl, dass etwas auf dem Spiel steht. Ich wünschte, ich könnte Ryan erzählen, dass ich weiß, dass Gracie schwanger ist. Auch wenn ich sie nicht mehr als einmal gesehen habe, habe ich doch keinen Zweifel daran. Aber das ist nicht die Art von Neuigkeit, die ich mit meinem jüngsten Sohn bespreche. Er kann mit Überraschungen nicht gut umgehen. Er würde die Sache im falschen Licht sehen, er wäre bestürzt und enttäuscht.

Ryan beugt sich in seinem Rollstuhl vor und zieht die hellen Brauen zusammen. Ich habe seine Aufmerksamkeit erlangt. »Ist es eine staatliche Schule?«

»Hmm? Oh, ja, offenbar eine ziemlich gute.«

»Staatliche Schulen sind faschistisch, weiß Meggy das nicht? Stalin ist in eine staatliche Schule gegangen. Mit ihren Regeln zerquetschen sie den Geist der Kinder. Sie fesseln sie mit so vielen Vorschriften, dass sie sich in die Toiletten stehlen müssen, wo sie Marihuana rauchen und schwarze Büstenhalter tragen. Dana ist ein sensibles Mädchen, sehr sensibel. Meggy könnte ihr genauso gut eine Pistole an den Kopf halten, meinst du nicht, Mutter? Das Kind sollte in eine christliche Schule gehen. Ich werde meine Schwester anrufen und mit ihr reden müssen. Ich muss für meine Nichten und meinen Neffen tun, was ich kann.«

»Ja, nun«, sage ich und fühle mich wie auf verlorenem Boden. »Und Lila arbeitet tatsächlich schon im Krankenhaus, ist das nicht schön? Sie lernt natürlich immer noch, aber das tut sie jetzt, indem sie den Ärzten hilft und sich um richtige Patienten kümmert. Manchmal mache ich mir Sorgen, dass sie zu hart arbeitet. Sie kümmert sich um nichts anderes sonst.«

Ryan denkt einen Moment darüber nach. »Ärzte verdienen zu viel Geld«, sagt er. »Da liegt das Problem, siehst du das nicht? Das korrumpiert sie. Lila wird vom Geld verführt. Denke an meine Worte, sie wird vergessen, dass sie einmal Leben retten wollte.«

»Ich bin nicht sicher, warum Lila ursprünglich Ärztin werden wollte«, sage ich und schüttele dann heftig den Kopf. Ich bin heute nicht ich selbst. Ich hätte das Thema wechseln oder einfach nur zustimmend nicken sollen, anstatt anzufangen zu streiten.

Ryan ist jetzt aufgestachelt. Er klopft auf das gerahmte Jesusbild, das er seitlich an seinen Rollstuhl gehängt hat. »Ärzte waren nie gut für uns, Mutter. Erinnerst du dich, wie Dad Pat aus Versehen geschubst hat, und er fiel hin, und Dr. O'Malley konnte den Knochen in seinem Arm nicht wieder richtig ausrichten? Und vorher konnte er meine große Schwester nicht retten, und ich habe sie nie kennengelernt. Und für mich waren die Herren Doktoren ganz sicher nicht gut − zu versuchen, mich einzuschläfern wie einen Hund oder eine Katze! Aber keine Angst, Leute«, er hat die Augen nach oben gerichtet und spricht jetzt zu seinen Vögeln, »ich lasse euch von keinem von denen anrühren. Keine Spritzen, keine Pillen. Nein, nein. Versprochen. Ich kümmere mich um euch.«

Ich stehe mit der Handtasche in der Hand auf. »Ich muss gehen, Ryan. Es gibt heute früher Abendessen als sonst. Bis nächsten Dienstag.«

»Dienstag«, sagt er, während er mit mir zur Tür rollt. »Fahr vorsichtig, Mutter. Ich bete für dich.«

Und auf der Eingangstreppe des Wohnblocks höre ich mein jüngstes Kind beten. Seine Stimme weht hinter mir her, sie dringt durch die Ritzen in Wänden und Fenstern des schäbigen, heruntergekommenen Gebäudes, in dem er seit fast zwanzig Jahren lebt. Ryan hat eine wunderschöne Stimme, die Stimme eines Senators oder Priesters. Sie folgt mir den Bürgersteig hinunter bis zu meinem Auto, ins Auto hinein, erst als ich die Tür schließe, ist Stille. Dennoch kann ich ihn hören. Ich höre jede Silbe.

Vater unser im Himmel, geheiligt werde Dein Name. Dein Reich komme, Dein Wille geschehe, wie im Himmel so auch auf Erden. Unser tägliches Brot gib uns heute und vergib uns unsere Schuld, wie auch wir vergeben unseren Schuldigern. Und führe uns nicht in Versuchung, sondern erlöse uns von dem Bösen.

Ich suche um mich herum nach vernachlässigten Kindern, Beispielen von Ungerechtigkeit, Gespenstern meiner Vergangenheit. Aber ich sehe nur einen bellenden Hund ein paar Häuser die Straße hinunter, einen Mann, der seinen Rasen mäht, einen Wassersprenger, der einen kopfstehenden Garten bewässert. Mein Körper beginnt sich zu lockern. Ich lächle ein kleines Übungslächeln, nur um sicher zu sein, dass es noch geht. Meine Muskeln gehorchen mir. Langsam gewinne ich meinen gleichmäßigen Herzschlag zurück, mein Gleichgewicht, das Gespür für mich selbst.

»Amen«, sage ich und lasse den Wagen an.

Kelly wartet auf mich, als ich zurück in mein Zimmer komme, was ein Jammer ist, denn ich fühle mich nicht stark genug, mit meiner Ältesten zu streiten. Und dass sie streiten will, sieht man auf den ersten Blick. Trotzdem freue ich mich, sie zu sehen. Seit meinem Unfall freue ich mich auf eine neue, dankbare Weise, jedes einzelne meiner Kinder zu sehen. Ich bemühe mich herauszufinden, wie ich meine Dankbarkeit zum Ausdruck bringen und auf eine neue Weise zu ihnen sprechen kann, bisher aber noch ohne Erfolg.

»Ich kann es nicht glauben, dass du wieder Auto gefahren bist, Mutter. Hast du die großen Straßen genommen?«

Ich stelle meine Handtasche auf den Tisch. »Wie sonst hätte ich fahren sollen, Kelly? Über die Bürgersteige?«

Kelly sitzt in der Ecke des Zimmers. Mit den Fingernägeln trommelt sie auf die schräg abfallenden Armlehnen des Sessels. Ihr Ton wechselt, und plötzlich entschuldigt sie sich, obwohl ich nicht weiß, wofür.

»Louis hätte mich sofort anrufen sollen, als er sah, dass du in Schwierigkeiten warst«, sagt sie. »Spätestens als ihr im Krankenhaus ankamt, hätte er anrufen sollen. Ich hätte in zehn Minuten da sein können.«

»Es gab keinen Grund für dich zu kommen«, sage ich. »Ich bin froh, dass Louis nicht angerufen hat.«

»Nun, entschuldige bitte, dass ich dachte, ich hätte meiner eigenen Mutter helfen können.«

Ich schüttele den Kopf. Ich habe kein Interesse, über den Unfall zu reden. Er liegt hinter mir. Ich muss mich auf das Hier und Jetzt konzentrieren und dafür sorgen, dass ich nicht wieder davontreibe. Ich will ich selbst bleiben. Ich will diesen Augenblick genießen. Und ich will meinerseits etwas gestehen.

»Ich glaube, ich habe immer zu sehr in der Vergangenheit gelebt«, sage ich. »Ich habe zu viel Zeit mit Grübeleien darüber verbracht, was ich alles verloren habe. Ich war nicht genug für dich und deine Brüder und Schwestern da.« Auf meine Worte folgt lautes Schweigen. Mir war nicht klar gewesen, wie extrem sie an der Luft, in diesem Zimmer klingen würden. Sogar meine Möbel, die Vorhänge und die Fotos dort an der Wand scheinen überrascht zu sein. *Warum habe ich nie zuvor so gesprochen?*, denke ich.

Mit einer leichten Bewegung schiebt Kelly ihren Körper in die hintere Ecke des riesigen Sessels. »Mutter, wir müssen wirklich darüber sprechen, ob du nicht das Autofahren aufgeben solltest.«

»Hör mir einen Augenblick zu. Ich möchte mich bei dir entschuldigen …«

Kelly unterbricht mich. Ihre Sätze folgen knapp aufeinander. »Schweif nicht ab, Mutter. Wir sollten jetzt nicht über *Entschuldigungen* reden.« Sie spricht das Wort »Entschuldigungen« aus, wie sie »Schlangen« sagen würde, als ginge es um etwas Unangenehmes und Geschmackloses. »Im Moment geht es um etwas ganz anderes.«

»Und das wäre?«

»Du hattest gerade einen Unfall, erinnerst du dich?«

Sie scheint darauf zu warten, dass ich antworte, also sage ich: »Ja, ich erinnere mich.«

»Und dass es dir körperlich wieder gut geht, heißt noch lange nicht, dass du nicht irgendein Trauma davongetragen hast. Du bist nicht mehr sicher auf der Straße.«

»Ich will darüber sprechen, wie ich euch behandelt habe, als ihr jung wart.« Kelly erwidert meinen Blick nicht. Ihre Augen scheinen auf einen Punkt oberhalb meines Kopfes fixiert. Sie wandern über die Wand voller Familienfotos, auf denen ihre Kindheit zu sehen ist. Kelly scheint nach etwas Vertrautem zu suchen, etwas, worauf sich ihr Blick ausruhen könnte. Etwas, das für sie einen Sinn ergibt.

»Louis hat gesagt, dass du mitten auf der Straße stehen geblieben bist. Warum hast du das getan? Du hättest einen anderen Fahrer verletzen können oder auch einen Fußgänger. Ich habe mit Meggy und Theresa darüber gesprochen, und sie meinen auch, dass du ab sofort nicht mehr selbst fahren solltest.«

Ich fühle mich wieder matt. Ich will nicht streiten. »Bald.«

»Bald? Was soll das heißen, bald?«

»Dass ich bald aufhören werde, selbst zu fahren. Ich muss mich zuerst noch um eine andere Sache kümmern. Und jetzt, wenn es dir nichts ausmacht, Kelly, ich bin müde und würde gerne ein kleines Nickerchen machen.«

Das Gespräch zieht sich noch hin, zwei ermüdende Minuten lang, während derer Kelly die Schlüssel für meinen Lincoln zu konfiszieren versucht. Offenbar ist sie nicht darauf vorbereitet, so weit zu gehen, sie einfach aus meiner Handtasche zu nehmen, und so verlässt sie mich schließlich unverrichteter Dinge, nicht ohne mir den gewohnten Kuss auf die Wange zu geben. Ich kann sehen, dass die Vertrautheit dieses Rituals sie beruhigt. Dadurch lässt sich ihr verstörender Besuch wieder in eine Art Ordnung in ihrem Kopf einfügen.

Ich beschließe, es nicht weiter auf diese Weise mit meinen Kindern zu versuchen. Vielleicht ist es nicht das Beste, mit einem nach dem anderen zu reden. Ich sollte über Ostern nachdenken und was ich ihnen als Gruppe sagen will. So, jeder für sich, werden sie glauben, ich bin übergeschnappt. Es will ihnen nicht in den Kopf, dass ich einfach nur ehrlich bin. Oder vielleicht hat Kelly auch genau das erkannt, und das war es, was sie verängstigt hat. Ich bin nicht sicher, ob irgendein Kind seine Eltern wirklich kennen will, umgekehrt genauso. Vielleicht sind dieses Wissen und die Wahrheit zu viel. Ich bin nicht sicher. Das sind neue Gedanken für mich, und ich muss einen Weg durch sie hindurch finden. Ich bin es nicht gewohnt, neue Gedanken zu haben, und mit achtundsiebzig alles andere als begeistert, noch etwas lernen zu müssen.

Am nächsten Morgen fahre ich zur Frühmesse und dann von St. Francis zum Haus der Mädchen am Holly Court. Mit meinem Schlüssel komme ich durch die Hintertür ins Haus. Ich fülle den Kessel, stelle ihn auf den Herd und setze mich auf den robustesten Stuhl am Tisch, die Füße fest auf dem Boden. Ich trage meinen guten Tweed-Rock und eine rosa Bluse. Es macht mir nichts, darauf zu warten, dass Gracie aufwacht.

Lila kommt als Erste herunter. Sie trägt ihre Arbeitssachen, eine dünne blaue Hose mit dazu passendem Top. Sie lächelt, als sie mich sieht. »Fühlst du dich besser, Grandma? Wie bist du hergekommen?«

»Ich bin gefahren, und mir geht es, wie du sehen kannst, gut.«

»Das habe ich Mom auch gesagt. Aber sie hat erzählt, du hättest dich entschieden, nicht mehr zu fahren.«

»Das stimmt nicht ganz. Ich möchte dir danken, Lila, dafür, dass du dich im Krankenhaus um mich gekümmert hast.«

Ganz oben auf den Wangen wird Lila rot. »Ich bitte dich, Grandma. Ich hab doch nur ein paar Minuten bei dir gesessen. Ich habe doch nicht wirklich was getan.«

»Nun, ich wusste es zu schätzen. Ist deine Schwester hier?«

Lila öffnet den Kühlschrank und beugt sich hinein. Ihre Stimme treibt mit der frostigen Luft über ihre Schulter. »Du bist hergekommen, um mit Gracie zu sprechen?«

»Ich möchte mit ihr reden, ja.«

Lila taucht mit einem Apfel und einem Becher Joghurt wieder auf. »Ich sollte dir erzählen, dass ich in der Nähe von St. Francis eine Wohnung gefunden habe. Ich kann die nächsten Wochen noch nicht einziehen, aber ich habe den Vertrag unterschrieben, und es ist alles geklärt.«

Ich nicke enttäuscht. »Nun, wenn es dich glücklich macht, Lila, dann freue ich mich für dich.«

»Es macht mich glücklich«, sagt Lila und sieht dabei alles andere als glücklich aus. »Ich muss jetzt ins Krankenhaus, bis später, Grandma. Unterhalte dich gut mit Gracie.« Mit einer verwaschenen Bewegung küsst Lila mich auf die Wange, verschwindet durch die Hintertür, und ich bin allein.

Ich bin beeindruckt von der Ähnlichkeit zwischen meiner Unterhaltung mit Kelly und diesen wenigen Worten mit Lila. Mutter und Tochter mögen es, wenn sich ihre Gespräche nach ihren Vorstellungen entwickeln, mit ihrem Thema, ihren Stationen und den von ihnen gewünschten Ergebnissen. Es gefällt ihnen nicht, wenn jemand anders die Gesprächsführung übernimmt. Ich bin mir nicht sicher, was Lila an diesem Morgen von mir erwartet hat, aber ganz eindeutig habe ich nicht damit gedient.

Ich bin jedoch froh, noch ein paar Augenblicke allein mit meinem Tee zu haben. Ich brauche die Zeit, um mich zu wappnen. Wenn ich Gracie jetzt sehe, kann ich nicht anders, als mich daran zurückzuerinnern, wie ich meine Kinder in mir trug und dass es nicht unbedingt angenehm war. Meine

Schwangerschaften wurden schwerer, schienen länger und nahmen mich mehr in Beschlag, als ich älter wurde. Meine erste Schwangerschaft war perfekt. Ich war voller Energie, überglücklich, dass ich dabei war, meine Familie zu gründen, und dass ich Patrick so stolz machte. Nachts hatte ich lebhafte Träume über die Familie, die ich aufbauen würde, und dass ich eine verlässlichere, solidere und präsentablere Mutter sein würde, als es meine Mutter gewesen war. Bei Kelly war ich zwar müde, aber immer noch stark.

Pat dann war ein großes Baby, und er wog schwer in mir. Die Wehen kamen früh, während derselben Woche, in der wir unsere Erstgeborene begruben. Die Geburt war lang und strapaziös. Ich vermochte mich nicht mehr darauf zu konzentrieren, und es hatte den Anschein, als wollte er überhaupt nicht mehr herauskommen. Und die Schwangerschaften nach Pat sollten noch anstrengender werden. Sie kamen eine nach der anderen, in einer endlosen Reihe. Wie bei der Geburt meines ersten Sohnes fragte ich mich, ob es je aufhören würde. Die Kinder übernahmen meinen Körper. Sie füllten meine schmale Statur und quetschten mich aus. Ich wurde ruhiger und härter.

Obwohl immer weniger erkennbar wurde, wer ich war, als meine Kinder ihre eigenen Stimmen herausbildeten, war es immer so, dass, wenn ich sprach, sie mich laut und deutlich verstanden. Ich führte ein hartes Regiment. Und hinter der errichteten Ordnung, den Persönlichkeiten, die meine Kinder entwickelten, und den nicht nachlassenden Tritten neuen Lebens in meinem Bauch lauschte ich der Stille, die meine erste Tochter hinterlassen hatte, und später auch der Stille der Zwillinge. Ein Junge und ein Mädchen, die nie geatmet, nie ihre Augen geöffnet hatten.

Während meiner Schwangerschaft mit den Zwillingen hatte ich Angst. Ich war pausenlos damit beschäftigt, mich um Patrick und die Kinder zu kümmern, und schlief nachts so tief, dass ich niemals träumte. Morgens wachte ich keuchend und voller Panik auf. Und jenes Gefühl von Angst blieb mir auch nach der Geburt. Ich war ein Wrack, als ich mit Ryan schwanger war. Auch wenn ich meine Mutter dafür verachtet hatte, dass sie sich bei Gewittern im Schrank versteckte, fand ich mich während dieser Schwangerschaft mehr als einmal im Kleiderschrank wieder, zitterte und betete, dass mit *diesem* Baby alles in Ordnung wäre.

Ich habe nie von einem der Kinder gesprochen, die ich verloren habe. Es war gefährlich, meinem Mann gegenüber unser kleines Mädchen anzusprechen, aber ich hätte es auch nicht getan, wenn das anders gewesen wäre. Wenn Kelly oder Pat, oder sogar Ryan, nach ihrem Bruder und den Schwestern fragten, tat ich so, als hörte ich nichts, und schickte sie auf ihr Zimmer. Ich sagte ihnen, sie sollten die Hausaufgaben noch einmal durchsehen, ihre Schubladen in Ordnung bringen, den Tisch decken, den Müll hinaustragen, das Baby anziehen. Ich umgab sie ganz mit meinem Schweigen. Ihr Vater erzählte ihnen Geschichten aus Irland, über Kobolde und Knaben und Mädel und grünen Klee und die blaue See, und ich erzog sie dazu, nur dann etwas zu sagen, wenn sie jemand ansprach. Wenn sie nicht gehorchten, bestrafte ich sie. Wenn sie nicht lieb waren, drohte ich, sie zu ihrem Vater zu schicken. Ich verlangte ihren Respekt. Ich war alles in allem eine solide, verlässliche und präsentable Mutter. Ich tat, was zu tun war, und ich tat es gut.

Aber die Leichtigkeit war dahin. Nach den Zwillingen habe ich jahrzehntelang niemanden mehr verloren, dann meine

Eltern und später Patrick. Meine Mutterschaft jedoch ließ mich ständig mit dem Unglück rechnen, auf Verlust gefasst sein. Auf jeden Fehler und jede Schwäche meiner Kinder versuchte ich den Finger zu legen und sie zu zerstören. Ich trieb sie an, stark zu sein und hart und vorsichtig, und vor allem widerstandsfähig.

Und ich nehme an, dass ich Erfolg hatte, denn schließlich sind aus allen Erwachsene geworden. Auch aus meinen Enkeln sind Erwachsene geworden, und mit ihnen habe ich meine Leichtigkeit wiedergefunden. Die Liebe zu meiner ältesten Enkeltochter war immer völlig rein und zweckfrei, bis jetzt. Jetzt ist alles anders. Mein Herz stöhnt, als Gracie in die Küche kommt. Sie liest einen Brief.

»Guten Morgen«, sage ich.

Ich habe es leise gesagt, trotzdem schreckt sie auf. Ihr Haar ist in einem unordentlichen Zopf zusammengebunden, und Stapel von Briefen beulen die Taschen ihres Bademantels aus. »Grandma, hallo. Wie bist du hergekommen?«

»Ich bin gefahren«, sage ich. Dann lasse ich eine Wolke aus Schweigen um uns herum entstehen. Gracie soll wissen, dass es um etwas Wichtiges geht. Erst als ich Angst in ihrem Gesicht aufziehen sehe, fahre ich fort.

»Erinnerst du dich, wie dein Großvater dir und deinen Cousins erklärt hat, was es bedeutet, irisches Blut in seinen Adern zu haben?«

Gracie nickt. »Immer wenn er zu viel getrunken hatte.«

Ich blicke auf die Hände in meinem Schoß. Unter den Altersflecken und blauen Venen sind es die Hände, mit denen ich meine Kinder großgezogen habe. Es sind die Hände, die ich in die Hüften gestützt habe, wenn ich ihnen erklärte, was sie an sich weiterentwickeln und pflegen mussten, um in dieser harten Welt zu überleben. Jetzt ist es an der Zeit, es wieder zu tun.

»Wie du weißt, Gracie, war ich nie sehr für diese Geschichten. Aber ich denke, vielleicht habt ihr, du und deine Schwester, seit Patrick nicht mehr ist, vergessen, was er euch beizubringen versucht hat. Er wollte euch Kindern vor Augen führen, wer ihr seid, selbst wenn er euch diese dummen Geschichten erzählt hat. Ich habe dieser Tage über eine davon nachgedacht, die meine Mutter uns über einen Nachbarn in Irland erzählte, einen ›irischen Träumer‹, wie sie es nannte. Und wenn sie ›Träumer‹ sagte, meinte sie auch wirklich einen Träumer, keinen Trinker. Er trat jeden Morgen aus seiner Haustür und hob den Finger in die Luft, um festzustellen, woher der Wind blies. Er drehte den Finger in alle möglichen Richtungen, kniff die Augen zusammen und hielt seine Pfeife fest zwischen den Zähnen. Wenn er schließlich glaubte, Bescheid zu wissen, war er so weit, dass er zur Arbeit gehen konnte. Es gab verschiedene Wege dorthin – durch eine Hintergasse, über die Hauptstraße oder indem er eine Abkürzung über den Hof nebenan nahm. Er drehte seinen gesamten Körper erst in die eine, dann in die andere Richtung. Wenn er glaubte, die richtige Entscheidung getroffen zu haben, hob er das rechte Knie und lehnte sich vor, den Schritt aber machte er nie. Den ganzen Tag stand er so da. Die Kinder neckten ihn, und die Frauen aus den Häusern ringsum schüttelten den Kopf. Natürlich hatte er bald schon keine Arbeit mehr, zu der er hätte gehen können, dennoch vollführte er jeden Morgen genau die gleiche Prozedur. Meine Mutter sagte, dass er eines Morgens dort draußen gestorben ist, das Knie in der Luft und auf eine Entscheidung hoffend. Ich bin sicher, zumindest ein Teil dieser Geschichte ist wahr. Dabei hatte sie genau die Art Ende, die meine Mutter ihren Geschichten gerne gab. Bestimmt ist der Mann an einem Herzanfall gestorben oder im Schlaf, aber das ändert nichts.«

Gracie hat die Hände auf den Taschen ihres Bademantels. »Grandma, warum …?«

Ich nicke energisch und bringe sie so zum Schweigen. »Es geht darum, Gracie, dass einige Iren so sind: in ihrer Unschlüssigkeit gefangen, und wieder und wieder betrachten sie ihre Möglichkeiten. Und für solche Menschen ist es manchmal das Gefährlichste, wenn sie plötzlich mehr aus Zufall eine große Entscheidung treffen. Vielleicht weil sie jemand gestoßen hat oder weil sie gestolpert sind.«

Ich kann jetzt an Gracies Ausdruck erkennen, dass sie anfängt zu begreifen. »Du glaubst also, ich bin so? Wie der Mann, der nicht zur Arbeit gehen kann?«

»Du musst etwas aus deinem Leben machen, bevor dein Leben etwas aus dir macht.«

Gracie starrt mich an. Während ich ihren Blick erwidere, sehe ich zum ersten Mal, dass das Hellblau ihrer Augen genau den Ton von Mutters Augen hat, und den meiner erstgeborenen Tochter. Die Beobachtung berührt mich – wie kann es sein, dass mir das nicht früher aufgefallen ist? –, aber schon schiebe ich das Gefühl zur Seite.

Ich schlage die Beine übereinander, das linke über das rechte. Selbst mit nur einem Fuß auf dem Boden fühle ich mich nicht schwindelig. Das ist gut, denn ich habe erst angefangen mit dem, was ich zu sagen habe. »Gracie, willst du Joel heiraten?«

Gracie nimmt einen Brief aus der Tasche und fasst ihn mit beiden Händen. »Wie kommst du darauf – Joel und ich haben uns getrennt.«

»Du willst das Kind also allein großziehen?«

Sie schließt ein paarmal ganz kurz die Augen wie ein Kind, das mit den Tränen kämpft. Ich muss mir bewusst machen, dass Gracie neunundzwanzig ist. Im Moment wirkt sie nur halb so alt auf mich. »Woher weißt du …«

»Ich habe selbst neun Kinder auf die Welt gebracht. Ich weiß, wie eine schwangere Frau aussieht.« Ich bin froh über die Färbung meiner Stimme, sie ist zuversichtlich, fest und klar. Ich klinge wie die Frau, die Patrick geheiratet hat, weil sie fast immer recht hatte. Ich erkenne mich selbst, und das ist ein wunderbares Gefühl. »Du brauchst sicher Geld. Wie viel soll ich dir jetzt gleich geben? Wir können für die Zukunft einen Plan mit regelmäßigen Zahlungen aufstellen.«

»Grandma, ich werde schon selber eine Lösung finden. Ich muss für eine Menge eine Lösung finden. Ich erwarte nicht, dass du das für mich regelst.« Und jetzt weint Gracie, dicke Tränen laufen ihr über die Wangen. »Es tut mir leid, Grandma. Ich weiß, ich muss eine Enttäuschung für dich sein. Du denkst, ich bin unentschlossen … Ich wollte nie …«

»Verlier nicht den Kopf, Gracie. Keine Tränen. Was passiert ist, ist passiert. Ich schreibe dir einen Scheck aus, und du und das Baby, ihr habt, was ihr braucht. Ich werde euch helfen.« Jetzt erst scheint Gracie den Brief in ihrer Hand zu bemerken. Sie faltet ihn sorgfältig und steckt ihn zurück in die Tasche. »Ich habe ein System für meine Briefe«, sagt sie. »Die rechte Tasche meines Bademantels ist für die unwichtigen Fragen, die kleinen, einfachen Fragen. Die linke Tasche ist für die schwierigeren Fälle, Situationen mit Depressionen, Trauerfällen und schmerzlichen Verlusten.«

»Diese verfluchten Briefe kümmern mich nicht«, sage ich. Gracies Job war für mich immer schon lächerlich. Die Menschen sollten ihre Probleme für sich behalten. Schon die Idee, seine Probleme, ganz zu schweigen die seiner Familie, in der örtlichen Zeitung zu veröffentlichen, ist verwerflich. Ich schäme mich für die Frauen, die sich in Zeiten der Bedrängnis an eine völlig Fremde und nicht an Gott wenden. Und mir gefällt es gar nicht, dass Gracie meint, sie kann diesen fremden Menschen helfen. Es ist so ähnlich wie in einem Rettungsboot, das ohne Ruder irgendwo mitten auf dem Ozean treibt, freiwillig den Kapitän spielen zu wollen. Diesen Frauen ist eindeutig nicht mehr zu helfen. Es ist ein verlorener Kampf, und meine Enkeltochter wird ihn mit ihnen verlieren.

Gracie sagt in bittendem Ton: »Schimpf nur mit mir, Grandma. Das ist okay. Ich weiß, dass du glauben musst, es ist unverantwortlich von mir, ja, sogar unmoralisch. Ich möchte nur, dass du es verstehst.«

»Was genau soll ich da verstehen?«

Die Wangen meiner Enkelin glänzen, aber die Tränen haben aufgehört. »Warum glaubst du, dass ich es nicht schaffen werde? Wie kannst du da so sicher sein?«

Ich greife in meine Handtasche und hole mein Scheckbuch hervor. »Selbstverständlich hätte ich mir gewünscht, dass du damit gewartet hättest, bis du verheiratet bist. Aber ich halte nichts davon, Schwangerschaften abzubrechen. Ich werde mich um dich und dieses Kind kümmern. Ich werde dir helfen, dein Leben in eine vernünftige Richtung zu lenken. Ich werde nicht mehr einfach dasitzen und zusehen, wie sich die Männer bei dir die Klinke in die Hand geben, Gracie. Ich werde nicht zusehen, wie du ohne Plan durch dein Leben irrst. Dieses Baby wird haben, was es braucht, und geliebt werden, und du wirst wieder auf deinen Füßen stehen, und

wenn es das Letzte ist, was ich tue. Für euch beide wird gesorgt sein.«

Gracie scheint eine Minute um Worte zu kämpfen, dann sagt
sie mit tonloser Stimme: »Okay.«

»Bevor ich jetzt gehe: Ich bin sicher, du hast bereits Ausgaben, für den Arzt oder um Vitamine zu kaufen – auf wie viel
soll ich den ersten Scheck ausstellen?«

Gracie ist so winzig in ihrem Bademantel. Sie schüttelt den
Kopf. »Ich kann nicht … Ich habe nicht …«

»Ich kann nicht mit dir reden, Gracie, wenn du nicht mal
einen ganzen Satz sagen kannst. Ich lasse dir jetzt eine An-
fangssumme hier, und du sagst mir, wie viel du noch
brauchst.«

Als Gracie mich zur Hintertür bringt und hinter mir her-
sieht, wie ich davongehe, glaube ich zu hören, wie sie statt
auf Wiedersehen leise zu sich sagt: *Es tut mir leid, es tut mir
leid, es tut mir leid.*

Hinter dem Steuer meines Lincoln habe ich ein bisschen ein
schlechtes Gewissen, dass ich so hart mit Gracie war. Aber
ich bin nicht zufrieden mit ihr, oder dass ich mich gar für sie
freute. Diese Schwangerschaft ist nicht das Richtige, und ich
kann ihr nichts anderes sagen, nur damit sie sich besser fühlt.
Ich wünschte, ihre Eltern hätten sie als Kind öfter in die Kirche geschickt. Eines der Probleme dieser Generation ist, dass
ihr allgemeines Gefühl von Richtig und Falsch zu ungenau
ist, und am Ende bringen sie sich vor lauter Möglichkeiten
selbst durcheinander.

Trotzdem kann ich nicht verleugnen, dass mich das Wissen
um dieses Baby glücklich macht. Ich hatte gefürchtet zu sterben, ohne je einen Großenkel zu sehen, und der Gedanke,

vier Generationen McLaughlins in dieser Welt zu wissen, ist wunderschön. Was darüber hinausgeht, ist meine Freude etwas komplizierter. Die Fäden gehen so durcheinander, dass ich nicht weiß, wo der Knoten anfängt und aufhört. Gracies Kind ist unlösbar mit den Augenblicken vor dem Unfall verbunden, als ich im Auto saß, die Hand nach meinen verlorenen Babys ausstreckte und mich um sie sorgte. In meinem tiefsten Inneren bin ich mir sicher, dass ich alles für den ersten meiner Großenkel tun werde.

Ich fahre langsam zurück nach Hause, vorsichtig und mit Kellys zweifelnder Stimme im Ohr. Ein paar Häuser vor jeder Ampel trete ich bereits kurz auf die Bremse, weil ich damit rechne, dass sie rot wird. Ich fahre die Kurven weit aus und setze frühzeitig den Blinker. Auf dem Parkplatz des Christlichen Zentrums für behütetes Wohnen steuere ich den Wagen auf den Platz, der mir zugewiesen wurde. Der Vorbesitzer hatte einen Schlaganfall oder einen Herzinfarkt, oder vielleicht ist er auch gestorben. Ich stelle den Motor ab und stecke den Schlüssel zum letzten Mal in meine Handtasche.

Jetzt, zweiundsechzig Jahre nachdem ich meinen Führerschein gemacht habe, werde ich nicht mehr Auto fahren.

Das deprimiert mich nicht. Schließlich war ich immer diejenige, die entschieden hat, wann ein neuer Abschnitt in meinem Leben beginnen soll. Ich mache meine eigenen Regeln. Ich lebe so, wie ich es will. Niemand sagt mir, was ich tun soll. In diesem Punkt werde ich nicht nachgeben, es sei denn, dass es nicht mehr anders geht. Jetzt, nach vierundzwanzig Stunden ohne alle Visionen, scheint mir ein solches persönliches Aufgeben ferner denn je.

Gracie

Grayson lehnt sich über seinen Schreibtisch, auf dem sich unordentliche Papierstapel türmen, halb leere Limodosen und Plastiktüten voller Vierteldollar-Münzen. »Was gibt's?«, sagt er.

Ich habe heute mit Absicht meine altmodische Brille mit den rosa Gläsern auf, damit Grayson meine Augen nicht studieren kann. Darin ist er groß, und er achtet auf den Ton und merkt, ob man herumzappelt oder nicht. Er ist Zeitungsmensch und sucht überall nach Informationen. Seit drei Jahren, seit ich ihn kenne, sammelt er unablässig Informationen über mich. Erst als ich seine Freundin war, jetzt über seine Angestellte. Manchmal möchte ich ihn fragen, was er mit all dem vorhat, was er über Gracie Leary weiß. Meist jedoch will ich die Aufmerksamkeit nicht auf das Thema lenken. Ich denke, es ist reines Glück, dass ich die letzten zweieinhalb Jahre *ein* großes Geheimnis vor Grayson habe verbergen können. Um dieses eine Geheimnis zu bewahren, bin ich bereit, alles zu tun. Es macht mir fast nicht mal was aus, dass ich ihm heute von meiner Schwangerschaft erzählen muss, bald, jede Minute.

»*Du* wolltest doch, dass wir uns treffen«, sage ich.

»Warum hast du letzte Woche abgesagt?«

»Ist was dazwischengekommen.« Ich sitze aufrecht und versuche professionell zu wirken. Aber ich habe mich noch nie professionell gefühlt, und es hilft auch nicht gerade, dass ich heute Morgen beim Anziehen abgelenkt wurde und deshalb zu meinem Hosenanzug Turnschuhe trage. »War meine Kolumne in Ordnung?«

»Ehrlich gesagt, nein.«

Ich nehme meine Brille ab. »Ich habe Stunden daran gearbeitet – was redest du da? Sie war toll diese Woche.« Dann fühle ich einen stechenden Zweifel. »War sie's nicht?«

»Irgendetwas stimmt nicht, das sehe ich schon an den Briefen, die du aussuchst«, sagt er. »Vor ein paar Monaten hättest du einen Bogen um alle deprimierten Mädchen im Teenager-Alter gemacht, und plötzlich kannst du nicht genug von ihnen bekommen. Und liest du den Rat, den du ihnen gibst, überhaupt selbst? Einem Mädchen, dem es das Herz gebrochen hat, schreibst du, ich zitiere: ›Bleibe eine Zeitlang im Dunkel und lerne daraus.‹ So was kannst du keiner Fünfzehnjährigen raten, Gracie – die nimmt sich noch das Leben! Wir mussten den Satz streichen, bevor wir die Kolumne drucken konnten.« Grayson schlägt mit einem Bleistift auf den Stapel Papiere vor sich. »Erzähl mir einfach, was für ein Problem du hast. Du weißt, wenn du's mir nicht erzählst, finde ich es selbst heraus.«

Ich bin leicht sauer. Ich erinnere mich, den Satz geschrieben zu haben, aber in meinem Kopf klang er nicht so negativ und beängstigend. Er war tröstend gemeint. Es ging mir um Reife und Selbstbewusstsein des jungen Mädchens, nicht um den Tod. Aber ich weiß, dass es keinen Sinn hat, mit Grayson darüber zu streiten. Er ist ein sehr logischer Mensch, genau wie Lila. Wenn es um die Zeitung geht, sind ihm Absichten egal, es geht nur um das, was schwarz auf weiß zu lesen ist. Die Zeitung ist alles für ihn – wenn für jemanden mit so wenig Leidenschaft in sich überhaupt etwas Bedeutung haben kann. Grayson ist dreiunddreißig. Schon während seiner Zeit am College schrieb er für den Lokalteil und wurde dann drei Jahre nach seinem Abschluss verantwortlicher Leiter der Redaktion. Das war es, wovon er immer geträumt hatte, was seine Karriere anging. Dann erlitt sein Vater, der Chefredakteur des Bergen Record, bei einem Spiel der Giants einen schweren Herzanfall. Bevor er starb, rief er die Redaktion im Krankenhaus zusammen und benannte Grayson als seinen Nachfolger. Der Deal war, dass Grayson den Job sechs Monate lang machen sollte, und wenn er anschließend nicht durch einstimmigen Beschluss sämtlicher Redakteure bestätigt würde, sollte er in seine alte Position zurückkehren. Die sechs Monate waren vor drei Jahren vorbei, und auch wenn es ein paar Beschwerden gegeben hat, konnte Grayson den Job doch halten.

»Ich hasse es, wenn du meine Kolumnen umschreibst, Grayson. Mit deinen anderen Leuten machst du das nicht.«

»Ich redigiere alle meine Redakteure.«

»Ich rede nicht von Redigieren, sondern von Umschreiben.«

Ich spreche nicht weiter. Grayson ist der Einzige, der immer viel auf mich gehalten hat. Ich mag es nicht, wenn seine Augen düster werden und sich verschleiern.

Grayson schüttelt den Kopf. »Lenk nicht vom Thema ab. Was ist los?«

»Meine Grandma hatte einen Unfall.«

»Ich habe davon gehört. Vier Stiche, aber es geht ihr gut. Das kann's nicht sein.«

»Meine Mutter macht mich verrückt.«

Damit ernte ich ein kleines Lächeln. Der Satz ist nicht neu. Aber die Augen hinter seiner Brille sind abgelenkt; er denkt nach. »Dazu hast du in den letzten Wochen etliche Briefe ausgesucht, die mit den Problemen von schwangeren Frauen zu tun hatten. Damit haben wir Depressionen *und* Schwangere.«

Die rosa Brille war eine unsinnige Verteidigung. Ich könnte einen Sack über dem Kopf tragen. Dann würde Grayson eben darauf achten, wie mein Atem den Stoff bewegt, ob mein Kopf geneigt wäre und ich ein Seufzen, Schluchzen oder Kichern hören ließe.

Als ich vor einigen Jahren mit Grayson Schluss machte, habe ich ihm damals gesagt, es wäre, weil ich keine Beziehung mehr haben wollte.

Das stimmte, aber die größere Wahrheit war, dass ich gerade herausgefunden hatte, dass ich ein Baby von ihm erwartete. Er hat es nie erfahren. Es war Lila, die mich in die Klinik gebracht, auf mich gewartet und mich anschließend wieder nach Hause gefahren hat. Sie war die Einzige, der ich davon erzählt habe. Für mich hat diese Schwangerschaft nie viel mit Grayson zu tun gehabt. Sie schien mir einfach ein Fehler. Vielleicht konnte ich mich deshalb nie mit dem Gedanken anfreunden, Grayson ganz zu verlieren. Er ist so was wie meine einzige Verbindung zu dieser Erfahrung.

Und jetzt, wo ich wieder schwanger bin, komme ich nicht daran vorbei, das Vergangene anders zu sehen. Ich schulde Grayson zwar nicht diese Wahrheit – niemals werde ich ihm von der Abtreibung erzählen –, aber irgendetwas schulde ich ihm doch. Ich fürchte, meine Karten werden bald schon auf dem Tisch liegen, so wie mein Bauch wächst.

Wenn wir mit dem Auto unterwegs waren, sang mein Vater immer ein Lied von Kenny Rogers übers Kartenspielen, das mir jetzt durch den Kopf geht: »*You have to know when to hold them, know when to fold them, know when to walk away, know when to run* – du musst wissen, wann du mitgehst, wissen, wann du passt, wann du aufhörst und davonläufst.«

Ich fummele an der Brille auf meinem Schoß herum. Wie spät ist es? Ist es Zeit mitzugehen, auszusteigen oder davonzulaufen? Was ist, wenn die ganze Wahrheit, und nicht nur ein Teil davon, aus mir herauskommt?

Grayson sieht mir in die Augen, und ich winde mich. Die Luft im Raum ist so schwer, dass ich das Gefühl habe, ich könnte zur Tür hinausschwimmen. Er sieht die Wahrheit; ich verfolge, wie sein Hirn auf die Antwort klickt.

»Bist du schwanger?«

Es gibt keinen Grund für mich zu antworten.

Er ist selbst darauf gekommen, aber trotzdem kann ich den Schrecken in seinen Augen erkennen. »Behältst du das Baby?«

»Ja.«

»Hast du es geplant?«

Mein Gesicht brennt. »Nein. Joel und ich sind auseinander.«

Er lehnt sich auf seinem Stuhl zurück. Er ist von kleiner Statur, trägt eine Brille und hat lockige braune Haare. Morgens geht er joggen, und er hat den straffen, kompakten Körper eines Läufers. »Charlene hat mir erzählt, dass jemand, der mir nahestehe, schwanger sei, aber ich habe ihr keine Beachtung geschenkt.«

Charlene betreut die Tratsch-Ecke der Zeitung. Sie ist von der schlimmsten Sorte, gemein, und steckt ihre Nase überall rein. Ich tue alles, um ihr aus dem Weg zu gehen. Der Gedanke, dass sie etwas so Persönliches über mich weiß, macht mich wütend. »Wie zum Teufel hat Charlene davon erfahren?«

Noch während ich spreche, weiß ich die Antwort. Joel muss es ihr erzählt haben, oder vielleicht auch Weber. Dieser feiste

Wichser. Wahrscheinlich ackert er sich durchs Telefonbuch und sorgt dafür, dass alle meine Ex-Freunde davon erfahren. Und hat dabei den Spaß seines Lebens. »Ich wollte, dass du es von mir erfährst.«

Graysons Hand streicht durch seine Haare und zieht an den Locken. Ich habe ihn immer damit aufgezogen, er solle mit der Zupferei aufhören, weil er so sein jüdisches Haar bestimmt nicht glatt bekäme. Er starrt mich an, und ich kann es nicht ertragen. »Willst du heiraten?«

»Ich habe dir doch gesagt, dass Joel und ich auseinander sind.«

»Nun, ja.« Meine Neuigkeiten haben ihn aus dem Gleichgewicht gebracht. Er denkt laut, etwas, was er sonst nie tut. »Du könntest mich heiraten.«

Ich ducke mich in meinen Stuhl, dass sich die Streben in mein Rückgrat graben. Meine Stimme ist ein dünnes Rinnsal. »Glaubst du, das ist lustig, Grayson? Ist das deine Art Witz?«

»Nein.«

»Ich brauche kein Mitleid. Ich komme schon klar. Hast du noch nie von erfolgreichen allein erziehenden Müttern gehört?«

»Wie willst du das machen? Du verdienst nicht genug. Du brauchst einen besser bezahlten Job, und niemand wird eine schwangere Frau einstellen. Und im Übrigen, was sonst hast du noch gelernt?«

Ich bin den Tränen nahe. In meinem Kopf kann ich Grandma hören: *Beruhige dich, Gracie*, sagt sie. *Ich werde mich um dich und das Baby kümmern*. Ich sage zu Grayson: »Halt dich da bitte raus, okay?«

»Warum willst du dieses Baby haben?«

»Hör jetzt auf«, sage ich. »Hör auf, mich auszufragen. Ich muss dir nicht antworten. Und ich muss dir auch nichts erklären. Ich werde dieses Baby bekommen, und es wird uns gut gehen, uns beiden allein. Du wirst es sehen.«

Auf dem Weg zur Tür stolpere ich. Meine Beine sind während des Sitzens ganz taub geworden. Ich taumele auf den Gang, meine untere Hälfte ist voller Nadeln, die in mich hineinstechen.

»Du wirst Hilfe brauchen«, ruft Grayson mir hinterher. »Das schaffst du nicht allein.«

Ich verlasse Hackensack über die Route 17 und komme an der großen neuen Mall vorbei, dann an der älteren, kleineren und nehme die Ausfahrt nach Ramsey.

Ich will nicht nach Hause. Es gibt nur drei Orte, an denen Joel im Laufe des Tages zu finden ist, und ich kenne sie alle. Abends trinkt er sein Bier im *Green Trolley*. Am späten Nachmittag ist er in der Feuerwache. Den Rest des Tages spioniert er für Bürgermeister Carrelli herum.

Ich ziehe Kreise um die Stadtverwaltung und verschanze mich hinter dem Steuer. Niemand zu sehen, den ich kenne. Wie kann Joel es wagen, irgendwem von meiner Schwangerschaft zu erzählen? Wie kann man von mir erwarten, mich um mein Leben zu kümmern, wenn ich keine Ahnung habe, wer was von mir weiß? Grandma spricht wieder zu mir, sie sagt, ich soll mich beruhigen. Aus der Fassung gebracht zu werden heißt bei ihr »den Kopf verlieren«, und sie denkt, ich verliere meinen Kopf oft. Sie hat recht. Sie muss recht haben.

Ich fahre jetzt schneller und nehme die Kurven um die Stadtverwaltung mit quietschenden Reifen. Sechsmal, bis mir schwindelig wird, fahre ich im Kreis. Joel entdecke ich nirgends. Bei meiner sechsten Runde sehe ich meinen Vater auf den Stufen des Gebäudes sitzen. Ich höre das Bellen des alten Chows vom Bürgermeister, und dann leuchtet etwas rot auf, das Margarets Haar sein könnte. Sie und Charlene sind die besten Freundinnen. Sicher weiß sie längst Bescheid. Ich kann nicht aufhalten, was bereits in Bewegung ist, und will Margaret nicht in die Quere kommen. Wenn sie Joel wirklich schlägt? Sie liebt ihn; was wird sie dann mit mir machen?

Als ich an der Ampel direkt vor der Stadtverwaltung halten muss, rutsche ich noch etwas tiefer in meinen Sitz. Ein einzelner dicker Schweißtropfen läuft mir vom Nacken unter dem Haken meines Büstenhalters hindurch und in den Bund meiner Hose. Mein Rücken schmerzt, und ich rutsche hin und her, damit sich das Steuer nicht in meinen Unterleib gräbt. Die Ampel bleibt ewig rot.

Neben meinem Auto sind Schritte zu hören. Ich blicke hinüber und bete fieberhaft, dass mich niemand gesehen hat, doch an meinem offenen Seitenfenster steht ein dreijähriges Mädchen in einem limonengrünen Kleid.

So unglaublich es klingen mag, aber ich weiß sofort, dass das mein ungeborenes Kind ist. Ich erkenne sie. Sie betrachtet mich mit zur Seite geneigtem Kopf.

Gleich wird sie fragen: *Mommy, warum versteckst du dich?*, und ich weiß, dass es keine angemessene Antwort auf diese Frage gibt. Ich benehme mich nicht wie eine Mommy. *Geh weg*, zische ich zu ihr hinüber. *Ich bin noch nicht bereit für dich.*

Hinter ihr, auf den Stufen der Stadtverwaltung, sitzt mein Vater und sieht unglücklich aus. Ich habe das Gefühl, dass er an mich denkt. Sein Gesicht ist so traurig, dass mir Tränen in die Augen drängen. Mein Vater und mein Kind sorgen sich um mich, und wie ein Bohrer dringt ihre Sorge in mich ein. Ich bin nicht stark genug, und beide erkennen meine Schwäche: Ich weiß nicht, wer ich bin.

Die Ampel wird endlich grün, und ich ramme den Fuß aufs Gas. Ich muss weg hier. Mein Kopf droht zu zerplatzen, als ich den Wagen endlich auf eine gerade Linie steuere. Ich fahre quer durch die Stadt und halte erst an, als ich Sarachi's Teich erreicht habe. Auf dem unbefestigten Parkplatz, wo Teenager Bier trinken und knutschen, wenn die Sonne untergegangen ist, stelle ich den Motor ab und bin allein. Es sind keine anderen Autos da. Sarachi's ist ein Teich, der von dichtem Wald umgeben ist. Verstreut am Ufer stehen Picknicktische. An den Wochenenden kommen Paare mit ihren kleinen Kindern her, um die Enten und Gänse zu füttern.

Ich kann mich an ein einziges Mal erinnern, dass unsere Familie hier war.

Ich war dreizehn und Lila elf. Wir veranstalteten ein Picknick, und es ist das einzige Picknick geblieben, das ich je im Leben gemacht habe. Was Ausflüge angeht, ist nie viel in unserer Familie gelaufen. Wir mögen keine Käfer, schwitzen nicht gerne oder setzen uns auf den Boden. Wir bekommen leicht Sonnenbrand. Dieses eine Picknick war eine Übung in erzwungener Spontaneität. Mein Dad hatte tolle Sandwiches im Gourmet-Supermarkt gekauft und Mom eine Decke aus dem Schrank im ersten Stock geholt. Lila wurde aufgefordert, ihr Frisbee mitzunehmen, und ich hatte mein Monopoly dabei. Mom und Dad hatten uns ihren Plan bereits in der Woche davor mitgeteilt, damit wir keine Möglichkeit hatten, uns zu drücken. Als wir fragten, warum wir ein Picknick machen wollten, war die Antwort, dass wir es nun einmal täten. Ende der Diskussion. Lila und ich hassten einander in dem Alter. Wir hätten nicht verschiedener sein können. Ich hatte gerade angefangen, mich für Jungen zu interessieren, und konnte an nichts anderes denken, als einen für mich zu gewinnen; und wenn ich dann einen hatte, fragte ich mich, was ich mit ihm anfangen sollte. Nachts drehte ich mir die Haare auf und rieb mir Anti-Falten-Creme um die Augen. Ich sprach mit einem schrecklichen englischen Akzent, weil ich dachte, so besonders zu wirken.

Lila war mit elf ohne Freunde oder Freundinnen, bekam stets die besten Noten und las wie eine Besessene Zeitung. Jeden Tag las sie meinen Eltern aus der New York Times vor, dem Star Ledger und dem Bergen Record, wobei sie sich auf die schlimmen Nachrichten konzentrierte. Sie sammelte Artikel über Flugzeugabstürze, Schießereien, verlassene Kinder und außergewöhnliche tödliche Unfälle. Wann immer Mom am Essenstisch ihren fast täglichen Appell aussprach: *Kann nicht bitte jemand über irgendetwas reden*, zog Lila einen der Artikel aus dem Strumpf, wo sie ihre Ausschnitte aufbewahrte. Meine Schwester war ein seltsames Kind, und ich wollte nichts mit ihr zu tun haben. Heute begreife ich, dass dieses Picknick ein Versuch meiner Eltern war, die Familie enger zusammenzubringen. Ich bin sicher, es war Mutters Idee. Sie verstand die beiden Töchter nicht, die sich zunehmend von ihr entfernten, und mochte sie auch nicht besonders. Sie bürstete mir das Haar und brachte mich abends ins Bett, und ich sträubte mich gegen ihre Versuche, weiter das Kind in mir zu sehen. Mit Dad waren Lila und ich lockerer. Zwar stellten wir ihn vor ein Rätsel, aber er genoss unsere Gesellschaft. Mom muss diejenige gewesen sein, die dachte, ein Picknick würde große, schnelle Wunder wirken.

Natürlich tat es das nicht. Es war ein schwüler Tag, und wir aßen unsere Truthahn- und Brie-Sandwiches, und ich beschwerte mich, dass mein Haar anfing, sich zu kräuseln. Ich ging hinüber zum Wasser, um mein Spiegelbild in Augenschein zu nehmen, und als ich mich vornüberbeugte, schlug mir Lila mit dem Frisbee auf den Hinterkopf. Aus dem Gleichgewicht geraten, machte ich einen Schritt nach vorn und verlor meinen rechten Turnschuh im weichen Schlamm des Teichs. Ich war wie gelähmt, denn es waren noch andere Kinder aus der Schule da, die gesehen haben mochten, wie ich den Schlag auf den Kopf bekommen hatte, und außerdem waren meine Turnschuhe brandneu. Dad brauchte zehn Minuten, um mich zu überzeugen, dass ich völlig normal aussähe, wenn ich den anderen Turnschuh auch noch ausziehen würde. Endlich beruhigte ich mich und ging zurück zu unserer Decke.

Unsere Eltern saßen zwischen Lila und mir, und wir spielten Monopoly. Immer wieder gab es kräftige, plötzliche Böen, und wir mussten uns die Karten unter die Füße stecken und das falsche Geld in den Händen halten. Schweigen senkte sich über uns, und das Spiel zog sich endlos hin. Ich hatte das Gefühl, dass ich auch an meinem vierzehnten Geburtstag noch auf dieser Decke sitzen würde. Lila zog immer wieder ihren Lieblingsartikel des Tages aus dem Strumpf, über einen Autounfall in South Jersey, und stopfte ihn anschließend zurück. Irgendwann, kurz bevor ich meine Karten hinwarf und darum bettelte, dass wir zurück nach Hause fuhren, wurde mir bewusst, wie wir auf die anderen Familien wirken mussten, die Paare und Kinder im Park. Unglücklich und schlecht zueinander passend. Auch wenn wir eine Familie waren, gehörten wir deswegen noch längst nicht unbedingt zusammen – das wurde mir in dem Augenblick klar. Mit uns würde es nicht unbedingt gut gehen.

Ich lege meine Hand auf meinen Bauch und beobachte die Enten, wie sie mit den Flügeln schlagen und schnattern. Als Teenager war ich oft hier am Teich und auch später während der College-Ferien. Es war einer meiner Lieblingsplätze. Meine Unschuld habe ich hier verloren, mit Billy Goodwin, als ich sechzehn war. Bald danach schon war ich Expertin dafür, wie es sich in Autos treiben ließ. Ich wusste, wie es vorn auf dem Beifahrersitz ging, mit dem Jungen unten, ich saß mit dem Gesicht zu ihm, Becken an Becken, und hatte die Beine so weit gespreizt wie möglich. Nach ein paar blauen Flecken lernte ich, mir nicht mehr am Schaltknüppel weh zu tun.
Aber hinten auf dem Rücksitz war es am besten. Mein Kopf an der einen Tür, die Füße gegen die andere gestützt. Eingesperrt lag ich da und wand mich und bebte unter den Jungs. Im Radio lief *Free Fallin* oder *Brown Eyed Girl* oder sonst was von Billy Joels *Glass-Houses*-Album. Das Innere des Autos roch wie eine überreife Mischung aus Kunststoffvelour, verschwitzten Handtüchern vom Football-Training oder vom Ringen und einem süßen Schuss roten Slurpies, den wir uns vorher im *Seven Eleven* geteilt hatten. Ich vergrub mein Gesicht im Plüsch des Sitzes und atmete den Geruch tief ein. Meiner Meinung nach wird Sex im Bett ziemlich überschätzt. Manchmal ist es besser, weniger Platz zu haben, weniger Bewegungsfreiheit, weniger Möglichkeiten. Eng eingepfercht zu sein erhöht den Einfallsreichtum und birgt eine besondere Art von Intensität. Ich habe einige ziemlich gute Abende hier am Teich verbracht.

Ich lasse meine Hand hinuntergleiten und berühre mich durch den Stoff der Hose. Nur ein leichter Druck, um zu sagen, ich habe dich nicht vergessen, ich vermisse dich. Dann ziehe ich meine Hand wieder weg und verschränke die Arme vor der Brust. Ungeborene kleine Mädchen oder irrsinnig eifersüchtige Rothaarige könnten jeden Moment neben meinem Auto auftauchen. Selbst allein bin ich nicht sicher.

Plötzlich höre ich Graysons Frage: *Warum willst du das Baby?*

In der Stille des Autos kann ich seiner Stimme nicht entkommen.

Ich versuche nicht, ihm zu antworten. Ich kann es nicht. Offenbar bin ich gut im Schwanger-Werden, das kann keiner bestreiten. Vielleicht ist das meine spezielle Gabe. Vielleicht liegt da meine Bestimmung. Vielleicht werde ich wie Grandma und verbringe den Rest der Zeit vor den Wechseljahren mit Kinderkriegen.

Das Problem ist, dass ich nicht so unbedarft bin, wie das jetzt klingen mag. Obwohl ich für meinen Seelenfrieden wünschte, ich wäre es. Aber ich habe zu viele *Liebe-Abby*-Briefe beantwortet und Teenagern erklärt, dass Kinder zu kriegen keine Antwort ist. Wenn die Mädchen sich beklagen, ein Gefühl der Leere in sich zu verspüren, habe ich ihnen immer klar und eindeutig gesagt, sie sollen sich was anderes suchen, um diese Leere zu füllen. Einem Verein beitreten. Was auf die Beine stellen – eine Kunstaktion oder ein Theaterstück. Tagebuch schreiben. Versuch, mit deinen Eltern zu reden. Warte, bis du erwachsen und in dich selbst hineingewachsen bist.

Genau das hätte ich auch meinem eigenen Teenager-Ich erklärt, als es hier am Teich die Scheiben des Volvos von Billy Goodwins Mutter zum Beschlagen gebracht hat. Wobei die Mühe unnötig gewesen wäre. Ich wusste es damals besser. Was die Verhütung anging, war ich äußerst wachsam. Drei Tage nachdem ich meine Unschuld verloren hatte, fing ich mit der Pille an, und dreizehn Jahre lang war sie für mich so was wie ein Morgengebet. Im Übrigen bestand ich darauf, dass die Jungs, mit denen ich zusammen war, ein Kondom trugen. Bei Grayson dann habe ich mit meiner doppelten Empfängnisverhütung nachgelassen – vielleicht weil wir schon so lang zusammen waren –, was mich zum ersten Mal in Schwierigkeiten brachte. Dann, noch vor Joel, wurde ich vergesslich. Mitten in der Woche fiel mir auf, dass ich die Pille schon ein paar Tage nicht genommen hatte. Und ich wurde es müde, den Männern zu sagen, sich ein Kondom drüberzuziehen.

Als Teenager war ich ultravorsichtig. Allein der Gedanke, was wäre, wenn meine Familie herausfände, dass ich ein Kind kriegte, versetzte mich in Angst und Schrecken. Schweißgebadet wachte ich nachts auf. Und das war es auch, was mich jeden Monat Kopfschmerzen bekommen ließ, wenn ich auf meine Periode wartete: die Angst davor, wie meine Mutter, Großmutter, Vater und die Tanten reagieren würden. Eine Schwangerschaft, ohne verheiratet zu sein, das war in unserer Familie undenkbar.

Ich weiß ehrlich nicht, was sich da verändert hat. Meine Familie macht mir immer noch Angst. Grandma weiß zwar mittlerweile Bescheid, aber irgendwie ist ihr Wissen und Planen noch beängstigender, als wenn sie nichts wüsste. Ich wache nachts schwitzend auf, das Herz flattert mir in der Brust, und ich denke: *Warum habe ich das getan? Warum?*

Wieder und wieder habe ich meinen Leserinnen erklärt, dass ein Baby in keinem Fall eine Antwort ist. Mach keinen Fehler. Gehe nicht in diese Falle. Denke immer daran: Ein Baby ist schlicht und einfach, ganz entschieden und unveränderlich, ein Baby. Ein Kind in die Welt zu setzen heißt, die Verantwortung für ein anderes menschliches Leben zu übernehmen.

Kelly

Meine früheste Erinnerung ist die an den Tag, an dem meine Schwester starb.

Ich weiß, dass Kinderpsychologen sagen würden, das ist unmöglich, weil ich damals erst achtzehn Monate alt war. Sie sagen, das Gehirn ist erst mit knapp drei Jahren weit genug entwickelt, Bilder zu bewahren. Aber zumindest in meinem Fall haben sie unrecht.

Ich erinnere mich an jede Einzelheit des Tages, ohne dass mir je einer davon erzählt hätte. Es gibt niemanden, von dem ich das alles hätte erfahren können. Meine Schwester war nicht mehr da, und mein Bruder Pat wurde erst eine Woche später geboren. Für ein paar kurze Tage, das einzige Mal in meinem Leben, war ich aus diesem schlimmen Grund das einzige Kind der McLaughlins. Niemand sprach mit mir während dieser Zeit. Mein Eltern standen unter einem derartigen Schock, dass sie wie betäubt waren und mich in ihrem Haus überhaupt nicht wahrnahmen. Willie sagte, ich solle nicht weinen. Die Todesfälle in meiner Familie, wie auch die Geburten, waren Geschehnisse, die eine Warnung in sich trugen. Sie vollzogen sich wie in Zeitlupe, in Schweigen und Missbilligung getaucht. Man hatte das Gefühl, nichts mitbekommen zu dürfen. Und wer etwas gesehen hatte, durfte nicht darüber sprechen. Geburt und Tod hatten etwas zu Ursprüngliches, Rohes für meinen Vater, der es aus eigener Kraft zu etwas gebracht hatte, genau wie für meine

Mutter, die so vorbildlich aufgezogen worden war. Das war nicht unser Niveau; beides betrog uns um unsere Vollkommenheit. Natürlich war der Tod am schlimmsten – er setzte die Überlebenden unter schrecklichen Druck, wiedergutzumachen, was nicht hätte passieren sollen.

Der Tod meiner Schwester belastete mich mit einem Gefühl von Scham, das von meinen Eltern auf mich überging, und die Erinnerung an ihn war unauslöschlich. Als kleines Mädchen überlegte Lila oft laut, von wem sie wohl ihr Gedächtnis geerbt hatte. Ich habe nie ein Wort gesagt und ihr nicht erzählt, dass es von mir kam. Wie oft habe ich es ihr sagen wollen, konnte es dann aber doch nicht. Es ist ein Geheimnis, das ich nie mit jemandem geteilt habe, und es ist mein Fluch. Mit Staunen und Bewunderung habe ich Lila, während sie aufwuchs, ihr Gedächtnis als großartige Gabe herausstellen sehen. In der Schule verhalf es ihr zu den besten Noten. Beim Kartenspielen schlug sie ihre Freunde damit. In jeder Phase ihres Lebens hat sie ihr Gedächtnis dazu benutzt, die Beste zu sein. Bis ich meine Tochter so sah, war es mir nie in den Sinn gekommen, mein Gedächtnis zu meinem Vorteil nutzen zu können. Ich habe immer alles darangesetzt, es zu verneinen, zu verdrängen, zu verstecken, zu ignorieren. Auch heute noch bedeutet mein Gedächtnis Schmerz, denn alles erinnert mich an alles. Alles ist miteinander verbunden. Es braucht nur ein kurzes Hinsehen, das Aufleuchten einer Farbe, einen Geruch – und schon trägt es mich in die Vergangenheit.

Ein Herbsttag mit buntem Laub, das von einem rauen Wind aufgewirbelt wird, erinnert mich an das Kleidereinkaufen mit meiner Mutter. Die sechs Kinder der McLaughlins stellten sich dem Alter nach in einer Reihe auf (ich trug eine

Liste bei mir, auf der verzeichnet war, was jedes Kind brauchte, und dazu seine letzten Maße; Pats Aufgabe war es, Papier und Stifte dabeizuhaben, um die Kleineren damit zu beschäftigen), und dann folgten wir unserer Mutter durch das Kaufhaus, bis auch die letzten Hosen, Röcke, Unterwäsche, Socken und Schuhe gekauft waren.

Ein Glas oder eine Flasche Scotch erinnert mich an meinen Vater, wie er vorsichtig durch das Wohnzimmer geht. Mit den Händen sucht er sein Gleichgewicht zu halten und geht schon auf Pat los, noch bevor er sich gesetzt hat.

Der erste Schultag erinnert mich jedes Jahr daran, wie ich Gracie in den Kindergarten brachte und sie stumm weinte. Die Tränen rannen ihr über das Gesicht, und sie senkte den Kopf, als ich mich weigerte, sie noch einmal zum Abschied zu umarmen.

Helle blaue Winterhimmel erinnern mich an den Tag, an dem ich Louis heiratete, und wie sehr meine Hände zitterten, als ich den Mittelgang der Kirche hinunterging und Blätter von meinem Bouquet weißer Rosen verstreute.

Pferde erinnern mich an Lila im Teenager-Alter, als sie im Wettkampf die Zähne zusammenbiss und ihr Gesicht dabei so angespannt war, dass es hinterher, selbst wenn sie gewonnen hatte, eine ganze Weile dauerte, bis sie sich wieder entspannte.

Vieles erinnert mich an den Tag, an dem meine Schwester starb. Ein Kleinkind mit blondem Haar. Die starken Hände meiner Mutter, die im Schoß gefaltet sind oder nach Jahren des Großziehens, Haltens, Badens, Tragens von Kindern ihre Handtasche halten. Die hellen Augen meines Bruders Pat. Lila, die mit ihrem Gedächtnis angibt, was mich an meines denken lässt und damit an meine früheste Erinnerung. Mir bleibt keine Wahl, ich muss mich erinnern.

Das Schreien meiner Schwester weckte mich an jenem Morgen. Ich beobachtete sie durch das Gitter meines Kinderbettes. Sie saß hoch aufgerichtet in ihrem Bett, nur ein, zwei Meter von mir entfernt, und hatte die Hände auf ihren Hals gelegt, als wollte sie ihn vor etwas schützen. *Wasser*, sagte sie. Meine Mutter erschien in der Tür und band ihren Morgenrock um das, was von ihrer Taille geblieben war, denn sie war im achten Monat schwanger. *Ruhig jetzt. Dein Vater schläft.* Mutter sah ärgerlich aus, und meine Schwester versteckte sich unter dem Kissen. Ich schlief wieder ein. Später, als mein Vater bereits zur Arbeit gegangen war, lag meine Schwester eingerollt auf dem Sofa im Wohnzimmer. Sie wimmerte, und meine Mutter saß neben ihr und hatte die Hand auf ihrer Stirn. Gib ihr Wasser, wollte ich sagen, aber ich konnte noch nicht in Sätzen sprechen. Meine Schwester schien zu glühen, und aus irgendeinem Grund wusste ich, dass sie nicht mehr für sich selbst sprechen konnte. *Ich kann nicht*, sagte meine Mutter, als hätte sie meinen Gedanken gehört. *Man muss das Fieber sich selbst ausbrennen lassen. Keine Flüssigkeit. Das hat Dr. O'Malley gesagt.*

Meine Mutter ließ uns allein, um die Schlafzimmer aufzuräumen und das Frühstücksgeschirr abzuwaschen. Während sie weg war, beobachtete ich, wie meine Schwester und ihr Fieber sich selbst ausbrannten. Ich saß auf dem Boden, eingepfercht in ein Quadrat hölzerner Stangen. Ich kümmerte mich nicht um mein Spielzeug. Und für eine Minute zahlte sich meine große Aufmerksamkeit aus – meine Schwester zog eine Grimasse für mich. Sie streckte die Zunge heraus und wackelte mit den Händen neben den Ohren, und ich lachte. Das war unser geheimes Spiel, von dem Vater und Mutter nichts wussten. Manchmal schliefen sie und ich abends nicht ein, wenn wir eigentlich gesollt hätten. Dann drehte meine Schwester das Licht an, stellte sich auf ihr Bett und zog komische Gesichter, und ich sah ihr lachend zu.

Aber nach dieser Grimasse sah mich meine Schwester nicht mehr an. Ihre Augen schlossen sich, ihr Gesicht schwoll an, und tief aus ihrer Kehle drang ein seltsames Husten. Mutter kam zurück ins Zimmer, wischte sich die Hände an der Schürze ab, sah meine Schwester und sagte: *Lieber Gott.* Sie rannte zum Sofa hinüber. Ich hatte meine Mutter nie zuvor rennen gesehen, und schwanger, wie sie war, machte es mir Angst. Sie nahm meine Schwester auf den Arm, drehte sich mir zu und schrie: *Willie!* Ich hatte meine Mutter auch noch nie zuvor schreien hören. Willie kam nicht, und meine Mutter lief quer durch den Raum zu mir, meine stille Schwester in den Armen. Es war schwierig für sie, sich über das Gitter zu beugen, und ich streckte meine Ärmchen aus, um hochgenommen zu werden. Meine Mutter zögerte, dann sagte sie: *Jetzt nicht, Kelly. Sei lieb, für Mutter.* Dann verließen sie und meine Schwester das Zimmer, die Garagentür knallte, und das Haus dröhnte vor Stille. Bewegungslos wartete ich darauf, dass ein Monster käme und mich auffräße, weil das ein absolut tauglicher Schluss für diesen seltsamen Morgen zu sein schien.

Stattdessen kam jedoch Willie zurück, und als sie mich so ganz allein in meinem Laufstall sah, fing sie an zu schreien, und das brachte auch mich zum Schreien. Nachdem Willie mir mein Mittagessen gegeben hatte, kamen meine Mutter und meine Schwester nach Hause, was mich erneut heulen ließ, diesmal vor Erleichterung. Ich hatte gedacht, dass sie mich für immer verlassen hätten. Die Haut meiner Schwester war jetzt ganz bläulich, und sie war noch mehr angeschwollen, und als ich ihren Namen rief, hörte sie mich nicht. Meine Mutter trug sie in unser Schlafzimmer, und so konnte ich nicht sehen, was weiter vorging. Mein Vater kam am helllichten Tag nach Hause, und auch er rannte aus der Küche in unser Schlafzimmer. Dann erschien Dr. O'Malley mit seiner schwarzen Tasche in der Hand. Niemand beachtete mich. Ich saß in meinem Laufstall und schlug und rasselte mit meinen Spielsachen, bis man sie mir wegnahm.

Spät am Nachmittag wurde es dunkel im Haus, aber es dauerte noch lange, bis jemand daran dachte, das Licht anzumachen. Meine Eltern hörten auf zu rennen. Alles wurde ruhig und still. Sie müssen meine Schwester durch die Vordertür hinausgetragen haben, denn ich habe sie nie wieder gesehen. Mein Vater kam herein und setzte sich in seinen Ledersessel. Er schluchzte laut und trank ein großes Glas mit einer Flüssigkeit in der gleichen Farbe wie seine Tränen. Ich glaubte, dass er genau das tat: seine eigenen Tränen trinken. Die Tränen schienen das Glas so schnell wieder zu füllen, wie er sie hinunterschlucken konnte und sosehr er zu weinen vermochte. Und niemand sagte mir, nicht mein Vater mit seinem Glas voller Tränen und auch nicht meine Mutter mit der Hand auf ihrem geschwollenen Bauch, dass ich an diesem Nachmittag ein Einzelkind geworden war.

Das ist meine früheste Erinnerung. Manchmal habe ich mich gefragt, wie wohl Lilas früheste Erinnerung aussehen mag. Ich würde gerne wissen, von welchem Punkt an sie sich an ihr Leben erinnert. Dabei tröstet es mich zu wissen, dass es nichts auch nur annähernd so Unangenehmes wie bei mir sein kann. Meine Kinder sind kaum mit dem Tod in Berührung gekommen. Sie sind in einer glücklichen Familie aufgewachsen, mit zwei gefestigten Eltern, hatten alle Kleider, alles Essen und

Geld, das sie brauchten, und mehr. Alkoholismus, Kindes-
missbrauch oder sonst irgendwelche anderen tragischen Vor-
kommnisse, das alles gab es für sie nicht. Es ist mir gelungen,
ihnen weit mehr zu geben, als ich je von meinen Eltern bekommen habe. Und ich habe ihnen vieles erspart. Wenn Louis
und ich Streit hatten, als Gracie und Lila noch bei uns lebten,
dann nur, wenn die beiden längst schliefen. Und wenn es einen Streit zwischen ihnen selbst gab, habe ich sie voneinander
getrennt. Wenn sie mich aufregten, habe ich es ihnen gesagt,
und wir gingen zur Tagesordnung über.

Ich verstehe nicht, warum meine Töchter nach diesem friedvollen, angenehmen Aufwachsen heute so zornig auf mich
sind. Wie können sie nur so unfair sein? Sehen sie nicht, was
ich ihnen alles geschenkt habe? Ich will keinen Dank dafür,
um Himmels willen. Ich möchte nur, dass etwas mehr als
Höflichkeit zwischen uns herrscht. Ich möchte wissen, warum ich ihr Feind bin und ihr Vater ihr Freund. Ich möchte,
dass sie *meine* Freunde sind, jetzt, wo ich ihnen gegenüber
nicht mehr die Elternrolle spielen muss. Jetzt, wo sie erwachsen sind.

Nach dem Unfall meiner Mutter habe ich Lila und Gracie
angerufen, aber niemand ging ans Telefon. Ich habe eine
Nachricht auf Gracies Anrufbeantworter hinterlassen. Das ist
jetzt drei Tage her, und niemand hat zurückgerufen. Dieser
Umstand macht den sowieso schon beschissenen Nachmittag im Büro noch beschissener. Eine leise Stimme in meinem
Kopf sagt: Sieh zu, dass du hier rauskommst, und das mache
ich. Ich gehe früher als normal. Sarah fragt, ob ich mich
schlecht fühle, und Giles starrt mich nur an. Gott, das hebt
die Stimmung, hier einfach so mit der Aktentasche hinaus-

zumarschieren und mir meine eigenen Regeln zu machen. Schließlich bin ich die Chefin. Ich verhalte mich nur nicht oft genug so. Ich kette mich an meinen Schreibtisch, weil ich weiß, ich kann keinem trauen, dass er die Arbeit so gut macht wie ich.

Auf dem Parkplatz schließe ich meine Tasche in den Kofferraum und lasse das Dach meines BMWs unter der Klappe verschwinden. Die Luft ist nicht wirklich warm, aber der Himmel ist blau, und mit der Heizung geht es. Ich entscheide mich, den langen Weg nach Hause zu nehmen, und kurve ziellos durch Ramsey, als mir der Gedanke kommt, meine Töchter zu besuchen. Normalerweise mache ich das nicht, aber ich weiß, dass meine Mutter bei Gracie und selbst bei Lila in ihrem Studentenzimmer vorbeizusehen pflegte, wann immer ihr danach war. Vielleicht habe ich mich in meinem Verhältnis zu den Mädchen zu sehr zurückgehalten, vielleicht ist es an der Zeit, etwas mehr Initiative zu zeigen. Ich widerstehe der Versuchung, vorher anzurufen. Ich bin schließlich immer noch ihre Mutter. Ich kann doch einfach so anklopfen, oder? Meine Idee lässt mich in den Wind lächeln.

Ich schalte das Radio ein. Die Beach Boys singen *California Girls*, und ich kenne jedes einzelne Wort und singe mit. Ich fühle mich leicht, sorglos, jung. Es ist selten, dass ich einmal so loslassen kann und das Grübeln aufhört. Ich bin dankbar dafür und weiß diese Momente zu schätzen. Der Song könnte immer so weitergehen. Jetzt komme ich an der Highschool von Ramsey vorbei, dem Postamt, der Praxis meines Gynäkologen. Hier geht die Straße ab, die zur Stadtverwaltung führt und ein Stück weiter zur Wohnung meines Bruders Ryan. Bis zum Holly Court, wo ich in der Auffahrt zu Gracies Haus parke, singe ich laut mit. Als die Harmonien der Beach Boys verklingen, stelle ich den Motor aus und nehme meine Sonnenbrille ab. Ich sehe auf, und Gracie steht mit herunterhängenden Armen direkt vor dem Wagen. Sie muss gerade nach Hause gekommen sein. Wie schön sie aussieht, so erwachsen.

»Gracie«, sage ich und lache, »kneif die Augen nicht so zusammen. Sonst siehst du aus wie eine alte Frau.«

»Was ist passiert? Ist was mit Grandma?«

Aus dem Wagen herauszukommen ist nicht einfach. Ich liebe meinen BMW, aber er liegt so tief, dass es einiges kostet, wie eine Dame aus ihm auszusteigen. Ich lächle weiter, habe aber den Schauder in der Stimme meiner Tochter gehört und weiß, dass ich etwas dagegen tun muss. »Nichts ist passiert. Kann eine Mutter nicht einfach mal ihre Kinder besuchen?«

Gracies Gesicht entspannt sich ein wenig. »Natürlich. Nur tust du das nie.«

»Vielleicht hätte ich vorher anrufen sollen. Gott weiß, wie sehr ich es hasse, wenn die Leute plötzlich unangemeldet vor meiner Tür stehen.« Wir sehen einander an.

»Deiner und Dads.«

»Wie bitte?«

»Es ist nicht nur deine Tür. Es ist deine und Dads.«

Ich sinke in mich zusammen. Was ich auch sage …

»Es tut mir leid«, sagt Gracie. »Aber dieser Tag ist wirklich verkorkst, und dann kommst du und erschreckst mich so.«

Ich versuche, nicht gekränkt zu klingen. »Ich wollte dich ganz sicher nicht erschrecken.«

»Jetzt sei nicht so dramatisch. Ich würde gerne hineingehen und mich umziehen. Stört dich das?«

Das bekomme ich wieder hin, denke ich. »Ich habe eine Idee«, sage ich, »warum lässt du deinen hübschen Anzug nicht an? Du könntest noch ein Paar schönere Schuhe dazu nehmen, und dann gehen wir zusammen essen – du, ich und Lila. Was hältst du davon?« Ich lege meine Hand auf ihren Arm und beuge mich dann hinunter. Da ist etwas. »Was hast du denn da auf deiner Hose? Ist das Schokolade? Wie um alles in der Welt kommt denn da Schokolade hin?« Ich kratze mit dem Daumennagel über den Stoff.

»Mutter!« Gracie macht einen großen Schritt von mir weg. Ich richte mich auf. »Du solltest die Hose in kaltem Wasser einweichen und morgen als Erstes in die Reinigung bringen. Ich habe dir den Anzug gekauft, erinnerst du dich? Du musst vorsichtiger damit sein.«

Gracie hat sich die Arme um den Leib geschlungen. Ihre Jacke stellt sich an den Schultern auf. Sie sieht klein und blass aus und mit dem Schokoladenfleck am Knie wie ein Kind, das Erwachsenenkleider trägt. Sie schüttelt den Kopf. »Wie geht es Grandma? Hast du sie seit dem Unfall gesehen?«

»Ich habe sie vorgestern besucht. Mit ihr scheint alles in Ordnung. Ein bisschen kleinlaut vielleicht, ich denke, der Schreck saß ihr noch in den Knochen. Sie hat mich gebeten, dass ich Ryan zu Ostern mitbringe. Normalerweise hätte sie ihn selbst geholt, aber ich kann verstehen, wenn sie nicht mehr so gerne Auto fährt.«

»Sie hat gesagt, dass sie nicht mehr so gerne fährt?«

»Nicht direkt mit diesen Worten. Aber ich wäre froh, wenn ich wüsste, dass sie sich nicht mehr hinters Steuer setzt. Sie wird alt, Gracie, und ihr Zustand ist bestenfalls noch wacklig. Dass sie das Fahren aufgibt, ist der nächste logische Schritt.«

»Worauf zu?«

»Wir besorgen ihr einen Fahrer, wenn sie irgendwohin muss, und vom Heim aus gibt es jeden Nachmittag einen Pendelbus in die Stadt. Das geht schon. Und sie wird sicher sein.«

»Sie wird sterben.«

Ich seufze. »Keiner spricht von Sterben. Deine Großmutter wird uns alle überleben.«

Irgendetwas streift über Gracies Gesicht. Wieder fällt mir auf, wie blass sie ist. Sie hat so schöne Haut. Lila hatte als Teenager ein paar Unreinheiten, aber Gracies Haut war immer glatt.

»Ich fühle mich nicht gut, Mom. Ich glaube, ich habe mir irgendwas eingefangen. Ich muss jetzt rein. Es tut mir leid. Aber danke, dass du hergekommen bist.«

»Oh, Liebes, kann ich dir helfen? Warum hast du das nicht früher gesagt?«

Aber Gracie ist schon außer Hörweite, bevor die Worte noch alle aus meinem Mund sind. Sie rennt fast die Auffahrt hoch und dann seitlich ums Haus, ohne einen Blick zurück zu mir. Als ich in meinen BMW steige, ist mir sehr bewusst, dass sie während unseres Gesprächs mit keinem Wort auf meine Einladung eingegangen ist oder mich ins Haus gebeten hat.

Als ich nach Hause komme, ist Louis nicht da. Das überrascht mich nicht, er ist im Moment wenig zu Hause. Im Schrank des Arbeitszimmers hängen drei Hemden und ein Paar von seinen Khakis. Saubere, zusammengerollte Socken sind in den Hosentaschen. Er kommt nur zum Rasieren und Duschen morgens nach oben. In gewisser Weise war mir die Situation so nicht wirklich bewusst, bis unsere Haushälterin Julia in der letzten Woche fragte: »Mrs. Kelly, soll ich die sauberen Shorts von Mr. Louis ins Arbeitszimmer bringen oder oben in seine Schublade legen?«

Ich war voller Wut. Wie konnte sie es wagen? Ich tat einfach so, als hätte ich sie nicht gehört. Ich drehte ihr den Rücken zu und wartete, bis sie aus dem Zimmer war. Sie hat nicht noch mal gefragt, und die Shorts hat sie nach oben gebracht. Aber jetzt bin ich nervös. Was, wenn eins von den Mädchen oder, was Gott verhüten möge, meine Mutter kommt und Julia sagt zu ihnen etwas? Das ist ganz allein eine Sache zwischen mir und Louis.

Ich muss etwas unternehmen, dass Louis wieder so wird wie früher. Großer Gott, es gibt keinerlei Grund, warum er nicht neben mir in unserem großen Bett schlafen kann, während er durchmacht, was immer er gerade durchmacht. Alles, was ich verlange, ist, dass wir nach außen hin die Normalität wahren. Das Haus kommt mir nachts kalt und zugig vor, ganz gleich, wie viele Decken ich auf das Bett lege. Wir schreiben uns immer noch kleine Notizen und legen sie auf den Küchentisch, nur sind das mittlerweile fast die einzigen Worte, die wir miteinander wechseln. Ich habe mich nicht verändert, aber Louis, und es wird Zeit, dass er das wieder rückgängig macht. Er hält seinen Teil unserer Abmachung nicht ein, und er ist verrückt, wenn er glaubt, dass ich *ihn* unsere Ehe beenden lasse. In meiner Frauenlesegruppe sind ein paar geschiedene Frauen, und sie sind hart und verbittert. Ich werde nicht so versagen. Ich denke nicht daran, mich scheiden zu lassen.

Bei dem Gedanken an meine Lesegruppe kommt mir eine großartige Idee.

Da Louis in letzter Zeit unfähig zu sein scheint, sich mit mir auseinanderzusetzen, braucht er vielleicht einen Freund. Womöglich teilt er seine Gefühle lieber mit einem anderen Mann, jemandem in seinem Alter. Ich bin begeistert von meiner Idee. Warum ist mir das nicht früher eingefallen? Das Gespräch mit den Frauen in meiner Gruppe hat mir so viel gegeben, aber Louis hat kein vergleichbares männliches Unterstützungssystem. Er hat sein Leben immer mit seinen zwei Töchtern und mir verbracht, war immer von Frauen umgeben. Männliche Kameradschaft, das ist es, was in seinem Leben fehlt. Wahrscheinlich vermisst er deswegen diesen jungen Mann so sehr. Ein offenes Gespräch mit einem Freund wird ihn aus dem Zustand befreien, in dem er sich zurzeit befindet.

Ich fahre zum Friseurladen des Bürgermeisters und fühle mich ausgezeichnet. Ich habe die Antwort. Jetzt muss ich nur noch den Ball ins Rollen bringen.

»Hallo, Vince«, sage ich, als ich durch die Tür trete. »Schneidest du auch Frauen die Haare?«

Der Bürgermeister dreht sich langsam im Kreis, als hätte ich ihn tief in Gedanken überrascht, und er bräuchte nun eine Weile, um sich daraus zu befreien. Er ist allein in seinem Geschäft und putzt seinen Kamm mit einem weißen Tuch. Sein alter Chow, der, wie ich mich dunkel erinnere, Chastity heißt, schläft in einer Ecke.

»Kelly?« Vince schenkt mir ein breites Lächeln. »Wie schön, dich zu sehen. Was verschafft mir das Vergnügen?«

Ich war nie in diesem Laden, auch wenn ich unzählige Male daran vorbeigefahren bin, sogar vorbeigelaufen. Es ist ein einzelner Raum mit drei Friseurstühlen, drei Spiegeln und holzvertäfelten Wänden. Auf einer Theke steht eine altmodische Kasse. Die ganze Szenerie wirkt staubig und dunkel, trotz des wunderschönen sonnigen Tages draußen.

»Ich möchte mit dir über etwas reden«, sage ich, »und mein Haar müsste auch etwas nachgeschnitten werden, und da dachte ich, wenn sich beides verbinden ließe, würden wir deine und meine Zeit am besten ausnutzen. Das heißt, nur wenn du auch Frauen die Haare schneidest.«

Ich gebe zu, die Sache versetzt mich ein bisschen in Erregung. Ich erfinde das alles, während ich rede, und das ist sehr ungewöhnlich für mich. Ich hatte keine Ahnung, dass ich mir die Haare schneiden lassen wollte. Seit fünfzehn Jahren macht mir eine Asiatin namens Linda das Haar in einem gehobenen Salon in Ridgewood. Und ich habe mir immer etwas darauf eingebildet, nach außen nie über Familienangelegenheiten zu sprechen. Und jetzt stehe ich hier, bitte Vince Carrelli um einen Haarschnitt und will mit ihm über meinen Mann sprechen. Es stimmt, sage ich mir, dass verzweifelte Zeiten verzweifelte Maßnahmen erfordern.

»Cynthias Haar habe ich dreißig Jahre lang geschnitten«, sagt er.

Cynthia hätte ich fast vergessen. Sie ist vor einem Jahr an Brustkrebs gestorben, aber sie war auch, als sie noch lebte, kaum zu sehen. Sie war eine kleine rundliche Frau, die mit ihren Eltern aus Italien hergekommen ist, als sie noch ein Teenager war. Mit neunzehn hat sie Vince geheiratet, da war er fünfundzwanzig. Kinder haben sie keine bekommen, und sie hat sich nie in der Öffentlichkeit mit ihm gezeigt. Selbst als er Bürgermeister wurde, zog sie es vor, zu Hause zu bleiben, zu kochen und zu putzen. Ich habe mit Cynthia ein- oder zweimal gesprochen, aber wir hatten nichts gemein, und sie war so fürchterlich schüchtern, dass unser Gespräch recht unangenehm ausfiel. Aber sie mochte Louis und sprach Italienisch mit ihm. Er versteht die Sprache, obwohl er sie nicht spricht. Als es mit ihr zu Ende ging, besuchte er sie im Krankenhaus. Ich ging nicht mit. Ich hielt es nicht für notwendig. Der Bürgermeister und die Politik, das Land und das Wohl Ramseys sind Louis' Leidenschaft, nicht meine. Nach Cynthias Tod schien sich nicht viel zu ändern. Vince hielt nach wie vor überall in der Stadt seine Reden und schüttelte Hände und schnitt den Leuten in seinem Laden das Haar.

Ich versuche, mich an Cynthias Haar zu erinnern. Sie hatte es immer zu einem Knoten zusammengebunden. Ich spüre, wie Vince mein braunes Haar in Augenschein nimmt, dann auch den Schnitt meines Gesichts. »Setz dich«, sagt er.

Ich setze mich auf den Stuhl, der überraschend bequem ist, vielleicht ein wenig rutschig. Er legt mir einen Umhang um und bedeckt damit meinen grauen Anzug. »Wie geht's Louis?«, fragt er. »Hat er dich hergeschickt?«

Ich sehe im Spiegel, wie mir das Blut ins Gesicht steigt. Ich weiß nicht, warum. »Um Gottes willen, nein«, sage ich. »Ich bin hier, um mit dir *über* Louis zu sprechen.«

»Schließ die Augen«, sagt Vince.

Ich sehe zu ihm auf.

»Keine Angst«, sagt er. »Es ist nur für eine Sekunde.«

Er besprüht mein Haar mit Wasser aus einer Flasche. Als ich die Augen öffne, sehe ich im Spiegel eine sechsundfünfzig Jahre alte Frau, die aussieht, als wäre sie vom Regen überrascht worden. Ich frage mich, ob das alles eine gute Idee war.

»Louis ist ein wirklich erstaunlicher Freund. Ich wünschte, ich könnte sagen, dass ich mich ihm gegenüber besser verhalten hätte.« Er lässt seine Hand über mein Haar gleiten und streicht die Strähnen links und rechts von meinem Gesicht glatt. »Nach Cynthias Tod habe ich abends angefangen zu trinken – Louis hat es dir sicher erzählt. Er hat mich einige Male vom Boden auflesen müssen, buchstäblich und auch im übertragenen Sinn.«

»Louis hat mir gegenüber nie etwas erwähnt«, sage ich. Ich weiß wirklich nicht, was ich denken soll. Warum erzählt mir dieser Mann das? Wie soll ich darauf antworten? »Aber er redet in letzter Zeit sowieso nicht viel mit mir. Deshalb bin ich unter anderem hier.«

»Du brauchst meine Hilfe?« Vince klingt überrascht.

Ich atme die feuchte, nach Haarspray riechende Luft ein. »Louis ist niedergedrückt. Ich dachte, dass du vielleicht mit ihm reden könntest. Versuchen, ihn ein wenig aufzumuntern. Ihm sagen, dass er sich zusammennehmen soll. Auf mich hört er nicht. Ich dachte, dass du als alter Freund da vielleicht mehr Erfolg hast.«

Der Hund winselt in seiner Ecke, und wir sehen beide zu ihm hinüber. »Der Ärmste hat Alpträume«, sagt Vince. Mit der Schere schneidet er hinten an meinen Haaren. Im Spiegel sehe ich die Enden auf den Boden fallen. »Ist Louis immer noch so mitgenommen wegen des jungen Kerls, der den tödlichen Unfall hatte?«

»Ja, zumindest scheint das seine Niedergeschlagenheit ausgelöst zu haben. Dabei sollte er bei Gott langsam darüber hinweg sein. Es ist ja nicht so, dass es sein Fehler gewesen wäre.«

»Wie schön, dass du dich so um ihn sorgst.« Vince berührt meinen Kopf mit den Fingerspitzen und streicht mein Haar erst in die eine, dann in die andere Richtung. Seine Finger fühlen sich warm an auf meiner Haut. »Louis ist ein Glückspilz, dass er eine so wundervolle Frau hat, die um ihn besorgt ist.«

Ich wünschte, ich säße bei diesem Gespräch nicht vor einem Spiegel, in dem ich sehen kann, wie sich die Falten um meinen Mund beim Sprechen bewegen und wie ich rot werde.

»Natürlich will ich nicht, dass du mir genau berichtest, was er sagt. Das bleibt allein zwischen dir und Louis.«

»Was ist, wenn wirklich etwas im Argen liegt? Du willst nicht, dass ich es dir dann erzähle?«

»Da ist nichts. Er ist einfach nur niedergeschlagen.«

»Und wenn er eine Affäre hat?«

Ich starre ihn im Spiegel an. Meine Hand sucht nach dem Clip hinten im Nacken, mit dem ich den Umhang losmachen kann, unter dem ich stecke.

Die Situation ist absolut surreal. Wie konnte ich annehmen, es würde so gehen? Warum lasse ich diesen Mann mein Haar schneiden?

»Warte«, sagt Vince. »Das war doch nur ein Scherz! Es tut mir leid. Ich wollte dich nicht aus der Fassung bringen. Ich dachte nicht, dass du mich ernst nehmen würdest. Louis würde sich niemals auf eine Affäre einlassen. Nie und nimmer. Ich kenne ihn mein ganzes Leben, und er ist einer der besten Menschen, die ich je getroffen habe. Und jetzt habe ich dich aufgebracht, dabei ist das wirklich das Letzte, was ich wollte.«

»Ein Scherz ist für mich etwas anderes«, sage ich. »Ich hoffe, du verstehst, dass das Ganze etwas sehr Privates ist und äußerste Diskretion …«

»Ich verstehe. Und ich spreche selbstverständlich gerne mit Louis. Niemand hat seit Cynthias Tod mehr für mich getan als dein Mann.«

Unsere Blicke treffen sich im Spiegel. Auf den Boden um mich herum fällt mehr und mehr von meinem Haar. Ich werde leichter und leichter.

»Sag ihm nicht, dass ich dich darum gebeten habe.«

»Natürlich nicht.«

»Ich weiß das zu schätzen.«

»Ich rede gerne mit dir«, sagt er. »Du hast die gleiche Gabe wie Louis – du vermittelst einem das Gefühl, dass schon alles in Ordnung kommen wird.«

Mein ganzer Körper glüht. Was hier passiert, ist falsch und zu viel. Dieser Mann ist zu ehrlich, zu direkt. Mir wird das im Moment zu viel.

Ich weiß nicht mehr, warum ich hergekommen bin, und ich muss weg. Ich ziehe einen Zwanzig-Dollar-Schein aus meiner Handtasche.

»Du brauchst sie nicht zu föhnen«, sage ich und stehe auf. Ich mache den Umhang los und schiebe das Geld in seine Hand. »Es ist warm draußen. Danke für deine Hilfe.«

»Nichts zu danken«, sagt er und bringt mich zur Tür.

Als ich aus dem Friseurladen komme, bin ich viel zu aufgedreht, um gleich nach Hause zu fahren. Ich brauche etwas Zeit, um mich zu sammeln. Ich fahre Richtung Route 17 und reihe mich in den Strom der Autos ein, deren Fahrer sich beeilen, ihren Job und ihren Arbeitstag hinter sich zu lassen. Irgendwann wechsele ich in die Gegenrichtung. Ich komme an einem Waldstück vorbei, dann an der Tankstelle und dem *Houlihan's*. Vor dem Restaurant werde ich langsamer und biege auf den Parkplatz vom Fairmount Motel. Ich parke am Ende des L-förmigen Motels, direkt vor Zimmer 111. Einen Augenblick lang befingere ich den Schlüssel in meiner Handtasche, bevor ich aus dem Wagen steige.

Der Schlüssel klickt im Schloss, und die Tür öffnet sich. Ich trete ein und betätige den Lichtschalter. Die Lampen links und rechts vom Bett leuchten auf. Der Vorhang vor dem einzigen Fenster des Zimmers ist bereits zugezogen, damit man den Highway nicht sieht. Ich stelle meine Tasche aufs Bett und gehe direkt ins Bad, wo ich mir die Hände mit dem frischen Stück Ivory-Seife wasche, das ich in der letzten Woche hiergelassen habe. An dem Handtuch mit Blumenmuster, das Gracie aus dem College mitgebracht hat, trockne ich mir die Hände ab. Auf dem Weg zurück ins Zimmer hole ich die zwei Extra-Kissen, die ich im Bettengeschäft gekauft habe, aus dem Wandschrank und lege sie gegen das Kopfende des Bettes. Ich streife meine braunen Stöckel ab und lege mich auf die Tagesdecke. Halb sitzend lehne ich in den festen Kissen, und nachdem ich eine bequeme Position gefunden habe, bleibe ich ruhig liegen; die Hände fassen meine Hüften. Ich atme tief ein und erlaube mir, mich zu entspannen. Manchmal sehe ich mir hier die Nachrichten an, mit dem kleinen Fernsehapparat, der drüben in der Ecke steht. Manchmal lese ich einen der Romane, die ich neben den Kissen im Schrank gestapelt habe. Aber gewöhnlich liege ich einfach auf dem Bett. Ich schlafe selten, sondern genieße den Umstand, dass ich allein bin, absolut allein. Ich muss nicht so tun, als wäre ich an etwas interessiert, mir muss nichts leidtun, und ich muss auch nicht zufrieden sein – was immer meine Familie oder meine Angestellten von mir erwarten. Hier, und nur hier, kann ich mein wahres Selbst erkunden und zeigen. Ich kann Kelly McLaughlin-Leary sein: eine starke, unabhängige, sechsundfünfzigjährige Frau.

Als ich zum ersten Mal herkam, hatte ich keine Ahnung, wer Kelly Leary war. Ich bin immer noch nicht ganz sicher, aber immerhin lerne ich. Jahrelang habe ich bis zur Erschöpfung gearbeitet und mich selbst dabei völlig aus den Augen verloren. Letztes Jahr dann habe ich mich der Frauenlesegruppe angeschlossen, hauptsächlich, damit ich einmal in der Woche etwas hatte, wohin ich gehen konnte. Louis ist vier von fünf Abenden in der Woche bei allen möglichen Versammlungen. Ich wollte etwas Neues. Ich wollte etwas, das ganz mir gehörte. Ohne eine Vorstellung, was ich von der Gruppe erwarten konnte, fand ich mich plötzlich in Diskussionen, in denen diese Frauen über *wirklich alles* in allen alarmierenden Einzelheiten sprachen. Und zwischen den Treffen lasen wir die gleichen Bücher. Zuerst war ich im Lesen besser als im Reden. Wir suchten uns Bücher aus, die vom Finden unseres Weges und unseres wahren Selbsts handelten. Nach und nach begriff ich, dass ich mein Leben damit verbracht hatte, so zu sein, wie mich die Menschen um mich herum haben wollten. Ich war die gute Tochter, die gute Frau, die gute Mutter und hatte nichts getan, um meiner Seele Nahrung zu geben, nichts, um mich zu befreien. Ein- oder zweimal erzählte ich in der Gruppe, wie frustrierend es sei, in dem Leben gefangen zu sein, das ich um mich herum aufgebaut hatte, und wie sehr ich mich nach meinem eigenen Raum sehnte. Daraufhin bot mir eine Frau aus der Gruppe nach einem unserer Treffen dieses Zimmer an. Sie stammt aus einer wohlhabenden Familie, der unter anderem diese Motel-Kette im Norden von New Jersey gehört. Das Fairmount Motel läuft nicht besonders gut und ist nie ausgebucht, und so überließ sie mir das Zimmer für eine geringe monatliche Miete.

Ich hatte eine Menge zu lernen und zu akzeptieren. Meist habe ich in meinem Leben alles darangesetzt, das, was ich gerade durchlebt hatte, gleich wieder zu vergessen. Aber in diesem Zimmer hier durchlebe ich es noch einmal, meine Kindheit, meine Ehe, all die Zeiten, die mich bis an diesen Ort gebracht haben. Ich bin heute eine andere Person als zu der Zeit, als Louis und ich geheiratet haben. Niemand erklärt einem, wenn man jung ist, dass sich mit dem Älterwerden die gesamte Persönlichkeit ändern kann – ändern wird. Die fünfundzwanzigjährige Kelly McLaughlin ist eine völlig andere Frau als die sechsundfünfzigjährige Kelly Leary. Mein Verhalten hat sich geändert, genau wie meine Bedürfnisse. Als ich jung war, brauchte ich jemanden, der sich meiner annahm und mich ein paar Schritte von meiner Familie wegbrachte.

Zu der Zeit, als ich Louis kennenlernte, nannte mich mein Vater bereits eine alte Jungfer. Als ich das College abschloss, war es ebenfalls mein Vater, der mir erklärte, dass ich trotz meiner guten Noten als Frau nur eine von zwei Möglichkeiten verfolgen könne und entweder als Krankenschwester oder Lehrerin arbeiten müsse. Für eine Lehrerin hatte ich nicht genug Geduld, und da ich den Anblick von Blut nicht ertragen konnte, nahm ich einen Job als Verkäuferin bei Bloomingdale's an. Den Tag über langweilte ich mich bei der Arbeit, und abends hörte ich mir an, wie mein Vater Pat beschimpfte und mich lächerlich machte. Ich sah zu, wie meine Mutter sich abrackerte und von einem Kind zum anderen lief. Sie schien taub für das, was gesagt wurde. Für den Schaden, der angerichtet wurde.

Louis traf ich bei Bloomingdale's. Ich half ihm, einen Anzug auszusuchen für die Hochzeit eines Freundes. Mir gefiel, wie groß er war – ich bin ungefähr eins fünfundsiebzig, aber neben ihm kam ich mir zart und klein vor. Er schien warmherzig und das Leben nicht zu schwer zu nehmen, erzählte alberne Witze und lachte zusammen mit mir darüber. Wir gingen Kaffee trinken und dann zum Abendessen, und mit einem Mal waren wir ein Thema.

Ich war still bei unseren Verabredungen und überließ meist ihm das Reden.

Eines Nachts, als wir nach einer Show in Manhattan zurück nach New Jersey fuhren, hielten wir an einer Ampel, und ich zeigte auf ein Haus, das mir gefiel. Diese kleine Äußerung brachte Louis dazu, mit der Hand aufs Steuerrad zu schlagen und wie ein Welpe zu jaulen. Ich verstand erst nicht, was er sagte, weil mich die herausdrängenden Worte so überraschten. »Seit wir vor fünfundvierzig Minuten ins Auto gestiegen sind, warte ich auf ein Wort von dir. Ich habe mir geschworen, nicht von mir aus eine Unterhaltung zu beginnen – diesmal solltest du den Anfang machen. Es war ein kleiner Test. Aber fünfundvierzig Minuten, Himmel, Kelly. Wolltest du nicht irgendetwas zur Show sagen oder zu sonst etwas?«

Ich weiß, dass ich ihn in diesem Moment amüsiert anlächelte. Ich weiß, dass ich meine Stimme erst fand, nachdem wir geheiratet hatten, ich von meiner Familie weggezogen war und meinen Job bei Bloomingdale's aufgegeben hatte. Als Louis mir kurz nach jenem Ausflug nach New York erklärte, er wisse, ich sei die Richtige für ihn und dass wir füreinander bestimmt seien, entschied ich mich, ihm zu glauben. Ein paar Monate später waren wir verheiratet, und ich zog aus dem Haus meines Vaters in das Haus meines Ehemannes. Gracie bekam ich kurz vor unserem ersten Hochzeitstag.

Vor diesem Zimmer hatte ich nie einen Platz für mich allein. Es ist meins, ganz allein meins, seit sechs Monaten jetzt. Ich habe niemandem davon erzählt, weder meinem Mann noch meinen Töchtern. Jetzt habe ich einen Ort, an den ich mich zurückziehen kann, wenn ich mit Louis gestritten habe oder wenn eines der Mädchen meine Gefühle verletzt hat. Oder wenn meine Mutter wieder einmal anruft und mich bittet, das Familienoberhaupt zu spielen und meine Brüder und Schwestern von etwas zu überzeugen, das sie nicht wollen. Etwas zu tun, das auch ich nicht will. Ich sollte mich mittlerweile daran gewöhnt haben, dass meinen Gefühlen keine Beachtung geschenkt wird. Ich verstehe nicht, warum meine Mutter nicht mit mir, Gracie, Lila und Ryan glücklich sein kann. Warum reichen wir ihr nicht? Es hat wenig Sinn, alle meine Brüder und Schwestern und deren Familien an einem Ort zu versammeln. Dadurch, dass wir alle in einem Raum sind, entsteht noch keine Liebe. Aber eine explosive Mischung, die sich aus unserer Kindheit, dem Zorn meines Vaters und dem bedächtigen Schweigen und den scharfen Bemerkungen meiner Mutter speist. Es ist das lange, dünne, dornige Ende der Rose.

Manchmal langweile ich mich in meinem Motel-Zimmer. Manchmal, so wie heute, will es mir einfach nicht behaglich werden. Ich stehe auf, laufe herum, versuche es mit dem wackligen Sessel und linse durch den Vorhang hinaus auf das Rauschen des Highways. Auch solche Tage sind wichtige Stationen auf meiner Reise zu mir selbst, aber gelegentlich doch unangenehm. Ich denke daran, wie ich beim Abschied Vince Carrellis warme Hand geschüttelt habe und wie wir beide die Hand des anderen eine Sekunde zu lang festzuhalten schienen. Ich lasse die Gedanken von meiner Mutter zu meinen Geschwistern und schließlich zu meinen Töchtern schweifen und habe das Gefühl, dass ich mit jedem Wechsel erneut vor eine Wand laufe. Und dann, irgendwann, gehen mir die Dinge aus, an die ich denken kann, und mir geht auch der Zorn aus, und ich fühle mich taub und leer. Aufgesogen von einer unbestimmten Dunkelheit. An diesem Punkt lege ich die Kissen zurück in den Schrank, schalte das Licht aus und gehe.

Noch an diesem Abend werde ich wieder in meine Rolle als Familienorganisatorin gedrängt. Meine Mutter hat mich gebeten, dafür zu sorgen, dass alle meine Brüder und Schwestern zur Oster-Party kommen. Meggy ruft an und sagt, sie versteht nicht, warum sie diejenige sein muss, die anreist, wo sie doch am wenigsten Geld von uns allen hat. Ich sage ihr, dass ich ihr gerne das Benzingeld gebe, das sie braucht, um aus dem Süden von New Jersey in den Norden New Jerseys zu fahren. Dann meldet sich meine Schwägerin Angel und erzählt, dass sie Johnnys Antidepressiva gewechselt haben und er jetzt, wo seine Kopfschmerzen weniger geworden sind, gerne kommt, um die Familie zu sehen. Theresa ruft an, um mich wissen zu lassen, dass sie drei Kuchen für den Anlass backen wird, obwohl ich ihr gesagt hatte, dass Lila und Gracie schon vorhaben zu backen. Ryan ruft an, um zu sagen, dass er sich um Mutter Sorgen macht. Er sagt, sie sei ihm bei ihrem letzten Besuch vorgekommen, als hätte sie eine Wolke über sich. Ich bin versucht, ihn zu fragen, wie er die Wolke sehen konnte, mit all den fetten, schmutzigen Vögeln, die in seiner Wohnung herumfliegen. Aber ich halte mich zurück. Natürlich erzähle ich Ryan nicht von Mutters Unfall. Es bringt nichts, ihn zu beunruhigen. Pat ist der einzige von meinen Geschwistern, der sich nicht meldet. Ich wusste, dass er es nicht tun würde, hatte es aber dennoch gehofft. Aber Pat kennt Zeit und Ort der Party, und er wird kommen. Er wird seiner Pflicht nachkommen, wenn auch nicht mehr.

Louis kommt ins Haus, als ich gerade mit Ryan telefoniere.

Ich erledige diese Art Anrufe am Küchentisch, wo ich gleichzeitig Rechnungen bezahlen und die Post durchgehen kann. Er setzt sich mir gegenüber und isst den Rest chinesisches Essen auf, das noch im Kühlschrank war. Während ich spreche, mustere ich ihn, um zu sehen, ob er schon mit Vince gesprochen hat. Ich frage mich, ob er etwas zu meiner Frisur sagen wird, die hinten und an den Seiten ziemlich kurz geraten ist. Ich bin mir noch nicht klar, ob ich sie mag, und ich vertraue auf Louis' Meinung.

Als ich auflege, sagt er: »Ich wünschte, du hättest nicht so viel Theater mit dieser Party.«

»Das macht mir nichts.«

»Du musst dich nicht um deine Mutter und jeden einzelnen deiner Brüder und Schwestern kümmern. Lass sie sich um sich selbst kümmern. Sie werden es schon überleben, wenn du einmal auch an dich denkst. Du könntest die Oster-Party für dich diesmal einfach ausfallen lassen.«

Ich starre ihn an. Ich beneide Louis um seine Familie, die klein anfing und gleich wieder verschwand. Zu anderen Zeiten tut mir sein Verlust dann wieder leid. Es ist klar, dass er im Grunde keine Vorstellung davon hat, was es heißt, eine Familie zu haben. Die Bande, die meine Brüder und Schwestern, meine Mutter und mich verbinden und ins Stolpern bringen, sind für meinen Mann unsichtbar. Ganz gleich, wie genau er hinsieht, selbst wenn ich seine Nase bis ganz an die Scheibe drücke, er sieht sie nicht. Er versteht nicht.

»Warum versuchst du mit mir zu streiten?«, sage ich. »Du weißt, dass ich zu dieser Party muss. Und du kommst mit, oder?« Das ist eine Frage, die ich ihm noch vor sechs Monaten nicht einmal im Traum gestellt hätte. Natürlich kommt er mit. Er ist mein Mann.

Er zuckt mit den Schultern. Ich weiß nicht, wie es möglich ist, aber seine Größe ist immer wieder eine Überraschung für mich. Seine Schultern sind so breit, dass sie die Rückenlehne seines Stuhls komplett verschwinden lassen. »Natürlich gehe ich mit zur Party«, sagt er. »Entschuldige, ich hatte einen komischen Tag, und das sollte ich nicht an dir auslassen.«

»Wieso komisch?«

»Vince Carrelli wollte unbedingt, dass ich meinen Plan für heute Abend über den Haufen werfe, um ihn zu treffen, und dann hat er versucht, *mir* zu erklären, was mein Problem sei. Bei Gott, Kelly, ich war nahe daran, ihm eins zu verpassen.«

»Louis!« Meinen Mann so reden zu hören erschreckt mich. Es passt überhaupt nicht zu seinem Charakter. »Ich bin sicher, Vince wollte nur helfen. Was hat er gesagt?«

Er steht auf und trägt seinen Teller zur Spüle. »Ich habe mich um den Kerl gekümmert, seit wir in der Grundschule waren. Als Kind haben sie immer auf ihm herumgehackt, und ich bin für ihn eingetreten. Ich war es, der dafür gesorgt hat, dass ihn sein Cousin, dieses Arschloch, nicht zu Brei schlug. In der Highschool habe ich ihm in Mathe weitergeholfen. Hätte ich ihm nicht eingeredet, das Haus beim Schwimmbad zu kaufen, hätten er und Cynthia all ihr Erspartes für Miete hinausgeworfen. Und als er sich im letzten Jahr fast aus seinem Job gesoffen hat, habe ich den Stadtrat davon abgehalten, gegen ihn aktiv zu werden. Himmel, Vince versaut sich sein Leben, wo er kann. Er ist der Letzte, von dem ich einen Rat annehmen würde.«

Ich schüttele den Kopf. »Nun denn, von wem lässt du dir dann raten? Wer ist gut genug, um dir einen Rat zu geben? Denn den brauchst du, Louis. Du schläfst nachts auf einem

Couchtisch. Wann ändert sich das wieder? Was ist, wenn die Leute herausfinden, was hier vorgeht?«

Er sieht sehr müde aus, wie er dort drüben so steht. »Ich will dich nicht unglücklich machen, Kelly. Es ist alles in Ordnung. Nur noch eine Weile. Bald geht es mir wieder besser.«

»Wann ist bald? Und wohin gehst du nachmittags immer?« Was, wenn er eine andere hat? Was, wenn er eine Affäre hat?

»Frage ich dich je, wohin du Samstag nachmittags nach der Arbeit fährst? Ich vertraue dir. Ich liebe dich. Alles, worum ich dich bitte, ist, auch mir zu vertrauen. Ich muss im Moment durch etwas durch. Das kommt bald in Ordnung. Wirst du mir vertrauen?«

Ich fahre mir mit der Hand durch meine kurze, neue Frisur. Es war eine Sache von Minuten, bis sie trocken war. Wie ich damit aussehe, wird mir schon gefallen, denke ich. Dass mein Mann, dem zu meinem Ärger immer jede kleine Veränderung an mir aufgefallen ist, diese große Veränderung übersieht, stört mich nicht. Er ist im Augenblick nicht er selbst. Ich werde ihn decken, bis er wieder zur Vernunft kommt. Ich werde dafür sorgen, dass sein Heim wie immer erscheint, unsere Ehe unverändert, die Gewohnheiten die gleichen. Ich werde ihm bei jeder Gelegenheit, die sich bietet, in den Blick treten und daran erinnern, dass ich noch da und seine Frau bin. Ich traue Louis nicht unbedingt zu, dass er das allein wieder hinkriegt, dafür aber mir, dass ich schon alles zusammenhalten werde. Wie immer.

Lila

Grandma, Gracie, Onkel Ryan und ich sind jetzt seit fast zwanzig Minuten allein in der Küche. Mom und Dad sind irgendwohin verschwunden. Wahrscheinlich streiten sie. Der Einzige, der etwas gesagt hat – außer: *Kannst du mir mal den Zucker geben?*, oder: *Hat der Backofen die richtige Temperatur?* –, ist Ryan, aber er ist nicht derjenige, mit dem man eine Unterhaltung führen kann. Wir haben Teig ausgerollt, Eier- und Hasenformen ausgestochen und sie in den Ofen geschoben. Ich habe die meisten Muskeln, also rolle ich den Teig aus. Grandma und Ryan sitzen am Küchentisch und schwingen die Ausstechformen. Gracie kümmert sich um den Ofen, schiebt die Bleche rein und zieht sie wieder raus. Der Raum riecht nach Süßem, nach Festtagen und Wärme. Nur unser Schweigen schneidet durch den Duft, und zwar von jedem von uns in eine bestimmte Richtung. Gracie hat zu mir kaum noch etwas gesagt, seit ich ihr mitgeteilt habe, dass ich Ende der Woche ausziehe. Und Gracie scheint auch mit Grandma was zu haben, sie weicht ihrem Blick aus und spricht nicht mit ihr. Grandma bleibt für sich selbst und beugt sich über den Teig und die Bleche. Es ist schwer zu sagen, ob ihr Schweigen einen Grund hat oder ob sie einfach nicht in der Stimmung ist. Und was mich angeht, warum sollte ich den Mund aufmachen?

Ich bin mir zumindest bewusst – und das kann ich mir, wie ich denke, durchaus positiv anrechnen –, dass ich schlechte

Laune habe und deswegen am besten auch nichts sage. Ich bin erschöpft, weil ich letzte Nacht Bereitschaft hatte und nur zwei Stunden geschlafen habe. Es wird immer schlimmer im Krankenhaus. Es scheint, als könnte ich einfach nicht das Richtige zu den Patienten sagen, wie sehr ich mich auch bemühe. Und Belinda versucht ständig, das bisschen Geduld, das ich noch habe, auf die Probe zu stellen.

Ich bin also absolut nicht in der Stimmung für die Langeweile und den Stress eines unserer Familientreffen. Dass es zu allem Unglück auch noch bei uns stattfindet, bedeutet, dass Gracie und ich stundenlang werden saubermachen müssen und ich nicht mal früher gehen kann. Diese Familienereignisse sind etwas, das man am besten selbstsicher und konzentriert angeht, weil sich die McLaughlins gerne gegenseitig aufbringen. Darauf muss man vorbereitet sein, und das bin ich heute nicht. Ich wünschte, ich wäre schon in meiner neuen Wohnung, wo ich die Tür hinter mir zumachen, sie gleich dreimal verschließen und etwas Ruhe und Frieden genießen könnte.

Mom kommt in die Küche und hebt die Hände in einer dramatischen Geste. Wir sehen gehorsam zu ihr hin. »Da sitzt ihr hier«, sagt sie, »und arbeitet und arbeitet, und ich finde euren Vater, wie er vorm Fernseher ein Nickerchen macht.«

»Ich habe mir nur die Nachrichten angesehen«, sagt Dad hinter ihr und reibt sich den Nacken. »Wie kann ich helfen?«

»Fernsehen ist ein Übel«, sagt Ryan.

Mein Vater scheint Ryan erst jetzt zu bemerken. Sein Gesicht hellt sich auf, und er sagt: »Ich habe gerade dein Haus gekauft.«

»Wie meinst du das?«, sagt Mom. »Das Haus, in dem Ryan wohnt? Wann?«

Dad lächelt selbstgewiss und verschränkt die Arme vor der Brust. Er steht jetzt gerade, ganz anders als noch vor ein paar Sekunden. »Die Sache hat mich so gut wie nichts gekostet. Die Substanz des Gebäudes ist in Ordnung, aber es muss eine Menge gemacht werden. Der Vorbesitzer hat die letzten zwanzig Jahre nicht einen Zehner hineingesteckt.«

»Vince hat recht«, sagt meine Mutter. »Du kaufst ganz Ramsey auf. Warum hast du mir nicht erzählt, dass du das Haus gekauft hast, in dem mein Bruder lebt?«

»Es ist Dads Geschäft, Mom«, sage ich. »Nichts Persönliches.«

»Und er hat Erfolg«, sagt Gracie. »Du solltest dich für ihn freuen.«

»Mädchen«, sagt Grandma.

»Mädchen«, sagt mein Vater und schüttelt den Kopf.

Mom sieht aus, als wäre sie ziemlich bedient. Ihre mageren Schultern sinken herab, und ich fühle mich schuldig. Aber die Versuchung, sie zu überfahren, ist einfach zu groß, und es ist fast unmöglich, ihr zu widerstehen. So wie Gracie an ihrem Haar dreht und daran zieht, sieht man, dass auch sie ein schlechtes Gefühl hat.

Plötzlich kommt aus der Ecke ein Klopfgeräusch. Ryan schlägt mit den Armen auf seinen Rollstuhl. Kaum dass er damit angefangen hat, ist Grandma schon auf den Beinen und geht um den Tisch herum zu ihm. Ryans Lippen sind ganz weiß, so hat er auf ihnen herumgebissen.

»Mein Haus«, sagt er.

Grandma beugt sich zu ihm. »Du kannst in deiner Wohnung bleiben, Ryan, das verspreche ich dir. Das kann er doch, Louis? Nichts wird sich ändern. Das sind doch gute Nachrichten. Jetzt gehört das Haus, in dem du wohnst, der Familie. Louis wollte dich damit nicht überraschen. Alles ist in Ordnung.«

Erstarrt beobachten wir alle, wie Grandma ihren Sohn beruhigt.

»Ja«, sagt Dad, »natürlich bleibst du in deiner Wohnung. Entschuldige, wenn du das falsch verstanden hast, Ryan. Ich bringe das Haus wieder in Ordnung, das ist alles. Kein Grund, sich zu beunruhigen. Nur ein paar kleine Reparaturen.«

»Reparaturen«, sagt Ryan. »Ich muss nicht ausziehen?«

»Nein«, sagt Dad.

»Versprochen«, sagt Grandma.

Die Spannung im Raum lässt nach, gerade rechtzeitig für den Beginn der Party.

Die ersten ein, zwei Stunden dieser Familientreffen sind immer eine Tortur. Wir sehen uns einmal, vielleicht zweimal im Jahr. Wir sind eine Familie, aber wir haben ziemlich wenig gemeinsam, sieht man davon ab, dass wir alle furchtbar schlecht darin sind, Konversation zu machen. Wir sehen einander in die Augen und versuchen wenigstens ein bisschen rüberzubringen, wer wir wirklich sind, während wir unablässig über das Wetter, Politik, unsere Jobs und nicht anwesende Familienmitglieder reden. Wobei heute der ganze McLaughlin-Clan hier ist und uns damit bereits ein Thema fehlt.

Es ist das erste Mal seit zehn Jahren, dass alle da sind; seit Opas Tod. Als er noch lebte, war kein Gedanke daran, eines der Treffen zu verpassen. Niemand wäre darauf gekommen, nicht einmal Onkel Pat. Opas Anwesenheit machte so etwas unmöglich. Aber heute, ohne Opa, ist die Familie nicht mehr alles, und irgendwie ändert das die Art, wie wir uns betrachten. Wir mustern einander, sehen nach dem nächsten Ausgang und fragen uns: *Warum bist du eigentlich hier? Warum bin ich eigentlich hier?*

Auf der Veranda hinten gibt es ein paar Häppchen. Es ist ein schöner Tag, aber nicht warm genug, dass die Leute ihre Mäntel ausziehen könnten. Wir setzen uns (der Partyservice hat reichlich Klappstühle gebracht) und essen Hähnchenflügel, Cheddar mir Kräckern und rohes Gemüse mit einem Dip.

Auf der einen Seite neben mir sitzt Gracie, auf der anderen Angel. Angel ist eine traurig aussehende Frau Anfang vierzig. Soweit ich weiß, ist sie aus zwei Gründen so. Einmal, weil sie mit Onkel Johnny verheiratet ist, der Depressionen hat und kaum einmal etwas sagt. Und dann kann sie keine Kinder bekommen, trotz jahrelanger Fruchtbarkeitsbehandlungen. Normalerweise versuche ich, Angel aus dem Weg zu gehen, ihre Traurigkeit ist ansteckend. Sie seufzt sehr viel.

Ich habe kaum von meinem Kräcker abgebissen, als sich Angel schon zu mir hinbeugt. Was ich am meisten befürchtet habe, fängt damit an. Seit ich auf dem College meine vormedizinische Ausbildung gemacht habe, betrachten mich meine Tanten und Onkel als Medizin-Expertin. Was immer ich sage, meine Familie weigert sich, endlich von dem völlig falschen Glauben abzurücken, dass der Wunsch, Ärztin zu werden, das Gleiche ist, wie bereits eine zu sein.

»Lila«, sagt Angel. Ihre Stimme ist wie ein Flüstern. »Ich habe in letzter Zeit diese Schmerzen unten im Rücken. Was meinst du, könnte das sein?«

Theresa, die Angel gegenübersitzt, stimmt mit ein. »Meine Mary hat so unter Menstruationskrämpfen zu leiden. Ist das normal in ihrem Alter?«

Mein ganzer Körper schmerzt. Meine Tanten klingen wie die Patienten, wie die Männer und Frauen, die aus ihren Krankenhausbetten zu mir hinaufwinseln. Ich kann niemandem von ihnen helfen. Es gibt nichts, was ich tun könnte.

»Mom.« Mary ist plötzlich da und hält eines der drei Kreuze gefasst, die um ihren Hals hängen. »Sprich bitte nicht darüber. Das ist mir peinlich.«

Ich räuspere mich und sage, was ich immer sage: »Ich bin noch keine Ärztin. Ihr solltet euren Hausarzt um Rat fragen.« Aber sie sehen mich immer noch an, als hätte ich eine direkte Verbindung zum lieben Gott. Ich höre, wie ich einen von Angels Seufzern ausstoße. »Ich nehme an, ihr habt es schon mit einem Schmerzmittel versucht?«

»Ja«, sagt Angel.

»Morgens und abends«, sagt Theresa, die Hand auf Marys Knie.

Meggy kommt auf dem Weg zum Tisch mit dem Essen bei uns vorbei. »Wofür hat man einen Arzt in der Familie, wenn der einen nicht umsonst behandelt?«

»Ich bin noch keine Ärztin«, sage ich. »Ich bin immer noch Studentin, verdammt noch mal, geht das endlich in euren Kopf rein?«

»Lila«, sagt meine Mutter von der anderen Seite der Veranda herüber. »So redet man nicht!«

»Tut mir leid«, sage ich, aber meine Tanten scheinen verstimmt. Ich warte nur darauf, dass Travis jetzt noch eins draufsetzt und mich wegen seines beschissenen Knies fragt, aber er redet gerade mit meinem Cousin John.

Tante Meggy beschwert sich und spricht dabei die ganze Gruppe an, wie viel Verkehr auf dem Weg hierher war. Dreimal wiederholt sie, dass sie früh wieder fahren muss, um noch vor Mitternacht ins Bett zu kommen. Tante Theresa streckt die Hand aus und streicht Mary das Haar aus dem Gesicht, bis Mary aufsteht und auf die andere Seite der Veranda geht. Angel hat ein Auge auf Onkel Johnny, lobt das Essen und knabbert an einem Hähnchenflügel. Mom macht wie immer ihren Witz, wie viele Sklavenstunden sie am heißen Herd verbracht hat, um das Essen vorzubereiten. Dad sagt nicht viel; er sagt kaum einmal etwas bei diesen Familientreffen. Er behält Mom im Blick, um zu sehen, ob mit ihr alles okay ist, aber sonst mischt er sich nicht ein.

Die Veranda sieht bereits schrecklich aus, besonders um Tante Meggy und Onkel Travis herum. Travis hat es irgendwie geschafft, drei ganze Brötchen von seinem Teller fallen zu lassen, ohne sich die Mühe zu machen, auch nur eines davon wieder aufzuheben. Dazu hat er eine Handvoll grüne Bohnen auf dem hölzernen Verandaboden verstreut. Ganz offenbar sorgt er sich mehr um seine Dose Bier als darum, den Teller gerade zu halten. Und Tante Meggy nimmt immer wieder Dinge von Tante Theresas Teller, weil sie zu faul ist, aufzustehen und sich selbst noch etwas zu holen. Während sie Kräcker und Käseaufstrich zu sich herüberholt, fällt ihr ebenfalls etliches auf den Boden.

»Ich glaub's nicht, und wir müssen denen allen hinterherputzen«, flüstere ich Gracie zu. »Ich habe keine Zeit, einen ganzen Tag damit zu verbringen, den verdammten Boden zu schrubben. Ich muss arbeiten.«

Gracie schüttelt nur den Kopf. Sie scheint sich zu bemühen, so ruhig zu sein, dass sie unsichtbar wird. Genauso gut hätte sie ganz wegbleiben können. Wir zwei sind bei diesen Treffen normalerweise Verbündete und weichen einander kaum von der Seite. Wir verdrehen die Augen und flüstern uns

Witze über Onkel Travis und Cousin John zu. Wir retten einander aus langweiligen Gesprächen oder, was manchmal auch vorkommt, wenn eine Tante oder ein Onkel eine Frage stellt, die viel zu persönlich ist.

Aber heute hat Gracie klargemacht, dass sie nicht mit von der Partie ist. Ich habe mich noch nie ohne meine Schwester durch eines dieser Treffen manövriert, und ich kann nicht glauben, dass sie mich so allein lässt, ohne auch nur ein entschuldigendes Wort.

Ich drehe ihr den Rücken zu und versuche der steifen allgemeinen Unterhaltung zu folgen. Onkel Ryan, der immer noch mit den Armen auf seinen Rollstuhl klopft, erzählt uns, dass Dad das Gebäude, in dem er wohnt, gekauft hat, aber das ist kein Problem, weil er nicht ausziehen muss. Während der halben Stunde, als das Wort von einem zum anderen auf der Veranda wechselt und jeder sagt, was die Schule oder der Job macht, erzählt uns Johnny in unerträglichen Einzelheiten von dem neuen, superleistungsfähigen Computer mit dem Mega-Speicherplatz, den er sich gerade gekauft hat.

»Der vergisst nichts«, sagt Dina, Meggys Tochter, »genau wie Lila. Einer, der alles weiß, und eine, die alles noch besser weiß.«

Ich lächle Dina an. Das ist die andere Seite unserer höflichen Familienkonversation – die kleinen Stiche und Hiebe. Dina hat, wobei ich nicht weiß, in welcher Zeit, wegen disziplinarischer Probleme schon dreimal die Highschool wechseln müssen. Sie ist ein gemeines Stück, aber gemäß der unausgesprochenen Regeln der Familie darf sie zwar auf mich losgehen, ich jedoch darf nicht darauf reagieren. Der Grund ist der, dass ich die Glücklichere bin, weil ich Mom als Mutter erwischt habe und nicht Tante Meggy. Ich bin mit Geld und

Privilegien groß geworden und Dina nicht. Das heißt, ich habe zu schlucken, was immer Dina zu mir sagt.

Um mich abzulenken, denke ich an den Bericht über meine Zeit in der Onkologie. Ich gebe mir eine Minute, um so viele Krebsarten wie möglich aufzuzählen: Muttermund, Kehlkopf, Darm, Eierstock, Speiseröhre, Gebärmutterhals, Prostata, Haut, Bauchspeicheldrüse, Leber, Lunge, Brust, Gehirn.

Der Rest der Familie lächelt gequält über Dinas Bemerkung, und dann wird schnell das Thema gewechselt. Wie in allen misslichen Situationen wendet sich Mom Onkel Pat zu, der groß und dünn in der Ecke der Veranda neben Grandma sitzt, und bietet ihm noch etwas zu essen an. Sie scheint nicht zu sehen, dass er immer noch ihre erste Portion auf dem Teller hat. Onkel Pat ist zum dritten Mal verheiratet, mit einer Frau namens Louise, aber heute ist er ohne weiteren Kommentar allein gekommen. Grandma berührt immer wieder seinen Arm, und Onkel Johnny winkt ihm von der anderen Seite der Veranda zu, wann immer sich ihre Blicke treffen. Ich glaube, dass Onkel Pat alle an Opa erinnert, wobei die Ironie darin liegt, dass Opa seinen Sohn Pat gehasst hat. Trotzdem, in dieser Familie voller nervöser, unbeholfen ruhiger Menschen bewahrt Pat seine Ruhe auf absolut friedvolle Art. Ich verachte Mutter durchaus nicht dafür, dass sie Onkel Pat so abgöttisch verehrt. Ich kann es verstehen. Als ich jünger war, kämpfte ich mit meinen Cousins darum, auf Onkel Pats Schoß sitzen zu dürfen. Einmal habe ich meinem Cousin John drei Silberdollar aus der Silberdollarsammlung in der Wäscheschublade meiner Mutter gegeben, damit ich vorn im Auto neben Onkel Pat sitzen durfte, als wir ein Eis kaufen fuhren.

Es ist Onkel Pat, der den nächsten Teil unseres Treffens einleitet, bei dem die Kinder von den Erwachsenen getrennt werden. Das ist eine wichtige Sache, denn jetzt fangen die Trinker an zu trinken, und die Stimmung der Veranstaltung ändert sich. Ich hasse diesen Teil. Obwohl ich mit meinen Cousins aufgewachsen bin, sind wir mittlerweile doch sehr verschieden und kennen uns kaum noch.

Pat sagt: »Ich glaube, ich habe in der Küche etwas Gebäck gesehen, das noch dekoriert werden muss.«

»Oh, ja.« Mom klatscht in die Hände. »Warum gehen nicht alle unter dreißig in die Küche und kümmern sich um diese so wichtige Aufgabe?«

Die Familie grinst Gracie zu, als sie aufsteht, neunundzwanzig und diejenige, die wie jedes Jahr den Anfang macht. Es ist der ewig gleiche Witz, der absolut nicht komisch ist. Letztes Jahr hieß es: *Warum gehen nicht alle unter neunundzwanzig und machen das und das …* Irgendwie schwingt dabei der Gedanke mit, wenn Gracie nicht immer älter würde, wären die Cousins immer noch kleine Kinder, lachend und schwatzend und einander liebend – wie wir waren, bevor wir die Regeln der McLaughlins verinnerlichten, den Mund hielten und erwachsen wurden.

In unserer Kindheit waren die Familientreffen ganz anders. Natürlich lebte Opa noch. Grandma war jung und voller Energie. Für jeden von uns schien noch so viel möglich. In gewisser Weise vermissen wir diese verlorenen Zeiten. Und mit Mutters lahmem Witz wird der Verlust jedes Jahr neu meiner Schwester angeheftet.

»Wir werden also im eigenen Haus herumkommandiert?«, sage ich in halb scherzendem Ton. Ich sehe keinen wirklichen Sinn darin, einen Streit vom Zaun zu brechen. So entwickeln sich diese Treffen nun mal. Ich wüsste nicht, wie es sonst gehen sollte.

»Du ziehst aus«, sagt Gracie. »Es ist nicht mehr dein Haus.«

»Ihr habt gehört, was Onkel Pat gesagt hat«, unterbricht uns meine Mutter. »Nun geht schon.«

Gehorsam trotten wir Kinder in die Küche, unsere Eltern können uns nicht mehr brauchen. Gracie und ich führen die Gruppe an. Dann kommt Dina mit ihrem zu kurzen Rock, über den Grandma bereits eine Bemerkung gemacht hat, danach Theresas Tochter Mary und ihr Sohn John.

Gracie nimmt die Spritzbeutel mit dem farbigen Zuckerguss aus dem Kühlschrank, und ich hole Puderzucker, Red Hots und die pastellfarbenen Oster-Mini-M&Ms aus der Vorratskammer. Das Gebäck steht bereits – noch auf dem Kuchengitter zum Auskühlen – auf dem Tisch. Wir setzen uns und machen uns an die Arbeit.

John hält die Ruhe nicht lange aus. Er nimmt sich den größten und bestaussehenden Hasen und beißt ihm den Kopf ab. »Mmmmm«, sagt er laut. »Das ist guter Stoff, Mann, diese Hasen.« Dann lacht er mit offenem Mund, so dass wir alle die zerkauten Reste des Hasenkopfes sehen können.

So redet John, seit er zwölf ist. Jetzt, mit neunzehn, ist immer noch alles *guter* oder *schlechter Stoff*, und die meisten Sätze fangen mit *Oh, Mann* an. Gracie und ich haben eine Wette laufen, ob John die ganze Zeit zugedröhnt oder einfach nur dämlich ist. Ich glaube, er ist beides, aber Gracie denkt, er ist einfach nur dämlich. Einmal, als sie glaubte, ihr hörte niemand zu, habe ich Gracie mit sich selbst reden gehört, wie froh sie sei, dass Opa nicht mehr erleben müsse, was für eine Art Mann aus seinem Enkel werden würde.

Gracie und ich wechseln einen Blick – zugedröhnt oder

dämlich? –, unsere erste wirkliche Verständigung an diesem Tag, als Dina sagt: »John, du bist so ein Ekel.«

Mary sieht zur Decke, was für sie zum Himmel bedeutet. Sie ist vierzehn und behauptet, dass sie Nonne werden will. Ich nehme an, das sagt sie, weil man schon mit sechzehn ins Kloster kann, und Mary will so schnell wie möglich von ihrer Familie weg.

Gracie, die ohne die Erwachsenen um sich entspannter wirkt, versucht eine nette Unterhaltung in Gang zu setzen. »Onkel Ryan scheint es schlechter zu gehen, meint ihr nicht?«

»Oh, Mann, der ist echt schaurig«, sagt John.

»Ich weiß nicht, warum sie ihn nicht einsperren«, sagt Dina.

»Weil er weder für sich noch für sonst jemanden eine Gefahr darstellt«, sage ich.

»Ich frage mich, wer seine Rechnungen bezahlt«, sagt Gracie. »Ich glaube nicht, dass Grandma sich das leisten kann.«

Diese Frage stellen wir uns auf unseren Cousin-Treffen seit Jahren. »Ich wette, alle geben etwas dazu«, sagt Mary. »Und seine Kirche hilft wahrscheinlich auch.«

»Der uferlose See«, sagt Dina und drückt rote Zuckerbrauen auf einen Hasen.

»Der was?«

»So heißt seine Kult-Kirche: *Der uferlose See*. So ein komischer Name, den kann man kaum vergessen.«

Stille breitet sich über dem Gebäck aus. Ich stelle mir einen uferlosen See vor, ruhiges Wasser, das sich weiter und weiter ausbreitet, während das Land in der Ferne immer weiter zurückweicht, auf ewig unerreichbar. Ich arbeite schneller, um das Bild aus meinem Kopf zu vertreiben.

»Diese Kirche ist echt schaurig«, sagt John und isst dann das Stück Gebäck, das er gerade fertig dekoriert hat.

Alle nicken zustimmend, und Marys Kreuze klimpern um ihren Hals.

In diesem Moment dringt lautes Lachen von der Veranda zu uns herein, heftig und hysterisch. Wir alle kennen diesen Ton. Er bedeutet, dass die McLaughlins betrunken und gelöst genug sind, um sich Geschichten aus ihrer Kindheit zu erzählen. Ihre Geschichten handeln davon, wie sie Babysitter hinters Licht geführt haben und von der Feuerwehr oben aus einem Baum gerettet werden mussten, wie sie von Dächern gefallen sind und sich die Knochen gebrochen haben, von blutigen Geschwisterkämpfen um Hochzeitskleider und Ball-Partner. Es gibt fast immer etwas Gewalt, und auf dem Spiel steht eine ganze Menge. Meine Mutter, Onkel Pat, Tante Meggy, Tante Theresa, Onkel Johnny und selbst Onkel Ryan erzählen von einer pulsierenden Kindheit und Jugend in einer Zeit, da das Leben noch bis zur Neige gelebt wurde.

Meine Cousins und ich haben diese Geschichten immer gerne gehört. Als Gracie, John, Dina, Mary und ich klein waren, liefen wir zu dem Zimmer, in dem unsere Eltern waren, wenn wir diese Art Lachen hörten. Wir hockten uns an die Tür oder hinter den Tisch, lauschten dem, was da erzählt wurde, und freuten uns, dass unsere Eltern ein so tolles Leben lebten. Irgendwann dann aber, als wir älter wurden, begannen wir die Geschichten aus einer anderen Perspektive zu sehen und die Freude wurde weniger. Wir begriffen, dass unsere Eltern und ihre Brüder und Schwestern das alles in *unserem* Alter erlebt hatten und wir nichts Vergleichbares vorweisen konnten. Unsere Probleme waren normal und langweilig, und keinem von uns fiel eine so aufregende Geschichte ein, dass wir uns auf die Schenkel geklopft hätten.

Wir hatten weniger Brüder und Schwestern, weniger Schlägereien und Geheimnisse. Unser Leben folgte keinerlei unverbrüchlichen katholischen Regeln oder einer allgegenwärtigen irischen Tradition. Wir begannen, uns klein zu fühlen, und wenn auch niemand die Entscheidung offen aussprach, irgendwann hörten wir auf, dem Lachen der McLaughlins zu folgen. Wir blieben, wo wir gerade waren, außer Hörweite, und taten, was immer man uns aufgetragen hatte.

Heute beugen wir uns über das Gebäck und dekorieren es. Wir tauschen den verschiedenfarbigen Zuckerguss aus, versuchen, nicht aus der Linie zu geraten, und plazieren die M&Ms da, wo Nase und Mund sein sollten.

Draußen wird immer noch gelacht, als mein Vater und Onkel Travis hereinkommen, um mehr Bier zu holen. »Ihr nehmt eure Arbeit aber ernst«, sagt Dad. Er legt die Hand auf meine Schulter und beugt sich vor, um Hasen und Eier zu inspizieren. Travis nimmt das Ei, das Mary gerade zwanzig Minuten lang verschönert hat, und beißt die Hälfte ab.

»Mmmm«, sagt er mit vollem Mund. »Nicht schlecht. Ganz und gar nicht schlecht.«

»Stimmt's?«, sagt John und lacht mit einem Ton der Erleichterung. Er schiebt seinen Stuhl mit langen Armen vom Tisch zurück und steht auf. Er scheint die Düsternis von uns Mädchen und das entfernte Lachen auf der Veranda von sich abzuschütteln. »Oh, Mann«, sagt er. »Diese Sitzerei ist mir echt zu viel.«

»Ich wollte Grandma das Ei zeigen«, sagt Mary und hält den Blick auf ihre Hände gerichtet. »Das war mein schönstes.«

Onkel Travis, der eigentlich kein schlechter Kerl ist, sondern nur ein gefühlloser Betrunkener, zuckt mit den Schultern.

»Tut mir leid, Kleines. He, Doc, irgendwelche neuen Ideen, was mein Knie angeht? Es bringt mich in letzter Zeit fast um.«

»Du gehörst unters Messer.«

»Nee. Ich such 'ne Möglichkeit ohne Messer. Ich gehöre doch nicht zu den Irren, die auch noch selbst unterschreiben, dass man sie aufschneidet. Das kann ich dir sagen.«

»So? Zu welchen Irren gehörst du dann?«

Gracie schlägt mir auf den Arm, aber Onkel Travis lacht nur. »Du bist der Wahnsinn, Mädchen.«

John lacht auch und versucht sich in die Rangelei hineinzudrängen. »He, witzig. Hör zu, Onkel Travis, wie isses mit 'nem Bier für mich? Nur eins? Mom hat sicher nichts dagegen.«

Die Hand meines Vaters drückt fester auf meine Schulter. Meggy und Theresa stehen sich ziemlich nah, was bedeutet, dass Theresa sich von Meggy jeden Tag neu herumkommandieren lässt. Und es bedeutet auch, dass Onkel Travis die männliche Bezugsperson für John und Mary ist. Er ist fast wie ein Vater für die beiden, mit der Betonung auf *fast*. Mein Dad würde jetzt gerne eingreifen und John sagen, dass er kein Bier haben kann. Ich spüre es am Gewicht seiner Hand, aber er kann es nicht sagen, weil er kein Recht dazu hat. Er sieht John nur zweimal im Jahr. Er ist ein kaum bekannter Onkel, und sonst nichts.

»Sicher, John, aber nur eins.« Onkel Travis gibt John eine Dose und blinzelt ihm zu.

Das ist einer der Augenblicke, in denen wir so schmerzlich wie eindeutig anders sind. Andere Geschmäcker, andere Sitten, Teil einer anderen Gesellschaftsschicht. Alle im Raum spüren es, und es ist unangenehm. Es ist fast nicht möglich zu glauben, dass wir alle eine Familie sind, bis wir Grandmas Stimme an der Tür hören. Ihr Klang lässt unsere Köpfe herumfahren, schiebt uns zusammen und stellt uns zurück an unseren eigentlichen Platz. Ihre Stimme macht uns wieder, so einfach wie ausschließlich, zu Catharine McLaughlins Kindern, Söhnen, Schwiegertöchtern und Enkeln.

»Draußen wird es kalt«, sagt Grandma. »Habt ihr was dagegen, wenn ich zu euch komme?«

Und damit beginnt der dritte und letzte Teil des Familientreffens. Grandmas Kinder folgen ihr ins Haus, Kälte hat sich auf ihre Kleider und Gesichter gesenkt. Offenbar haben sie die Kindheitsgeschichten hinter sich gelassen. Vielleicht hat einer von ihnen schon den ersten Pfeil abgeschossen. Diejenigen, die sich betrinken werden, sind längst auf dem besten Weg.

Wir nehmen Deckel und Folien von dem kalten Abendessen, das der Partyservice auf dem Esszimmertisch aufgebaut hat: ein gekochter Schinken, Fruchtsalat, Makkaroni-Salat, Kartoffelsalat, Brot und Mini-Sandwiches. Wir verteilen große Pappteller mit richtigem Besteck. Opa mochte nicht mit Plastikgabeln und Plastikmessern essen, und so benutzen wir immer noch richtiges Besteck. Wir sitzen überall im Wohnzimmer, haben die vollen Teller auf den Knien und essen. Ich versuche herauszufinden, wer heute zu viel getrunken hat, weil sich dieser Dienstplan ständig ändert. Dieses Mal entscheide ich mich zuerst für Mom. Ihre Wangen sind rot, und sie blickt immer wieder mit einem dummen Grinsen von ihrem Teller auf. Sie wird rührselig, wenn sie betrunken ist, aber zunächst einmal wird's kitschig. Mein Verdacht bestätigt sich, als sie durchs Zimmer kommt, um sich noch etwas vom Makkaroni-Salat zu holen. Sie bleibt bei Gracie und mir stehen und drückt uns die Schultern.

»Ich möchte euch Mädchen für diese wundervolle Party danken, die ihr für die Familie veranstaltet«, flüstert sie gerade laut genug, dass jeder sie hören kann.

Gracie und ich lächeln und nicken höflich. Jeder weiß, dass nicht wir die Party veranstalten. Wir haben nur widerwillig zugestimmt, dass sie hier stattfindet, und das nur, weil Grandma es gerne wollte. Ich hoffe, alle wissen, dass wir uns dessen bewusst sind und uns nicht für besser halten, als wir sind. Ich hoffe, sie wissen, dass ich die Party absolut nicht hier haben wollte. Mehr als alles will ich das jetzt, weil ich mich völlig unerwartet mit noch etwas Unangenehmem konfrontiert sehe. Dass sie alle hier sitzen, wo *ich* wohne, Bier und Wein in die Luft atmen, in *meinem* Raum herumlaufen, *meine* Gabeln in ihren Mund stecken, das verschlimmert die Identitätskrise noch, die ich bei diesen Treffen sowieso immer habe – die Frage, wo ich im Vergleich zum letzten Jahr stehe in Bezug auf diese Menschen und wie viel ich mit ihnen gemeinsam habe, schließlich fließt mein Blut in ihren Adern. Dabei hilft auch nicht, dass Gracie von mir abgerückt ist und ich allein sitze. Ich weiß, meine Erinnerung wird mir diesen Tag und diesen Anblick ohne jeden Zweifel ins Hirn brennen. Ich werde nie mehr in dieses Haus kommen können, ohne an die Attacke der McLaughlins denken zu müssen und wie zittrig sie mich gemacht hat. Gott sei Dank ziehe ich hier aus. Und das schon bald.

»Ryan, warum isst du nichts?«, fragt Theresa.

Ryan sitzt mit gefalteten Händen in seinem Rollstuhl und rührt demonstrativ seinen Teller nicht an. »Niemand hat Gott für das Essen gedankt. Ich lehne es ab, etwas zu essen, das nicht seinen Segen hat. Etwas Schreckliches wird passieren.«

Das lässt die meisten von uns innehalten, den Mund voll, die Gabel in der Luft.

»Himmel«, sagt Grandma. »Du hast recht, Ryan. Würde bitte jemand das Gebet sprechen und Gott für seine Gaben danken?«

»Danke«, sagt John und lacht mit offenem Mund, verstummt dann aber, als er merkt, dass das niemand witzig findet. Schnell sagt er jetzt: »Dina hat draußen geraucht.«

»Das hat sie sicher nicht«, sagt Meggy, ohne ihre Tochter auch nur anzusehen.

»Stimmt«, sagt Dina und stinkt nach Marlboro Lights.

»Ich werde beten«, sagt Pat.

Alle sitzen gerade. Mom richtet ihr doofes Lächeln auf ihn, und ich sehe, wie sich ihre Augen mit Tränen füllen.

»Lieber Gott, bitte segne dieses Essen und diese Familie. Amen.«

»So kenne ich meinen Bruder, den Mann, der keine großen Worte macht«, sagt Johnny, und ich setze ihn mit auf die Liste der Betrunkenen. Mit den Antidepressiva, die er nimmt, muss er wahrscheinlich nicht viel trinken, um in Fahrt zu kommen.

»Pat hat gesagt, was gesagt werden musste«, sagt Grandma. »Sohn, du erinnerst mich an deinen Vater.«

Grandmas Stimme hat dabei einen entschuldigenden Unterton, aber Pat nimmt sich die Sache dennoch zu Herzen. Niemand sonst hätte etwas bemerkt, aber mit den Jahren sind unsere Familientreffen zu Stunden geworden, in denen wir uns gegenseitig beobachten, wie wir betreten schweigen oder voller Unwohlsein ins Gespräch verstrickt sind. Alle sehen wir, wie Pat die Schultern zurückzieht. Bald wird er gehen. Die Party neigt sich dem Ende zu.

Grandma stellt den Teller neben sich auf den Boden. Sie hat es auch gesehen.

Es ist Zeit, dass sie sagt, was sie sagen will, bevor alles auseinanderläuft. »Während ihr alle fertig esst und bevor wir uns noch an das hübsche Gebäck machen, das meine Enkelkinder geschmückt haben, will ich ein paar Worte sagen.« Sie faltet die Hände im Schoß. »Ich möchte euch allen danken, dass ihr gekommen seid. Es ist schon ein paar Jahre her, dass wir wirklich alle vollzählig waren, und dieses Treffen war mir wichtig. Ich denke, es ist wichtig für uns als Familie. Seit Patricks Tod treibt unsere Familie weiter und weiter auseinander …«

Als Opas Name fällt, friert das Kalte in Pat noch etwas tiefer ein. Wie er da auf seinem Klappstuhl hockt, kann man den Eindruck haben, dass man einen Eispickel bräuchte, um an das heranzukommen, was in ihm noch lebt.

Der Gedanke trifft mich, weil ich plötzlich begreife, dass ich die gleiche Neigung in mir habe.

Ich weiß, dass ich manchmal aussehe wie Pat in diesem Augenblick, erstarrt, verschlossen, unerreichbar. Ich weiß, dass er sich irgendwo tief da drin wahrscheinlich selbstzufrieden und sicher fühlt.

Aber er hat unrecht. Er ist nicht sicher; er ist tot. Ich will nicht so aussehen. Ich will nicht wie ein Eis am Stiel mitten in dieser Familie auf einem Klappstuhl hocken, wenn ich mal fünfzig bin, völlig allein, ohne Kinder und einen Ehemann, die zu mir halten.

»Ist alles in Ordnung?«, flüstert Gracie.

Ich blicke nach unten und sehe, wie meine Knie zittern.

Meine Beine scheinen tanzen zu wollen. Ich schüttele den Kopf, weder bejahend noch ablehnend.

»Ich möchte, dass dieses Auseinandertreiben aufhört«, sagt Grandma. »Wenn ich euch dazu zwingen muss zusammenzukommen, wie ich es heute gemacht habe, werde ich es tun. Aber es wird eine Zeit kommen, wenn ich nicht mehr bin, und dann müsst ihr selbst zusammenhalten, oder ihr verliert euch.«

»Ich *wusste*, dass sie krank ist«, sagt Theresa mit schriller Stimme.

»Du musst so nicht reden, Mutter«, sagt Mom, aber während Theresa verschreckt klang, hört sie sich verärgert an.

Ich starre auf meine Knie, beobachte, wie sie zittern, und frage mich, wie ich es hinkriege, dass sie damit aufhören.

»Ich bin nicht krank«, sagt Grandma. »Aber ich bin eine alte Frau. Ich habe Glück, dass ich schon so lange lebe, und ich will euch Kindern keine Angst machen. Ich will euch nur sagen, was ich mir wünsche.«

»Was wünschst du dir, Mutter?« Ryan sieht aus, als warte er nur darauf, aus seinem Rollstuhl aufzustehen und es ihr zu geben.

»Ich wünsche mir, dass diese Familie wieder zusammenfindet. Ich wünsche mir, dass wir voneinander wissen und uns gegenseitig helfen. Ich glaube, das ist sehr wichtig, besonders jetzt, wo ein Baby unterwegs ist.«

Meine Knie sind mit einem Mal ruhig. Ich sehe auf. Ich spüre, wie sich Staunen und Neugier im Zimmer breitmachen. Gracies Fingernägel graben sich in meinen Arm.

Die Stimmung im Raum schlägt um. Alle sehen – nach und nach – unglaublich hoffnungsfroh aus. Mom spielt ein Lächeln um die Mundwinkel. Pats Augen sind wieder blau; er scheint etwas aufgetaut. Theresa rückt auf die Sofakante vor, und Dina hat ihr gelangweiltes Grinsen verloren. Ich sehe, wie die McLaughlins gemeinsam, staunend, denken: *Ein Baby.*

Grandma fährt fort. »Dieses Kind gibt uns als Familie eine zweite Chance. Ich möchte, dass wir uns fortan an jedem Feiertag treffen, und vielleicht auch jeden Monat. Wenn das zu viel wird, wäre auch einmal jedes Vierteljahr genug.«

Niemand hört ihr zu. Alles, was sie wissen wollen, ist, ob sie die Wahrheit gesagt hat. Sie klingt so anders – hat der Unfall sie plötzlich senil werden lassen? Wer könnte schwanger sein?

Blicke schießen von Gesicht zu Gesicht. Ich kann die Gedanken förmlich hören: Kelly ist zu alt, die kann es nicht sein. Meggy? Sie ist sechsundvierzig, möglich wäre es, aber sehr unwahrscheinlich. Theresa und Angel sind allerdings erst einundvierzig. Wenn Angel schwanger wäre, nein, das wäre ein Wunder. Alle wissen, dass sie und Johnny es zuletzt – und endgültig – aufgegeben haben, es weiter zu versuchen.

Mit klopfendem Herzen und immer noch herumgeisternden Blicken scheint den meisten am Ende Theresa die wahrscheinlichste Kandidatin. Aber Theresa lebt so gut wie allein. Onkel Jack ist Handelsvertreter und fast nie zu Hause. Niemand in der Familie hat ihn seit einem Jahr gesehen, und selbst Meggy ist nicht sicher, wann er zuletzt in seinem eigenen Bett geschlafen hat, weil Theresa lügt, was ihn angeht. Sie erfindet romantische Abendessen, die nie stattgefunden haben, Abende im Familienkreis: nur sie und Jack und die beiden Kinder beim Scrabble-Spielen. Niemand, nicht mal Meggy, hat das Herz, die Kinder zu fragen, was an den Geschichten der Mutter dran ist.

Aus dem wissenden Nicken der Tanten und Onkel werden verwirrte Blicke. Sonst könnte es keiner sein. Ein Baby, das erste der McLaughlins seit vierzehn Jahren, scheint weniger und weniger wahrscheinlich. Sie *denken* nicht mal an uns, die nächste Generation. Niemand von uns ist verheiratet. Was unsere Eltern, Tanten und Onkel betrifft, sind wir noch Teenager. Wir haben uns das Erwachsensein noch nicht verdient.

Meiner Mutter und ihren Brüdern und Schwestern ist nicht aufgefallen, dass Gracie rot angelaufen ist, ihr der Schweiß auf der Stirn steht und sie sich an mir festkrallt wie ein Passagier auf einem Schiff, der glaubt, dass wir im nächsten Moment untergehen. Nirgends in ihrem Denken, nicht mal in ihren wildesten Träumen, in ihren unkatholischen Momenten, kämen sie darauf, dass es eine von uns ist, eine aus der nächsten Generation, eins der *Kinder*.

Endlich unterbricht Meggy Grandma, die sich immer weiter über die Symbolkraft dieses Babys, über Ostern und die Wiedergeburt der McLaughlins ausbreitet.

»Ma«, sagt Meggy, »wer kriegt ein Kind?«

Gracies Fingernägel haben meine Haut und mein Fleisch durchstoßen und graben sich in den Knochen selbst. Ich suche nach einer Idee, wie ich helfen kann, aber mit meinen immer noch weichen Knien und so, wie meine Schwester sich an mich klammert, stehe ich ebenfalls am Rand der Klippe. Was für ein Glück, dass ich atmen kann. Ich will nur lebend aus diesem Raum kommen, weg von meiner brennend heißen Schwester, meinem erfrorenen Onkel und den anderen seltsamen Menschen, mit denen ich meine Geschichte, meine Feiertage und meine Gene teile. Aber ich weiß, dass die Aussichten, dass irgendeiner von uns hier in diesem Augenblick unbeschadet herauskommt, äußerst dürftig sind. Dieser Augenblick wird die Familie auf den Rücken werfen, und wie bei einem hilflosen Tier werden Arme und Beine in der Luft herumrudern.

Grandma sieht Meggy an, als begreife sie nicht. Als sollte sie längst die Antwort wissen, wie wir alle. Und mit ihrer vertrauten, nüchternen Stimme sagt sie: »Natürlich ist es Gracie.«

Zweiter Teil

Gracie

Ich stehe vor dem Spiegel und betrachte meinen geschwollenen Leib. Fünf Monate Leben wölben ihn aus, und ich versuche mir meine Großmutter so vorzustellen. Grandma hat die gleichen blauen Augen, die gerade Haltung und das stolz erhobene Kinn, aber die junge Frau, die ich mir da vor Augen rufe, hatte auch kräftige Knochen, glatte Wangen und meine Mutter oder eine von meinen Tanten oder einen meiner Onkel eingerollt in ihrem Leib. Grandma sieht in meinem Spiegel glücklich aus, zuversichtlich und sicher. Sie scheint eins zu sein mit ihrem Körper. Sie ist so voller Leben, dass es aus ihrem Körper herausdrängt, ihrer Haut, ihren Augen, ihrem Bauch. Ich sehe hinter sie und erwarte meinen Großvater mit einer Frage oder einer Beschwerde, oder dass eines ihrer kleinen Kinder sich an ihr Bein hängt. Aber niemand erscheint. Meine Großmutter steht allein da, die Hände halten ihren Leib, und ihr Blick trifft meinen.

Als ich versuche, ihren Blick zu erwidern, sehe ich mein eigenes Spiegelbild. Mein Körper sieht klein aus und die Wölbung vorn lächerlich. Ich sehe nur Schwächen: die zu blasse Haut und das Fehlen jeglicher Sexualität in diesem Körper; sie ist ihm genommen worden. Kein Tropfen Feuchtigkeit, Speichel, Saft ist zu sehen. In den letzten zwei Monaten bin ich ausgetrocknet. Der Arzt sagt, ich habe noch nicht genug zugenommen, aber meine Hüften und mein Hintern sind so breit geworden, dass es nicht mehr meine sind.

Am Osterabend, nachdem die Familie gegangen war und meine Mutter heulend den Kopf weggedreht hatte, um mich nicht ansehen zu müssen, wäre ich so gerne in den *Green Trolley* geflüchtet. Ich konnte an nichts anderes denken. Lila war auch weg und kam die ganze Nacht nicht wieder. Ich war völlig allein im Haus. Die Ruhe um mich herum war vom Schweigen vorher und den Blicken durchdrungen, den Fragen: Von wem ist es? Wer hat dir das angetan? Ich bekam mit, wie John zu Dina sagte, er habe gehört, dass ich nichts auslieиße. Meggy murmelte etwas von dieser Familie, die mit jeder Generation mehr herunterkomme. Pat tat so, als hätte er nichts gehört; er küsste Grandma auf die Wange und verließ das Haus. Mary betete leise auf der einen Seite des Raums, Ryan laut auf der anderen. Grandma schien verwirrt von dem Durcheinander und dann traurig und müde, als sie die Reaktionen der anderen mit ihrer eigenen verglich. Mom und Dad sahen aus, als wäre ihnen speiübel, der Mund hing ihnen runter, als sie überlegten, was sie sagen sollten und wo sie wohl etwas falsch gemacht hatten.

Alles, wonach ich mich sehnte, war, die Berührung eines Mannes zu spüren. Ich wollte Lippen, die sich auf meine drückten, Haut spüren und ihr folgen, mir sollte sie gehören. Ich wollte diese Art von Vergessen, das so köstlich ist, so stark. So sehr wollte ich es, dass mein ganzer Körper schmerzte. Aber die offizielle Verkündung meines Zustands schien das alles unmöglich zu machen. Zum ersten Mal kam mir der Gedanke, dass ich körperlich nicht mehr reizvoll sein mochte. Ich hatte nie darüber nachgedacht, dass eine Schwangerschaft mein sexuelles Leben beeinflussen könnte. Aber was würde ein Mann denken, wenn ihm eine Frau mit einem runden Bauch nahe kam, selbst wenn der noch verhältnismäßig klein war? Er würde sich fragen, ob sie nach einem Ehemann und Vater suchte und nicht nach einem Liebhaber. Mein Körper würde Sachen andeuten, die ich nicht wollte. Es würde Fragen geben, Bedenken, Gefühle – nicht gerade das, wonach ich bisher gesucht hatte, wenn ich mich an die Theke gesetzt und den Blick durch den Raum hatte schweifen lassen.

An diesem Osterabend bin ich nicht in den *Green Trolley* gegangen und auch seitdem nicht mehr. Seit zwei Monaten habe ich mit niemandem geschlafen oder bin auch nur irgendwie in die Nähe von Sex gekommen. Das ist die längste Zeit, die ich seit meinem sechzehnten Lebensjahr allein geblieben bin. Ich weiß nicht, was mir diese Dürre antut. Ich habe das Gefühl, dass ich nur abwarten kann. Abwarten und sehen, was passiert, abwarten und sehen, wie sich alles entwickelt. Ganz besonders warte ich auf jemanden, der mir sagt, was ich tun soll. Ich hoffe darauf, dass mir jemand sagt: *So machst du alles richtig.*

So halte ich Ruhe und bleibe im Haus. Ich überlasse mich dem Auf und Ab der Reaktionen der anderen auf meine Situation. So verfolge ich den Lauf der Zeit. Stunden, Tage und Wochen habe ich aus dem Auge verloren. Ich lausche zu intensiv, warte zu eindringlich, um für diese Art Planung noch Zeit zu haben. Stattdessen verschwimmen die weichen, ruhigen Tage ineinander, verschwimmen in Wachen, Essen und Briefe-von-Menschen-Lesen, die noch schlechter dran sind als ich.

Einmal habe ich mit meiner Mutter am Telefon über meine Situation gesprochen. Danach hat sie nur noch ein paar luftig schnelle »Ich-bin-in-Eile-wollte-nur-hören-wie-es-dir-Geht« auf meinem Anrufbeantworter hinterlassen, wenn sie annahm oder hoffte, dass ich nicht zu Hause war.

Das eine wirkliche Gespräch, das wir hatten, war denkbar kurz, und wie alle schlimmen Gespräche mit meiner Mutter zog und stach und zerrte es an jedem Nerv meines Körpers.

Ich spürte gleich, dass sie weinte. Bevor sie noch anfing, war großes, wässriges Schlucken zu hören, dann sagte sie: »Gibst du mir die Schuld daran, Gracie? Habe ich etwas getan oder vielleicht nicht getan?«

»Nein, Mom. Es hat nichts mit dir zu tun.«

»Natürlich hat es das, sag so etwas nicht. Ich wusste nicht einmal, dass du ein Verhältnis mit diesem jungen Mann hattest … Joel. Darf ich dich fragen …«

»Wir sind nicht mehr zusammen, Mom. Er hat nichts mehr damit zu tun.«

In der Stimme meiner Mutter schwingt Hysterie mit, und ich frage mich, ob sie getrunken hat. »Oh, Gracie, warum hast du mir nichts gesagt. Ich hätte dir helfen können.«

Meine Mutter denkt, ich hätte abtreiben sollen, da bin ich so gut wie sicher. In aller Stille, ohne jemanden zu stören. Sie ist stolz darauf, eine moderne Frau zu sein, einschließlich aller Schwierigkeiten und Opfer, die das kostet. Aber sie ist nicht modern genug zu akzeptieren, dass ich allein und schwanger bin. Sie weiß nicht, wie sie das ihrer Frauengruppe beibringen soll. So was hat keinen Platz in der wundervollen Mutter-Tochter-Beziehung, die sie sich in ihrem Kopf zurechtlegt. Im Moment erkennt sie mich nicht mal als ihre Tochter an.

Ich fühle mich nicht gut. Ich habe meiner Familie das Spiel verdorben, das sie seit meiner und Lilas Pubertät spielt. In diesem Spiel sind Lila und ich höfliche, gut erzogene und erfolgreiche Töchter, die ihre Eltern lieben und respektieren. Im Austausch dafür, dass wir dieses Bild geboten haben, zum College gegangen sind und andere Anforderungen des Lebens erfüllt haben, wurde uns erlaubt, unser Privatleben ganz für uns zu behalten. Meine Mutter wollte mich nie richtig kennen, sie sah einfach die Tochter, die sie sich wünschte. Ein paar Punkte nahm sie auf – dass ich beliebt war und gut schreiben konnte zum Beispiel –, den Rest strickte sie sich selbst dazu. Mit Lila hat sie es genauso gemacht. Jemanden wirklich zu kennen birgt zu viel Durcheinander für meine Mutter, ist belastend und ermüdend. Das heißt nicht, dass sie mich nicht liebt. Deswegen tut es ja so weh. Ich benehme mich, wie sich keine ihrer Töchter je benehmen würde, und das hat ihr vor Augen geführt, dass sie mich nicht kennt. Was für uns beide keine schöne Erkenntnis ist.

»Ich komme zurecht, Mom. Ich verspreche es.«

Ein heftiges Schluchzen drang durch den Hörer. »Ich hätte nicht so viel arbeiten dürfen, als ihr Kinder wart. Ein paar von euren Kinderfrauen waren nicht gerade das beste Vorbild.«

»Ich muss weg, Mom. Können wir später weiterreden?«

»Eine Frage muss ich dir noch stellen. Wie hat deine Groß-mutter davon erfahren? Hast du es ihr gesagt?«

»Nein«, sagte ich. »Sie wusste es einfach. Ich musste es ihr nicht erzählen.«

»Ich muss jetzt auch weg«, sagte meine Mutter. »Ich bin schon halb aus der Tür. Brauchst du irgendetwas?«

»Nein, danke«, sagte ich. »Ich habe alles.«

Als ich Lila von dem Gespräch erzähle, sagt sie: »Mom rückt sich immer selbst in den Mittelpunkt.«

»Ist dir klar, dass sie jetzt Großmutter wird?«, sage ich.

Lila schnaubt vor Lachen, und ich lache mit, als ich ihr Ge-sicht sehe. Ich habe keine Schwierigkeiten zu lachen und zu lachen; ich mag den Klang. Ich bin so dankbar, dass Lila nicht ausgezogen ist. Sie hat gesagt, dass etwas mit ihrem Studien-darlehen nicht klappt, und deshalb kann sie sich keine eigene Wohnung leisten. Das ist nicht die ganze Wahrheit, bestimmt nicht, aber es ist mir egal. Ich will sie nicht vertreiben, indem ich zu viele Fragen stelle. Zum ersten Mal, seit sie hergezo-gen ist, machen wir etwas zusammen. Wir gucken zusammen fern, Lila blättert Zeitschriften durch, während ich meine Briefe lese, und wir gehen zusammen einkaufen. Sie scheint nichts gegen meine Gesellschaft zu haben, und ich freue mich, dass sie da ist. Lila ist der einzige Mensch in meinem Leben, der nichts von mir will. Sie verlangt nicht, dass ich die alte Gracie bin, oder eine neue, oder sonst wer, der ich nicht bin.

Aber Lilas Dienstplan ist verrückter als je, und sie kommt und geht zu den seltsamsten Zeiten. Mehr als einmal haben wir uns mitten in der Nacht im Flur zu Tode erschreckt, ich im Bademantel, sie noch in ihren Schuhen und ihrer Jacke, die nach frischer Luft roch. Und was immer sonst noch sein mag, ich weiß auch, dass sie regelmäßig mit jemandem ins Bett geht. Als sie am Morgen nach unserem Oster-Treffen nach Hause kam, sah ich gleich, dass sie mit jemandem ge-schlafen hatte. Etwas in ihrem Gesicht ließ sie so aussehen, als wäre sie gerade erst aufgewacht. Ihr Augen wirkten ver-schwommen, als könnten sie sich auf keinen Stuhl, Tisch oder den Raum um sie herum konzentrieren. Ich kenne diesen Ausdruck.

Erst stritt sie es ab, aber als ich nicht nachließ, gab sie es zu, wollte aber nicht mehr erzählen. Es bedeute ihr nichts, sagte sie, und sei sowieso jede Minute wieder vorbei, was also dar-über reden. Dann ging sie, und ich sah sie erst am nächsten Morgen wieder.

Das Telefon klingelt kaum, wenn ich allein zu Hause bin. Mein Vater hat seit Ostern nicht mehr direkt mit mir gesprochen. Nicht dass mich das überraschen würde. Ich weiß, das alles ist ihm peinlich, und er schämt sich und weiß nicht, was er sagen soll. Genau deswegen will auch ich nicht mit ihm sprechen, aber ich vermisse ihn.

Die Fixpunkte in meinem Leben sind Grandma und Grayson. Wenn das Telefon klingelt, ist es einer von beiden. Seit unserem letzten Treffen haben Grayson und ich von nichts anderem als der Arbeit gesprochen. Ich habe mich nicht dafür entschuldigt, dass ich ihn angeschrien habe. Und er nicht dafür, dass er angedeutet hat, ich würde mit dem Baby allein nicht zurechtkommen. Genau wie damals, als ich mit ihm auf seinem Anrufbeantworter Schluss gemacht hatte, ignorieren wir auch jetzt, was zwischen uns im Raum steht, und reden nur von der Arbeit. Grayson will, dass ich drei Tage pro Woche in die Redaktion komme, statt wie früher nur einmal. Er sagt, die professionelle, neutrale Umgebung wird mir dabei helfen, die richtigen Briefe auszusuchen und meine Antworten ausgewogener und objektiver zu formulieren.

Er hat mich ins Büro eines Redakteurs gesetzt, der die meiste Zeit in South Jersey unterwegs ist. Da sitze ich dann in dem grauen, fensterlosen Raum, stelle meinen Laptop auf den Stahltisch und arrangiere meine Briefe in ordentlichen Stapeln. Den Stuhl habe ich bis ganz an den Tisch geschoben, meine Füße stehen flach auf dem Linoleum. Wieder und wieder schiebe ich die Korrespondenz hin und her und tippe ein paar erste Zeilen auf den Bildschirm. Weiter komme ich an diesen drei Tagen in der Redaktion nicht. Das Licht ist zu hart. Der Hosenbund schneidet mir in den geschwollenen Leib. Meine Pumps sind mir zu eng. Es gibt zu viele Ablenkungen.

Klatschtante Charlene steckt mindestens einmal in der Woche den Kopf herein und fragt mit einem Lächeln, das nicht schadenfroher sein könnte, wie es dem kleinen Racker geht. Einmal gibt sie mir einen weißen Umschlag.

»Was ist das?«, frage ich.

»Noch ein Brief von deinen Verehrern. Irgendwie muss er aus der normalen Post herausgerutscht sein. Komisch, nicht?« Charlene lächelt, aber der Bogen ihrer Lippen ist kalt und gemein. Sie wirft ihr Haar zurück und geht hinaus, ohne die Tür hinter sich zu schließen.

Ich sehe mir den Umschlag an. Er kann nicht mit der Post gekommen sein. Es trägt keine Briefmarke und ist einfach nur an die *Liebe-Abby-Abteilung, Bergen Record* adressiert. Ich schlitze den Umschlag mit meinem silbernen Lieblingsbrieföffner auf und ziehe ein dünnes Stück Papier heraus. Die Schrift ist so verschnörkelt, voller Kringel und Bögen, dass ich eine Minute brauche, bevor ich mich auf den Inhalt konzentrieren kann.

Liebe Abby,
mein Freund und ich lieben uns sehr. Es ist die wahre Liebe. Wir sind gesegnet, denn wir wissen, dass Gott uns füreinander geschaffen hat. Wir könnten nicht näher und stärker aneinander gebunden sein. Doch leider hatten wir letztes Jahr eine schwere Zeit, und unser stadtbekanntes Flittchen hat die Situation ausgenutzt, um meine wahre Liebe zu verführen. Als sie begriff, dass sie ihm nie etwas bedeuten würde, versuchte sie ihn in die Ehe zu zwingen, indem sie sich von ihm schwängern ließ. Sie ist die schlimmste Art Frau, eine miese Schlampe, die ihre Beine nicht zusammenhalten oder bei einem Mann bleiben kann. Liebe Abby, wie kann ich

diesem Biest mit ihrem schwachen Hirn klarmachen, dass sie
meinen Mann in Ruhe lassen soll? Sie wird nichts von ihm
bekommen. Keine Liebe und keinen Pfennig.
Hochachtungsvoll,

Rechtschaffen in Ramsey

Ich atme langsam aus und falte den Brief zusammen. Margarets Bösartigkeit sollte mich nicht überraschen. Erleichtert
sollte ich sein über diesen Brief. Seit ein paar Monaten halte
ich nach einem Rotschopf Ausschau und bin auf ihren Angriff gefasst. Trotzdem, ich habe noch nie einen *Liebe-Abby*-
Brief von jemandem bekommen, den ich kenne oder der
mich kennt. Meine Briefe waren immer meine beste Zuflucht, und mein Friede. Bis jetzt haben mir nur Fremde
geschrieben, die mir vertrauen, zu mir aufschauen und sich
an mich wenden, wenn sie Rettung brauchen. Eine Grenze
ist übertreten worden, und Margarets Entscheidung, so auf
mich loszugehen, führt dazu, dass ich mich auf merkwürdige
Weise entblößt fühle. Entblößt und betrogen. Ich betrachte
die leere Rückseite von Margarets Brief, dann reiße ich ihn
in winzige Fetzen, die ich in den Müll werfe.

Grayson besteht darauf, dass ich zu den wöchentlichen Re-
daktionskonferenzen komme, vor denen ich mich in der Vergangenheit immer gedrückt habe. Nur eine lasse ich von
Anfang bis Ende über mich ergehen; das ist so demütigend,
dass ich in Zukunft nicht wieder kommen werde. Die Sitzung findet gleich als Erstes an einem Donnerstagmorgen
statt, dem Tag, an dem meine Kolumne erscheint. Ich bekomme mein erstes Exemplar zu Gesicht, als Graysons Assistentin mir am Eingang zur Sitzung eins in die Hand drückt.

Alle anderen im Raum sind ganz offensichtlich schon bei Sonnenaufgang ihre Auffahrt runtergelaufen und haben die Zeitung gelesen. Als sie hereinkommen, werfen sie die Ausgabe, die Graysons Assistentin ihnen gibt, auf den Tisch vor sich. Ungefähr zwölf Leute nehmen an der Sitzung teil, einschließlich der Leitartikler und verantwortlichen Redakteure für Wirtschaft, Lokales, Inlandsnachrichten, Sport, Kunst und Lifestyle. Der Lifestyle-Redakteur ist offiziell mein Chef, ein Griesgram mit Prostata-Problemen, die ihm Schwierigkeiten beim Sitzen bereiten. Ich habe nie viel mit ihm zu tun gehabt. Bei Problemen mit meiner Kolumne habe ich immer mit Grayson geredet. Jedes Mal, wenn er mich sieht, zieht der Mann die Brauen zusammen; also nehme ich an, dass er mit unserem Arrangement ganz gut leben kann. Heute sagt er, als er den Raum durchquert: »Was machen Sie denn hier?«

»Ich habe sie gebeten zu kommen, Bill«, sagt Grayson hinter mir. Das lässt ihn verstummen. Die Stirn immer noch gerunzelt, setzt er sich hin. Es ist interessant zu sehen, wie alle diese Redakteure und Autoren, zumeist Männer in den Vierzigern und Fünfzigern, Grayson respektieren. Ich sehe ihn kaum einmal so in der Gruppe. Meine persönlichen und beruflichen Gespräche mit Grayson finden normalerweise unter vier Augen statt.

Während Grayson die Redakteure zu den Aufmachern ihrer Seiten ausquetscht, blättere ich die Zeitung durch, um meine Kolumne zu finden. Ich versuche, nicht auf die Diskussion zu achten. Kriege in Ländern, die ich auf keiner Karte finden würde, Autounfälle, Flugzeugabstürze, verlassene Kinder, aufgeflogene Drogenringe, Bandenkriege und so weiter waren nie was, um das ich mich sonderlich gekümmert hätte.

Lila hat immer die schlechten Zeitungsnachrichten in sich hineingefressen und kam nicht davon los. Natürlich sehe ich die Ironie darin, dass gerade ich nun für eine Zeitung schreibe, aber das hat an meinem Verhalten nichts geändert. Ich überblättere die Nachrichten und schlage den Lifestyle-Teil auf.

Beim ersten Blick auf die Kolumne sehe ich, dass Grayson es wieder getan hat. Er hat meinen Rat neu geschrieben. In kleinerem Maße war das schon immer so. Er hat noch mal durchgesehen, was ich geschrieben hatte. Hier oder da fiel dann ein Satz raus, oder ein Ausdruck wurde umformuliert. Seit sechs Monaten jedoch ändert er meinen Rat. Einzelne Teile hat er ganz herausgeschmissen, und was ich sagen wollte, völlig auf den Kopf gestellt.

Ich sehe zu Grayson hinüber. Er läuft mit großer Energie am Kopfende des Tisches auf und ab. »Ich denke, dass die Brücke über die Route 17 zwei Jahre vor Plan und bevor Mittel dafür bereitstehen, gebaut wird, muss auf die erste Seite. Jemand anderer Meinung? Kommen wir also zu Christie Whitmans Ambitionen auf die Präsidentschaft. Schnelle Vorschläge bitte.«

Was Grayson diesmal am stärksten umgeschrieben hat, ist meine Antwort an ein junges Mädchen, das den Tod seiner Mutter betrauert. Das Mädchen hatte das Gefühl, sein Leben bräche auseinander, sie wusste nicht mehr, wer sie war und was sie als Nächstes tun sollte.

Mein Rat war gewesen, ihre Trauer auszuleben, von Anfang bis Ende. Ich hatte ihr vorgeschlagen, ein Tagebuch zu führen und sich jedem Tag neu zu stellen. Wenn sie ihre Trauer übergehe oder begrabe, werde sie später umso größere Probleme haben. Habe ihre Trauer aber einmal ein natürliches

Ende gefunden, hatte ich geschrieben, werde sie erkennen, wer sie sei und was sie tun solle. Ihr Weg werde sich vor ihr entfalten.

Von der Antwort, wie sie nun in der Zeitung steht, stammt lediglich der erste Satz von mir.

Liebe Traurige in Secaucus,
deine Trauer ist völlig angemessen und natürlich, lass dir von niemandem etwas anderes einreden. Aber mittlerweile sind einige Monate vergangen, und es ist an der Zeit, dass du in dein Leben zurückkehrst. Ich bin sicher, gleich vor deiner Nase gibt es einen guten Freund oder einen Verwandten, dem du wichtig bist und der dich kennt. Wende dich an ihn und lass dich von ihm zurück in dein Leben führen. Du hast versucht, alles selbst zu bewältigen, und das kann ein Fehler sein. Schäme dich nicht, um Hilfe zu bitten.

Ich lese den Brief wieder und wieder und versuche mir das junge Mädchen vorzustellen, wie sie in ihrem rosa Zimmer im Haus ihres Dads sitzt und diesen Ratschlag liest. Wie sie ihn heute Morgen genau wie ich zum ersten Mal liest. Ihn einsickern lässt und herauszufinden versucht, ob er richtig ist. Herauszufinden versucht, ob er ihr sagt, was sie braucht. Ich kann nur hoffen, dass es so ist. Ich weiß, ich habe sie im Stich gelassen. Wenn mein Rat nicht mal an Graysons Rotstift vorbeikommt, ist er nicht stark genug, trifft es nicht. Wie sich alles verändert hat. Ich kann es nicht bestreiten. Immer noch spüre ich Margarets Brief heiß an meinen Fingerspitzen. Vielleicht brauche ich jemanden, der prüft und in die Balance bringt, was aus meinem Mund kommt. Im Übrigen ist Grayson der Einzige, der mir in letzter Zeit Beachtung zu schenken scheint. Grandma interessiert sich nur für das Baby, und Lila ist so oft weg. Ich sollte den einzigen Menschen, der zuhört, was ich zu sagen habe, nicht missachten, auch wenn er ständig alles umschreibt.

»Gracie«, sagt Grayson. »Hörst du zu?«

Ich sehe von der Zeitung auf. Grayson fixiert mich vom Kopfende des Tisches und viele der Redakteure haben ihren, Stuhl in meine Richtung gedreht.

»Ja«, sage ich.

»Hast du deine Kolumne gelesen? Irgendwelche Probleme oder Kommentare dazu?«

Bill, der Lifestyle-Redakteur, rutscht auf seinem Stuhl hin und her. Es rumort spürbar unter der Oberfläche. Ich bin eindeutig der kleinste Fisch im Raum, und am liebsten würden sie mich hinauswerfen oder in Butter anbraten. Ich gehöre hier nicht hin.

Der Wirtschaftsredakteur sagt: »Grayson, ich denke, wir müssen bei der Dow-Jones-Geschichte noch eine Nummer härter ran. Ich wüsste gerne, was du dazu denkst.«

»Eine Minute, Carl. Ist irgendetwas, Gracie?«

»Nein«, sage ich. »Nichts. Danke.«

Ich bin zurück im leeren Haus und auf dem Weg nach oben, um mich umzuziehen, als ich einen Blick aus dem Fenster werfe und ein Auto in der Auffahrt sehe. Es ist eine graue alte Limousine, die mir bekannt vorkommt. So wie die Sonne auf die Windschutzscheibe fällt, kann ich nicht sehen, wer hinter dem Steuer sitzt. Bewegungslos stehe ich da, starre hinaus und weiß nicht, ob ich mich in meinem Schlafzimmer verstecken soll oder hinausgehen, um zu sehen, wer es ist.

Ich überlege noch, was ich tun soll, als draußen die Entscheidung fällt. Die Fahrertür öffnet sich, und Tante Meggy steigt aus. Dann öffnet sich, auch die Beifahrertür, und ich sehe Tante Angel. Meggy geht um den Wagen und streckt die Hand aus. Angel nimmt sie und lässt sich von Meggy aus dem Wagen helfen. Ich beobachte alles durchs Fenster und frage mich, was das zu bedeuten hat. Keine meiner Tanten hat mich je zuvor besucht.

Sie scheinen sich neben dem Auto zu besprechen. Angel lehnt sich an die Tür, während Meggy ihr die massigen Schultern reibt. Plötzlich verstehe ich – Angel ist krank, und sie wollen zu Lila und sie um Hilfe bitten. Ich gehe durchs Wohnzimmer und drücke die Haustür auf. Aber ich habe mich zu schnell bewegt, die Sonne schlägt mir ins Gesicht und verwandelt die Welt in helle, lose verbundene Farbflecken. Ich bewege den Kopf und bemühe mich, die beiden Frauen in den Blick zu bekommen.

»Lila ist nicht hier«, rufe ich. »Sie ist im Krankenhaus.«

Die beiden drehen sich um und sehen mich an. »Wir wollen nicht zu Lila«, sagt Meggy.

»Hat Tante Angel sich weh getan?«

Angel macht einen Schritt vom Auto weg, und ich kann sehen, dass sie geweint hat. »Nein, es geht ihr gut«, sagt Meggy. »Wir wollen zu dir. Willst du uns nicht hereinbitten?«

Ich trete zur Seite und gebe die Tür frei. Ich sollte mich beruhigen. Niemand ist verletzt. Es geht nicht um Leben oder Tod. Meine Gedanken ordnen sich neu. Wenn meine Tanten mich besuchen kommen, muss es mit dem Baby zu tun haben. Sie sind gekommen, um mir zu sagen, was ich der Familie damit zumute.

Meggy möchte eine Tasse Tee, und Angel nimmt ein Glas

kaltes Wasser. Wir setzen uns an den Küchentisch, während der Wasserkessel auf dem Herd rumpelt und bumpelt.

»Also«, sage ich und sehe von Angels aufgedunsenem zu Meggys entschlossenem Gesicht. Meine dumme Hoffnung, das Gespräch leicht und angenehm halten zu können, schwindet.

»Also dann, Angel«, sagt Meggy. »Du wolltest zuerst reden. Fang an.«

Fast amüsiert mich Meggys Befehlston, dann aber doch wieder nicht, weil ich weiß, dass es um meine Situation geht, und ich fürchte, es wird weh tun, wenn wir aufeinanderkrachen.

Ich habe nie viel zu Meggy zu sagen gehabt. Sie und Lila können sich gut gegenseitig ärgern, aber mir fehlt der schnelle Witz und Sarkasmus, um dabei mitzumachen. Meine Mutter und meine Tante kommen nicht gut miteinander aus, weil Mutter so leicht verletzt ist und Meggy eine scharfe Zunge hat. Meggy kommt immer sofort auf den Punkt, meine Mutter im Grunde nie. Mom beschwert sich ständig, dass ihre jüngere Schwester egoistisch ist. Ich streite mich deswegen nicht mit ihr, aber ich fand das nie ganz fair, weil Meggy sich immer um jemand anders zu kümmern scheint – zum Beispiel um Tante Theresa und Tante Angel. Sie nahm Mary und John zu sich, als Tante Theresa wegen Onkel Jack zu durcheinander war. Und ständig sitzt sie Johnny im Nacken, dass er Tante Angel ein besserer Mann sein und aufhören soll, sich derartig seiner angeblichen Depression hinzugeben. Heute wird sie im Namen aller Tanten und Onkel da sein, um mir zu sagen, was für eine Enttäuschung ich für sie bin.

»Wie geht's mit der Arbeit?«, sagt Angel und klopft mit ihren ungepflegten Nägeln auf die Tischplatte. »Ich lese deine Kolumne immer gerne und sage allen, dass du meine Nichte bist.«

»Okay, damit bist du raus«, sagt Meggy.

Der Wasserkessel beginnt zu pfeifen, und wir fahren zusammen. Das Pfeifen erinnert mich immer an Grandma, und jetzt muss ich daran denken, dass sie mich am Abend erwartet, damit ich meinen monatlichen Scheck in Empfang nehme. Ich schütte heißes Wasser in Lilas Lieblingsbecher, der mit wissenschaftlichen Gleichungen bedeckt ist. Milch, Zucker und Tee stehen bereits auf dem Tisch, und so gebe ich Meggy den Becher und setze mich wieder.

»Hör mir zu, Gracie«, sagt Meggy. »Ich will mit einer Geschichte beginnen, die sich in meiner Kindheit zugetragen hat. So etwas geschieht ständig in der irischen Gemeinde, aber es ist nur ein Beispiel.«

»Wo ich aufgewachsen bin, ist es auch vorgekommen.« Angel nickt.

»Zwei Häuser von uns entfernt lebte eine Familie. Sie hatten acht oder neun Kinder, was in der Nachbarschaft normal war. Deine Mutter und ich haben oft auf die Kinder aufgepasst. Dann, auf der Highschool, wurde die älteste Tochter schwanger. Sie schickten sie auf eine Reise, bevor man es sehen konnte. Als das Kind da war, adoptierte ihre Mutter das Baby und sagte, es sei das Kind eines der Arbeitskollegen ihres Mannes. Die Tochter kam zurück nach Hause und wuchs weiter heran. Alles funktionierte bestens. Die Tochter ging aufs College und heiratete, und ihr kleiner Junge wuchs bei seiner Großmutter auf, die ihn liebte.«

Ein dunkles Gefühl füllt mir den Bauch, als hätte ich etwas verschluckt, das ich nicht vertrage. Ich muss die Geschichte falsch verstehen. Das kann nicht darauf hinauslaufen, worauf es hinauszulaufen scheint. »Was passierte mit dem Kind, als es herausfand, wer seine wirkliche Mutter war?«

Meggy und Angel sehen sich an. »Darum geht es nicht. Das Kind hätte genauso gut von einer Cousine oder Tante großgezogen werden können. Das Vorgehen war damals durchaus nicht ungewöhnlich. Es ist wie eine Adoption innerhalb der Familie, so dass alle zusammenbleiben.«

Mein Körper zieht sich leicht in sich zurück, wie zum Schutz gegen den hungrigen Blick meiner Tanten. Die Luft im Raum wiegt so schwer, dass ich Schwierigkeiten habe, den Mund zu öffnen. »Ihr denkt, ich soll mein Baby abgeben?«

»Dafür, dass du im fünften Monat bist, sieht man dir noch kaum etwas an«, sagt Angel leise.

»Du hast es doch noch nicht vielen Leuten erzählt, richtig? Deine Mom hat gesagt, dass du keine Freundinnen hast. Und du musst zugeben, dass jetzt nicht gerade die beste Zeit oder Gelegenheit für dich ist, ein Baby zu bekommen.« Meggys Stimme klingt hart und nachdrücklich. »Es wäre besser, wenn du damit noch warten würdest.«

»Du bist allein«, sagt Angel mit niedergeschlagenen Augen. »Ich bin verheiratet. Seit Jahren will ich ein Baby. Wir würden es so lieben. Dein Onkel Johnny wäre ein wundervoller Vater. Verstehst du das nicht?«

»Und für das Kind wäre gut gesorgt«, fügt Meggy hinzu. »Wie willst du dich selbst und ein Baby durchbringen? Ich wette, du bekommst Geld von deiner Großmutter, und dagegen ist auch nichts zu sagen, aber du willst doch nicht von ihr abhängig sein? Die einzige andere Person in der Familie, für die sie ganz aufkommt, ist Ryan. Wie würdest du dich auf Dauer in dieser Gesellschaft fühlen?« Sie zuckt mit den Schultern. »Ich käme mir wie eine Verliererin vor.«

»Du könntest das Baby so oft sehen, wie du wolltest«, sagt Angel.

Ich sehe nach unten und betrachte meine Hände, die meinen Bauch gefasst halten. Ich nehme sie weg und spiele mit meinem Haar, zwirble es und ziehe daran. Ich bin in einem schrecklichen Alptraum gefangen. Ich war zu lange allein und habe Halluzinationen. Das alles passiert in Wirklichkeit nicht.

»Weiß Mutter von diesem Plan?«

»Natürlich nicht«, sagt Meggy. »Ich denke, wenn du alt genug bist, dich schwängern zu lassen, kannst du auch so eine Entscheidung selbst treffen.«

»Meggy«, sagt Angel.

»Ich behalte mein Kind«, sage ich. Der Satz steigt klar aus mir auf, als das Einzige, das ich wirklich weiß.

»Denke darüber nach«, sagt Meggy und steht auf. »Dann wirst du begreifen, dass es das Beste ist, was du für das Baby tun kannst, wenn du es Angel und Johnny gibst.«

Meggy fasst Angel am Ellbogen und zieht sie vom Stuhl hoch. Angels Augen, so traurig und voller Sehnsucht, sind auf mein Gesicht geheftet.

»Denke darüber nach«, kommt es wie ein Echo von ihr.

Ich scheine mich nicht bewegen zu können, und so bringe ich sie nicht zur Tür.

Ich höre, wie sie ins Schloss fällt, und das Klappern ihrer Schuhe auf dem Weg draußen, das Brummen des Motors, und dann sitze ich allein in der Stille, die Hände wieder auf meinem Bauch.

Zur verabredeten Zeit besuche ich Grandma. Erst wollte ich schon absagen, aber dann wäre sie enttäuscht, und ich müsste morgen zu ihr. Es gibt keinen Grund, Grandma vor den Kopf zu stoßen.

Auf dem Weg zum Zentrum für behütetes Wohnen halte ich bei McDonalds und kaufe mir einen Schoko-Milchshake. Milchshakes scheinen das Einzige zu sein, wovon ich, seit ich schwanger bin, nicht genug bekommen kann. Im Moment genehmige ich mir jeden Tag einen kleinen und einen mittleren Milchshake. In Ramsey gibt es zwei McDonalds. Ich fahre einmal zum einen, dann zum anderen, dazu benutze ich einmal den Autoschalter, dann wieder gehe ich hinein, um nicht zu oft dieselben Leute zu sehen.

Als ich in Grandmas Zimmer komme, sitzt sie wie gewöhnlich in diesen Tagen auf dem Bürostuhl neben dem Fenster. Ich weiß nicht, wieso ihr der Platz so gut gefällt. Einen großen Ausblick hat sie da nicht. Ein bisschen Gras, ein paar Bäume und der Parkplatz. Auf ihrem kleinen S-förmigen Sofa, wo sie die Familienfotos und auch den Fernseher im Blick hat, ist es viel schöner. Ich küsse sie auf die Wange und setze mich aufs Sofa.

»Was ist passiert?«, fragt Grandma. »Was machst du für ein Gesicht, Gracie?«

»Ich mache kein Gesicht.«

»Wenn du meinst. Sag, wie geht es Lila? Ich habe deine Schwester schon eine ganze Weile nicht gesehen. Bestell ihr, dass sie mir einen Besuch schuldet.«

»Sie hat in letzter Zeit wirklich viel zu tun. Und ich glaube, sie hat einen Freund.« Kaum, dass die Worte aus meinem Mund sind, fühle ich mich schon schuldig, denn Lila würde nicht wollen, dass Grandma davon weiß.

Grandma antwortet mit einem zufriedenen Nicken, wobei sie wie gewöhnlich das Kinn kurz heranzieht. »Wie schön.« Wir sitzen schweigend da. Ich betrachte die Schwarz-Weiß-Fotos an der Wand und versuche mich nicht von dem Umstand stören zu lassen, dass Grandma mich beobachtet und darauf wartet, dass ich etwas sage. Natürlich kann ich nicht lange stumm bleiben.

Ich mache eine Geste zu den Fotos hin, auf das Durcheinander lächelnder und ernster, sommersprossiger McLaughlin-Kinder. »Ich habe eine Geschichte von einer Familie in unserer alten Nachbarschaft gehört. Die älteste Tochter bekam ein Baby, als sie noch zur Highschool ging, und ihre Mutter hat es als ihr eigenes adoptiert. War das wirklich so?«

»Die O'Connors.« Grandma nickt.

»Hat das Kind je herausgefunden, wer seine wirkliche Mutter war?«

»Große Güte, ja. Als Teenager geriet der Junge ziemlich in Schwierigkeiten, was seltsam zu sein schien, da seine acht Brüder und Schwestern vor ihm alles in allem sehr gute Kinder gewesen waren. Ich glaube, sie haben ihn ein paarmal beim Marihuana-Rauchen erwischt, und ab und zu ist er betrunken Auto gefahren. Wollte nicht auf seine Eltern hören, die tatsächlich seine Großeltern waren. In der Zwischenzeit hatte die älteste Tochter, seine wirkliche Mutter, ihr College hinter sich gebracht und ihren Liebsten aus Highschool-Tagen geheiratet, den Vater des Jungen. Als der Junge so aus dem Ruder lief, hatten sie bereits zwei oder drei weitere Kinder. Alle machten sich große Sorgen um ihn, weil er auf noch größeren Ärger zuzusteuern schien. In einem letzten verzweifelten Rettungsversuch entschloss sich jemand, ihm die Wahrheit zu sagen. Dass seine älteste Schwester seine Mutter war und deren Mann sein Vater, ihre Kinder seine eigentlichen Brüder und Schwestern.« Grandma schüttelt den Kopf. »Das hat den Jungen für die nächsten Jahre erst recht durcheinandergebracht, aber dann endlich ist er zur

Ruhe gekommen. Es war ein ziemlicher Skandal, alle in der Nachbarschaft sprachen davon.«

»Tante Angel war heute Nachmittag bei mir und wollte mein Baby.« Ich halte den Blick strikt auf die Bilder gerichtet, auf die Gesichter der Kinder. Ich höre, wie Grandma tief Luft holt. Ich denke: *Warum habe ich das gesagt? Warum kann ich nichts vor ihr verbergen?*

»Arme Angel«, sagt Grandma nach einer Minute. »Ich frage mich, ob Johnny weiß, dass sie dich fragen wollte.«

Ich stoße die Worte hervor: »Ich habe ihr gesagt, dass ich es nicht tun werde.«

»Aber natürlich. Du und ich, wir werden das Kind schon großziehen. Ich helfe dir.«

Als sie das sagt, entspannen sich die Muskeln in meinem Körper, auch die, von denen ich gar nicht wusste, dass sie so angespannt waren. Mir wird bewusst, dass ich Angst hatte, Grandma würde Angels Vorschlag für eine gute Idee halten. Dass sie ihr darin zustimmte, jede andere Mutter wäre besser für das Kind als ich.

Grandma schürzt die Lippen. »Meggy und Angel waren heute Nachmittag hier, und Angel hat kaum ein Wort gesagt. Ich habe mir nichts dabei gedacht, weil Meggy den Mund kaum zubekam und sich über alles und jedes unter der Sonne beschwerte. Ich horche sie immer aus und hoffe nur, dass sie nicht wirklich so unglücklich ist, wie sie immer sagt.«

»Ich glaube, sie beschwert sich einfach gerne.« Es fällt mir schwer, nicht zu lächeln. Ich habe das Gefühl, einen Sieg errungen zu haben. Wie froh ich bin, dass ich heute noch her zu Grandma gefahren bin und nicht erst morgen; dass meine Antwort an Meggy und Angel die richtige war. Trotzdem will ich jetzt wieder weg. Der Tag war lang und anstrengend, erst der Kampf mit Grayson, dann mit meinen Tanten und schließlich das Warten darauf, was Grandma zu allem meint. Ich komme mir wie ein Spültuch vor, das trocken gewrungen wurde.

Grandma sagt: »Ich gebe zu, als ich gemerkt habe, dass du schwanger warst, habe auch ich zuerst gedacht, ob es nicht gut wäre, wenn Angel das Baby großziehen würde. Johnny und sie haben sich schließlich so sehr ein Kind gewünscht und alles getan, um eins zu bekommen.«

»Sie sollten eins adoptieren«, sage ich laut. Mir gefällt diese Wendung nicht, die das Gespräch nimmt.

»Als ich heranwuchs, hat man mir beigebracht, wenn ein Mädchen zur falschen Zeit und in der falschen Situation schwanger wird, dann verreist es für ein paar Monate, bekommt das Baby, und die Familie kümmert sich anschließend darum. Auf eine Art ist das eine schöne Tradition, solange die Dinge nicht danebengehen wie bei den O'Connors. Alle Kinder werden geliebt, am Ende haben alle eins, die eins wollen, und die Familie bleibt zusammen.«

»Sicher, wenn du jahrelang für die Therapie zahlen willst, die das Kind einmal brauchen wird, wenn es die Wahrheit herausfindet. Und alles spricht dafür, dass es das herausfindet, da bin ich sicher.« Ich mag den Klang meiner Stimme nicht, er ist zornig und kratzend.

»Da gebe ich dir recht.«

»Wirklich?«

»Ob mit Gewalt, Worten oder einfach so – es ist gleich. Ich ertrage es nicht, wenn noch mehr Kinder in dieser Familie verletzt werden.« Grandma wendet ihr Gesicht von mir ab. Sie starrt aus dem Fenster. Die Dämmerung ist hereingebrochen, die Welt voller grauer Schatten.

Ich beuge mich auf dem Sofa vor und versuche, sie besser in den Blick zu bekommen. »Alles in Ordnung, Grandma?«

Sie hält den Blick aus dem Fenster gerichtet. Die Schatten von draußen und drinnen treffen sich auf ihrem Profil, aber ihre Stimme ist normal. »Ich treffe mich gleich mit ein paar Frauen hier oben vom Korridor zum Essen. Ich muss mich jetzt fertig machen. Ich rufe dich morgen an, Gracie. Nimm deinen Scheck aus dem Schreibtisch, bevor du gehst.«

Ich gehe durchs Zimmer, ziehe die Schreibtischschublade auf und werfe einen Blick auf den Scheck, der fein säuberlich auf einem Stapel Papiere liegt. Aus der Entfernung könnte das dünne Stück Papier auch ein Brief oder einfach nur eine schnelle Notiz sein. Oben links, unter dem Datum, steht mein Name: Gracie Leary. Auf der Linie darunter steht in Großmutters sauberer Schrift die monatliche Summe, die wir für das Baby und mich gemeinsam veranschlagt haben. Darunter dann steht der Name meiner Großmutter: Catharine McLaughlin, ohne den es nicht geht.

Über die Schulter sehe ich zu meiner Großmutter hinüber. Sie blickt immer noch aus dem Fenster. Ich frage mich, was sie da sieht und woran sie sich dabei erinnert. Für sie bin ich eindeutig schon nicht mehr im Zimmer. Ich kämpfe gegen das Verlangen an, ihren Namen zu rufen, sie zurück zu mir zu ziehen, sie zu überraschen, ihr etwas zu erzählen, wovon sie nichts weiß. Aber ich habe keine Ahnung, wo ich anfangen soll, und so nehme ich stattdessen meinen Scheck, falte ihn, schiebe ihn in meine Tasche und tue, was sie gesagt hat.

Lila

Am Morgen nach Ostern wachte ich verändert auf; und verändere mich immer noch weiter. Ich hatte das Gefühl, eine Art Damm sei in mir gebrochen, und ich würde auf meinen eigenen Stromschnellen und Wirbeln hin und her geschleudert. Ich wusste, dass die Bewegung längst nicht mehr anzuhalten war. Mir blieb keine Wahl, als nachzugeben.

Ich wachte auf und fühlte mich fürchterlich. Als hätte mir jemand mit einem Stahlrohr hinten auf den Kopf geschlagen. Ich fuhr mir mit den Fingern über den Kopf und fühlte nach einer Beule. Als ich keine fand, ging ich das Risiko ein, die Augen zu öffnen. Gleißendes Tageslicht umfing mich, und in dem Moment erinnerte ich mich, was passiert war. Ich erinnerte mich, wo ich war.

»Guten Morgen, Doc«, sagte Weber.

Ich rollte mich herum. Wir lagen in karierter Flanellbettwäsche. An der einen Wand hing ein Poster von Lynda Carter als *Wonder Woman*, an der anderen eins von Bon Jovi. »Oh, mein Gott«, sagte ich. Mein Hals fühlte sich geschwollen an. Ich stellte mir vor, dass der Alkohol mir die Speiseröhre verbrannt und dabei eine tiefschwarze Spur vom einen Ende zum anderen hinterlassen hatte. Ich gelobte, nie wieder zu trinken.

Nach unserem Familientreffen war ich in den *Green Trolley* gegangen und hatte Wodka getrunken, weil mir irgendwer mal erzählt hatte, der schmecke nach nichts, und genau das wollte ich fühlen, nichts. Der Mann neben mir redete und redete und redete, während ich trank, und als ich genug getrunken hatte, ging ich mit ihm nach Hause in seine Wohnung über dem Eisenwarenladen an der Main Street.

»Ich hab's immer gewusst, dass wir noch zusammenkommen würden, Doc. Ich hab's einfach gewusst. Das war Schicksal.« Weber lag auf der Seite, den Kopf auf den angewinkelten Arm gebettet. Wo die Decke endete, konnte ich die Haare auf seiner Brust sehen und den Anfang seines Bierbauchs. »Ich liebe das Schicksal«, sagte er.

Ich fischte mit der Hand unter der Decke herum und passte dabei auf, nicht auf seine Seite des Bettes zu geraten. »Hast du meine Sachen gesehen?«

»Seit einem Jahr habe ich gewusst, dass sich unsere Leben verbinden würden. Ich hab's sogar meinen Kumpels erzählt. Joel meinte, ich hab sie nicht alle, aber ich habe gesagt, nein …«

»Unsere Leben haben sich nicht verbunden.«

Endlich fand ich meinen BH, aber keine Unterhose. Die Luft im Zimmer war beißend kalt. Auf der anderen Seite des Raums entdeckte ich meine Jeans. Daneben lag ein gebrauchtes Kondom. Ein widerlicher Anblick. Meine Jeans war in einer Stellung auf den Boden gefallen, als wollte sie ohne mich davonrennen. Der Gedanke, nackt zu ihr hinüberlaufen zu müssen, gefiel mir überhaupt nicht.

Seit langer Zeit hatte mich niemand mehr nackt gesehen. Tatsächlich konnte ich mich nicht erinnern, wann mich überhaupt jemand das letzte Mal nackt gesehen hatte. Die wenigen Male, dass ich mit jemandem geschlafen hatte, war es mir gelungen, den Großteil meiner Sachen anzubehalten.

Fast staunte ich mehr darüber, dass der Wodka und Weber mich dazu gebracht hatten, auch noch den letzten Faden Kleidung abzulegen, als mich hier in seinem Bett wiederzufinden.

»Das war ein Fehler«, sagte ich. Mein Atem produzierte kleine weiße Wolken in der Luft. »Tut mir leid, dass ich dich in die Irre geführt habe, aber letzte Nacht war ich schlecht drauf und nicht ganz bei mir.«

»Ich hab die letzte Nacht vorausgesehen, Doc. Also kann es kein Fehler gewesen sein.«

»Ich bin kein Arzt. Bitte nenne mich nicht so.« Ich setzte mich auf und hielt mir die Decke vor die Brust. Mit eisigen Fingern strich mir die Luft über das Rückgrat. »Warum zum Teufel ist es hier so kalt?«

»Ich hab vergessen, die Heizung anzustellen, als wir reingekommen sind. Das hübsche Mädchen, das bei mir war, hat mich abgelenkt. Mach die Augen zu, Doc. Ich hol dir deine Klamotten. Ich bin schüchtern, also nicht gucken.«

Der letzte Satz ließ mich lächeln, aber nur für den Bruchteil einer Sekunde, weil das Hämmern in meinem Kopf sofort die Geschwindigkeit verdoppelte.

Als ich die Augen schloss, war die Dunkelheit erst mit Lichtflecken vermischt, dann begann sie sich mit der Sturheit einer Waschmaschine im Schleudergang vor meinen Augen zu drehen. Ich stöhnte und fiel zurück aufs Bett.

Ich hörte, wie Webers bloße Füße durch den Raum auf mich zukamen. »Ich hab die Temperatur hochgedreht, Doc. Jetzt müsste es in null Komma nichts warm werden.«

Ich hielt die Augen geschlossen und sagte: »Du musst eine Abmachung mit mir treffen.«

»Da kann ich dir nicht helfen. Tut mir leid.«

»Warum nicht?«

»Ich glaub nicht an Abmachungen.«

Meine Sachen fielen mir auf den Schoß, kalt und steif, äußerst abweisend. Ich starrte ihn an. »Du glaubst nicht an Abmachungen? Was soll das denn heißen?«

»Ich glaub an nichts, an das ich mich halten muss. Ich nehme das Leben, wie es kommt.«

»Red keinen Unsinn«, sagte ich. »Es ist ganz einfach. Wenn wir uns auf der Straße oder sonst wo treffen, tun wir so, als wäre nichts passiert. Wir tun so, als würden wir uns nicht kennen, und erzählen niemandem etwas von letzter Nacht. Das gilt auch für deine dämlichen Feuerwehrkumpel.«

Weber war wieder zu mir ins Bett geschlüpft und nahm einen Teil von meinem Platz und dem bisschen Wärme, das noch da war, in Beschlag. »Wie wäre es, wenn du deine Seite der Abmachung hältst, und ich entscheide von Fall zu Fall?«

Das hörte ich von unter der Decke, wo ich in meine Jeans strampelte. Als ich fertig angezogen war, rollte ich mich aus dem Bett. Die plötzliche Bewegung verursachte mir Übelkeit, aber wenigstens stand ich auf den Füßen und sah auf ihn hinunter. *Das hier ist das Zimmer eines Teenagers,* dachte ich. *Eines Teenagers aus New Jersey, der Bon Jovi liebt, Goldkettchen trägt und niemals groß geworden ist.*

»Bitte«, sagte ich. »Versprich mir, dass du nichts sagst.«

»Geht nicht, Doc«, sagte er.

»Lass mich raten«, sagte ich. »Du glaubst nicht an Versprechen.«

»So isses«, sagte er und schickte ein dickes, fettes Grinsen in meine Richtung.

Erst als ich aus dem Zimmer und der Wohnung war, ließ das

Wummern in meinem Kopf nach, aber die Schwellung in meinem Hals war nach wie vor da. Ich konnte kaum schlucken, und mein Atem verfing sich beim Ein- und Ausatmen immer wieder. Ich konnte nicht anders, als zu überlegen, welche Krankheiten diese Art Symptome hervorrufen könnten. Die Liste zusammenzustellen beruhigte mich etwas. Lungenentzündung, Halsentzündung, Herpes, eine Allergie, Speiseröhrenverschluss, Windpocken, Bronchitis, Mandelentzündung.

Ich fuhr nach Hause, ignorierte die Schlaflosigkeit und Neugier in Gracies Augen und lief gleich ins Bad. Erst als ich im Begriff war, unter die dampfend heiße Dusche zu steigen, hielt ich für einen kurzen Augenblick in meiner Bewegung inne. Ich schloss die Augen und wurde unerwarteterweise von meinem Geruch überwältigt. Er war mir vorher nicht aufgefallen, in Webers Bett nicht und auch nicht, als ich mich anzog. Aber jetzt entkam ich ihm nicht mehr – der salzige, warme, körnige Geruch von Sex füllte das kleine Bad völlig aus. Ich konnte nicht glauben, dass dieser Geruch, der alles durchdrang, der Öffnung zwischen meinen Beinen entströmte. Seine Strenge hatte etwas Faszinierendes, und ich musste mich dazu zwingen, mich unter den Wasserstrahl zu stellen und ihn wegzuwaschen.

Nachdem ich mich angezogen hatte, entwand ich mich Gracie erneut und fuhr zum Krankenhaus. Mein Lieblingsparkplatz war frei, ich stellte den Wagen ab und saß ein paar Minuten lang da, zu müde, mich zu bewegen. Ich klappte die Sonnenblende herunter, sah in den kleinen, rechteckigen Spiegel und studierte mein Gesicht, indem ich Zug für Zug kategorisierte, wie ich es bei einem Patienten tun würde.

Sommersprossen auf der Nase (der schmalen, hochmütigen Nase meiner Mutter), runde kleine Kinderbacken, eingerahmt von dickem, dunkelbraunem Haar. Ich war nicht schön, aber keiner in unserer Familie war schön. Ich sah nicht süß und verträumt wie Gracie aus. Nicht eindrucksvoll wie Mom. Und besaß auch nicht Grandmas angeborene Würde. Meine Züge wirkten hart, als gehörten sie nicht zusammen, sondern jeder für sich in ein anderes Gesicht. Sie waren aber alle so fest angebracht, dass keine Hoffnung bestand, sie zu ändern oder besser anzuordnen.

Mein Spiegelbild verschwamm für eine Sekunde, und ich wurde von Erinnerungen überspült. Das war ein anderes Anzeichen – als hätte ich noch eins gebraucht –, dass ich nicht völlig die Kontrolle über mich besaß. Die nicht enden wollenden Erinnerungen, die einen ganzen Teil meines Hirns füllten, waren mir unablässig bewusst, obwohl ich sie nur durchlebte, wenn ich wollte. Ich hielt sie unter Verschluss. Sie waren ausladend und banal, aber wenn ich müde war, fiebrig, aufgeregt oder, offensichtlich, einen Kater hatte, dann überraschten sie mich manchmal.

Ich dachte an einen lautstarken Streit mit meiner Mutter wegen einer rosa Jacke, die sie mir für den ersten Tag in der Highschool gekauft hatte. Ich erinnerte mich an ein Abendessen, bei dem Opa betrunken war und mir sagte, dass er mich heiraten und mit zum Tiefseefischen vor der Küste von Florida nehmen werde. Ich sah, wie ich meinen ersten Reitpokal gewann und ihn über meinen Kopf hob, während mein Vater ein Foto machte.

Ich nahm meinen weißen Kittel vom Rücksitz und ging auf das puzzleförmige Krankenhaus zu. Ich musste die Augen zusammenkneifen, um irgendetwas in dem lächerlich hellen

Sonnenlicht erkennen zu können. Wo hatte ich meine Sonnenbrille gelassen? Keine Ahnung. Ich spürte, wie ich leicht schwankte. Das Wummern in meinem Kopf setzte wieder stärker ein.

»Himmel, Lila, du siehst aus, als wärst du unter einen Zug geraten. Willst du arbeiten oder dich einweisen?«

Es war Belinda, die draußen neben einer der Säulen stand und eine Zigarette in der Hand hielt.

»Ich wusste gar nicht, dass du rauchst«, sagte ich.

»Hab gerade erst damit angefangen. Auch ich brauche irgendein Hobby.«

Das fand ich sehr komisch. Ich versuchte zu lachen, aber das Geräusch trocknete mir in der Kehle ein und ließ mich husten. »Ich habe letzte Nacht zum ersten Mal Wodka getrunken«, sagte ich.

Belinda streckte ihre Zigarette in die Luft, als wäre es ein Drink und sie brächte einen Trinkspruch aus: »Auf die Nummern eins und zwei vom Semester 2001.«

»Wie kommt es, dass du heute nicht so lästig bist wie sonst?«

Belinda lächelte müde. »Weil ich die letzten siebenunddreißig Stunden nicht geschlafen habe.«

»Oh.« Ich fühlte mich ebenfalls wie nach siebenunddreißig Stunden ohne Schlaf, vielleicht sogar mehr. Ich war zwar nicht müde, aber ausgelaugt. Plötzlich musste ich mich hinsetzen, und das tat ich, auf den Bordstein.

Als Belinda jetzt wieder sprach, war der wetteifernde Ton zurück in ihrer Stimme. »Weißt du schon, worin du deinen Facharzt machen willst? Ich denke an Gefäßchirurgie oder Neurochirurgie.«

Ich versuchte mitzuspielen. Mir war klar, worum es ging. Belinda wollte herauskriegen, was ich vorhatte, damit sie die gleiche Richtung einschlagen konnte, um mich dann am Ende dort zu schlagen. »Ich bin nicht sicher«, sagte ich. »Vielleicht Dermatologie oder Allgemeinmedizin? Ich habe mich noch nicht entschieden.«

»Schwachsinn. Du musst dir etwas Anspruchsvolleres aussuchen, Lila, und das weißt du. Wir müssen uns der Herausforderung stellen und irgendeine Art Chirurg werden. Das ist unsere Verpflichtung.«

»Wem gegenüber?«

Belinda warf die kaum gerauchte Zigarette weg. Sie fiel ein paar Zentimeter neben mich. »Uns selbst gegenüber, Dummchen. Und der Welt. Wir dürfen unsere Begabung nicht verschleudern. Mit so etwas Wichtigem macht man nicht einfach so dies oder das.«

Ich blinzelte sie an. Ihr blondes Haar und die Sonne ließen mich fast erblinden. »Klär mich auf«, sagte ich. »Was ist unsere Begabung?«

Belindas Antwort klang ernst: »Die Medizin.«

Ich rieb mir die Augen und wünschte mir Dunkelheit und Kühle. »Das ist ja äußerst interessant. Ich war mir nicht sicher, wo meine Begabung liegt – hast du noch andere Perlen der Weisheit, die du über mir ausschütten könntest?«

Belindas Zähne verschwanden. »Weißt du, was dein Problem ist?«, sagte sie. »Du kannst nicht mal ein normales Gespräch führen. Du hast keine Ahnung, wie man sich mit Leuten unterhält.«

Damit ging sie zur Schwingtür der Notaufnahme hinüber. Ihr blondes Haar wischte hinter ihr her.

Ich nahm die Zigarette auf, die sie weggeworfen hatte. Sie hatte sie nicht richtig ausgedrückt. Eine Minute lang hielt ich sie zwischen zwei Fingern, dann führte ich sie an meine

Lippen und nahm einen Zug. Ich musste heftig husten und hatte den Geschmack von heißem Kies auf meiner Zunge.

Was ich Belinda eben gesagt hatte, war der Wahrheit ziemlich nahegekommen. Fast hätte ich mich ihr geöffnet. Ich spürte, wie mir die Worte hinten in der Kehle drückten und dort das gleiche Gefühl von Schwellung hervorriefen, das ich bei Weber empfunden hatte. Dabei war ich mir nicht mal sicher, was ich gesagt hätte, und das machte die Sache noch besorgniserregender. Ich konnte mir keine Fehlurteile leisten.

Je mehr Belinda von mir wusste, desto mehr konnte sie gegen mich verwenden.

Das Nächste, was ich ihr erzählte, war womöglich, dass ich wegen eines Gesprächs auf die Medizin verfallen war, das ich im zweiten Collegejahr mit meiner Mutter und Großmutter geführt hatte.

Ich war zu Weihnachten nach Hause gekommen, und meine Mutter lag mir in den Ohren, dass ich immer noch nicht wusste, was ich zu meinem Hauptfach machen wollte.

»Ich kann mich nicht entscheiden«, sagte ich.

Grandma war zum Essen da und eine Stunde zu früh gekommen. Da das Essen wie gewohnt von einem Restaurant gebracht wurde, hatten wir nichts zu tun und saßen nur da. Meine Mutter schlug vor, dass wir uns ins Wohnzimmer setzen. Wir machten es uns bequem, Grandma im niedrigen Sessel und Mom und ich auf den beiden Seiten unseres S-förmigen Sofas, und Mom entschied, dass dies die ideale Gelegenheit für ein Gespräch war, das mir endgültig die Laune verderben würde. Auch wenn es Mom ärgerte, dass Grandma schon so früh gekommen war, baute sie doch offensichtlich darauf, dass ihre Mutter ihr den Rücken stärkte.

»Was kannst du wählen?«, fragte Grandma.

»Anthropologie, Literatur, Biologie und Religion.«

Meine Mutter schüttelte den Kopf. »Das sind die Fächer, die du gerade hast.«

»Nein, sind sie nicht. Wasser-Aerobic und Philosophie habe ich weggelassen.«

»Warum?«, fragte Grandma.

»Sport mag ich nicht und Philosophie auch nicht.«

»Warum magst du Philosophie nicht?«

»Mutter, du schweifst vom Thema ab. Wir reden darüber, was für eine Richtung das Kind einschlagen soll und was sie mit ihrem Leben anfangen will.«

»Kelly, es besteht kein Grund, aus allem eine so todernste Sache zu machen. Wir reden allein darüber, was sie als Hauptfach wählen soll. Sie weiß längst, was sie mit ihrem Leben anfangen wird – Lila wird Anwältin, wie ihr Großvater.«

»Das wollte ich, als ich zehn war, Grandma.«

»Und? Damals hast du eben noch so etwas wie eine Berufung gespürt.«

Hinter den Blicken meiner Mutter und Großmutter war ein gewichtiges Stück Geschichte zu erkennen. Mein Großvater war ein mächtiger Anwalt gewesen, der sich in der Politik von New Jersey engagiert hatte. Fast jedermann hatte Respekt vor ihm, am meisten natürlich seine Familie. Sosehr nach seinem Tod in der Familie auch schlecht über ihn geredet worden sein mag, seine Karriere und seine beruflichen Leistungen waren in immer größerem Glanz erstrahlt.

Ich wusste, es war eine von Grandmas größten Hoffnungen, dass eines ihrer Enkelkinder die Anwaltslaufbahn einschlug, nachdem keines ihrer eigenen Kinder dem Vater gefolgt war. Und mit meinen Top-Noten und meinem Fleiß war ich natürlich ihre erste Wahl.

Aber diese Bürde würde ich nicht auf mich nehmen. Ich war das schlaue, verlässliche Enkelkind, während Gracie sich amüsierte und Männern nachlief, John Dope rauchte, Mary von religiösem Eifer hin- und hergerissen wurde und Dina einfach nur allen auf die Nerven ging. Ich würde mich auf keine Karriere einlassen, die von mir verlangte, gemäß Großvaters Vorbild auf alle Zeit perfekt zu sein.

Ich betrachtete meine heruntergekauten Fingernägel und kam endlich mit der Wahrheit heraus, die ich jahrelang zurückgehalten hatte. »Ich will keine Anwältin werden.«

Darauf herrschte Schweigen. Verstohlen sah ich auf Grandmas Gesicht und war erleichtert, dass sie im Gegensatz zu meinen Befürchtungen keinen Schlag oder Herzanfall erlitt. Sie sah einfach nur traurig aus.

Meine Mutter schnaubte laut vernehmlich und drehte dramatisch den Kopf zur Seite, um zu zeigen, dass auch sie enttäuscht war. Ich hatte den Verdacht, dass sie am liebsten selbst Anwältin geworden wäre, aber als sie in meinem Alter war, hatte das nicht zur Debatte gestanden.

»Nun«, sagte Grandma nach einer Minute. »Wenn du schon keine Anwältin werden willst, solltest du dir zumindest einen Beruf aussuchen, bei dem du deinen Verstand gebrauchen kannst. Du bist ein intelligentes Mädchen, Lila. Du kannst so viel aus dir machen. Vielleicht solltest du Ärztin werden. Auch dein Großvater hat überlegt, ob er nicht Medizin studieren sollte, bevor er sich für Jura entschied.«

»Die Medizin ist ein wundervolles Gebiet«, sagte meine Mutter. »Und dazu sehr angesehen.«

Und das war's dann. Ich schrieb mich für den medizinischen Vorbereitungskurs ein, und damit war ich auf dem Weg. Ich war so froh, dass Grandma meine Entscheidung gegen den

Anwaltsberuf akzeptierte, dass es mir nicht mal in den Sinn kam, auch ihre zweite Wahl abzulehnen. Alles, was ich wollte, war, etwas Eigenes auf die Beine zu stellen. Mit einem Medizinstudium war mir das möglich, und das Fach schien mir durchaus sympathisch. Als Kind hatte ich alles über schreckliche Verletzungen verschlungen, was ich in die Hände bekommen konnte, und jetzt würde ich lernen, wie man die Unfallopfer behandelte, über deren Wunden, Prellungen und gebrochene Gliedmaßen ich so viel gelesen hatte. Die Medizin war faszinierend, und zumindest zu Anfang genau das Richtige für mich. Sie schien wie geschaffen für mich. Aber mittlerweile, wo es mit der bloßen Theorie vorbei war, erschien mir das Ganze plötzlich wie ein Pferd, das ich nur geliehen hatte und das mich nicht mochte und verdammt noch mal alles daransetzte, mich abzuwerfen.

Ich dachte an Gracie und wie sie die Entscheidung, das Baby zu behalten, aus der Bahn geworfen hatte. Sie ging abends nicht mehr in den *Green Trolley*. Mein Vater hatte keinen Glanz mehr in den Augen, wenn er sie ansah. Grandma betrachtete sie, als gehörte sie ihr. Natürlich lag es auch an Gracie, die bei alldem nicht unbedingt eine gute Figur machte. Aber vielleicht hatte es sie auch gar nicht aus der Bahn geworfen, sondern ihr Richtungswechsel entsprach ihrer Bestimmung.

Aber nein, das war alles Unsinn, und ich konnte es sehen. Ich gab mir eine Minute, um selbst wieder aufs Gleis zu kommen. Klar und tödlich bewegte sich der Wodka durch meinen Körper, und ich fragte mich, ob das die glimmenden Überreste waren, die auch mein Großvater morgens geschmeckt hatte, wenn sein Verstand noch umnebelt war vom Scotch, den er abends getrunken hatte. Ich lehnte mich an die Säule, an der Belinda eben noch gestanden hatte, und wusste mit einem Mal, dass ich da heute nicht hineingehen würde. Ich konnte es nicht, auch wenn ich gewollt hätte. Ich würde nicht durch diese Tür gehen, zur Arbeit, befragt, verurteilt und gehängt werden. Nicht heute.

Ich stieg in meinen Wagen und fuhr weg. Ich hatte keinerlei Ziel im Kopf und achtete auch nicht darauf, wohin ich tatsächlich fuhr. Als ich den Dingen um mich herum wieder Beachtung schenkte, stand ich auf der Main Street in Ramsey und steckte fest. Ich sah auf die Schlange Autos vor mir. Fahrer um Fahrer saß friedlich hinter seinem Steuer, wartete und maulte nicht. »Was zum Teufel ist hier los!« Ich drückte auf die Hupe. Ich wollte nicht einfach nur still dasitzen. Ich wollte fahren. Ich wollte Bewegung.

Als ich auf der Suche nach irgendeinem Grund für den Stau den Blick schweifen ließ, entdeckte ich die Rauchlocke. Sie hing in der Luft über der kleinen Einkaufspassage hinter dem *Green Trolley*, die quer zur Main Street verläuft. Die Locke schien über dem *Carvel Eiscafé* zu hängen. Ohne weiter nachzudenken, fuhr ich rechts ran und parkte. Ich ließ meine Bücher auf dem Beifahrersitz zurück, schloss die Türen ab und ging in Richtung der schimmernden Rauchfahne. Dieser Tag schien das ganze Gegenteil von dem zu sein, was normal gewesen wäre. Ich hätte im Krankenhaus sein sollen, hätte im Auto sitzen bleiben sollen, im Stau, und darauf warten, dass man mir erlaubte, weiter nach Hause zu fahren. Stattdessen lief ich hier über den Bürgersteig auf ein Feuer zu.

Von meiner Position aus konnte ich sehen, dass ein Polizist den Verkehr gestoppt hatte. Mit in die Höhe gerissener Hand, als erforderte das alles ungeheuren Mut, stand er vor den lammfromm dastehenden Autos. Seine Geste war völlig unnötig, da gleich hinter ihm ein riesiger roter Feuerwehrwagen stand. Keines der Autos wäre daran vorbeigekommen.

Es war früher Montagnachmittag, und diese Fahrer und Beifahrer störte es offenbar nicht, aufgehalten zu werden. Für sie gab es keinen Ort, an dem sie lieber gewesen wären. Es waren Hausfrauen, ältere Männer, Frauen und Teenager. Sie hatten absolut nichts dagegen, dass man ihnen sagte, was sie tun sollten, und dass sie Teil irgendeines Dramas wurden. Voller Glück dachten sie bereits über die Geschichte nach, die sie abends beim Essen erzählen würden. Sie fühlten sich lebendig und erregt durch die Aussicht, einen Blick auf das Feuer erhaschen und später davon erzählen zu können. Dass es da vorn eine Gefahr gab, war aufregend und verlockend. Sie fühlten sich als Teil des Ganzen.

Ich wurde langsamer, als ich an Bürgermeister Carrellis Friseurladen vorbeikam. Durch die Scheibe konnte ich den Bürgermeister in seinem sauberen blauen Friseurkittel sehen, der hinten mit einer Reihe Druckknöpfe zugemacht wurde. Er schnitt jemandem das Haar. Es war eine Frau, und etwas Vertrautes an ihr zog meinen Blick auf sich. Sie war schlank und saß aufrecht auf dem Stuhl. Da ihre Haare nass waren und sie seltsam lächelte, brauchte ich einen Moment, bis ich meine Mutter erkannte.

Es war ein so eigenartiger Anblick, dass ich einfach nur hineinstarrte. Meine Mutter lachte, als hätte der Bürgermeister einen tollen Witz erzählt. Dieser Friseurladen, düster und verstaubt, wie er war, war sicher einer der rauesten Orte, die meine vornehme Mutter je betreten hatte. Was um alles in der Welt machte sie da? Warum ließ sie sich vom Bürgermeister die Haare schneiden? Ich verstand es nicht.

Ich war neugierig, aber nicht genug, um meiner Mutter gegenüberzutreten. Ich wollte nicht, dass sie mich fragte, warum ich nicht im Krankenhaus war. Ich wollte nicht hören, was sie zu Gracies Neuigkeiten dachte und fühlte, und ihr nicht die Möglichkeit geben, mich zwischen sich und meine Schwester zu bringen. Langsam zog ich mich mit ein paar vorsichtigen Schritten zurück, bis ich aus der Sicht war. Als ich mich umdrehte, sah ich Joel am Bordstein stehen. Er trug seinen dicken Feuerwehrmantel und Stiefel. Den Helm hielt er unter dem Arm.

»Hallo, Lila«, sagte er. »Suchst du deinen neuen Freund?«

Joel war jemand, den ich immer völlig ignoriert hatte. Er war in meinem Alter und auf der Ramsey Highschool in meiner Klasse gewesen. Als Gracie mit ihm ging, hatte sie es andauernd damit, was für ein sanfter Kerl er sei, als würde Sanftheit einen in dieser Welt auch nur ein Stück weiterbringen. Soweit ich das beurteilen konnte, war noch niemand reich, erfolgreich oder glücklich geworden, weil er sanft war. In diesem Augenblick jedoch war Joel nichts als betrunken. Selbst aus der Entfernung konnte ich das Budweiser in seinem Atem riechen. Er war einer dieser ruhigen Trinker, die in den meisten Fällen damit durchkamen, weil er leise sprach und gute Manieren hatte. Kein Zweifel, wenn es mir gelang, auf dem Weg zu bleiben, den ich eingeschlagen hatte, und er auf seinem, würde ich ihn in zwanzig Jahren im Valley Hospital als Zirrhose-Patienten haben.

Trotzdem hatte er recht. Ich war zum Feuer unterwegs, weil ich hoffte, Weber zu treffen. Ich hatte mir vorgenommen, ihn nie wieder zu sehen, und mein Vorsatz hatte kaum fünf Stunden gehalten.

»Ich hab gehört, er hat's dir besorgt, Lila. Kann ich ja kaum glauben. Ich hab ihm gesagt, dass es nicht sein kann, weil Sex was Lebensbejahendes ist und Lila Leary keine, die ja sagen würde zum Leben. Ich hab zu Weber gesagt, dass du in der Highschool jeden Tag Schwarz getragen und den Preis als bravste Schülerin gewonnen hast.«

Ich spürte, wie mir das Blut ins Gesicht stieg. Alle McLaughlins werden schnell rot. »Saukerl«, sagte ich. »Du bist ja besoffen.«

Joel lächelte, ein nettes Jungenlächeln. »Bei *Carvel* hat es gebrannt. Aber als ich hinkam, war das ganze Eis schon geschmolzen und das Feuer aus.« Tiefe Trauer klang aus seiner Stimme.

»Du wirst Vater«, sagte ich, einerseits um ihn anzugreifen, andererseits um ihm und mir die Wahrheit bewusst zu machen. Dieser betrunkene große Junge, der so traurig über das geschmolzene Eis war, dieser Kerl war der Vater von Gracies Baby. Diese Wahrheit schien so zufällig und so unwahrscheinlich. Sie stand vor mir wie die Autos in der Schlange, wie das Krankenhaus, in dem ich eigentlich sein sollte, wie die lange Ehe meiner Eltern. Alles das lag vor mir, existierte, aber das machte es nicht besser. Dadurch bekam es auch keinen Sinn.

»Nicht wirklich«, sagte Joel. »Margaret hat mich zurückgenommen. Wir sind wieder zusammen. Wir lieben uns.«

»Was zwischen dir und Gracie war, bedeutet also nichts?«

»Warum musst du immer alles so kompliziert machen, Lila? Das hab ich nie an dir gemocht.« Er klopfte sich auf die Taschen seines riesigen Gummimantels und wischte sich dann mit der Hand über die Stirn. »Diese Montur fängt die Hitze«, sagte er. »Ich verbrenne hier drin.« Damit ging er weg.

Abends auf dem Weg zu Webers Wohnung versuchte ich mir zu überlegen, wohin die Neuigkeiten, die Weber Joel erzählt hatte, schon überall gedrungen sein mochten. Es war zum Verrücktwerden und versetzte mich in Schwindel. Ich sollte umkehren, wollte ich nicht Gefahr laufen, den Verstand zu verlieren. Aber ich konnte nicht. Mein ganzes Leben hatte ich nichts getan, über das sich zu tratschen lohnte. Mir war es bestens gelungen, für mich selbst zu bleiben. Und jetzt konnte ich sehen, wie meine ganze Kontrolle, all mein so hoch geschätztes Für-mich-Bleiben, sich wie ein Wollknäuel entrollte.

Joel würde es Margaret erzählen. Margaret war die Assistentin von Bürgermeister Carrelli und die beste Freundin der Klatschtante vom Bergen Record.

Offenbar ließ sich meine Mutter das Haar vom Bürgermeister schneiden. Der Bürgermeister könnte es meiner Mutter und/oder meinem Vater erzählen und Joel oder Weber einem der Barkeeper im *Green Trolley*, was bedeuten würde, dass die ganze Welt von diesem einen dummen, gedankenlosen Fehltritt erfuhr.

Ich redete mir ein, dass nicht viel dabei war und ich überreagierte. Mein Gott, Gracies gesamtes Leben bestand aus Bettgeschichten, was etliche Leute wussten, aber nur wenige dachten deswegen schlecht von ihr. Sie hatte sich ihr Leben tatsächlich versaut, und das hatte ich bestimmt nicht. Trotzdem – ich konnte immer nur denken: *Ich bin nicht Gracie. Ich bin stärker.*

Am Ende vermochte es mein gesunder Menschenverstand nicht, den dahinrumpelnden Gedankenzug aufzuhalten: Der wird es erfahren, dann der und der auch noch. In jeder möglichen Richtung konnte ich die kleine bombenförmige

Wahrheit verfolgen, die auf den Kern meines Lebens ab-
zielte. Es schien sinnlos, ihr aus dem Weg gehen zu wollen.

»Willkommen, Doc«, sagte Weber, als ich vor der Tür stand.
Er schien nicht überrascht, mich zu sehen. Sein Bett war
gemacht, und die Wohnung sah etwas aufgeräumter aus als
noch am Morgen.

»Wir brauchen eine neue Abmachung«, sagte ich.

»Ich glaube, du solltest das Ganze lockerer sehen und die
Dinge nehmen, wie sie sind, Doc. Dann macht's viel mehr
Spaß.«

Ich war ausgepumpt, zitterte, und mein Kater hatte einen
Kater. »Ich will keinen Spaß. Ich bin nicht gekommen, um
Spaß zu haben.«

»Letzte Nacht war das aber anders, Doc. Zieh doch den
Mantel aus. So ist gut. Setz dich, entspann dich.«

Ich saß ganz auf der Kante des Bettes.

»Dieser Tag ist völlig verrückt«, sagte ich. »Vierundzwanzig
Stunden Wahnsinn. Damit kann ich leben, aber anschließend
ist der Wahnsinn vorbei. Verstanden? Ich führe wieder mein
normales Leben und bin mein normales Selbst. Wir werden
uns nicht wiedersehen.«

»Ich verstehe, dass du ein Kontrollfreak bist. Dabei kann ich
dir helfen. Die Leute lockerer zu machen ist eine meiner
Spezialitäten.« Weber grinste mich an. Es war ein großes,
dummes, glückliches Grinsen.

»Hör zu«, sagte ich. »Ich will nicht mit dir streiten. Ich will
auch nicht über meine Kontroll…«

Er fing meinen Arm in der Luft ab. Ich hatte ihn geschwenkt,
um dem Gesagten Nachdruck zu verleihen. Er hielt mich
beim Handgelenk, und ein winziger Schauer begann sich
von der Stelle auszubreiten, wo sich seine Finger auf meine

Haut drückten. »Natürlich bist du nicht zum Reden hier«, sagte er. »Dafür hast du mich.«

Und schon legte er los, und ich versuchte gar nicht erst, ihn aufzuhalten. Seine Stimme kam so sanft auf Touren wie ein fabrikneues Auto – schon fuhr er los und steuerte dahin. Ich hatte keine Möglichkeit, ein Wort zu sagen. Er sprach von seinem Job, vom Kampf gegen das Feuer und den Bränden, die er erlebt hatte. Ich starrte ihn an, während er über die Hitze auf seiner Haut sprach und wie es sich anfühlte, einer Macht entgegenzulaufen, die versucht, einen umzubringen. Weber hörte nicht auf zu reden, während wir uns auszogen und sich unsere Haut langsam wieder miteinander bekannt machte – dann Arme, dann Körper, die sich verschränkten und aneinanderdrückten, meine Brüste flach, unsere Beine gespreizt, meine Wange an seiner. Er sprach immer noch. Ich hörte nicht mehr auf das, was er sagte. Ich hörte auf, zuzuhören und zu beobachten und zu überlegen. Ich hörte einfach auf, und es war eine große Erleichterung. Erst beim Orgasmus, als Weber tief in mir drin war, setzte der Monolog für einen langen, zitternden Moment aus.

Dann zog er sich zurück und sagte: »Waka Waka.« Die Worte klangen vage vertraut, und als ich fragte, was sie bedeuteten, sagte er, das sei Fozzie-Bärs Slogan in der Muppet-Show. *Waka Waka.*

»Was bedeutet es?«

»Keine Ahnung, Doc. Aber ich mag das, wie's sich anhört. Genauso fühle ich mich.«

»Was heißt das nun wieder?«

Weber konnte mir trotz all seiner Worte keine wirkliche Antwort darauf geben. Und das machte mich verrückt. Es macht mich immer noch verrückt. Weil dieser Tag, dieser lange merkwürdige, verkaterte Tag mich an diesen Punkt gebracht hat, an dem ich nun bin und den ich nicht mag. Ich stecke immer noch in einem Nebel, an dem ich nicht länger dem Wodka die Schuld geben kann, und so tue ich mein Bestes, Weber dafür verantwortlich zu machen. In der Woche danach bin ich dreimal ins Krankenhaus gefahren, die darauf viermal. Ich kann nicht erklären, warum, aber manchmal, wenn ich morgens zum Krankenhaus komme, schaffe ich es nicht, auch hineinzugehen. Ich stehe auf dem Parkplatz und streite mit mir. Ich sage mir, dass ich alles verderbe, nicht zuletzt auch die Möglichkeit, Grandma zu zeigen, was für eine brillante Ärztin ich werden kann. Aber es hilft nicht. Ich drehe um und fahre zu Webers Wohnung. Ich kann mein Verhalten nicht erklären. Ich weiß nicht weiter.

Zuerst habe ich meinem betreuenden Arzt gesagt, ich sei krank. Ich habe Erschöpfung angeführt, Unwohlsein, ein allgemeines Gefühl von Krankheit. Das war keine Lüge und ist es immer noch nicht. Dennoch, jetzt, wo ich mich immer seltener dazu durchringen kann, durch die Krankenhaustüren zu treten, geht es nicht mehr anders, ich muss lügen. Ich behaupte, ich hätte das Pfeiffersche Drüsenfieber. Ich fälsche sogar ein Attest und reiche es im Dekanat ein. Weil das Fieber ansteckend ist, bin ich die nächsten zwei Wochen von allen Diensten entbunden. Ich werde das Versäumte später nachholen können.

Meine neue Wohnung habe ich aufgeben müssen, noch bevor ich überhaupt eingezogen bin. Ich kann mich nicht darauf verlassen, dass jemandem, der sich nicht wie ein Student verhält, ein Stipendium ausgezahlt wird. Ich wohne jetzt ganz offiziell bei meiner sichtbar schwangeren Schwester. Wir sind beide ohne Ziel. Tagsüber bin ich in der Bibliothek oder fahre mit dem Auto herum. Und um meine Verwirrung, ja, Bestürzung, komplett zu machen, verbringe ich meine Nächte mit einem Mann, der in den Augenblicken, die von größter Intimität sein sollten, Sachen zu mir sagt, die bedeutungslos sind.

Catharine

Jeden Tag laufe ich die Korridore des Heims entlang, um etwas Bewegung zu bekommen. Dabei habe ich eine feste Route, der ich folge. Ich gehe zuerst über den oberen Korridor, dann die Treppe hinunter und nehme den unteren Korridor. Wenn das Wetter gut ist, gehe ich auch noch den Hauptzugang zum Parkplatz hinunter und wieder zurück. Ich habe versucht, ein paar meiner Nachbarinnen dazu zu bringen, mit mir zu kommen, aber sie sagen, sie sind zu alt, um noch zu trainieren, und dass Damen nicht schwitzen sollten, und warum sich dem natürlichen Alterungsprozess widersetzen? Dass sie alle Faulpelze sind, sage ich ihnen. Ich habe einen College-Abschluss in Ernährungskunde und weiß, wenn Knochen altern, werden sie brüchig, und darum ist es wichtiger denn je, die Muskeln um sie herum zu trainieren. Zudem erhält Bewegung den Geist frisch und wach. Man sieht keine schrulligen Alten beim Power-Walking. Alles das erkläre ich meinen Freundinnen, aber hören sie mir zu? Ich erinnere sie daran, dass ich nur helfen will, und dann laufe ich bei meinen täglichen Runden hocherhobenen Hauptes an ihren offenen Türen vorbei, um ihnen ein Beispiel zu geben, wie es richtig wäre.

An all dies denke ich, meinen täglichen Feldzug für Bewegung und Gesundheit, als ich mitten in meinem Zimmer zu Boden falle. Das Mittagessen ist gerade vorbei, und als ich vom Sofa aufstehe, um die Fernbedienung oben vom Fernseher zu holen, bleibe ich mit dem Fuß an etwas hängen. Ich spüre, wie ich nach vorn falle, mein Gleichgewicht ist dahin. Ich strecke die Arme aus, um irgendetwas zu fassen zu bekommen, womit ich meinen Sturz verhindern könnte, aber da ist nichts, was sich fassen ließe. Eine Sekunde später schon liege ich auf dem Boden. Es ging so schnell – stehen, fallen, auf der Seite daliegen. Mein erster Gedanke in meiner neuen Lage ist: Wenn meine Nachbarinnen von diesem kleinen Stolperer erfahren, werden sie denken, es ist die gerechte Strafe für meine ganze Rederei vom Nutzen körperlichen Trainings.

Ich gebe mir eine Minute, bevor ich wieder aufzustehen versuche. Der Sturz hat mir die Luft genommen, und der Atem flattert mir durch die Kehle. Ich habe das Gefühl, jemand hat mitten in meiner Brust ein Tor aufgetreten. Aus meiner Hüfte meldet sich ein dumpfer Schmerz, aber das Atmen und das seltsame Gefühl in meiner Brust machen mir größere Sorgen. Ich warte, bis sich mein Atem beruhigt hat, bevor ich mich zu bewegen versuche. Es ist dann aber keine große Bewegung. Mir gelingt es, mich auf den Ellbogen zu stützen, doch mein Arm ist wie aus Gummi, und ich muss mich wieder hinlegen.

In ein paar Minuten versuche ich es wieder. Ich habe meine Kraft noch nicht zurück, so viel ist klar, und es wäre dumm, irgendetwas zu überstürzen. Bis zum Abendessen muss ich nirgends hin. Also liege ich da auf der Seite, die schmerzende Hüfte in die Luft gestreckt. Ich schiebe den Arm unter den Kopf und liege verhältnismäßig bequem. Ein Blick um mich herum bestätigt mir, dass ich am einzigen freien Platz in diesem kleinen Zimmer gestrandet bin. Sofa und Kaffeetisch stehen ein Stück hinter mir, der Fernseher ist außer Reichweite. Ich komme an nichts Festes heran.

Sehen kann ich dagegen viel. Die Fotografien an der Wand über dem Sofa. Die sich wiegenden Bäume vor dem Fenster. Ich kann nur einen Teil des Ausblicks erkennen, aber ich kenne die gesamte Szenerie. Es ist kurz nach eins, was bedeutet, dass die beiden alten Männer auf der Bank unter dem großen Baum sitzen und ihre Zeitung lesen. Die noch nicht so schwer kranken Alzheimer-Patienten machen gerade unter Aufsicht ihren täglichen Spaziergang über das Gelände. Mrs. Malloy wird beim Parkplatz stehen und auf den Fahrer warten, den sie angeheuert hat, damit er sie einmal in der Woche in die Stadt fährt. Sie wollte, dass ich heute mit ihr komme, aber ich habe abgelehnt, weil Mrs. Malloy für meinen Geschmack zu viel redet.

Vielleicht, denke ich jetzt, den Kopf auf meinem Arm, während ich so leicht wie möglich zu atmen versuche, vielleicht hätte ich einwilligen sollen. Dann hätte ich nicht auf dem Sofa gesessen und wäre auch nicht aufgestanden, um die Fernbedienung zu holen. Ich hätte es mir nach dem Essen gar nicht erst wieder bequem gemacht in meinem Zimmer, sondern nur meine Handtasche geholt und Mrs. Malloy am Ende des Korridors getroffen. Anstatt hier zu liegen, würde ich ihr zuhören, wie sie von ihrem Enkel, dem Anwalt, erzählt. Aber dann höre ich draußen vor dem Fenster Motorengeräusch und das Klacken einer Autotür. Damit ist Mrs. Malloy weg. Meine Möglichkeit einer anderen Gegenwart ist davongefahren.

Ich werfe einen Blick zurück zum Sofa, um zu sehen, worüber ich gestolpert bin. Ich will sehen, was mich zu Fall gebracht hat. Es fühlte sich an wie ein Buch oder ein Stapel Zeitschriften. Aber zumindest aus meinem Winkel ist nichts zu erkennen. Nur der weiche Orientteppich, der einmal meiner Mutter gehört hat. Ich liege mitten auf ihm. Sein Flor fühlt sich samtig auf meinem Gesicht an. Wie komisch es ist, dass ich fast mein ganzes Leben mit diesem Teppich gelebt habe, aber bis jetzt immer nur darüber gelaufen bin. Meine Kinder sind darauf herumgekrochen, haben auf ihm gespielt und ferngesehen, aber ich hatte nie Zeit, mich zu ihnen zu setzen. Und ehrlich gesagt wäre es mir auch nie in den Sinn gekommen, mich auf den Boden zu setzen. Zu der Zeit damals spielten Eltern nicht so wie heute mit ihren Kindern. Jahre später habe ich gestaunt, wie meine Kinder sich an ihren Kindern *freuten*. Theresa liebte Mary und John heiß und innig, von der ersten Minute an, da sie geboren waren. Sie spielte Vater-Mutter-Kind mit Mary und ging zu jedem Football-Spiel von John, bis er die Mannschaft verließ. Und Meggy – bis Dina elf oder zwölf war und ein solches Mundwerk entwickelte, waren sie und Meggy unzertrennlich. Eine Zeitlang zogen sie sich sogar gleich an. Und auch wenn Kelly nicht so viel mit ihren Kindern gespielt hat, war sie doch die stolzeste Mutter, die ich je gesehen habe. Wann immer Lila wieder mit der besten Note aus der Schule kam oder Gracie einen Artikel in der Schulzeitung geschrieben hatte, rief sie mich und ihre Brüder und Schwestern an, damit wir davon erfuhren.

Zu meiner Zeit waren Eltern wie Vorgesetzte. Zu spielen und sich zu freuen, das gehörte einfach nicht dazu. Es gab so viele Kinder, und es war so viel Arbeit, aus Babys Erwachsene zu machen. Fünfzehn Jahre lang war ich nichts als erschöpft. Es hat mir jedoch nichts gemacht. Es war mein Beruf. Ich sorgte dafür, dass die Kinder aufstanden, sich anzogen, zur Schule und in die Kirche gingen. Ich half ihnen bei den Hausaufgaben, schlichtete Streit, wusch unzählige Flecken aus unzähligen Hemden und Hosen und verlangte gute Manieren und Gebete vor dem Zubettgehen; und dass sie Vater und Mutter achteten. Entweder waren die Zeiten normal und hart, oder irgendetwas stimmte nicht. Ich war für normal und hart. So wünschte ich es mir. Freude, Spaß – so etwas kam mir nicht in den Sinn. Ich betete nur zu Gott, nicht noch eins meiner Kinder verlieren zu müssen.

Ich schiebe die Schulter ein Stückchen über den Teppich. Ein paar Minuten will ich noch liegen bleiben und Kraft sammeln, bevor ich noch einmal versuche aufzustehen. Am besten, man beißt die Zähne zusammen, wenn's weh tut. Wenn meine Kinder weinend mit einem aufgeschürften Knie zu mir kamen, sagte ich ihnen, dass Klagen nicht hilft, und wenn sie nur ruhig wären, würde es am Ende schon wieder besser werden. Ich wollte sie nicht anlügen und ihnen vormachen, dass einem im Leben nichts weh tun sollte. Ich hatte Angst, dass sie, wenn ich sie zu sehr verhätschelte, nicht stark genug werden würden. Ich wollte ihnen Kraft geben und mochte ihre Tränen und ihre Schwäche nicht.

Es war mir fast peinlich, wenn Pat schluchzte und jammerte, während Patrick ihn bestrafte. Wusste er denn nicht, dass sein Geheule den Vater nur noch zorniger machte? Ich wusste, dass die Schläge nicht so weh tun konnten – Patrick hat niemals einem seiner Kinder wirklich weh getan. Und ich wusste auch, dass Pats Schluchzen für mich im nächsten Zimmer gedacht war. Ich sollte mich schlecht fühlen, und natürlich funktionierte es. Das waren die schlimmsten Augenblicke für mich, aber ich wusste auch, wenn ich hineinginge und versuchte, Patrick zu stoppen, würde alles nur *noch* schlimmer. Er würde zorniger werden und noch fester zuschlagen, weil ich seine Autorität in Frage stellte. Es war besser für Pat, wenn ich mich nicht einmischte. Ich konnte nichts daran ändern, dass Patrick in seinem Denken die Geburt seines ältesten Sohnes mit dem Tod seiner ältesten Tochter zusammenbrachte. Er hasste Pat dafür, dass er direkt nach ihrem Tod geboren worden war. Patrick hat den Verlust seines kleinen Mädchens nie verwunden. Ich konnte nichts daran ändern. Und als Pat jr. dann endlich genug hatte und im Sommer nach seinem ersten Jahr im Internat nicht zu Hause bleiben wollte, verschaffte ich ihm durch einen Bekannten meines Vaters einen Ferienjob, kaufte ihm neue Sachen zum Anziehen und packte seine Tasche. Ich wusste, ich würde ihn lange Zeit nicht wiedersehen, und er würde nie wieder unter meinem Dach leben, trotzdem war ich froh, dass er ging.

Ich wollte nichts anderes, als dass das Leben in unserem Haus normal und hart war. Danach sehnte ich mich. Und tatsächlich, als Pat im Internat war, schien die Normalität zu uns zurückzufinden. Patrick machte am Essenstisch Witze. Die anderen Kinder lachten mehr. Leichtigkeit kehrte ins Haus zurück, aber mich tröstete das nicht. Es war eine falsche Leichtigkeit, das bloße Nachahmen einer friedvollen Zeit. Ich schien die Einzige in der Familie zu sein, die das bemerkte, also behielt ich die Wahrheit für mich und tat so, als wäre ich glücklich; als wäre alles so, wie ich es mir wünschte. Dabei hatte ich zu der Zeit schon zusätzlich zu meiner Tochter auch die Zwillinge verloren. Und ich hatte zugesehen, wie mein ältester Sohn, der doch immer noch ein Junge war, uns verlassen hatte. Es war mir nicht gelungen, ihn sicher aus seiner Kindheit in sein Erwachsenenleben zu führen. Auch ihn hatte ich verloren. Mittlerweile verlor ich auch die, die noch am Leben waren.

Als sich Ryans Verhalten kurz nach Pats Weggehen veränderte, als er anfing, seltsame Dinge zu sagen, und nicht mehr mit den anderen Jungen spielte, war ich nicht wirklich überrascht. Ich hatte bei meiner Aufgabe versagt, die Familie zusammenzuhalten. Ich hätte für Pat eintreten sollen, hätte die Symptome meines kleinen Mädchens eher verstehen sollen. Etwas, irgendetwas, hätte ich tun müssen, um meine Zwillinge gesund und kraftvoll auf die Welt zu bringen. Ich hätte einen Weg finden müssen zu verhindern, dass sich diese Risse bildeten, hätte alle zusammenhalten müssen. Und ihnen Sicherheit geben.

Ich spüre Tränen in meinen Augen, die ich voller Abscheu als Selbstmitleid erkenne. Um das Gefühl loszuwerden, hieve ich mich auf den Ellbogen. Ich atme einen Moment durch, bis sich mein Blick klärt. Abgesehen von dem knarrenden Tor in meiner Brust geht es mir von den Hüften aufwärts gut. Meine Beine scheine ich jedoch nicht bewegen zu können. Mein Schoß ist unter meinem ultramarinblauen Kleid leicht verdreht. Bis auf den immer noch gleichen dumpfen Schmerz tut mir eigentlich nichts weh. Ich scheine mich nur nicht bewegen zu können. Meine Beine sind eingeschlafen. Es wird dunkel im Zimmer.

Ich warte noch etwas länger und versuche es wieder. Ich muss mich nur die paar Zentimeter über den Boden bis zum Telefon schleppen. Dann kann ich eins meiner Enkelkinder anrufen. Ich könnte Gracie überzeugen, kurz herzukommen, um mir auf das Sofa zu helfen und mir, bevor sie wieder geht, noch ein oder zwei Aspirin zu geben. Lila wäre etwas gefährlicher, sie könnte darauf bestehen, einen unnötigen Ausflug ins Krankenhaus zu machen. Ich werde für morgen einen Termin mit Dr. O'Malley vereinbaren. Niemand im Heim muss wissen, dass etwas passiert ist. Ich kann mir gut vorstellen, was für ein Aufruhr entstünde, wenn mich jemand vom Personal hier so auf dem Boden fände. Pfeifen und Sirenen würden losgehen, eine Trage gebracht werden, und alle würden drum herumstehen und gaffen. Meine Flurnachbarinnen würden nicht mal versuchen, ihre Schadenfreude zu verbergen, dass es mich erwischt hat und nicht sie, zumindest bis jetzt noch nicht. Witze würden gemacht, wie gut mir mein Training getan hätte. Und wenn sie mich aus dem Gebäude geschoben hätten, würden sie Wetten abschließen, ob ich es noch einmal in diesen Raum hier schaffe, in diesen Teil des Heims, in dem die Gesündesten und Rüstigsten wohnen. Es gibt drei Gebäude auf dem Gelände, jedes mit einem anderen Maß an Pflege und Hilfe. Die meisten Bewohner fangen mit meinem Gebäude an und ziehen dann später in die anderen beiden. Gott sei Dank, dass es uns nicht erwischt hat, würden meine Nachbarinnen denken und sich zugleich fragen, ob ich nach alldem hier noch so unabhängig leben und mich um mich selbst kümmern kann.

Hinter mir ist ein Geräusch, und ich verhalte mich ganz ruhig, um es besser hören zu können. Jemand hat im Flur etwas fallen lassen, beruhige ich mich. Aber das Geräusch war anders, und es klang auch zu nah, um im Flur sein zu können. Es ist eindeutig das sanft rauschende Sich-Öffnen meiner Tür. Die Tür liegt hinter mir, und ich kann nichts sehen. Ich verschränke die Arme vor der Brust, damit ich so gesammelt und respektabel aussehe wie möglich. Wer immer da ins Zimmer guckt, möge mich bitte nicht entdecken und wieder gehen, bete ich.

Aber er oder sie geht nicht wieder, und ich höre auch nicht, dass sich die Tür wieder schließt. Das macht mich zornig. Es bedeutet, dass da jemand steht, vielleicht sind es auch gleich mehrere Leute, und mich anstarrt wie ein Baby, das sich für ein Schläfchen zusammengerollt hat. Womöglich lacht er oder verspottet mich.

»Hallo«, sage ich fest, um dieser Unverschämtheit ein Ende zu machen.

»Du lieber Gott, Catharine. Was um alles in der Welt machst du denn da auf dem Boden?«

»Mutter?« Ich blicke, so gut es geht, über die Schulter und sehe, dass meine Mutter ins Zimmer gekommen ist und die Tür hinter sich zufallen lässt.

Sie tritt bis vor mich hin und starrt auf mich herunter, die Hände in die Hüften gestützt. Sie trägt kurze weiße Handschuhe und ein graues Kleid mit einem Gürtel um die Taille, dazu einen weitkrempigen grauen Hut. »Antworte mir, Kind. Was machst du da auf dem Boden?«

Ich schüttele den Kopf und versuche ein weiteres Mal, mich aufzurichten. Wieder komme ich nur bis auf den Ellbogen. Ich wende all meine Kraft auf, um dort zu bleiben, da ich spüre, dass ich so etwas mehr Haltung habe und gefasster aussehe. »Ich bin gefallen, Mutter. Würdest du mir bitte aufhelfen?«

Meine Mutter schüttelt den Kopf unter der breiten Krempe. Sie macht einen Schritt rückwärts und setzt sich in den Sessel. »Ich glaube nicht, dass ich das kann.«

»Warum nicht?«

»Es geht einfach nicht.«

Ich seufze. Es ist jetzt mindestens schon eine Stunde, dass ich hier auf dem Teppich liege, und ich werde langsam müde. Mit meiner Mutter zu sprechen war schon immer unbefriedigend. »Wo ist Vater?«

»Er könnte dir auch nicht helfen.«

Er würde einen Weg finden, will ich schon sagen, tue es aber nicht. Ich bin überrascht, mich sagen zu hören: »Weißt du, dass ich einen Großenkel erwarte?«

Meine Mutter hat eine Stopfarbeit und eine Nadel aus ihrer Tasche geholt. Es scheint eine der schwarzen Socken meines Vaters zu sein. »Ich habe meine Enkel nicht einmal kennengelernt«, sagt sie. »Es war nicht fair von dir, sie so von mir fernzuhalten.«

»Ich habe sie nicht von dir ferngehalten.« Mein Arm verliert seine Kraft, und ich muss den Kopf zurück auf den Boden legen. »Du lebtest weit weg in St. Louis, und es war schließlich nicht so, dass die Menschen damals schon geflogen wären. Du hättest mit Vater im Zug kommen können.«

»Du warst froh, dass ich nicht gekommen bin.« Der Ton meiner Mutter ist sehr sachlich. »Du dachtest, ich wäre verrückt, und wolltest mich nicht bei deiner Familie haben.«

Meine Wange liegt auf dem Teppich. Ich habe es aufgegeben, gegen meine Stellung auf dem Boden anzugehen. Stattdessen habe ich das Gefühl, durch den Teppich und den Betonboden darunter zu sinken. Ich schlage Wurzeln und verliere jede Möglichkeit zur Flucht. Die Kinder der Ballens dringen in meine Gedanken, wie sie an den Baum im Hinterhof gebunden sind. Ich denke an Ryan. Ich denke: *Ich habe alles getan, dass du nicht auf meine Kinder abfärbst, aber ich habe versagt. Ich konnte es nicht. Ich war nicht stark genug.*

»Es scheint mir nicht fair, dass du deine Enkel und Urenkel erlebst, während ich nie einem begegnet bin. Aber das Leben war immer so, seit ich aus Irland weg bin.«

Das ist einer der Lieblingssätze meiner Mutter, und er hat mich immer schon geärgert. Sie hat Irland mit zwölf verlassen, weil die Menschen dort verhungert sind – es ist alles Unsinn: Das Leben war nicht fair, als sie noch *in* Irland war. Aber ich störe mich jetzt nicht daran, weil es um das neue Baby geht. Das Tor in meiner Brust öffnet sich, noch etwas weiter. Meine Gedanken lassen Ryan hinter sich, und Hoffnung erfüllt mich.

»Ich billige den Grund nicht, aus dem du diesen Urenkel so unbedingt willst.« Meine Mutter schüttelt den Kopf, und ihre Stopfnadeln klappern mit einem Zzk-Zzk gegeneinander. *Sie ist verbittert*, denke ich. *Mutter war immer verbittert.*

»Du denkst immer, dass du es hinbekommen wirst und dir noch die perfekte Familie gelingt. Du denkst, du kannst deine Fehler wieder gutmachen und einen Ausgleich schaffen für alle, die du verloren hast, indem du es diesmal richtig machst. Hast du denn nichts über die Welt gelernt, Catharine? Jedes irische Liedchen, zu dem dein Mann den Text kannte, hätte dir die Wahrheit erzählen können. Zumindest manchmal hättest du auf ihn hören sollen. Alle in diesen Liedern waren schwermütig. Es gibt keine Liebe ohne Verlust. Du kannst die Dinge nicht einfach richtig *machen*.« Ihre Nadeln bewegen sich schneller und nehmen mit Mutters Rede immer noch mehr Geschwindigkeit auf. »Aber du warst immer schon stur. Hast geglaubt, das Leben wäre ein Puzzle, das du aus ein paar gut geformten Teilen zusammensetzen könntest. Nur die stursten irischen Frauen würden stundenlang mitten auf dem Boden liegen, ohne nach angemessener Hilfe zu rufen, die doch nur ein paar Schritte entfernt ist. Hör auf die Schritte, Catharine! Die Leute laufen direkt an deiner Tür vorbei!«

»Ich habe auf Patrick gehört«, sage ich und versuche mich an den Text von *Miss Kate Finnoy* und *The McNamara Band* zu erinnern, allerdings ohne Erfolg. »Ich war ihm eine gute Frau.«

»Ja«, sagt meine Mutter, schüttelt dazu jedoch wieder den Kopf. »Du warst eine gute Frau, Catharine, aber dein Mann ist jetzt zehn Jahre tot, und du hast immer noch nichts begriffen. In deinem Alter sollte dir das eigentlich ziemlich peinlich sein. Doch du denkst immer noch, dass ich die Verrückte bin.«

Mir ist plötzlich sehr kalt. Eine Gänsehaut überzieht meine Arme und Beine. »Kannst du eine Decke über mich breiten, Mutter?«, sage ich. »Kannst du das tun?«

Ich muss eingeschlafen sein. Ich erinnere mich, wie ich gedacht habe, wenn ich die Augen und den Mund schließe, wird weniger kalte Luft in mich strömen, und ich werde so eingerollt nicht auf dem Boden festfrieren.

Das Nächste, was mir bewusst wird, ist, dass mir helles Licht ins Gesicht schlägt, dazu Rufe, und Schwester Stronk beugt sich über mich. »Catharine!«, schreit sie. »Catharine!«

Ich starre sie an und frage mich, ob sie mich wohl unter ihrer reichlich großen Nase sehen kann. Warum muss sie so schreien? Ich blicke hinüber zum Sessel, aber meine Mutter ist natürlich nicht mehr da. Der Fernseher jedoch ist an. Sein Rauschen füllt das Zimmer, grauer Schnee bedeckt die Mattscheibe. War der Fernseher etwa die ganze Zeit an? Nein, nein, das war er nicht. Hat meine Mutter ihn angestellt, als sie wieder ging? Hat sie ihn dazu benutzt, Schwester Stronks Aufmerksamkeit zu erregen, und alles Mögliche über mich ausgeplaudert? Zuzutrauen ist ihr das. Ich kann wirklich niemandem trauen, nur mir selbst.

Schwester Stronk schreit immer noch: »Können Sie mich hören, Catharine?«

»Wissen Sie, wo Sie sind?«

»Wie viele Finger sind das hier?«

»Wissen Sie, welcher Tag heute ist?«

»Haben Sie sich weh getan?«

An der Wand hinter Schwester Stronk sehe ich die Fotografien. Ich finde das Bild, auf dem mir alle meine Kinder zulächeln. Sie lächeln nicht, weil sie sich freuen; sie lächeln, weil Patrick, der die Kamera hält, es ihnen befiehlt. Wieder denke ich an die Kinder der Ballens, verbunden durch ihr Lachen, gefesselt an den Stamm eines riesigen Baums. Ich denke an meine Enkelkinder, wie sie alle ziellos und unglücklich umherlaufen. Ein einziges freudvolles Lächeln auf einem Gesicht, das ich liebe, versuche ich mir vor Augen zu rufen, aber ohne Erfolg. Vielleicht hat meine Mutter ja recht, und ich bin dumm, dass ich es immer noch versuche. Ich bin so dumm zu glauben, dass dieses neue Baby alle vergangenen Fehler wieder richten kann. Das Tor in meiner Brust schwingt weit auf.

»Catharine!«, bellt Schwester Stronk.

Ich werde ihre Fragen beantworten, damit sie endlich Ruhe gibt. Auf halbem Weg stelle ich dabei fest, dass ich antworte, ohne meine Stimme zu gebrauchen. Trotzdem höre ich erst auf, als ich fertig bin.

Können Sie mich hören, Catharine? *Ja.*

Wissen Sie, wo Sie sind? *Im Christlichen Altenheim.*

Wie viele Finger sind das hier? *Zwei.*

Wissen Sie, welcher Tag heute ist? *Mittwoch.*

Haben Sie sich weh getan? *Ja.*

Kelly

Mir ist das Herz schwer, seit ich herausgefunden habe, dass meine älteste Tochter ihr Leben ruiniert und sich in eine unmögliche Situation gebracht hat. Seit ich das weiß, ist alles wie verschüttet und finster. Mein Leben kommt mir vor wie das Zimmer eines Teenagers – alles ist ein fürchterliches Durcheinander, am falschen Platz und zu laut.

Mein eigenes Schlafzimmer ist makellos. Es ist Monate her, dass Louis und ich Seite an Seite geschlafen haben. Die Situation, von der ich gedacht hatte, dass sie nur besser werden könnte, hat sich noch verschlechtert. Seit den Neuigkeiten über Gracie habe ich die Lust verloren, auch nur so zu tun, als wäre alles in Ordnung. Ich habe nicht mehr die Kraft, die notwendig ist, um unsere Ehe allein in Gang zu halten. Es fällt mir schwer genug, einen Grund zu finden, um morgens aufzustehen. Wahrscheinlich habe ich Depressionen.

In meiner Nähe fühlt Louis sich schuldig, ich weiß. Ich sehe ihn kaum, aber das Kühlfach ist ständig voller Frozen-Joghurt mit Erdbeergeschmack. Im Schrank über der Bar liegen meine Lieblings-Pretzeln, und der Tank meines BMWs scheint auf ewig gefüllt. Nie muss ich zum Recycling-Hof oder zur Post. Es ist immer schon alles getan, alles und jedes, bevor ich auch nur die Chance dazu hätte. Ich bin nicht sicher, wann das alles passiert. Wahrscheinlich, während ich nicht da bin oder schlafe. Mein Mann hat reichlich Gelegenheit, den fleißigen Hausgeist zu spielen, ich schlafe den Schlaf der kleinen weißen Helfer. Lang und tief. Schlafmittel sind meine neuesten und besten Freunde. Und wenn ich nicht schlafe, bin ich entweder im Büro oder in meinem Zimmer im Motel.

Im Motel versuche ich die Zeit mit Zeitschriftenlesen herumzubringen. Gelegentlich schalte ich den Fernseher ein, aber nur, um ihn gleich wieder auszustellen. Ich ordne das Geld in meiner Brieftasche und vergewissere mich, dass die Highschool-Fotos von Lila und Gracie richtig in der Plastikhülle stecken. Ich ordne meine Kreditkarten danach um, welche ich am meisten benutze. Ich überprüfe, ob mein Handy ausgestellt ist, und gehe die Aufgabenliste in meinem Filofax durch. Vieles schaffe ich in diesen Tagen nicht. Ich bin zu abgelenkt, um zu tun, was getan werden müsste. Auf mir lastet zu viel Verantwortung.

Vor allem verstecke ich mich in meinem Motelzimmer. Ich flüchte vor den Anrufen meiner Mutter und meiner Schwestern. Und vor den Anrufen meiner Töchter, die ich nicht bekomme. Vor dem, was von meiner Ehe übrig geblieben ist. Ich weiß, es ist purer Zufall, dass Gracie, Lila oder meine Mutter noch nicht herausgefunden haben, wie es wirklich um uns steht. Louis und ich werden das Geheimnis wahrscheinlich nicht viel länger bewahren können. Irgendetwas wird uns verraten. Der Elefant in unserem Haus wird zu groß, um noch darin herumlaufen zu können, geschweige denn unbemerkt zu bleiben. Und ich verstecke mich vor der Tatsache, dass ich mich oft in Gedanken an Vince Carrelli wiederfinde. Nach meinem ersten Besuch habe ich mir noch zweimal die Haare von ihm schneiden lassen.

Anfangs mochte ich meine neue Frisur nicht, sie kam mir zu kurz vor. Aber nachdem ich ein paarmal hintereinander nach dem Duschen nur mit der Hand hindurchfahren musste, ohne einen Föhn zu brauchen, gefiel sie mir. Meine neue Frisur ist ehrlich, einfach und ungekünstelt. Da wird keinem etwas vorgemacht. Und was mir ebenfalls gefällt, ist, dass nicht einer irgendeinen Kommentar dazu abgegeben hat. Die Frisur und meine Zeit bei Vince in seinem Friseurladen, das alles gehört mir. Und ich brauche, sehne mich nach Dingen, die allein mir gehören.

Mit Gracie hatte ich ein einziges Gespräch, in dem ich versucht habe, meine Hand auszustrecken, sie wirklich zu verstehen, aber sie hat mich zurückgestoßen. Das Schlimmste war, als sie sagte, dass meine Mutter ihre eigentliche Vertrauensperson sei, an die sie sich wende. Lila habe ich in letzter Zeit mehrfach zum Essen eingeladen, aber die Antwort war immer nur, dass sie zu beschäftigt wäre. Sie hat sich vielmals entschuldigt und klang sehr lieb, aber die Botschaft bleibt die gleiche. Meine Brüder und Schwestern melden sich nur, wenn sie etwas brauchen: Geld oder Rat. Der Graben zwischen ihnen und mir rührt daher, dass ich mehr als sie alle habe. Ich habe mehr Geld als Meggy und Theresa und mehr Familie als Pat und Johnny. Ich sehe nicht auf sie herab, weil sie weniger haben als ich, aber dass es so ist, das trennt uns und verhindert, dass wir auf einer Stufe stehen. Und meine Mutter … Ich gebe zu, dass ich gar nicht erst versucht habe, auf sie zuzugehen. Meine Mutter ist achtundsiebzig, und ich weiß, es hat keinen Sinn, sie davon überzeugen zu wollen, sich noch zu ändern.

Niemand ist bereit, sich so direkt mit mir auseinanderzusetzen wie Vince Carrelli. Wann immer ich mich im Büro langweile, oder zu Hause, wenn ich mir eine Folienkartoffel zum Abendessen mache, fahren meine Hände in mein kurzes

Haar, und meine Gedanken schweifen zu Vince. Ich stelle ihn mir vor, wie er in seinem Friseurladen steht, eingerahmt vom großen Fenster und der Main Street dahinter. Ich sehe seine tiefbraunen Augen, seine klobigen Finger, seine Unsicherheit. Abgesehen von seinen Händen, ist Vince kleiner als Louis. Er hat weniger Selbstvertrauen und ist nicht so unbezähmbar. Italienische Männer haben mir schon immer gefallen. Sie strahlen eine Wärme aus, ihre Augen, ihre Haut, die sich sehr von der kühlen Blässe und den hellen Augen der Iren unterscheidet.

Du brauchst einen Freund, sage ich mir, nachdem ich zwei Stunden auf dem Motelbett gelegen und an die Decke gestarrt habe. Es ist ganz in Ordnung, etwas zu brauchen. Du verdienst es.

Das Telefon steht auf dem Nachttisch, und ich stelle es auf meinen straffen Bauch.

Zuerst rufe ich die Auskunft an und frage nach der Nummer des Ladens. Als ich den Mann am anderen Ende bitte, mich zu verbinden, klingelt es gleich.

Ich halte den Atem an, um das Geräusch nicht zu hören. Was tust du da, denke ich. Wer bist du.

»Hallo? Hier ist der Friseur?«, sagt Vince.

»Habe ich dich zu einer schlechten Zeit erwischt?«, sage ich. »Ich dachte, du wärst vielleicht schon nicht mehr da. Ich rufe dich morgen an. Lass dich nicht bei deiner Arbeit stören.«

»Kelly? Bist du das? Nein − es ist nicht − ich wollte gerade zumachen. Ich habe eine Planungssitzung. Mit Louis. Du rufst wegen eines Termins an, oder? Ich habe doch gesagt, du kannst jederzeit kommen.«

Albern, denke ich. Ich bin eine Närrin. Eine sechsundfünfzig Jahre alte Frau, die auf einem Motelbett liegt und einen fremden Mann anruft. »Ich brauche keinen Termin«, sage ich. »Deshalb rufe ich nicht an.«

»Ist alles in Ordnung? Stimmt was nicht?«

»Alles ist bestens«, sage ich. »Absolut bestens.«

»Du klingst aber nicht so.«

»Na ja«, sage ich.

»Ich bin froh, dass du anrufst«, sagt er.

»Wirklich?« Ich höre meine Stimme, nagelhart, und schaudere.

»Ja, es ist wie ein Traum, Kelly – es macht mich glücklich. Bitte sage mir, warum du anrufst.«

Es ist nicht wie ein Traum. Es ist nicht wie ein Traum. Das hier ist mein Leben, mein Fehler. Ich kann die Frage nur abblocken. »Warum würdest du mit mir sprechen wollen?«

»Was für ein seltsames Gespräch«, sagt er. »Bist du sicher, dass du das wissen willst?«

Ich lege eine Hand vor die Augen, als näherte ich mich einem Autowrack und wollte nichts sehen. »Ja.«

»Um dir zu sagen, dass ich etwas für dich empfinde.«

Das Herz droht mir aus der Brust zu springen, es schlägt so fest und verrückt. Mein Glück, dass Frauen ein niedrigeres Infarktrisiko haben als Männer, denke ich, sonst könnte es jetzt so weit sein. Ich hatte mich schon gefragt, wenn ich an Vince und unsere Treffen dachte, ob seine Intensität und seine bemerkenswerte Fähigkeit, nur das zu sagen, worauf es ankam, mir in der Erinnerung wohl größer erschienen. Aber ich habe mich nicht geirrt. Ich habe gefürchtet und gehofft, dass dieser Anruf diesen Verlauf nehmen würde. Ich lebe in diesem Augenblick. Ich lebe.

»Lass mich erklären«, sagt er. »Ich will dich nicht ängstigen.«

Mein Körper zittert auf der grünen Tagesdecke. Vielleicht

meint er Dankbarkeit, denke ich, Freundschaft oder Zuneigung. Auch das sind Empfindungen.

»Seit du zu mir ins Geschäft gekommen bist, habe ich nicht aufhören können, an dich zu denken. Jeden einzelnen Tag war ich drauf und dran, dich anzurufen. Ich habe versucht zu begreifen, was es war. Was in unserer Unterhaltung dazu geführt hat, aber … Ich spreche den ganzen Tag mit Leuten. Als Bürgermeister sind das drei Viertel meines Jobs. Und auch hier, deshalb gehen die Leute zum Friseur, weil sie reden und sicher sein wollen, dass ihnen jemand zuhört. Männer gehen entweder in die Kneipe und laden ihre Probleme bei dem, der hinter der Theke steht, ab, oder sie reden auf ihren Friseur ein, während der ihnen einen Zentimeter von einer Frisur herunterschneidet, die gar nicht geschnitten werden müsste.«

Draußen vor meinem Zimmer hupt jemand laut. Ein Mann wartet, dass seine Geliebte herauskommt. Oder ein zorniger Vater versucht einen unberechenbaren Teenager auf sich aufmerksam zu machen, der in der Art von Schwierigkeiten steckt, die es nur in Motels gibt.

»Wo bist du, Kelly?«, fragt Vince. »Was ist das für ein Lärm?«

»Du sprichst mit vielen Menschen«, erinnere ich ihn. Ich mag es, wenn Vince sein Leben und seine Welt beschreibt. Es ist kaum zu glauben, dass er in derselben Stadt und derselben Zeit lebt wie ich. Aus seinem Mund klingt alles so viel einfacher, als es mir je vorgekommen ist.

»Ich will keinen Fehler machen«, sagt er. »Ich will nicht zu viel sagen.«

»Wir alle machen Fehler«, sage ich.

Ich fühle mich wie damals als kleines Kind, als ich im Schwimmbad vorn an der Kante des Sprungbretts stand. Das

Brett zitterte unter meinem Gewicht und sandte mir kalte Schauer den Rücken herauf.

Meine Mutter warf mir einen Blick aus ihrem Liegestuhl zu, der besagte: *Nun spring schon, Kelly. Lass nicht alle hinter dir warten.* Und Theresa und Ryan schrien vom Schwimmbecken herauf: *Sei vorsichtig!*

»Du kannst sagen, was du willst«, sage ich.

»Ich habe mich in dich verliebt.« Seine Stimme bebt wie die eines kleinen Jungen. »Ich weiß, es ist völlig unsinnig. Ich weiß, du bist mit einem meiner ältesten Freunde verheiratet, der ein wunderbarer Mensch ist. Ich weiß, es bedeutet dir nichts …«

»Das stimmt nicht«, sage ich.

»Seit … seit über zwanzig Jahren habe ich so ein Gefühl nicht mehr gehabt. Erst wollte ich es für mich behalten, dir aus dem Weg gehen und dich in Frieden lassen, aber ich bin nicht so stark. Ich hab mir gesagt, wir könnten uns noch einmal sprechen: Dass ich dir erklären würde, was ich empfinde, und dann würde ich mich zurückziehen. Und jetzt rufst du an.«

Mein Handy klingelt in meiner Handtasche. Ich habe vergessen, es auszustellen, als ich ins Zimmer gekommen bin.

»Jetzt habe ich dich erschreckt.«

Ich öffne meine Handtasche und fische das klingelnde Handy heraus. Den Hörer mit Vince lege ich neben mich aufs Bett. »Hallo«, sage ich, immer noch zitternd und verwirrt. Ich stehe immer noch vorn auf dem Sprungbrett. Reagiere immer noch nicht.

Louis sagt: »Deine Mutter hat sich die Hüfte gebrochen. Sie ist auf dem Weg ins Valley Hospital.«

Als ich mein Handy abstelle und Louis' Stimme verklingt, ist alles, was ich zu Vince sagen kann: »Kann ich dich später zurückrufen?«

Louis wartet am Eingang zur Notaufnahme, als ich ankomme. Er nimmt mir den Mantel ab, den ich wie eine Tüte Lebensmittel zusammengerollt vor dem Körper trage.

Ich weiß nicht, wie ich hergefahren bin. Ich erinnere mich an kein einziges Schild, an dem ich vorbeigekommen bin, keine Abzweigung, die ich genommen habe. Ich dachte auf der kurzen Fahrt nur immer wieder, dass meine Mutter wusste, was ich tat, und sich entschieden hatte, mich zu bestrafen.

»Sie ist in ihrem Zimmer gestürzt«, sagt Louis. »Offenbar hat sie stundenlang dort gelegen, ohne um Hilfe zu rufen. Die Ärzte denken, dass es vielleicht ein Schlaganfall war.«

»Warum ist sie im Valley und nicht im Hackensack Hospital?«

»Das habe ich veranlasst«, sagt Louis. »Es war näher, und ich dachte, wo es Lilas Lehrkrankenhaus ist, bekommen wir vielleicht eine spezielle Behandlung für sie.« Wir gehen durch die automatische Tür. »Sie ist zäh, Kelly«, sagt er. »Mach dir keine Sorgen.«

»Ich weiß, dass sie zäh ist. Kann ich sie sehen?«

»Im Moment ist sie im Behandlungsraum. Die Schwester sagt, der Arzt kommt zu uns, sobald er mit seiner Untersuchung fertig ist.«

»Ich sollte bei ihr sein«, sage ich.

Das Wartezimmer ist so gut wie leer. Ein junger Mann liest einem kleinen Mädchen etwas vor, und in einer Ecke döst ein alter Mann. Louis fasst mich beim Arm und führt mich zu einem der neongrünen Stühle neben der Tür.

»Ich dachte, du hättest heute Abend eine Planungssitzung«, sage ich.

Er sieht mich scharf an. »Hör zu, ich rufe deine Brüder und Schwestern für dich an. Und die Mädchen sollten ebenfalls Bescheid wissen.«

Ich schüttele den Kopf. »Keine Anrufe. Es hat keinen Sinn, die ganze Familie neben uns sitzen zu haben, wenn es doch nichts gibt, was man tun könnte.«

Ich sehe zu dem jungen Vater auf der anderen Seite des Raumes hinüber, der seiner Tochter vorliest. Die Kleine scheint um die sechs Jahre alt zu sein. Ihr hellblondes Haar ist mit einer rosa Schleife zusammengebunden. Als meine Töchter klein waren, habe ich ihnen farbige Bänder ins Haar geflochten. Lila ein blaues, Gracie ein rosafarbenes. »Sie ist ganz allein«, sage ich, »und ich glaube nicht mal, dass ihr bewusst ist, was das bedeutet.«

»Deine Mutter ist nicht allein, Kelly.«

»Nicht meine Mutter.« Wieder schüttele ich den Kopf. »Gracie. Gracie ist ganz allein. Sie ist allein damit.«

Louis beugt sich vor und stützt die Ellbogen auf die Knie. Seine weite Brust und die langen Beine scheinen zu viel für den Stuhl und den Raum um ihn herum zu sein. Seine Stimme klingt angespannt.

»Lass uns nicht hier darüber sprechen, okay? Im Moment haben wir genug anderes um die Ohren. Bist du hungrig oder möchtest etwas trinken? Ich könnte in die Cafeteria gehen. Was hättest du gerne?«

Ich forme das Wort *nichts* und hoffe, dass Louis den Blick von meinem Gesicht wendet.

»Mr. und Mrs. Leary?« Ein junger Mann in blauer OP-Kleidung steht vor uns.

Wie gehorsame Schüler, die im Unterricht aufgerufen worden sind, stehen wir beide auf.

»Ihre Mutter hat sich die Hüfte gebrochen und ein paar Rippen geprellt. Sie können zu ihr, aber ich habe ihr etwas gegen die Schmerzen gegeben, deshalb ist sie leicht benommen. Sie muss operiert werden, um den Bruch zu richten. Zwei andere Ärzte haben sie ebenfalls untersucht und stimmen dem zu. Ich habe die Operation für morgen früh angesetzt – je eher, desto besser.«

»Operieren«, sagt Louis.

»Das kann doch nicht notwendig sein«, sage ich.

»Es ist notwendig«, sagt der Arzt. »Bei über neunzig Prozent der Hüftfrakturen gibt es keine andere Möglichkeit, und Ihre Mutter ist keine der glücklichen Ausnahmen.«

Wir folgen dem Arzt den Korridor hinunter. Er erscheint mir schrecklich jung mit seinem weichen Gesicht und dem blonden Haar.

Vielleicht ist er zu jung, um die Schwierigkeiten von jemandem zu verstehen, der so alt ist wie meine Mutter. Vielleicht hat er unrecht.

»Wir haben sie bereits auf ein Zimmer verlegt«, sagt er. »Es gab keinen Grund, sie in der Notaufnahme zu behalten. Ihr Zustand ist stabil. Und Sie haben Glück, einer unserer besten Chirurgen wird sie morgen operieren.«

Warum redet er immer wieder von Glück? Brauchen wir Glück?

Der Arzt geht vor mir und Louis her, und plötzlich dreht er den Kopf und sieht uns an. »Mein Name ist übrigens Doug Miller. Wir kennen uns noch nicht, aber ich bin ein Freund Ihrer Tochter.«

Er lächelt uns so offen an, dass ich mich gedrängt fühle zurückzulächeln. Ich sehe, dass es Louis genauso geht. »Sie müssen Lila aus der Universität kennen«, sagt Louis höflich.

»Ja. Und vor einigen Jahren bin ich ein paar Mal mit Gracie ausgegangen.«

»Mir kam Ihr Name gleich bekannt vor«, sage ich, obwohl ich sicher bin, dass ich ihn nie gehört habe.

Doug Miller lächelt auch weiter, als wäre das alles hier eine Art Wiedersehen. Als hätten Louis und ich vor fünf Minuten auch nur irgendeine Ahnung gehabt, dass es diesen Mann gab, geschweige denn, dass er einer in der langen Reihe von Männern ist, die mit Gracie zu tun hatten. Als ständen wir hier nicht in einem Krankenhaus und sprächen auch nicht darüber, dass meine Mutter aufgeschnitten werden muss.

Als unsere drei lächelnden Gesichter endlich wieder ernst werden, entsteht eine Distanz auf diesem grauen, mit Linoleum ausgelegten Gang. Eine Distanz zwischen uns und dem Arzt, zwischen mir und Louis, zwischen dem Ort, an dem wir stehen, und der letzten Tür am Ende des Ganges, wo meine Mutter an Schläuche und Maschinen angeschlossen liegt. Die Entfernungen scheinen unüberbrückbar.

»Sie haben diese Schläuche, ohne zu fragen, an mich angeschlossen«, sagt meine Mutter, als ich allein ins Zimmer trete. »Bitte sage denen, dass ich keine Schmerzbehandlung möchte, Theresa.«

»Ich bin's, Kelly, Mom.«

»Theresa war es also zu viel zu kommen.« Sie wirft den Kopf hin und her wie ein gereiztes Kind.

»Theresa weiß noch nicht einmal, dass du im Krankenhaus bist.«

»Du kannst nicht alles allein machen, Kelly.« Der Nebel scheint sich für einen Moment von den blauen Augen meiner Mutter zu heben. Winzig kommt sie mir vor in diesem Krankenhausbett, wie verloren zwischen den gelben Laken. Sie haben sie in einem komischen Winkel auf die Seite gebettet, vermutlich, um den Druck von ihrer Hüfte zu nehmen. Als ich hereinkam, hatte ich Sorge, sie sähe gebrochen aus, aber das tut sie nicht. Aller Schaden wird vom Bettzeug verdeckt.

»Ich will nicht aus meinem Zimmer im Heim«, sagt sie. »Ich will nicht ins nächste Haus umziehen. Bitte lass nicht zu, dass sie mich verlegen.«

Die Erscheinung meiner Mutter passt nicht zu der Frau, die ich mir in ihrem Zimmer sitzend vorgestellt hatte, wie sie mein Leben manipuliert. Diese zerbrechlich aussehende Patientin kann nicht gewusst haben, was ich zwei Orte entfernt getan habe. Wahrscheinlich hat sie nicht einmal an mich gedacht, als sie gestürzt ist. Ihr Unfall war keine moralische Botschaft; es war nichts als ein Unfall. Vielleicht wird meine Mutter am Ende tatsächlich alt.

»Ist ja gut, Mutter«, sage ich und gebrauche den gleichen besänftigenden Ton wie bei meinen Töchtern, als sie Babys waren. »Alles wird wieder gut.«

Offenbar wirkt dieser Ton, so eingerostet er ist, denn jetzt schließt meine Mutter die Augen und schläft ein oder verliert ihr Bewusstsein.

Ich sitze noch eine Minute bei ihr und beobachte, wie sie atmet. Mir kommt der Gedanke, dass ich meine Mutter noch nie habe schlafen sehen. Das ist etwas, das man bei den Kindern tut, nicht bei den Eltern. Die Anordnung ist aus sich heraus falsch. Meine Mutter sollte nicht so winzig und verletzt in diesem Bett vor mir liegen. Sie hätte um Hilfe rufen sollen, anstatt auf dem Boden ihres Zimmers auszuharren.

Und ich sollte hier nicht sitzen und sie ansehen müssen, wie sie mit zurückgefallenem Kopf und leicht geöffnetem Mund so vor mir liegt. Wäre sie bei Sinnen und stünde nicht unter Medikamenten, würde sie mir nie erlauben, sie in diesem Zustand zu sehen.

Als ich zurück auf den Flur trete, sehe ich Louis nicht gleich. Er steht ein Stück den Gang hinunter, hat die Arme vor der Brust verschränkt und starrt in Richtung des Schwesternzimmers. Als er meine Absätze auf dem Linoleum hört, dreht er sich um. »Was macht sie für einen Eindruck?«, fragt er.

»Ich bleibe bei ihr für den Fall, dass sie aufwacht. Und ich rufe meine Brüder und Schwestern an. Kannst du die Mädchen verständigen?«

Er nickt. »Ich warte mit dir.«

Zorn bricht über mich herein, so sehr, dass ich die Zähne zusammenbeißen muss. »Ich wäre lieber allein mit meiner Mutter«, sage ich. »Wir sehen uns später zu Hause. Sag den Mädchen, dass alles wieder in Ordnung kommt.«

Erst als Louis um die Ecke am Ende des Flurs biegt und sein breiter Rücken aus meinem Blick verschwunden ist, beruhige ich mich. Ich halte mich an das Handy-Verbotsschild an der Wand und finde eine kleine Zelle mit einer Bank und einem Münzfernsprecher. Als ich hineingehe und die Glastür hinter mir zuziehe, muss ich an einen Beichtstuhl denken. Meine Mutter bestand früher darauf, dass wir jeden Mittwoch und jeden Samstag zur Beichte gingen. Allesamt packte sie uns in unseren besten Kleidern in den Wagen und reihte uns vor dem Beichtstuhl von Pater Brogan auf. Sie spuckte sich in die Hand, strich uns die Haare zurecht und warnte uns, dass etwas nicht zu sagen so schlimm sei wie eine Lüge, und dann gab sie jedem von uns einen kleinen

Schubs zum Samtvorhang hin. In der dunklen, spartanischen Schachtel dann kniete ich nieder, und die Stimme und, schlimmer noch, das Atmen Pater Brogans schienen von überall zu kommen. Ich dachte an die vier Tage seit der letzten Beichte und versuchte auf irgendwelche Sünden zu kommen. Ich nahm an, dass sich Pater Brogan auf seiner Seite des Beichtstuhls langweilte und hoffte, dass mir etwas Gutes einfiel, etwas, das ihn forderte, der wirkliche Bruch eines Gebots, wie Mord oder das Begehren deines Nächsten Weib. Aber ich war ein braves Kind, und gewöhnlich waren die einzigen Missetaten, die mir einfielen, Dinge, die meine Brüder und Schwestern angerichtet hatten. An den meisten Nachmittagen verriet ich also, was sie getan hatten, weil ich sonst nichts zu bieten hatte. Pater Brogan schien das zu gefallen. Er kicherte sanft und entließ mich, nachdem er mir ein »Gegrüßet seist Du, Maria« aufgebrummt hatte, weil man nicht petzte. Anschließend rief er ein oder zwei meiner Geschwister noch einmal zu sich, die an diesem Nachmittag bereits gebeichtet hatten. Meggy und Johnny verbrachten einen Großteil unserer Kindheit »Vater unser« und »Gegrüßet seist Du, Maria« murmelnd, als Buße für ihre Sünden. Und ich hatte ständig blaue Flecken an den Schienbeinen, weil ich sie verraten hatte.

Ich rufe Theresa an, und sie schluchzt die ganze Zeit, während ich sie am Telefon habe. Am Ende muss Mary an den Nebenanschluss gehen und den Operationstermin und die Zimmernummer aufschreiben.

Meggy flucht und erklärt mir, wie viele Tage sie sich dieses Jahr schon hat freinehmen müssen. In drohendem Ton sagt sie, dass sie morgen kommen wird, man sie aber dafür vielleicht hinauswirft.

Angel und Johnny habe ich gemeinsam am Telefon. Ich stelle mir vor, wie Johnny nickt und Angel nasse Augen bekommt. Johnny war früher freiwilliger Sanitäter, und er stellt mir technische Fragen zu Mutters Verfassung, die ich nicht beantworten kann.

Ryan fängt am Telefon an zu beten, sobald ich ihm alles erzählt habe. Ich sage ihm, dass ich ihn am Morgen abholen werde, und lege auf.

Pat sagt, dass er im Moment sehr viel zu tun hat, und wenn alle anderen im Krankenhaus sitzen, wird Mutter ihn nicht brauchen. Er bittet mich, ihn nach der Operation anzurufen und ihm zu sagen, wie es gelaufen ist.

Als ich schließlich auflege, bin ich erschöpft. Ich fühle mich, als wäre ich seit Tagen wach. Die sterile Krankenhausluft hat meine Augen trocken werden lassen. Ich ruhe mich eine Minute auf der kleinen Bank in der Zelle aus und lehne den Kopf gegen den metallenen Wechselgeldbehälter. Ich atme tief ein und aus, auf die reinigende Weise, wie wir es in der Frauengruppe besprochen haben. Ich atme, bis mir schwindelig wird, dann öffne ich die Handtasche und nehme die Karte heraus, auf die ich die private Nummer des Bürgermeisters geschrieben habe, wähle, und als er antwortet, sage ich: »Wir treffen uns an der Route 17, Nord, neben dem *Houlihan's* Restaurant.«

Zunächst herrscht Schweigen, dann sagt er: »Aber das ist die ...«

»Ich weiß. Komm bitte einfach dorthin.«

Als ich zum Fairmount Motel einbiege, wartet er in seinem verbeult aussehenden Honda bereits auf dem Parkplatz. Chastity lugt mit großen Augen aus dem Rückfenster. In der Dunkelheit ähnelt der Hund erschreckend einem kleinen

Kind. Vince steigt aus seinem Wagen. Er trägt eine Baseballkappe und hält den Kopf gesenkt. Ängstlich sieht er mich
unter dem Schirm her an.

»Keine Sorge«, sage ich. »Ich komme oft hierher, um nachzudenken. Das Zimmer habe ich von einer der Frauen aus
meiner Lesegruppe gemietet.«

»Du kommst zum Nachdenken her?« Er sieht mich an, als
wäre ich eine Fremde und nicht die Frau, der er vor ein paar
Stunden seine Liebe gestanden hat. Die Sommerluft ist ein
wenig kühl, und ich zittere in meiner dünnen Bluse. Louis
hat immer noch meinen Mantel. Vielleicht war das hier keine so gute Idee, denke ich.

»Schau«, sage ich. »Ich habe heute einiges hinter mir. Ich
dachte, wir könnten hier eventuell reden.«

»Gut«, sagt er.

»Bist du sicher?«

Er schiebt die Kappe hoch, und ich sehe, dass seine warmen
braunen Augen ja sagen.

Plötzlich bin ich nervös, und ich spüre, wie eine Gänsehaut
meine Arme und Beine überzieht. Ich gehe vor ihm her zu
meinem Zimmer am Ende des lang gezogenen Motels,
Nummer 111. Ich stelle mir vor, was kommen wird. Das
Zimmer einfach, aber sauber. Das Bad mit der schönen tiefen Wanne. Meine Romane auf dem ordentlichen Stapel im
Schrankfach. Meine eigenen Kissen, die ich von zu Hause
mitgebracht habe, extra fest. Das Zimmer ist mit allem ausgestattet, was ich brauche. Ich stecke den Schlüssel ins Schloss
und kann nicht glauben, dass ich wirklich jemand anders
hierher eingeladen habe.

Louis

Als der Morgen graut, wache ich mit einem Krimi auf der Brust auf dem Sofa auf. Ich wollte gestern Abend auf Kelly warten, bin aber immer wieder eingenickt. Gegen Mitternacht habe ich wohl das Buch hingelegt und bin in tiefen Schlaf gefallen. Vorsichtig stehe ich auf und strecke mich, um den Krampf in der Mitte meines Rückens zu lindern. Meine Hose liegt aufgefaltet auf dem Scrabble-Spiel im Schrank des Arbeitszimmers, wo ich sie gestern Abend hingelegt habe. Ich weiß, wie wichtig es für Kelly ist, dass unsere Putzfrau nicht merkt, dass ich hier unten schlafe. Deshalb mache ich seit einiger Zeit selbst meine Wäsche.

Ich gehe nach oben, um bei meiner Frau reinzuschauen. Sie liegt auf der Seite, genau mitten auf ihrer Hälfte unseres Doppelbettes. So gleichmäßig, wie sie atmet, schläft sie. Ich wecke sie nicht. Sie muss noch früh genug aufstehen, um rechtzeitig vor der Operation ihrer Mutter ins Krankenhaus zu kommen. Ich vermisse Kelly. Ich vermisse es, neben ihr zu liegen. Als ich anfing, unten zu schlafen, dachte ich, es sei nur für ein oder zwei Nächte – bis ich mich wieder im Griff hätte und genug am Haus von Ortiz getan hätte, um meinen Frieden zu finden. Bis ich keine Alpträume wegen Eddies Sturz mehr hätte. Aber die Alpträume haben nicht aufgehört, und ich schaffe es nicht, die Treppe hochzugehen, wenn es Zeit zum Schlafen ist. Jeden Abend versuche ich es, und jeden Abend überzeuge ich mich, dass ich noch nicht so weit bin. Ich will ganz zu Kelly zurück.

Auf meinem Weg zurück über den Flur erwische ich mich dabei, wie ich auf Zehenspitzen an Gracies und Lilas Zimmer vorbeischleiche, und schüttele den Kopf. Frühmorgens denke ich oft, dass die Frauen meines Lebens noch alle in diesem Haus sind. Wie gerne war ich früher als Erster auf den Beinen und hörte, wie ein schläfriges Paar Schritte nach dem anderen die Treppe heruntertapste.

Ich schalte die Kaffeemaschine ein und fahre mir mit der Hand über den Bart. Ich muss mich rasieren. Erst als ich mir eine Tasse eingeschüttet habe, sehe ich die Notiz, die an den Zuckertopf gelehnt auf dem Tisch steht. *Louis, ich war fast die ganze Nacht bei meiner Mutter. Ich habe mir den Wecker gestellt. Würdest du bitte Ryan abholen, und wir treffen uns dann im Krankenhaus?* Die Notiz ist nicht unterschrieben. Kelly ist zu praktisch veranlagt, als dass sie eine Notiz unterschreiben würde, die nur von ihr stammen kann. Ich unterschreibe meine immer. Das Geschriebene sieht mir zu unfertig und unpersönlich aus ohne irgendeine Art von Abschluss. Gewöhnlich schließe ich mit: *Einen schönen Tag*, oder: *Ruf an, wenn du etwas brauchst.* Dann setze ich noch darunter: *Alles Liebe, Louis.*

Heute kritzele ich unter das, was sie geschrieben hat: *Der Kaffee ist frisch. Dein Bruder und ich sehen dich nachher. Alles Liebe, Louis.* Meinen Kaffee nehme ich mit ins Bad, um mich zu rasieren. Bevor ich fahre, sehe ich noch einmal bei Kelly hinein. Schlafend wirkt sie weit jünger als sechsundfünfzig. Ihr Gesicht ist weicher. Diese schlafende Frau sieht wie das Mädchen aus, das ich einst geheiratet habe, so wie sie es nie tut, wenn sie wach ist.

Nur ihr zuliebe hole ich Ryan ab. Normalerweise gehe ich ihm aus dem Weg, so gut ich kann. Und wenn mich sonst jemand gebeten hätte, hätte ich gesagt, dass Ryan heute nicht ins Krankenhaus kommen könne. Was soll er da schließlich? Seine irre Schwafelei, sein Beten und seine unerwarteten grausamen Kommentare nützen überhaupt nichts. Ich kann einfach nicht anders, als zu denken, dass bei der Menge Kinder, die Catharine und Patrick McLaughlin in die Welt gesetzt haben, ihnen irgendwann eines davon diese Last hätte abnehmen sollen. Von Catharine selbst war das nicht zu erwarten, denn wie kann man sich von seinem eigenen Kind abwenden? Aber es gibt keinen Grund, warum nicht Kelly oder jemand von ihren Geschwistern sich um diesen kranken Mann hätte kümmern können, der es ablehnt, seine Medikamente zu nehmen und etwas anderes als eine Last für die Menschen um sich herum zu sein. Er sollte in einem Heim leben, wo andere Menschen wie er sind. Aber Kelly will nichts Negatives hören, wenn es um ihren jüngsten Bruder geht. Sie will nicht über ihn diskutieren, unter welchem Aspekt auch immer. Es ist, als wäre er ein Teil ihres Lebens, wie es ihre Arme und Beine sind. Er tut weder sich noch sonst jemandem weh, ist alles, was sie sagt. Doch, dir tut er weh. Verschwende nicht deine Kraft an ihn.

Ich bin es gewohnt, dass Kelly mir nicht zuhört und mir nicht erlaubt, ihr zu helfen. Die Fahrt durch Ramsey zu seinem Wohnblock – meinem Wohnblock – beruhigt mich. Ich komme an ein paar Häusern vorbei, die mir gehören, und einigen anderen, an denen ich interessiert bin. Wie heruntergekommen Ryans Block ist, merke ich, als ich im Aufzug zu seiner Wohnung hinauffahre. Dieser Aufzug ist eine Art Todesfalle. Er hat noch das alte Metallgitter, das man vor die Öffnung zieht und in dem man sich leicht Finger oder Zehen einklemmen kann. Dazu kommt, dass der Motor üble Geräusche von sich gibt und immer wieder plötzlich zwischen den Stockwerken anhält. Als ich auf Ryans Stockwerk bin, ist mir der Schweiß ausgebrochen, und ich frage mich, ob ich das Haus einfach abreißen und das Land verkaufen soll. Ich hasse den Gedanken, dass meine Männer hier zwischen verrottenden Decken und umgeben von einem fehlerhaften Stromnetz arbeiten müssten wie in einem Minengebiet. Ich würde nachts nicht schlafen können.

Ich werde die Bude abreißen, entscheide ich, als ich an Ryans Tür klopfe. Ich komme mit einem Kran und ein paar schweren Lastwagen, und in null Komma nichts ist der Spuk vorbei. Nur so lässt sich für jedermanns Sicherheit sorgen. Nachdem ich das entschieden habe, fühle ich mich gleich besser. Jetzt wird es mir viel leichter fallen, meinem Schwager gegenüber geduldig und nett zu sein.

»Wie geht's, Ryan?«, sage ich, als er die Tür öffnet. Ich lasse meinen Blick durch die Wohnung schweifen. Sie ist ekelhaft. Ein fetter weißer Vogel sieht mich vom Fernseher herunter an, und ein noch fetterer gelber sitzt auf der Stange eines offenen Käfigs über der Couch. Mit einem Blick sehe ich drei große Kreuze, eins an jeder Wand. Es stinkt wie in einem Zoo.

»Gut, Louis. Und dir?« Ryan richtet sich in seinem Rollstuhl auf. Kelly sagt, er sieht zu mir auf. Ich kann das nicht beurteilen, aber ich weiß, dass er sich bemüht, normaler zu erscheinen, wenn wir ausnahmsweise einmal allein zusammen sind. Die ein oder zwei Male im Jahr, wo ich es dazu kommen lasse, weiß ich das zu schätzen.

»Wo ist Kelly?«

»Sie war gestern Abend lange bei eurer Mom im Krankenhaus. Sie schläft etwas länger und kommt dann direkt hin. Bist du so weit, dass wir fahren können?« Ich gehe rückwärts zur Tür und behalte dabei den weißen Vogel im Auge.

»Ich habe gestern Abend gegen neun mit Mutter gesprochen, und da sagte sie, Kelly sei schon weg.« Ryan fährt hinter mir her zum Aufzug.

Ich drücke den Knopf und heule innerlich auf, als ich höre,
wie der Motor losspuckt. An dem Tag, an dem der Vertrag
endgültig unter Dach und Fach ist, lege ich den Aufzug sofort still.

»Deine Mutter stand unter starken Schmerzmitteln. Sie war
durcheinander. Eine Weile dachte sie, Kelly wäre Theresa, als
sie bei ihr war.«

»Oje«, sagt Ryan. »Ich habe den ganzen Morgen für sie ge-
betet. Ich wünschte, ich müsste nicht zu ihr ins Krankenhaus.
Obwohl ich schon seit Wochen wusste, dass ihr etwas
Schlimmes passieren würde. Ich habe darauf gewartet.«

»Eure Mutter wird älter. Es war nur eine Frage der Zeit, dass
sie stürzt, einen Schlag bekommt oder sonst etwas in dieser
Richtung.« Ich schiebe ihn zum Auto. Ich könnte ihn sich
selbst fortbewegen lassen, wie Kelly es tut, um seine Unab-
hängigkeit zu fördern, aber dann würde alles noch länger
dauern. Und außerdem, warum soll er denken, dass er unabhängig ist, wo es nicht stimmt.

»Eine Frage der Zeit«, wiederholt Ryan. »Ich denke, es ist
alles nur eine Frage der Zeit.«

Ich helfe ihm auf den Beifahrersitz, klappe seinen Rollstuhl
zusammen und verstaue ihn im Kofferraum. Bevor ich los-
fahre, vergewissere ich mich, dass der Mann angeschnallt ist.
Wir kommen vor allen anderen in Catharines Zimmer. Es ist
kaum acht Uhr morgens. Ich schiebe Ryan vor mir her bis
an ihr Bett. Catharine sieht heute besser aus als gestern
Abend. »Du hast mehr Farbe«, sage ich zu ihr.

»Das waren die Medikamente«, sagt sie. »Ich habe darauf bestanden, dass sie mich heute damit in Ruhe lassen, bis sie mir was geben müssen.«

»Du siehst gut aus, Mutter«, sagt Ryan. Er krümmt sich auf seinem Rollstuhl nach vorn und streckt sich nach Catharine. »Ich halte nichts von Krankenhäusern, das weißt du. In einem Krankenhaus fühle ich Gottes Gegenwart nicht. Vielleicht haben die Ärzte unrecht. Meiner Meinung nach haben sie das meist. Ich wette, du musst gar nicht operiert werden.«

»Ich warte draußen«, sage ich und drücke Catharines Hand, bevor ich hinausgehe.

Ich weiß, ich werde sie vor der Operation nicht mehr sehen. Bald schon werden ihre Kinder und Enkel über sie herfallen, die sicher sind, dass dieser Sturz der Anfang vom Ende ist. Soweit ich das beurteilen kann, hat sie seit Patricks Tod, ganz langsam, mehr und mehr nachgelassen. Ich weiß nicht, warum sie es so in die Länge zieht. Meine eigenen Eltern schienen innerhalb von Minuten zu verschwinden. Für mich war das damals so bestürzend wie schmerzvoll, aber später habe ich den Umstand, dass es so schnell ging, schätzen gelernt. Da gab es keinen grauen Bereich, keine Ambivalenz. In der einen Minute waren sie noch da, in der anderen schon verschwunden. Kelly haben sie nie kennengelernt, erst recht nicht meine Töchter. Es besteht keine Verbindung zwischen meiner Mutter und meinem Vater und meiner Familie heute. Ich denke kaum an sie.

Ich setze mich auf einen der orangenfarbenen Plastikstühle im Flur. Auf dem Stuhl neben mir hat jemand eine Auto-sport-Zeitschrift liegen lassen, die ich in die Hand nehme, aber noch bevor ich sie aufschlagen kann, überkommt mich ein zittriges Gefühl. Wie aus dem Nichts ist es plötzlich da. Ich hasse und fürchte diese Momente. Genauso fühle ich mich, wenn ich an Eddies Sturz denke, aber in letzter Zeit überkommt mich das zittrige Gefühl ganz für sich, ohne dass ich auch nur irgendeinen Gedanken an Eddie in meinem Kopf tragen würde. Solange ich mich so fühle, bin ich unfähig, etwas zu tun. Es zerrt an mir wie eine Übelkeitsattacke. Alles, was ich tun kann, ist, mich zusammenzukauern und zu beten, dass es vorübergeht. Bis mich das Zittern verlässt und ich mich wieder normal fühle, bin ich an einem kalten, dunklen Ort, wo ich an die Schrecken meines Lebens denken muss. Schrecken, die mich beklommen machen.

Ich erinnere mich daran, wie ich vor vierzehn Jahren wochentags einmal früher nach Hause kam. Es stand kein Auto in der Auffahrt, und niemand antwortete, als ich »Hallo« rief. Aber als ich nach oben kam, um mir etwas Frisches anzuziehen, hörte ich ein Geräusch aus Gracies Zimmer. Ich ging den Flur hinunter und versuchte auszumachen, ob es Musik war oder Mädchen, die lachten. Die Tür stand einen Spalt offen, und ich sah meine fünfzehnjährige Tochter nackt am Fenster stehen. Ich beobachtete, wie sich eine Jungenhand nach ihr ausstreckte und sie beim Handgelenk fasste. Sie verschwand aus meinem Blick, und dann hörte ich Kichern, helleres und dunkleres. Wie erstarrt stand ich da, meinem Gefühl nach sicher eine Stunde, und alles, was ich sehen konnte, waren ihre Füße, die sich am Fußende ineinander verschlangen. Ich wusste, ich hätte ins Zimmer stürmen und den Kerl auf dem Hintern aus dem Haus befördern sollen. Ich wollte es. Mein Kleines war erst fünfzehn, und das war gottverdammtnochmal mein Haus. Gracie brauchte meinen Schutz. Sie musste wissen, dass sie zu jung dafür war. Aber der Lärm, den sie machten, war so groß, und als meine Füße sich wieder bewegen ließen, war ich schon dabei, in die entgegengesetzte Richtung zu gehen. Ich donnerte aus dem Haus, stieg in meinen Wagen und raste die Straße hinunter. Alles, was ich wollte, war wegzukommen, nur weg. Kelly habe ich nie davon erzählt. Mit Gracie habe ich nie darüber gesprochen. Ich wollte nie wieder daran denken, und es ist mir ziemlich gut gelungen, bis vor kurzem. Ich verabscheue das tintenschwarze Gefühl tief in meinem Leib, wenn ich an Gracie dort am Fenster denke, wenn ich an sie jetzt denke, schwanger, wie sie ist, wenn ich an Eddie denke. Es ist, als verfaulte ich von innen heraus.

Gestern Abend, als Kelly mich weggeschickt hatte, bin ich über die Gänge des Krankenhauses gewandert und habe nach Eddies Frau Ausschau gehalten. Ich dachte, falls sie Dienst hätte und ich auch nur einen flüchtigen Blick auf ihre Schwesternuniform werfen könnte, die sie professionell, fähig und gut aussehen ließ, würde ich mich besser fühlen. Mit zielstrebigem Schritt lief ich von einem Teil des Krankenhauses in den anderen und wusste aus Erfahrung, dass mich kaum jemand anhalten würde, solange ich den Anschein erweckte, dass ich wusste, was ich wollte. Ich sah in Schwesternzimmer und offene Türen, hatte aber kein Glück. Ich weiß immer noch nicht ihren Mädchennamen. Tatsächlich habe ich eines Nachmittags sogar einmal in ihren Briefkasten gesehen, in der Hoffnung, der eine oder andere Umschlag würde an ihren offiziellen, beruflichen Namen adressiert sein, aber auf allem stand Mrs. oder Mr. Ortiz.
Heute fühle ich mich erschöpft, und ich mache mir Sorgen wegen Kelly. Dieser Sturz muss sie mehr getroffen haben, als sie gezeigt hat, wenn sie den Großteil der Nacht hier an der Seite ihrer Mutter verbracht hat. Normalerweise ist es nicht

Kellys Art, jemandem die Hand zu halten. Als die Mädchen noch Babys waren, bestand sie immer darauf, dass wir sie schreien ließen, bis sie von selbst aufhörten. Es war schrecklich für mich, weil es kein schlimmeres Geräusch gab als das Schreien von Gracie oder Lila, aber Kelly war überzeugt, dass es das Beste für die Mädchen sei, und sie ließ sich von ihrem Schreien nicht verrückt machen. Es war, als besäße meine Frau die Fähigkeit, sich bewusst zu entscheiden, was sie wann fühlte. Von daher bin ich sicher, dass sie das mit der gebrochenen Hüfte ihrer Mutter getroffen haben muss. Am Bett einer schlafenden Frau zu sitzen ist eigentlich nicht Kellys Art. So etwas hat keinen praktischen Nutzen, und um den geht es ihr immer. Ich mache mir Vorwürfe. Ich weiß, ich habe sie in letzter Zeit in jeder Hinsicht enttäuscht. Sie will über Gracies Schwangerschaft reden, ich nicht. So einfach ist das. Ich bin nicht böse auf Gracie. Sie ist erwachsen und hat sich für etwas entschieden, und das muss ich respektieren. Ich bin froh, dass mir Joel nicht mehr so im Nacken sitzt, seit Vince ihn nicht mehr losschickt, um mir nachzuspionieren. Ansonsten aber betrifft mich das Ganze nicht. Ich weiß nur, dass ich nicht darüber reden will.

Die Tür zu Catharines Zimmer öffnet sich, und ich blicke hinüber. Ryan rollt auf mich zu. »Die Krankenschwestern haben mich hinausgeschickt«, sagt er. »Ich habe mit meiner Mutter gebetet, und sie haben mich hinausgeschickt.«

»Sie werden sie vorbereiten müssen«, sage ich, ohne genau zu wissen, was das bedeutet, aber ich habe in Medizin-Shows im Fernsehen gehört, wie sie es gesagt haben.

»Richtig«, sagt er. Zwischen seinen Brauen zeigt sich die gleiche Falte wie bei Kelly, wenn sie sich Sorgen macht. »Wenn ich diesen Ärzten doch nur vertrauen könnte.«

Ich nicke, immerhin klingt sein Wunsch vernünftig.

Lila kommt um die Ecke. »Hallo, Dad«, sagt sie, tritt zu mir und umarmt mich so schnell und kräftig, dass ich plötzlich ganz wehmütig an die Zeit denke, als ich jung war. Als ich in den Zwanzigern war, noch bevor ich heiratete, fühlte ich mich mitunter so kraftvoll, frisch und voller Ziele, wie meine jüngere Tochter aussieht. Ich lächele ihr zu.

Lila gleitet aus meinen Armen, und dann sehe ich Gracie. Ich versuche meine Überraschung zu verbergen, aber das geht völlig daneben. Seit Ostern habe ich sie nicht gesehen. Natürlich wusste ich, dass sie schwanger ist, aber sie in einem ganz neuen Körper zu sehen, das hatte ich nicht erwartet. Ihr Leib ist geschwollen wie der anderer schwangerer Frauen, die man in der Stadt sehen kann. Sogar ihr Gesicht ist voller. Überall ist sie rund und erinnert in nichts mehr an das kleine Mädchen, das jedes Wochenende hinter mir herlief und mich dazu brachte, dumme Witze zu erzählen, nur damit ich sie lachen hören konnte. In nichts mehr ähnelt sie dem fünfzehnjährigen Mädchen, das ich durch den Türspalt gesehen habe. Sie kommt mir vor wie eine Fremde.

Ich streiche ihr ungelenk über den Arm, als könnte ihr eine Umarmung weh tun.

»Grandma wird wieder gesund, nicht?« Gracie sieht mir nicht in die Augen.

»Die Schwestern lassen euch nicht zu ihr«, sagt Ryan.

Ich weiß nicht, wohin ich den Blick wenden soll. Ich habe das Gefühl, alle um mich herum sind mir fremd, irgendwie fern von mir. Hoffentlich müssen wir nicht zu lange hier draußen stehen und uns so unterhalten. Mir fällt verflucht nichts ein, was ich sagen könnte.

Die Tür zu Catharines Zimmer öffnet sich wieder, und wir

alle drehen uns um. Eine große Schwester steht auf der Schwelle, eingerahmt von der frühen Morgensonne. Ein Stoß durchzuckt mich, und ich denke: Danke. Es ist die Frau von Eddie Ortiz. Ich habe sie gefunden.

Ein Husten würgt mir tief in der Kehle, und Lila schlägt mir auf den Rücken: »Alles okay, Dad?«

Gracie sagt zur Schwester: »Wie geht es meiner Großmutter?«

Eddies Frau sieht genauso aus, wie ich es gehofft hatte: professionell, kompetent, und die weiße Schwesternuniform steht ihr gut. Ihr langes schwarzes Haar steckt unter ihrer Kappe. Ich beuge mich vor, um einen Blick auf ihr Namensschild werfen zu können.

Ihre Stimme ist sanft, aber fest, als sie sich an Gracie wendet. »Ich heiße Noreen Ballen. Wir fahren Ihre Großmutter gleich in den OP. Sie ist schwach, aber Sie können eine Minute zu ihr hinein, wenn Sie möchten.«

Lila, Gracie und Ryan schieben sich durch die offene Tür. An ihnen vorbei sehe ich Catharine. Klein und blass liegt sie auf ihrem Kissen. Die Medikamente scheinen offenbar auch noch den letzten Schimmer ihrer gewöhnlichen Stärke von ihr genommen zu haben. Sie dreht kaum den Kopf in die Richtung ihrer Enkel.

»Werden Sie bei der Operation dabei sein?«, frage ich. Ich halte meinen Blick gesenkt und spreche mit leiser Stimme. Ich will nicht, dass Eddies Frau mich erkennt, aber ich will sie noch ein paar Augenblicke hierbehalten, hier bei mir. Ich will sie nicht weglassen.

»Nein, ich bin keine OP-Schwester.« Plötzlich tritt Schweigen ein. Ich halte den Kopf gebeugt, obwohl ich weiß, dass Schwester Ballen mich jetzt doch erkannt hat. »Mr. Leary?«, sagt sie mit geänderter Stimme. »Großer Gott. Hallo.«

»Hallo«, sage ich wie ein Idiot.

»Sind Sie … Sind Sie mit Mrs. McLaughlin verwandt?«

»Sie ist meine Schwiegermutter.«

Die Frau vor mir sieht verwirrt aus. »Ich war bei ihrer Vorbereitung dabei«, sagt sie. »Sie können sicher sein, dass sie in guten Händen ist. Dr. Slotkin ist ein ausgezeichneter Chirurg. Und Mrs. McLaughlin scheint äußerst kräftig und wach für eine Frau ihres Alters.«

»Ich weiß nicht, was ihre Familie ohne sie machen wird«, sage ich, nur um etwas zu sagen.

Sie neigt den Kopf zur Seite. Eddie muss die Art vermissen, wie sie ihren Kopf neigt. Er muss vermissen, wie sie steht, aufrecht bis in die Haarspitzen. Er muss die Sommersprossen auf ihren Handrücken vermissen.

»Ich hatte mich entschuldigen wollen«, sagt sie, »dass ich auf der Beerdigung so die Fassung vor Ihnen verloren habe.« Ihr Gesicht sackt für einen Moment zusammen, strafft sich dann aber gleich wieder. Es ist ein schrecklicher Moment, als sich ihre Trauer zeigt.

Ich hätte weggehen sollen, als ich sie aus Catharines Zimmer kommen sah. Es war grausam von mir, hier stehen zu bleiben und anzunehmen, ich könnte mich normal mit ihr unterhalten. Ich erinnere sie an das sicher schmerzvollste Ereignis ihres Lebens. Mein Ziel während der letzten sechs Monate war, die Sorgen und Probleme dieser Frau zu mildern, nicht dazu beizutragen. Ich frage mich, ob ich etwas sagen kann, um meinen Fehler wiedergutzumachen.

»Entschuldigen Sie«, sagt sie. »Ich hatte nicht erwartet, Sie hier zu treffen. Ich war nicht darauf vorbereitet …«

»Entschuldigen Sie sich nicht«, sage ich schnell. »Machen Sie einfach mit Ihrer Arbeit weiter.« Ich gestikuliere zum

Schwesternzimmer hin, ein Stück den Gang hinunter. »Ich nehme mir eine Zeitschrift. Gracie und Lila kommen jeden Moment wieder heraus. Wenn wir eine Frage wegen Catharine haben, fragen wir eine andere Schwester. Bestimmt. Bitte.«

»Sagen Sie das nicht«, sagt sie. »Ich bin einfach nur überrascht. Eddie hat Sie so sehr geschätzt. Und die Blumen, die Sie geschickt haben. Großer Gott, ich hätte Ihnen längst dafür danken sollen.«

»Nein«, sage ich entsetzt. Sie darf mir nicht dafür danken, dass ich zugesehen habe, wie ihr Mann vom Dach gefallen ist. Ich muss das Thema wechseln. Ich muss weiterreden. Ich sage: »Ich hatte fast schon gedacht, Sie wären es gar nicht. Wegen des Namensschildes.«

Sie berührt das Schild, das an ihrer Uniform steckt, ohne es anzusehen. »Im Beruf benutze ich meinen Mädchennamen. Das habe ich immer schon gemacht. Es hilft mir«, sagt sie dann nach einer Pause, »bei der Arbeit jemand anders zu sein. Hier denke ich nicht so viel an Eddie.«

»Natürlich. Sicher.«

»Zu Hause ist er überall, wohin ich auch blicke.«

Für mich ist er auch überall, will ich sagen, aber ich schweige.

»Louis.« Das ist Kellys Stimme. Ich drehe mich um und sehe sie über den Gang kommen. Sie hält die Autoschlüssel in der Hand, und ihr Haar ist etwas durcheinander. Offenbar erschreckt es sie, dass ich mit einer Schwester spreche. »Bin ich zu spät? Haben sie Mutter schon in den Operationssaal gebracht?«

»Nein«, sagt Schwester Ballen. Sie hat ihren halb lächelnden, beruflichen Ausdruck wiedergewonnen, die Augen ruhig und distanziert. »Sie haben noch Zeit.«

Als Meggy, Theresa, Angel, Mary und Dina ankommen und aus dem übervollen Toyota quellen, als hätten sie sich die ganze Fahrt über an der Gurgel gehangen und wären nun bereit für ein neues Opfer, mache ich mich aus dem Staub. Catharine ist mindestens noch eine Stunde im OP, und da Kelly ihre zwei Schwestern, ihre Schwägerin, Nichten und Töchter bei sich hat, braucht sie mich nicht. Ich gebe ihr zum Abschied einen Kuss auf die Wange. Sie riecht immer noch so, als wäre sie gerade erst aufgewacht, verwuschelt und wie Seife. Ich liebe diesen Geruch.

Sie schüttelt so plötzlich den Kopf, dass ihre Nase gegen mein Kinn schlägt. Ich weiche zurück und reibe mir die Stelle, wo sie mich getroffen hat.

»Ich habe letzte Nacht noch geduscht«, sagt sie und klingt verärgert. »Ich hab dir doch gesagt, ich habe verschlafen.«

»Du siehst gut aus«, sage ich.

»Mir ist egal, ob ich gut aussehe. Wir sind hier in einem Krankenhaus.«

»Es ist eine Routine-Operation, Kelly. In kürzester Zeit ist deine Mutter ganz wiederhergestellt.«

»Ich weiß.«

Sie wirft einen Blick zu Meggy, Theresa, Dina und Mary hinüber, die auf der anderen Seite des Korridors sitzen. Mary hält einen Rosenkranz in der Hand, Dina trägt ein zerrissenes T-Shirt, auf dem *Life is a Party!* zu lesen ist. Angel steht weiter hinten und hält die Hand auf Gracies Bauch gedrückt. Lila läuft zwischen allen hin und her.

Kelly sieht plötzlich nach unten. »Ich will hier nicht sein, Louis. Ist dir aufgefallen, was Gracie anhat?«

»Soll ich ihr Geld geben, dass sie sich etwas zum Anziehen kaufen kann?«

»Die Strickjacke von meinem Vater. Erkennst du sie nicht? Es war seine Lieblingsjacke. Mutter muss sie ihr gegeben haben. Wie kann meine Mutter ihr die geben? Warum zieht sie die Jacke an?«

»Wahrscheinlich, weil ihre anderen Sachen ihr nicht mehr passen.«

»Ich sollte nicht mal versuchen, mit dir zu reden«, sagt sie. »Du willst mir nicht helfen. Du tust nur so, als ob, und ich auch. Ich bin zu müde dazu, Louis.«

»Ich tue überhaupt nicht so, als ob«, sage ich. Ich habe mich daran gewöhnt, wie die Dinge zwischen mir und Kelly stehen, und ich fühle mich nur ein bisschen schuldig. Ich tue wirklich nicht so, als ob. Das ist der falsche Ausdruck. »Aber ich muss nach meinen Männern sehen. Ich bin bald wieder da.«

»Ich will nicht, dass du so tust, als wäre dir das hier wichtig«, sagt sie. »Das haben wir hinter uns. Geh einfach.«

Weil ich es nicht ertragen kann, Gracie noch eine Minute länger anzusehen, tue ich, was Kelly sagt. Ich verlasse auf dem kürzesten Weg das Gebäude. Als ich draußen stehe, an diesem heißen, stickigen Julimorgen, atme ich tief und bewusst die frische Luft ein. Was mich angeht, ist das, was man in einem Krankenhaus einatmet, keine wirkliche Luft. Es ist die scheußlichste Verbindung von Molekülen und Chemikalien, die man überhaupt irgendwo zu irgendeiner Zeit finden kann. Meine beiden Eltern sind im Krankenhaus gestorben, in Schläuche gewickelt und an Maschinen angeschlossen. Tagelang habe ich neben ihrem verstellbaren Bett gesessen, erst bei meinem Vater, dann bei meiner Mutter, und habe lauwarmen Kaffee getrunken. Ich habe im Krankenwagen bei Eddie Ortiz gesessen, obwohl er längst tot war, lange

bevor wir die Notaufnahme erreichten. Ich hasse Kranken-
häuser.

»He, Mr. Leary«, sagt da eine Stimme. Ich reibe mir mit der
Hand über die Augen. Meine Beine haben mich hinaus auf
den riesigen Parkplatz getragen, ohne dass ich auch nur halb-
wegs in der Nähe meines Autos wäre. Ein schwerer junger
Mann sitzt auf der Haube eines Pick-up-Trucks und spricht
zu mir.

»Hallo«, sage ich. Der Kerl kommt mir vage bekannt vor.

»Hab Ihre Tochter vorbeigebracht«, sagt er, »und warte, um
zu sehen, wie lange sie es da drin aushält. Ich hab mit ihr
gewettet, dass sie nicht lange bleibt. Diese Art Familiennot-
fälle können ein ganz schöner Stress sein, wissen Sie.«

Ich starre ihn an und frage mich, ob der Übergang von der
heruntergekühlten Luft im Krankenhaus in den schwülen
Sommertag etwas mit mir angestellt hat. Mein Kopf schmerzt.

»Sie haben Gracie gebracht?«

Er schüttelt seinen Igelschnitt. »Lila.«

»Oh.« Hat Lila etwa einen Freund?

»Ich bin Weber James. 'tschuldigen Sie, ich hätte mich gleich
vorstellen sollen. Es kommt mir nur so vor, als hätte ich Sie
schon mal getroffen. Sie sehen wie Lila aus.«

Jetzt bringe ich ihn unter. »Sie sind bei der Feuerwehr?«

»Einer von den fest Angestellten.«

»Ich habe Sie zusammen mit Joel Shane gesehen.«

»Yeah. Ist ein Freund von mir. War wahrscheinlich bei der
Stadtverwaltung. Wenn's mir langweilig ist, gehe ich mit ihm
auf Spionagetour für den Bürgermeister.«

Etwas an dem, wie er mir das alles auftischt, stört mich. Eigentlich stört mich alles an diesem Kerl, der da auf der Haube dieses Lieferwagens vor dem Krankenhaus sitzt und mich

bedrängt, als spielten wir Fußball miteinander. Was sieht Lila in ihm? Wer sind meine Töchter?

»Lila studiert Medizin«, höre ich mich sagen. »Sie verbringt die Hälfte ihrer Zeit im Krankenhaus. Wie kommen Sie darauf, dass sie nach zwanzig Minuten schon wieder gehen würde?« Ich zwinge mich, zu lächeln und meine Stimme leicht klingen zu lassen. »Für mich sieht es aus, als verschwendeten Sie hier Ihre Zeit.«

Weber schwingt seine Beine zur Seite und springt mit einer überraschend anmutigen Bewegung von der Haube. »In letzter Zeit lässt sie's etwas schleifen«, sagt er. »Sie ist nicht gerade verrückt danach, Zeit da drin zu verbringen. Ich wette, sie taucht bald auf.«

Ich lasse den Blick über den Parkplatz schweifen und entdecke etliche Reihen weiter mein Auto träge in der späten Vormittagssonne stehen. Der Kerl weiß nicht, wovon er redet. Wahrscheinlich kennt er Lila nicht mal.

»Ich muss weg«, sage ich. »Schön, Sie kennengelernt zu haben, Weber.«

»He«, sagt er. »Vielleicht hab ich da was gesagt, was ich nicht hätte sagen sollen. Es ist nicht einfach rauszufinden, was Lilas offizielle Geschichte mit ihrem Studium ist. Vielleicht habe ich da jetzt echt was versaut. Können Sie einfach so tun, als hätte ich nie was gesagt?«

Ich bin schon ein paar Schritte weg. Ich muss mich umdrehen, um ihn zu verstehen. Die Kopfschmerzen bringen mich um. »Kein Problem.«

»Danke, Mann. Sie haben einen gut.« Webers Gesicht verzieht sich zu einem Lächeln, und ich sehe die Freude und die Jugend darin, die ich eben auch in Lilas Gesicht gesehen habe. Ich nicke in Webers Richtung, um ihn zum Schweigen zu bringen, und suche mir meinen Weg über den heißen Asphalt.

Ich will noch nicht gleich vom Parkplatz fahren, was die Anwesenheit von Weber umso ärgerlicher macht. Ich kann nicht gut still in meinem Auto sitzen, während er nur ein paar Meter entfernt auf dem Dach von seinem Pick-up hockt. Ich kenne ihn nicht, aber ich bin ziemlich sicher, er würde das als Einladung verstehen, herüberzukommen und weiterzureden. Um diese Möglichkeit auszuschließen, lasse ich meinen Motor an. Langsam setze ich aus der Parklücke zurück. Als ich aus dem Rückwärtsgang schalte, sehe ich Lila. Sie schlägt die Krankenhaustüren hinter sich zu und bleibt genau wie ich stehen, um durchzuatmen. Dann setzt sie sich mit der Büchertasche über der Schulter Richtung Parkplatz und Weber in Bewegung. Mein einziger Trost, als ich wegfahre, ist, dass sie nicht froh darüber zu sein scheint, ihn zu sehen.

Ich fahre zur anderen Seite des Krankenhauses auf den Teil des Parkplatzes, der dem medizinischen Personal vorbehalten ist. Eddies großer weißer Cadillac ist leicht zu finden. Beim Krankenhausausgang entdecke ich einen Platz, stelle den Motor aus, lasse aber das Radio an und beginne zu warten. Nach dem, was Schwester Ballen zu einer anderen Schwester gesagt hat, hat sie um zwölf Dienstschluss. Bis dahin ist es noch eine halbe Stunde.

Im Radio kommen die Lokalnachrichten. Der Sprecher listet die Straßensperrungen im County auf, die größeren Baustellen, und spricht von der Unentschiedenheit des Gouverneurs, was die teure Neubelebung der Stadt Newark betrifft. Ich denke daran, wie beängstigend es noch vor zehn

Jahren war, durch Newark zu fahren, selbst die schlimmsten Gegenden Manhattans konnten da nicht mithalten. Newark war verdreckt, heruntergekommen und voller Banden. Jeden Tag wurden an den Hauptkreuzungen bei vollem Tageslicht Autos entführt, Leute erschossen, Drogen verkauft. Niemals hätte ich meine Mädchen auch nur in die Nähe von Newark kommen lassen. Aber heute, dank des neuen Kunst-Zentrums, neu angesiedelter Unternehmen, der Diskussion um ein Hockeystadion und viel, viel Geld wird Newark zum gelobten Land. Voller Hoffnung und Möglichkeiten. Ich finde es verblüffend, dass ich im Laufe meines Lebens die Wiedergeburt einer Stadt verfolgen konnte. Alles ist möglich, und manchmal bewegt sich tatsächlich etwas. Das lässt mich daran denken, was ich für Kelly tun kann. Vielleicht sollte ich ihr heute Nachmittag ein Eis mit ins Krankenhaus bringen. Eine Riesenportion ihres Lieblingseises, Sahnepraliné. Aller Wahrscheinlichkeit nach wird sie nicht daran denken, etwas zu essen, mit all dem Hin und Her ihrer Familie. Der Gedanke, ihr die weiße Tüte mit einem Becher Eiskrem darin zu geben, gefällt mir. Ich kann sie förmlich lächeln sehen.

Als Eddies Frau aus dem Krankenhaus kommt, trägt sie ihre Uniform nicht mehr. Sie hat eine graue Hose und eine kurzärmelige Bluse an. Ihr Haar hängt offen herunter. Wie die meisten Mütter kleiner Kinder hat sie eine große Handtasche dabei. Ich habe schon gesehen, wie sie Erstaunliches daraus zutage gefördert hat. Ein Sandwich für ihren Sohn, eine Puppe für ihre Tochter und dazu eine vollständige Zeitung, einen Apfel und einen dicken Roman für sich selbst. Jetzt nimmt sie eine Sonnenbrille aus der Tasche und gleitet in den weißen Cadillac. Sie verlässt den Parkplatz, und ich folge ihr.

Meine Männer haben Eddie wegen seines Cadillacs immer aufgezogen. Sie nannten ihn einen Zuhälterschlitten. Er selbst sagte, es sei ein Klassiker. Wenn ich in die Kabbeleien hineingezogen wurde, sagte ich nur, dass ich es nie verstanden hätte, wie jemand ein weißes Auto kaufen könne. Wie ein weißer Teppich sieht auch ein weißes Auto schnell schmutzig aus. Dellen oder Kratzer lassen sich kaum verstecken oder ausbessern und ihn sauber zu halten ist die Hölle. Eddie hat allerdings das verdammte Auto zweimal die Woche gewaschen, und es glänzte immer. Diese Gewohnheit hat seine Frau eindeutig nicht beibehalten. Das Weiß ist schmuddelig geworden, und Schmutzstreifen ziehen sich über die Fenster. Ich bin zwei Wagen hinter ihr, und der Schmutz stört mich. Als wir zu einer Waschanlage kommen, denke ich: Biege ab, biege ab. Aber sie fährt daran vorbei. An einer roten Ampel vergewissere ich mich, dass ihre Reflexe gut sind. Nach der Nachtschicht muss sie müde sein, aber man merkt es nicht. Sie ist eine gute, solide Fahrerin.

Ich sorge mich, dass ich sie heute Morgen mehr aus der Fassung gebracht habe, als sie sich anmerken ließ. Ich habe erlebt, wie Kelly durch eine einzige Bemerkung von Catharine oder einem der Mädchen tagelang verstört war. Und Kelly hat nie einen Verlust wie Schwester Ballen erlitten. Diese Art Schmerz hat sie nie gespürt. Ich hasse den Gedanken, dass ich diese Frau wieder in die Nähe des Abgrunds gebracht haben könnte. Nach allem, was ich gesehen habe, weiß ich zwar, dass diese Frau sehr stark ist, aber jeder zerbricht irgendwann.

Als wir in ihre Straße einbiegen, wird mir bewusst, dass sie jetzt Schwester Ballen für mich ist, nicht Eddies Frau oder Mrs. Ortiz. Sie hat einen neuen Namen für mich: Noreen

Ballen. Sie fährt in ihre Auffahrt, und ich werde langsamer und tue so, als interessierte ich mich für ein Haus, das ein paar Grundstücke vor ihrem liegt. Sie steigt aus, tritt die Tür mit dem Absatz zu und fügt der weißen Farbe damit einen weiteren Flecken zu. Sie folgt dem kurzen Weg die Auffahrt hinauf zur Haustür. An einigen Stellen bricht Unkraut durch den Zement, und der Rasen müsste wieder geschnitten werden. Ich mache mir im Geiste eine Notiz, einen meiner Männer mit einem Mäher herzuschicken, wenn sie bei der Arbeit ist. Jetzt scheint sie nur müde zu sein. Ihre Bluse ist ihr hinten aus der Hose gerutscht. Zwischen den Schulterblättern ist ein schmaler Schweißfleck zu sehen. Es ist halb eins, was bedeutet, dass sie nur zwei Stunden schlafen kann, bis ihre Kinder aus der Schule kommen. Eine Minute steht sie mit dem Schlüssel in der Hand vor der Tür und rührt sich nicht, dann schließt sie auf. Mit gesenktem Kopf tritt sie über die Schwelle.

Ich spüre hinter dem Steuer meines Wagens, wie schwer es für Schwester Ballen ist, ins Haus zu gehen. Dem Verlust, den Erinnerungen, der Trauer, dem Leben, das es nicht mehr gibt, entgegenzutreten. Alles das kann ich fühlen. Es überschwemmt mich so schwer und zäh, dass ich kaum noch Luft bekomme. Ich schüttele den Kopf und versuche die Empfindung zurückzudrängen. Einen Moment lang erfüllt mich Zorn, dass ich so mit einer Frau empfinden muss, die im Grunde eine Fremde für mich ist. Aber dann ist der Zorn verflogen, es ist zu anstrengend, ihn festzuhalten. Ich beobachte, wie der Rollladen an ihrem Schlafzimmer wie Regen vom Himmel herunterrasselt, und fahre zurück zum Krankenhaus.

Gracie

Diese Woche bin ich nicht zur Arbeit gegangen, habe keine Briefe gelesen und meinen Laptop nicht ein einziges Mal eingeschaltet. Auf keinen von Graysons Anrufen hin habe ich zurückgerufen. Alles, was ich tue, ist, im Bademantel zu Hause zu sitzen, wenn keine Besuchszeit ist, oder angezogen an Grandmas Bett im Krankenhaus zu sitzen, wenn Besuchszeit ist. Schwester Ballen sagt, Grandma macht gute Fortschritte, aber auf mich macht es nicht den Eindruck. Sie folgt dem Plan und tut, was man ihr sagt, aber sie ist nicht wirklich da. Sie ist so ruhig, vermeidet den Blickkontakt mit mir und schläft viel mehr, als ich für möglich gehalten hätte. Sie kommt mir wie ein völlig anderer Mensch vor, wie eine fremde alte Dame, die Grandmas Körper in Besitz genommen hat. Einiges von ihrem Verhalten lässt sich mit den Medikamenten erklären, ich weiß, denn Grandma sagt Sachen zu mir, besonders in den ersten achtundvierzig Stunden nach der Operation war das so, die sind unerklärbar und seltsam.

»Meine Mutter hat den Fernsehapparat eingeschaltet«, sagt sie.

Auch wenn ich vernünftig mit ihr reden und sie zurück zu mir holen möchte, will ich doch nicht so wie Mom und Tante Meggy über alles mit ihr streiten, was sie sagt. »Vielleicht gab es etwas, das deine Mutter sehen wollte.«

»Nein. Sie wollte mich damit in Schwierigkeiten bringen.

Sie wusste, dass ich es nicht wollte. So macht sie es immer mit mir.«

»Macht sie was?«

»Sagt Dinge, die ich nicht von ihr hören will.« Dann plötzlich schläft Grandma wieder. Atmet beständig zwischen ihren ausgetrockneten Lippen ein und aus.

Tante Meggy beschwert sich, dass die Leute Grandma malträtieren, weil man sie bereits einen Tag nach der Operation dazu zwingt, sich wieder auf die eigenen Füße zu stellen. Eine Reha-Schwester kommt mit einem Gehgestell herein, hebt Grandma praktisch aus dem Bett und besteht darauf, dass sie bis in die Mitte des Raumes und wieder zurück zum Bett geht. Trotz aller Medikamente verzieht sich Grandmas Gesicht, und ihre grünen Augen werden wässrig, als sie einen schlurfenden Schritt nach dem anderen macht.

»Sie haben sie gerade erst mit einem Messer aufgeschnitten und ihre Knochen zurechtgerückt«, sagt Meggy. »Sie ist alt und hat Schmerzen. Können Sie ihr nicht zumindest ein paar Tage Ruhe gönnen, zum Teufel noch mal? Gibt es hier irgendwen mit einem Hirn im Kopf, mit dem ich sprechen könnte?«

Ich stehe in der Ecke hinter Meggy, sehe, wie Grandmas Augen voller Tränen sind, und stimme ihr zu.

Meggy sieht, wie ich nicke, und sagt: »Halt dich da raus, Gracie.« Während Angel mir vergeben zu haben scheint, dass ich ihr mein Baby verweigert habe – sie war sehr lieb, hat sich nach dem Fortgang der Schwangerschaft erkundigt und so getan, als wäre alles bestens –, ist Meggy nicht so nett. Sie hat auch noch nicht aufgegeben, sondern ziemlich klargemacht, dass, was sie angeht, mein Kind auf die eine oder andere Weise zu meiner Tante und meinem Onkel kommt.

Schwester Ballen tritt ins Zimmer, und Meggy wendet den Blick von meinem dicken Bauch. Schwester Ballen erklärt, dass es äußerst wichtig ist, Grandma so schnell wie möglich wieder zum Gehen zu bringen, damit sie ihre Kraft nicht verliert, ihre Beweglichkeit und Gehfähigkeit. Wenn Grandma sich jetzt nicht bewege, erklärt sie, halbierten sich die Aussichten auf eine völlige Genesung. Es sei ein kritischer, gefährlicher Moment für Grandmas Gesundheit, aber wenn es uns allen gelinge, sie zurück auf den Weg dahin zu bringen, wo sie vor dem Sturz gestanden habe, dann sei die Chance weit größer, dass alles wieder gut werde.

Was Schwester Ballen sagt, scheint Meggy zu beschwichtigen. Zumindest geht sie hinaus und hört auf zu schreien. Ich bin allein mit Grandma, die wieder in ihrem Bett liegt, die Augen geschlossen.

Mir hat Schwester Ballen ein Stück Mut genommen. Für mich klang es so, dass Grandma uns entglitten sei, und alles, was wir tun könnten, sei, sie auf die Beine zu stellen und zum Essen zu zwingen und darauf zu hoffen, dass sie zu uns zurückkommt. Ich brauche mehr als das. Ich brauche mehr als nur Hoffnung. Ich brauche Grandma.

Während der fünf Tage, die sie jetzt im Krankenhaus ist, sitze ich jede einzelne Stunde der Besuchszeit an ihrem Bett. Ende der Woche wird sie in eine Reha-Klinik verlegt, wo sie zwei Wochen bleiben soll, bevor sie zurück ins Heim für behütetes Wohnen kommt.

Ich lese ihr aus Zeitschriften vor, dann Babybüchern, praktisch aus allem, von dem ich annehme, dass sie darauf reagieren könnte. Am Ende der Woche versuche ich es sogar mit ein paar *Liebe-Abby*-Briefen und meinen Antworten darauf.

Normalerweise würde zum Beispiel eine Expertenmeinung dazu, wie man ein Baby füttert oder badet, Grandma, die keine Expertenmeinungen mag, irgendeine Art von Reaktion entlocken. Allein schon die Erwähnung meiner Kolumne und der Briefe von meinen Lesern würde ein verächtliches Schnaufen hervorrufen. Doch im Augenblick kommt nichts von ihr. Wenn sie bei meinem Hereinkommen wach ist, sagt sie hallo – auf Wiedersehen, wenn ich gehe. Ansonsten schläft sie oder sieht aus dem Fenster. Wobei die Aussicht nichts bietet. Die Spitzen von ein paar Bäumen mit grünen Blättern. Ein Scheibchen Himmel.

Ich erzähle Grandma, dass das Baby angefangen hat zu treten und ich an manchen Tagen denke, dass sie – ich stelle mir ein Mädchen vor – kurz davor steht, in meinem Magen durchzubrechen. Wenn ich sicher bin, dass Grandma schläft, erzähle ich ihr, dass ich mich durch dieses Treten noch mehr allein fühle. Es gibt mir das Gefühl, dass mein Körper nichts als eine große, ständig weiterwachsende Schale ist, und das einzige Leben darin konzentriert sich in diesem Baby.

Dann wieder erzähle ich Grandma, dass ich dem Baby jeden Morgen einen kleinen Vortrag halte, es solle alle Energie darauf verwenden, die verschiedenen Organe und Gliedmaßen auszubilden. Ich empfehle dem Baby, zu einer stärkeren Frau heranzuwachsen, als ich es bin. Offener und zugänglicher zu werden als Lila. Nicht so schwierig wie meine Mutter. Mitteilsamer als mein Vater. Zu jemandem zu werden, der sich selbst wirklich kennt. Wie Grandma.

Von meinen Sorgen erzähle ich Grandma, die jeden Tag ein bisschen mehr werden. Sie wachsen mit dem Umfang meines Bauches. Ich denke an die Kinder, die Grandma verloren hat, die Zwillinge und das kleine Mädchen, und ich weiß, ich würde so einen Verlust nie überleben. Jeden Tag sehe ich, wie Meggy mich im Krankenhaus mustert, ich kann es nicht vermeiden. Die Sorgen wachsen, bis sie die Größe einer ausgewachsenen Person haben, die neben mir sitzt. Wie wird es mir gelingen, alles beieinanderzuhalten? Wie kann ich diese winzige zukünftige Person bei mir halten?

Lila sagt: »Gracie, du riechst. Könntest du bitte nach Hause fahren und dich duschen?«

Meine Mutter sagt: »Deine Großmuter braucht dich hier nicht jede einzelne Minute. Du fühlst dich besser, wenn du dich einmal umziehst. Wie wäre es, wenn ich euch Mädchen heute Abend zum Essen einlade?«

Meggy flüstert Angel Sachen zu, die für mich gedacht sind: »Gracie verliert den Überblick. Sitzt hier in Daddys Pullover und murmelt in sich hinein. Sie benimmt sich jeden Tag mehr wie Ryan, findest du nicht? Sieht für dich so jemand aus, der zu einer guten Mutter taugt?«

Ich versuche, sie zu ignorieren. Meggy hat unrecht. Sie alle haben unrecht. Was sie nicht kapieren, ist, dass mit mir alles in Ordnung kommt, sobald es Grandma besser geht. Wenn Grandma wieder sie selbst ist, werde ich aufhören, mir solche Sorgen zu machen. Wenn sie wieder sie selbst ist, kann auch ich wieder ich selbst werden. Das Problem ist, dass ich mir nach diesen Tagen an Grandmas Bett absolut nicht mehr vorzustellen vermag, wer das war. Was mich auch um das Baby fürchten lässt.

Als ich eines Nachmittags nach Hause komme, ist eine Nachricht von Grayson auf dem Anrufbeantworter. »Du musst arbeiten.« Dann eine verärgerte Pause. »Du musst mich anrufen.«

Am Tag, bevor sie in die Reha-Klinik kommt, zeigt Grandma ein paar Lebenszeichen.

Sie bemerkt, dass die Krankenschwestern ihre Sachen zusammenpacken und meine Mutter ein Formular ausfüllt. »Kelly«, sagt sie.

Meine Mutter geht durchs Zimmer zu ihr ans Bett. »Was ist, Mutter?«

Mein Vater und ich, die einzigen anderen Menschen im Raum, passen genau auf. Der vernebelte Klang von Grandmas Stimme ist weg. Sie hört sich wie früher an.

»Versprich mir, dass ich im Altenheim nicht in das andere Haus umziehen muss. Ich will nicht in ein anderes Zimmer.«

Meine Mutter beugt sich über Grandma und spricht mit langsamer Stimme: »In den nächsten Wochen gehst du noch nirgends hin, Mutter. Du kommst erst einmal in die Reha-Klinik. Wir müssen dafür sorgen, dass du dich wieder wohl auf deinen Füßen fühlst und dich herumbewegen kannst. Der Doktor sagt, du tanzt schon bald wieder Foxtrott und rennst die Treppen rauf und runter.«

»Verschwende nicht meine Zeit«, sagt Grandma. »Das weiß ich alles. Aber nach dem anderen Krankenhaus will ich zurück in mein altes Zimmer. Das ist sehr wichtig für mich. Versprich mir, dass du dafür sorgst.«

»Mutter, du brauchst eine sichere Umgebung, die dir ausreichend Unterstützung gibt. Es kann sein, dass du in Zukunft mehr Hilfe benötigst, und die medizinische Ausstattung im anderen Haus ist weit besser. Ich möchte, dass du das realistisch betrachtest. Ich werde dir keine falschen Versprechungen machen. Wir müssen einfach abwarten und sehen, welchen Fortschritt du machst.«

Als meine Mutter zu reden aufhört, dreht Grandma das Gesicht weg und schließt die Augen.

»Hast du mich verstanden, Mutter? Sorg dich nicht. Egal, in was für ein Zimmer du kommst, wir richten es so ein, wie du es magst. Wir hängen die Bilder wieder genauso auf wie jetzt, wenn es dich glücklich macht.«

Grandma ist wieder weg. Sie schläft oder ist in die Bewusstlosigkeit entglitten. Sie antwortet nicht.

Später an diesem Nachmittag sage ich auf dem Gang zu meiner Mutter: »Du hättest Grandma sagen sollen, dass sie zurück in ihr Zimmer kann.«

Meine Mutter hat Schwierigkeiten, mir in die Augen zu sehen, seit Ostern ist das so. Ich habe versucht, mich daran zu gewöhnen. Sie sieht mir über die Schulter oder hinunter auf ihre Hände. Es gefällt ihr, die linke Hand während des Sprechens zu drehen und so den Diamanten ihres Verlobungsrings im Licht der Lampen funkeln zu lassen.

»Deine Großmutter kann nicht mehr«, sagt sie. »Und als ihr ältestes Kind ist es meine Aufgabe, mich um sie zu kümmern. Ich kann ihren Launen nicht nachgeben, Gracie. Ich muss tun, was richtig ist.«

Der Ring funkelt, und die Tatsache, dass meine Mutter mich nicht ansehen will, lässt mich fast durchdrehen. Ich unterhalte mich in letzter Zeit so selten. Ich bin so oft allein.

»Eigentlich bist du nicht das älteste Kind«, sage ich.

»Was?«

Jetzt fühle ich mich gemein, und schuldig. »Du hattest doch eine ältere Schwester, oder?«

Ich spüre die Augen meiner Mutter auf mir, wie sie mein schmutziges Haar und die schlecht sitzenden Kleider in sich aufnehmen. »Warum redest du so?«, sagt sie. »Du hast dich immer von diesen alten Geschichten einfangen lassen. Was vergangen ist, ist vergangen. Ich verstehe nicht, was das soll. Was soll das?«

Vielleicht hat sie recht. Vielleicht schenke ich der Gegenwart und dem, was wirklich ist, nicht genug Beachtung. Die letzte Nachricht von Grayson lautete: »Mach dich frei davon, Gracie. Es wird Zeit, dass du dein Leben wieder aufnimmst.«

Aber ich kann dem engen Blick, mit dem meine Mutter und Grayson die Welt sehen, nicht richtig zustimmen. Vergangenheit und Gegenwart sind *beide* wichtig. Sie haben die gleiche Bedeutung, oder etwa nicht? Deshalb ist es so schwer, Entscheidungen zu treffen. Immer muss man so viel beachten.

»Das sind nicht nur einfach Geschichten, Mutter«, sage ich. »Es ist die Geschichte unserer Familie.«

Sie schlägt ein paarmal schnell mit den Augenlidern. »Ich war die Älteste, die, auf die sich meine Eltern verlassen haben. Immer. Und jetzt, wo meine Mutter krank ist, muss ich die Entscheidungen für sie treffen. Glaubst du, dass Pat sich an irgendwas beteiligt? Oder Meggy? Nein. Das bedeutet nicht, dass ich die Rolle gerne übernehme, Gracie, und es bedeutet auch nicht, dass das Leben fair ist. Das Leben ist nicht fair. Aber ich bin ein Mensch, der seine Verantwortung ernst nimmt.«

Das ist ein Seitenhieb wegen meiner Schwangerschaft. Jemand, der seine Verantwortung ernst nimmt, kann nicht allein ein Kind großziehen wollen. Meine Mutter sagt mir, dass sie es anders gemacht hätte, besser. Zum Teufel, sie hat es besser gemacht, zumindest sieht sie es so.

Ich wünschte, Lila wäre hier, und wir könnten einen Blick

wechseln und mit den Augen rollen. Sie hat sich kaum bei Grandma sehen lassen. Zu Hause sind wir aber viel zusammen, beide im Schlafanzug.

Ich frag sie nicht, warum sie nicht mehr ins Krankenhaus fährt und was mit Weber ist. Ich habe ihn eines Nachmittags im Supermarkt getroffen, und er hat mir erzählt, dass er eine heiße Sache mit meiner Schwester habe. Sie ist verrückt, sich mit diesem Trottel einzulassen, aber ich behalte meine Meinung für mich. In letzter Zeit behalte ich alles für mich.

Ich hole tief Luft und sage: »Also gut, dann solltest du als Familienoberhaupt auch wissen, dass Meggy und Angel vor ein paar Wochen bei mir waren und wollten, dass ich Angel und Johnny das Baby gebe, damit sie es großziehen.«

Der Ausdruck auf dem Gesicht meiner Mutter bestätigt mir, dass sie nichts davon wusste. Sie schlägt die Hände zusammen, und der Diamantring ist nicht mehr zu sehen. »Das würden sie nicht …«

»Das haben sie. Und sie haben mir die Geschichte von einer Familie in eurer Straße erzählt, als ihr Kinder wart. Sie haben mir erklärt, sein Kind wegzugeben ist Teil der irischen Tradition, Teil dessen, wie sich irische Familien umeinander kümmern.«

Meine Mutter schüttelt langsam den Kopf, als hätte sich plötzlich ein Scharnier in ihrem Nacken gelockert. »Sie würden es nicht wagen … Ich sollte wohl hineingehen und nach deiner Großmutter sehen.«

Alle wollen nur weg von mir, denke ich.

»Ich habe eine Idee, wie du Catharine das Versprechen geben kannst«, sagt mein Vater.

Wir drehen uns beide um. So wie er da in seiner khakifarbenen Hose und dem Jeanshemd auf uns zukommt, scheint mir mein Vater noch größer als sonst. Er blickt über meinen Kopf hinweg zu meiner Mutter. Ich habe das Gefühl, bis zur Unsichtbarkeit zu schrumpfen.

»Ich dachte, du wolltest zur Arbeit«, sagt meine Mutter.

»Mir ist eine Idee gekommen, wie wir deiner Mutter helfen können.«

»Ich mag es nicht, wenn alle auf mich einhacken«, sagt meine Mutter, und ihre Stimme bekommt einen hysterischen Unterton. »Ich tue, was ich kann, und will dafür nicht auch noch kritisiert werden.«

»Niemand hackt auf dich ein.«

Sie gestikuliert mit den Händen, die Handflächen nach oben gedreht. »Und warum fühle ich mich dann so?«

»Bitte«, sagt mein Vater, »hör mir nur eine Minute zu. Ich weiß, du bist erschöpft, und ich will nur helfen.«

Meine Mutter starrt ihn an.

Ich sehe, dass sie kocht, wobei mein Vater glaubt, dass alles okay und er aus dem Schussfeld ist.

Lächelnd verschränkt er die Arme vor der Brust. »Ich denke, wir sollten eine Privatschwester engagieren, die sich im Heim jeden Tag um deine Mutter kümmert. Ich habe mit dem Direktor gesprochen, und solange sie nicht ernsthaft krank ist und wir uns um zusätzliche medizinische Pflege kümmern, kann sie in ihrem Zimmer bleiben. Solange nicht irgendwelche medizinischen Apparate wie Sauerstoff oder Infusionen nötig sind, ist das kein Problem, und die braucht sie nicht. Was sie braucht, ist eine Hilfe, die ein Auge auf sie hat und es ihr leichter macht, wieder in ihr altes Leben zu finden.«

Meine Mutter nickt und denkt nach. »Nun, wir könnten mit ein paar Agenturen sprechen und uns mal ein paar Kandidatinnen ansehen. Das ist keine schlechte Idee, Louis. Das könnte gehen. Lass uns abwarten, wie meine Mutter in der Reha-Klinik zurechtkommt, und dann sehen wir weiter.«

»Sicher«, sagt er, »aber ich habe schon mit jemandem wegen des Jobs gesprochen.«

Ihre Augen werden groß. »Warum denn das?«

»Sie ist eine wunderbare Schwester, und sie kennt deine Mutter bereits. Dazu kommt, dass sie sich eine regelmäßigere Arbeitszeit wünscht, damit sie mehr Zeit für ihre Kinder hat.«

Meine Mutter sieht meinen Vater an, als wäre er durchgedreht.

»Wer?«, sage ich. »Schwester Ballen?«

Er nickt. »Ich habe eben mit ihr geredet, Kelly. Natürlich ist nichts beschlossen. Ich weiß, dass ich erst mit dir darüber sprechen muss.«

»Sie ist meine Mutter, Louis. Ich hoffe doch sehr, dass du erst mit mir über so etwas sprichst. Großer Gott noch mal.«

Ich gehe weg von ihren Stimmen, in Grandmas Zimmer. Sie liegt auf dem Rücken und hat die Augen geschlossen. Ihre Haut ist aschfahl. Ich schließe die Tür, höre aber immer noch das Auf und Ab von Mutters Stimme und das gleichmäßige Murmeln meines Vaters.

»Grandma«, sage ich. »Ich habe gute Neuigkeiten für dich. Es sieht so aus, als könntest du dein Zimmer im Heim behalten. Mom und Dad bereiten alles dafür vor. Du wirst wieder so wie früher leben. Alles wird wieder genauso wie früher. Wie du es dir wünschst.«

Ich bekomme keine Antwort von der alten Frau, der Fremden dort in dem Bett.

»Grandma«, sage ich ein wenig lauter.

»Die Besuchszeit ist vorüber«, sagt eine Schwester von irgendwo hinter mir.

Als ich nach Hause komme, ist Lila da. Es dämmert bereits, und ich bin überrascht, in der Küche das Licht brennen zu sehen, als ich in die Auffahrt biege. Normalerweise ist sie abends bei Weber. Ich gehe durch die Hintertür und finde Lila am Tisch sitzend und in einer Zeitschrift blätternd. Sie trinkt Pfefferminztee. Ich kann die Minze durch den ganzen Raum riechen.

Ich stelle meine Tasche aufs Büfett und versuche, Ordnung in die Gedanken zu bringen, die mir seit ein paar Tagen durch den Kopf gehen. Es gibt so vieles, worüber ich mit ihr reden möchte. Womit soll ich anfangen? Ich möchte meiner Schwester erzählen, dass ich mir ausgemalt habe, was sie, was wir in der Zukunft wohl tun werden. Ich habe sie als Erwachsene gesehen, mit Falten um die Augen und einem Grauschimmer im Haar. Ich habe gesehen, wie sie mit meinem Baby auf dem Linoleumboden in der Küche spielt und wie wir beide Seite an Seite älter werden. Wie wir Wege finden, uns zu ergänzen und aufeinander zu verlassen.

Ich frage mich, ob sie lachen oder eine gemeine Bemerkung machen wird, als Lila sagt: »Dein Rat diese Woche ist wirklich komisch.« Sie schüttelt die Zeitung mit beiden Händen auf. »Er ist so unglaublich praktisch, und du beantwortest drei Briefe von Männern, was gar nicht deine Art ist. Der Rat für den Mann, der abends an seinem Auto arbeiten möchte, aber sich nicht traut, weil er seine Frau nicht verletzen will, hat mir den Rest gegeben.« Lila lächelt mit einem Blick auf die Zeitung.

»Oh Gott.« Ich hatte vergessen, dass Donnerstag ist. Kolumnentag. »Das stammt nicht von mir«, sage ich. »Ich war zu durcheinander, was mit Grandma … Grayson muss sie für mich geschrieben haben, um mich zu decken. Lass sehen.« Lila zieht den Lifestyle-Teil heraus und gibt ihn mir. »Er hat auch wieder eine Nachricht auf dem Anrufbeantworter hinterlassen. Unser kleiner Redakteur ist ein bisschen zwanghaft.«

»Oh Gott, oh Gott.« Ich sinke auf meinen Stuhl. »Er muss absolut wütend sein.«

»Was soll's?«, sagt Lila. »Du machst dir viel zu viel Sorgen, was die Leute wohl denken.«

Aber klar, will ich schon sagen. Dich stört es so wenig, was die Leute denken, dass du deiner Schwester nicht mal was von dem versoffenen Feuerwehrmann erzählen kannst, mit dem du schläfst. Ich seufze. Mir ist klar, dass ich ihr nicht von meinem Blick in unsere gemeinsame Zukunft erzählen werde. Dann würden wir beide glauben, ich wäre verrückt geworden. »Er ist mein Boss, Lila. Ich werde dafür bezahlt, dass es mich kümmert, was Grayson denkt.«

Ich überfliege die Kolumne. Grayson ist Nachrichtenredakteur, und seine Sätze sind kurz und prägnant, ganz anders als mein eher gesprächiger Stil. Sein Rat ist viel spezifischer als meiner. Dem Mann, der sein Auto mehr liebt als seine Frau, rät er, ihr an den Abenden, wenn er in der Garage an seinem Auto basteln möchte, Blumen und Süßigkeiten mitzubringen. Einer Mutter, deren pubertierender Sohn nicht mehr mit ihr reden will, schlägt er vor, eine Liste mit den Dingen zu machen, über die sie gerne reden würde, und ihrem Sohn davon eine Kopie zu geben. Dann soll sie eine Gesprächszeit festlegen, und weder Mutter noch Sohn dürfen vom Tisch aufstehen, bevor nicht alle Themen abgearbeitet sind. Einem

Mann, der sich Sorgen macht, sein lichter werdendes Haar könnte seine Chancen bei Frauen beeinträchtigen, sagt Grayson, er solle mehr Hüte tragen und versuchen, sich einen selbstbewussteren Schritt anzugewöhnen.

Ich lege die Zeitung zurück auf den Tisch. »Seine Ratschläge sind unmöglich«, sage ich. »Ich werde Hassbriefe kriegen. Dieser Teenager wird seiner Mutter ins Gesicht lachen. Der Mann mit dem Auto wird größten Ärger bekommen, wenn er sich mit Süßigkeiten loskaufen will. Und der mit den Haaren sollte wissen, dass sich Frauen an solchen Sachen nicht stören. Deswegen ist er nicht allein.«

Ich schlage die Hände vors Gesicht.

»Du hast recht«, sagt Lila. »Ich hätte das nicht so gesehen, aber es klingt vernünftig.«

Ich habe die Augen hinter meinen Händen geschlossen, und alles, was ich sehe, sind Schatten und Dunkelheit. »Ich vermisse meinen eigenen guten Rat. Ich vermisse, dass mir die Sachen so von der Hand gehen. Ich vermisse es, kaltes Bier zu trinken. Alles vermisse ich«, sage ich. »Sex. Den vermisse ich wirklich. Du hast so ein Glück, dass du jemanden hast.«

Ich höre, wie Lila ihren Stuhl zurückschiebt und aufsteht. »Dann geh doch los und such dir einen Typen. Was hält dich auf?«

»Hast du mich in letzter Zeit mal angeguckt?« Als ich die Hände von den Augen nehme, schwimmt die Küche in Neonflecken und Helligkeit. Nach einer Minute sage ich: »Besuchst du Grandma eigentlich nicht, weil du die Leute aus deinem Studiengang nicht sehen willst?«

»Ich gehe jeden Tag zu ihr, nur nicht während der Besuchszeit. Ich weiß, wie man die Vorschriften umgeht. Und ich habe vor niemandem Angst.«

»Das habe ich auch nicht gesagt.«

Sie schüttelt den Kopf. »Nächste Woche muss ich wieder einsteigen. Mein Attest läuft aus.«

»Zumindest schläfst du regelmäßig mit jemandem«, sage ich. »Die Welt hat etwas Magisches, wenn man mit einem schläft, oder?«

»Nein.«

»Vielleicht machst du was falsch.«

»Du machst dir was vor.« Lila sieht mich mit müden Augen an. »Das hast du immer schon getan. So etwas wie Magie gibt es nicht.«

Nachdem Lila zu Weber gefahren ist, mache ich mir ein Tiefkühlessen warm, esse es bis zum Letzten auf und dazu noch zwei Bananen und einen halben Schoko-Milchshake von McDonalds, den ich im Kühlschrank vergessen hatte. Schließlich ziehe ich meine Wolljacke wieder an und setze mich auf die Treppe vor der Haustür. Ich vergesse immer, dass wir Sommer haben. Jedes Mal, wenn ich aus dem Haus gehe oder aus dem Krankenhaus komme, mache ich mich auf einen kalten Wind gefasst und bin überrascht, dass ich in der feuchten Wärme ins Schwitzen gerate. New Jersey ist im Sommer brutal. Die hohen Temperaturen lassen die Straßen dampfen, und die Luft ist so dick, dass man kaum atmen kann. Die Hitze macht den Geist träge, und die Leute rennen von einem klimatisierten Platz zum anderen. Aus dem Auto ins Haus, vom Büro ins Einkaufszentrum.

Das Baby wiegt schwer in mir, und ich schwitze mehr, als ich je geschwitzt habe. Und mein Schweiß riecht auch mehr. Ich rieche nicht mehr so wie vor der Schwangerschaft. Mein Körper strömt einen salzigen, erdigen Geruch aus, den ich nicht wiedererkenne. Mehrmals bin ich schon in ein Zimmer gekommen und habe gedacht: Wonach riecht das hier?, bis ich dann festgestellt habe, dass ich so roch. Dazu kommen noch andere Veränderungen in meinem Körper, mit denen ich nicht gerechnet hatte. Auf meinem Bauch sind helle Härchen gewachsen, wie Moos. Und nicht nur, dass meine Brüste riesig geworden sind, die Brustwarzen sind dick wie ein Finger und dunkel wie Wein. Sie sind wahnsinnig und ganz anders als die Brüste, die ich früher hatte. Ich gucke mich tagelang nackt im Spiegel an, weil der Anblick so erschreckend ist.

Auf der Straße wird ein Wagen langsamer und biegt in die Auffahrt. Am Motorengeräusch erkenne ich, dass es nicht Lilas Wagen ist.

In der Dunkelheit ist kaum etwas zu sehen, und ich bin gleich nervös. Vielleicht ist es Meggy, der meine Verletzlichkeit aufgefallen ist und die ihre Kreise zieht, um erneut anzugreifen. Am liebsten würde ich das Haus zur besucherfreien Zone erklären. Der letzte unerwartete Gast, den wir hatten, war Grandma, und die hat vor einem Monat ihren Führerschein zurückgegeben. Seitdem wollen alle nur was, die zu uns kommen.

Die Autotür schlägt zu, und ich sehe einen Mann über den Rasen kommen.

Ich stehe auf. »Hallo?«, sage ich. »Wer ist da?«

»Ich bin's«, sagt er.

Ich setze mich zurück auf die Treppe. »Du konntest also nicht mehr bis morgen warten, um mich anzuschreien?«

»Du rufst nicht zurück, also habe ich mich entschlossen, etwas zu unternehmen.«

Ich hatte mich schuldig gefühlt, dass ich die Arbeit habe

liegen lassen, aber jetzt, wo ich Grayson sehe, bin ich nur sauer. »Du hättest die Kolumne diese Woche ganz weglassen oder eine alte noch mal bringen können. Oder eine Sammlung mit den besten Briefen. Du hättest die Arbeit nicht selbst machen müssen.«

Er hat nicht mal die Chance zu antworten, bevor ich anfange zu heulen.

Das kotzt mich noch mehr an. Ich hasse es, wenn mich jemand weinen sieht, und ich weine auch nicht so, wie eine Frau weinen sollte. Es ist fürchterlich. Ich ersticke halb an meinen Tränen. Mein Gesicht läuft rot an, wird ganz aufgedunsen, und meine Nase macht komische Geräusche. Grayson, Mr. Gefühllos, ist der Letzte, vor dem ich weinen möchte. Er hat nicht mal den Takt wegzusehen, während meine Augen und meine Nase überlaufen. Er starrt mich die ganze Zeit über an.

»Gracie«, sagt er mit lauter Stimme, als könnte ich ihn durch die Tränen nicht hören. Als könnte ich ihn nicht hören, weil mein Leben um mich herum in einer Form hochgewuchert ist, die mir fremd ist. »Gracie, ich bin nicht gekommen, um mit dir über deine Kolumne zu reden.«

»Meine Grandma ist gestürzt«, sage ich durch meine Tränen.

»Ich bin gekommen, um übers Heiraten zu sprechen. Höre mich einfach an, bevor du widersprichst, okay? Wenn du es dir überlegst, ist es für uns beide vernünftig zu heiraten. So wie ich es sehe, können wir uns gegenseitig helfen. Du brauchst jemanden, der dich versteht, Gracie. Du verrennst dich so sehr, und du hast so wenig Vertrauen darein, wer du bist. Du brauchst jemanden, der weiß, was du dir wünschst. Und du weißt, du brauchst finanzielle Hilfe. Als wir zuletzt darüber gesprochen haben …«

»*Wir* haben nicht darüber gesprochen.« Eine tiefe Erschöpfung drückt mich auf die Zementstufe.

»Gut.«

»Ich will darüber jetzt nicht diskutieren, Grayson.«

Er schüttelt den Kopf, schüttelt auch meinen Widerspruch ab. »Als das Thema zuletzt zur Sprache kam, kannst du nicht gewusst haben, was es heißt, ein Kind auf die Welt zu bringen. Heute weißt du bestimmt besser, wie viel Unterstützung notwendig ist. Von wem wirst du die bekommen, wenn nicht von mir? Es klingt nicht so, als wäre der Vater des Kindes, oder deine geliebte Grandma, in der Lage, für euch beide zu sorgen.«

Meine Stimme ist sehr leise. »Nein.«

»Nein, was?«

»Ich werde niemanden heiraten, der vor allem Mitleid mit mir empfindet, Grayson. Ich habe es bis hierhin geschafft, oder? Meine Familie hält mich für eine Schlampe, und vielleicht bin ich das ja auch. Wie heißt es doch: Du erntest, was du säst. Ich verdiene es. Ich verdiene es, allein hier zu hocken. Du bist nicht für mich verantwortlich.«

»Es geht dabei nicht nur um dich, Gracie. Ich habe in letzter Zeit sehr viel nachgedacht. Ich bin dreiunddreißig Jahre alt und habe nie jemanden geliebt. Ich glaube« – er zögert –, »dass ich unfähig bin, jemanden zu lieben. Ich bin dafür nicht ausgestattet. Ich bin zu analytisch, zu gehemmt. Irgendein Teil von mir kann einfach nicht so loslassen, wie es nötig ist, um ein so tiefes Gefühl zu empfinden.« Grayson tippt mit der Fußspitze auf den Zementweg. »Aber ich will dieses Leben trotzdem leben. Ich will eine Familie. Ich will in einer Ehe leben. Das Problem ist, ich kenne nicht so viele Frauen, oder auch nur eine, die gewillt wäre, mich zu meinen Bedingungen zu heiraten. Ich verdiene zwar ganz gut, aber ich bin kein Millionär. Ich arbeite ständig. Sonst habe ich nichts zu bieten. Ein anständiges Gehalt und keine Aussicht auf wahre Liebe ist nicht gerade ein Riesengeschäft.«

Ich kann hören, dass Grayson die Wahrheit sagt. Sein drahtiger Langläuferkörper ist zu mir hingebeugt, er will, dass ich ihn anhöre. Ungläubig schüttele ich den Kopf. »Aber für mich ist das Geschäft gut genug? Meinst du das?«

»Mir liegt viel an dir, Gracie, so viel wie an nur irgendwem. Ich würde sogar sagen, dass ich dich liebe. Und das kann ich mit einiger Berechtigung sagen, schließlich bin ich im Gegensatz zu den meisten anderen Leuten ein bisschen weiter als nur bis an die Haustür deines Lebens gekommen. Und als wir aufgehört haben, miteinander zu schlafen, habe ich dafür gesorgt, dass wir Freunde wurden.«

»Du magst mich nicht einmal die Hälfte der Zeit.« Ich reibe mir die Wangen mit den Händen trocken. »Du hältst nichts von der Art, wie ich meine Entscheidungen treffe. Und du hältst nichts von *diesem Baby*.«

»Ich habe nichts gegen das Baby, Gracie. Ich werde es lieben, da bin ich sicher. Ich will sein Vater sein. Das ist Teil meines Vorschlags. Wir haben einander viel zu bieten. Ich kann dir Halt geben, deinen Kiel sozusagen im Wasser halten und dir bei deinen Entscheidungen helfen. Und du und das Baby, ihr könnt mir ein Leben schenken, zu dem ich sonst keinen Zugang hätte. Wir treffen uns auf halbem Weg. Ich sehe da sehr viel Gutes.«

Ich lehne mich gegen die Treppe. Mein Rücken schmerzt, und ich muss pinkeln. Das Baby sitzt direkt auf meiner Blase. »Ich glaube nicht, Grayson. Ich glaube, dass wir beide Besseres verdienen.«

»Aber es *ist* besser«, sagt er. »Und ich kann dich davon überzeugen.«

»Das hier ist keine Redaktionssitzung, in der du den Leuten deine Meinung aufdrängen kannst. Du sprichst über unser Leben.«

Er nickt. »Lass mich dir eine entscheidende Frage stellen. Eine Frage, in Ordnung?«

»In Ordnung.«

»Weißt du, wer du bist, Gracie?«

Ich starre ihn an, mein Inneres ist plötzlich still und spiegelglatt wie ein See um Mitternacht.

Vergangene und zukünftige Tränen verschließen mir die Kehle. Die McLaughlin in mir versiegelt mir die Lippen. Alles, was ich kann, ist ihn anstarren. Er kennt meine Antwort. Er weiß genau, was er tut.

Grayson spricht jetzt langsam. Er gibt jedem Wort Gewicht und bereitet den alles entscheidenden Schlag vor. »*Ich* weiß, wer du bist, Gracie. Und ich verspreche, dass ich es dir als dein Ehemann zeigen werde.« Er macht eine Pause. »Glaubst du nicht, dass es für dein Baby wichtig ist, eine Mutter zu haben, die weiß, wer sie ist?«

Das Baby. Das löst mir die Zunge. Das gibt mir die einzig mögliche Antwort. Ihr Ton ist fast der eines Schreis, als sie aus meiner Kehle bricht.

»Ja«, sage ich. »Ja.«

Lila

Gracie glaubt, dass ich all meine Zeit mit Weber verbringe, wenn ich nicht zu Hause bin. Aber das stimmt nicht ganz. Einen Großteil der Zeit verbringe ich in der Bibliothek und widerstehe dem Drang, zu Weber zu fahren. Da es nichts fürs Studium zu tun gibt, habe ich angefangen, Briefe zu schreiben. Ich sitze an meinem Lieblingsplatz im dritten Stock der Bibliothek und schreibe Woche für Woche Briefe, die ich anschließend zerreiße und in den Papierkorb werfe. Das ist eine neue Erfahrung für mich. Ich lasse alles einfach so herauskommen, wobei ich dem, was ich da schreibe, kaum Beachtung schenke. Wenn ich wieder einen Brief beendet habe, fühle ich mich wie gereinigt, besser, zumindest für ein paar Minuten.

»Liebe Abby,
der Mann, mit dem ich schlafe, hat mich gefragt, an was ich glaube, und ich konnte ihm keine Antwort geben. Warum braucht jeder etwas, woran er glaubt? Ich sehe wirklich keinen Grund, warum Glaube so wichtig sein soll. Er glaubt an Feuer und Bier und New Jersey. Großer Gott. Als ob man darauf ein Leben gründen könnte.
Ich weiß allerdings, woran ich nicht glaube. Ist das nicht was? Ich glaube nicht an Gott. Ich glaube, das Leben ist aus lauter Zufällen entstanden. Ich denke nicht, dass irgendein einzelnes Leben einen besonderen Sinn hat. Man kommt nicht

mit einem Grund auf diese Erde. Und ich glaube auch nicht an Seelenverwandtschaften. Die Leute werden auf Grund von Pheromonen und körperlicher Attraktivität zueinander hingezogen und entscheiden sich dann, ob sie es auf sich nehmen wollen, zusammenzubleiben oder nicht.

Meine Liste dessen, woran ich nicht glaube, ist in letzter Zeit gewachsen. Fast exponentiell.

Ich könnte seitenlang weiterschreiben. Mein Schlaf ist angefüllt mit dem Aufstellen solcher Listen. Was zum Teufel stimmt mit mir nicht?«

Plötzlich liegt eine Hand auf meiner Schulter, ein schweres Klopfen, das ich erkenne und dem es jedes Mal neu gelingt, mich zu ärgern. Morgens, oder manchmal auch mitten in der Nacht, weckt Weber mich auf, indem er mir mit der Hand auf die Schulter klopft. Ich weiß nicht, ob es die Wiederholung dieser Berührung ist oder die Sache als solche, die mich so aufregt. Weber scheint immer von hinten zu kommen und lässt mich zusammenfahren.

»Was willst du hier?« Das hier ist mein Versteck. Meine einzige Zuflucht. Wie kann er es wagen, mich hier aufzuspüren?

Er scheint meine Gedanken zu lesen. »Ich weiß schon lange, dass du herkommst. Du bist hier nicht unbedingt gut versteckt. Dein Auto steht direkt vor der Tür.«

»Warum hast du nach mir gesucht?«

»Ich wollte mit dir sprechen.«

»Und das hat keine Zeit?« Ich habe meinen Arm auf dem Brief, den ich geschrieben habe. Ich bin wütend, dass er denkt, es ist okay, mich hier zu stören. Schon als Kind habe ich mich erfolgreich in Bibliotheken versteckt. Alle Menschen in meinem Leben – Mutter, Vater, Gracie, sogar Grandma – wissen genau, dass sie mich in der Bibliothek in Ruhe zu lassen haben.

»Ich habe jetzt alle aus deiner Familie getroffen«, sagt er.

Ich starre ihn an und bin immer noch so wütend, dass ich kaum begreife, was er da sagt.

»Heute war ich bei deiner Großmutter. Sie war die Letzte.«

Ich kann nur seine Worte wiederholen. »Die Letzte?«

»Also, deine hübsche Schwester kannte ich ja schon, die zählt nicht. Aber jetzt habe ich auch mit allen anderen gesprochen, deiner Mom, deinem Dad und deiner Großmutter. Ich habe mich ihnen vorgestellt. War wirklich interessant, ich hab sogar was dabei gelernt. Zu sehen, wie die verschiedenen Teile von Lila Leary in ihrer Familie verteilt sind.«

Im letzten Moment erinnere ich mich daran, wo ich bin, und kann meine Stimme noch zu einem Flüstern drosseln.

»Warum machst du das? Bist du wahnsinnig? Als wer hast du dich vorgestellt?«

»Dein Gesicht ist ganz fleckig«, sagt er.

»Können wir bitte gehen?«, sage ich. »Sofort?«

Weber zuckt mit den Schultern. Er hat sich hinter mir auf den Tisch drapiert, völlig entspannt.

Er trägt eine alte blaue Shorts und dazu sein Bruce-Springsteen-T-Shirt. Seine riesige Sammlung besteht hauptsächlich aus T-Shirts von Bands aus New Jersey, wobei das Ganze einem komplizierten Wertesystem folgt, das er mir eines Nachmittags mal erklärt hat. Die Musiker sind entsprechend der Qualität ihrer Alben in eine Rangordnung eingeteilt: Ganz oben steht Bon Jovi, dann kommt Bruce Springsteen, dann die Fountains of Wayne und jemand, der Slapstreet Johnny heißt, danach eine ganze Reihe von Bands aus der

Gegend, von denen ich nie gehört habe. Um seine Sammlung zu schützen, trägt Weber die wertvollsten T-Shirts nur einmal im Monat, damit sie nicht abgetragen werden. Das »Born in the USA«-T-Shirt, das er heute anhat, ist eins seiner Lieblings-T-Shirts.

»Sicher doch«, sagt er. »Ich hab den Nachmittag frei. Wo willst du hin?«

Ich stehe vorsichtig auf, um ihn den Brief nicht sehen zu lassen, schlage mein Heft zu und stopfe es in meine Tasche. Ich gehe an ihm vorbei und dann vor ihm die Treppe hinunter. Er folgt mir die zwei Etagen nach unten, durch den Zeitschriftensaal, an den Kopierern vorbei und durch die Eingangstür ins Freie.

In der heißen, stickigen Sommerluft sagt er: »Ich stimme für die *Dairy Queen*.«

Ich kaue immer noch an dem, was er gesagt hat und was es bedeuten könnte. »Du hast mit meiner Mutter gesprochen?«

»Es hat sich so ergeben, dass ich sie nicht extra besuchen musste. Ich hab sie und deinen Vater zufällig getroffen. Wirklich hingehen musste ich nur zu deiner Großmutter. Deiner Mutter bin ich letzte Woche auf der Main Street begegnet. Ich hab ihr sogar geholfen. Sie stolperte, und ihre Tasche machte 'ne kleine Flugeinlage. Während wir uns unterhielten, habe ich ihr geholfen, alles wieder einzusammeln.«

Es fällt mir schwer, mir irgendwas von alldem vorzustellen. Ich habe meine Mutter nie stolpern sehen. Sie ist immer vollkommen gefasst, kontrolliert und sicher auf den Beinen. Der Gedanke, wie sie auf einem heißen Bürgersteig Schlüssel, Lippenstifte, Papiere und andere persönliche Dinge aufliest und dabei mit Weber schwatzt – das ist einfach zu viel.

»Sie redete schrecklich schnell. Ich glaube, sie hatte erst Angst, ich würde ihr erzählen, ich wär noch einer, den Gracie gevögelt hat. Als ich ihr sagte, ich wär ein Freund von dir, sah sie erleichtert aus.«

»Das hast du ihr erzählt? Dass du ein Freund von mir bist?«

»Kann sein, dass ich's noch ein bisschen klarer gemacht habe. Das weiß ich nicht mehr so genau. Als wir uns erst mal vorgestellt hatten, tat sie so, als wären wir schon ewig Freunde. Sie kann ganz nett sein, oder?«

»Ich weiß nicht.«

»Natürlich weißt du's. Du kannst nicht behaupten, alles aus jedem Buch zu wissen, das du jemals gelesen hast, aber nicht, dass deine eigene Mutter nett ist.«

Alles, was ich tun kann, ist ihn anstarren. »Versuchst du, mein Leben zu ruinieren?«

Weber kratzt sich den Bauch, genau über die Gitarre von Bruce. »Ich wollte deine Familie kennenlernen, Lila, und ich wusste, dass du sie mir nicht vorstellen würdest.«

»Du hast nie danach gefragt!«

»Wenn ich gefragt hätte, hättest du's gemacht?«

»Nein.« Ich schreie praktisch.

»Mir ist heiß«, sagt er. »Können wir deinen Verfolgungswahn bitte in der *Dairy Queen* weiter besprechen?«

»Ich habe keinen Verfolgungswahn«, sage ich und erlaube ihm einen etwas leichteren Ton. Ich steuere auf seinen Pickup-Truck zu. »Alle meine Bedenken sind absolut begründet.«

»Deine Großmutter mochte ich am liebsten«, sagt er. »Die ist echt cool.«

Wir sitzen in seinem Wagen, und die Luft aus der Klimaanlage stellt die Haare auf meinen Armen auf. Ich sehe zu Weber hinüber, und sein Bierbauch, das T-Shirt und die Art, wie er »echt cool« sagt, deprimieren mich. Ich kann es nicht glauben, dass ich ihm erlaube, mit mir zu schlafen. Ich kann es nicht glauben, dass es mir mit ihm gefällt.

»Ich glaube, deine Großmutter und ich, wir haben uns kennenlernen müssen. Das war vorbestimmt«, sagt er. »Das Gefühl war so stark, als ich bei ihr im Zimmer war. Das ist noch ein Grund mehr, warum sich unsere Wege kreuzen mussten.«

»Ich kann es nicht haben, wenn du so redest«, sage ich. »Du weißt, ich kann es nicht haben, wenn du so redest.«

Er schenkt mir einen Blick, der besagen soll, dass er nicht enden wollendes Mitleid mit meiner Ignoranz verspürt. »Lila, bloß weil du dich im Moment ein bisschen verloren fühlst, musst du nicht gleich mein Glaubenssystem angreifen.«

»Ich greife *dich* an, du Scheißer, nicht den Schwachsinn, an den du glaubst. Du fällst hier ohne jede Erlaubnis in mein Leben ein.«

»Also, deine Großmuter und ich haben über all den Schwachsinn und noch mehr gesprochen. Das Leben, die Liebe, Beziehungen, was du willst. Sie hat mir erzählt, dass ich sie an das Beste von ihren beiden Eltern erinnere.« Weber nickt und klopft mit dem Daumen gegen das Steuer. »Weißt du was? Ich hab sie zwar nur einmal getroffen, aber ich glaube, ich liebe deine Großmutter.« Wieder nickt er. »Das tu ich wirklich. Ich liebe sie.«

Ich spüre etwas in meiner Brust flimmern. Bin ich eifersüchtig? Ich schüttele den Gedanken ab. Ich schüttele ihn ganz ab, denn wie kann ich mit Weber darüber reden, dass er meine Großmutter liebt, nachdem er ganze fünfzehn Minuten mit ihr verbracht hat? Wie kann ich auf die absurde Weise antworten, in der er spricht? Alles, was ich tun kann, ist, seine Sprüche beiseitezuschieben und nach den Tatsachen dahinter zu suchen.

»So«, sage ich, »dann hast du also meiner ganzen Familie erzählt, dass wir eine Beziehung haben.«

Wir biegen auf den Parkplatz der *Dairy Queen,* und Weber kommt mit quietschenden Bremsen in der letzten freien Lücke zum Stehen. Alles ist voller Kinder, Eltern und Teenager. Es sieht fast so aus, als hätte sich halb Ramsey zur gleichen Zeit entschieden, zum Eisessen zu fahren.

»Wir müssen diese Sache ernst angehen«, sagt Weber und lässt den Blick über die von Menschen nur so wimmelnde Szenerie gleiten. »Du suchst zwei Plätze an einem Picknicktisch, und ich bestelle. Willst du das Übliche?«

Ich nicke und steige aus dem Wagen. Normalerweise würde ich mir nie erlauben, mich mit ihm an so einem überfüllten öffentlichen Ort sehen zu lassen, aber plötzlich scheint es darauf nicht mehr anzukommen. Alle wichtigen Personen wissen Bescheid. Alle können über mich urteilen, Fragen stellen oder hinter meinem Rücken über mich lachen. Meine Anstrengungen, für mich zu bleiben und die Fassade der Perfektion aufrechtzuerhalten, haben nirgends in meinem Leben mehr Erfolg.

Auf dem Ende einer Picknickbank finde ich Platz und sehe zu ihm hinüber. Er steht an vierter Stelle in der Schlange vor dem Eisverkauf, wippt auf den Fußballen und hat die Hände in den Taschen. Ich frage mich, was zum Teufel ich nur mache. Gracie werfe ich vor, dass sie selbstzerstörerisch ist, weil sie ein Kind auf die Welt bringt, wo sie es kaum fertigbringt, sich morgens das Richtige zum Anziehen aus dem Schrank zu suchen – aber mache ich es irgendwie besser? Ich nehme mich selbst Stück für Stück auseinander, anstatt mich so wie meine Schwester einfach von einer Dampfwalze überfahren zu lassen.

Ich gucke noch mal, ob Weber sicher untergebracht ist in der Schlange, und hole dann den Brief aus der Tasche. Ich habe ihn vor weniger als einer Stunde geschrieben, und die Worte klingen mir noch im Kopf. Da ich keinen Stift bei mir habe, füge ich in Gedanken unten noch an: *Alles wird immer nur schlimmer.* Ich streiche das Papier glatt und drücke es flach auf den Holztisch. Ich studiere meine Handschrift und warte auf den Frieden, den mir das Schreiben dieser Briefe manchmal verschafft.

Aber ich werde davon abgelenkt, dass jemand direkt hinter mir weint. Eine Frau schluchzt in ihr Taschentuch und bemüht sich in keiner Weise, das Geräusch zu unterdrücken. Ich sage mir, dass es meine eigene Schuld ist. Hätte ich mich genauer umgesehen, als ich nach einem Platz suchte, wäre ich sicher nicht neben jemandem gelandet, der sich die Augen aus dem Kopf heult, sondern hätte ein paar glückliche Familien mit vom Eis klebrigen Händen angesteuert. Menschen, die ich ignorieren könnte und die mich ignorieren würden. Aber jetzt bin ich in einem Dilemma. Soll ich so tun, als hörte ich die Frau nicht schluchzen, oder mich umdrehen und etwas sagen? Sie sitzt gleich hinter mir auf der Picknickbank. Als zukünftige Ärztin sollte ich den Wunsch verspüren, einem Menschen in Schwierigkeiten zu helfen. Es könnte sogar Teil meiner Verantwortung sein. Während einer Zeremonie am ersten Tag des Studiums haben wir alle – in unseren weißen Kitteln – ein Gelöbnis in der Richtung abgelegt. Das Gelöbnis besagte so etwas wie, dass wir uns dem Dienst an der Menschheit, bei Tag und bei Nacht, verschreiben wollten, ob es uns gerade passte oder nicht. Ich habe nicht auf den genauen Inhalt der Worte geachtet, als ich sie wiederholte, weil mir die ganze Sache zu lächerlich erschien, als dass ich sie hätte ernst nehmen können. Wie konnte ich *irgendetwas* für den Rest meines Lebens geloben? Die Frau schluchzt noch einmal besonders tief, und das wässrige Geräusch lässt mich an den Goldfisch namens Crocodile denken, den Gracie und ich als Haustier hatten, als wir Kinder waren. Den ganzen Tag lang fegte Crocodile in seiner kleinen Glaskugel herum und machte Wellen, die oben gegen den Rand schlugen. Gracie und ich lachten und klatschen, weil er so schnell war, ohne dass wir damals gemerkt hätten, dass Crocodile weder spielte noch eine Vorführung gab, sondern verzweifelt nach einem Fluchtweg aus seiner zu kleinen Kugel suchte. Am Ende schaffte er es tatsächlich hinaus. Zwei Jahre, nachdem ich ihn bei einem Schulfest gewonnen hatte, fanden wir ihn eines Morgens auf Gracies Schreibtisch liegen, nur Zentimeter von seiner Kugel. Er war steif und trocken und kalt. Crocodile war unser erstes und letztes Haustier. Dad nahm Gracies tagelange Heulerei nach Crocodiles Tod zu sehr mit, als dass er auch nur daran gedacht hätte, ein anderes Tier ins Haus zu bringen. Wobei Mom sowieso eine Allergie gegen Hunde, Katzen und alle anderen Tiere hatte, die den Teppich hätten versauen können.

Ich finde es unhöflich und unpassend, in der Öffentlichkeit zu heulen. Es ist nichts als der erbärmliche Versuch, die Aufmerksamkeit von ein paar Fremden auf sich zu ziehen. Und gerade die *Dairy Queen* ist der letzte Ort, den man sich aussuchen sollte, wenn man öffentlich losheulen will. Die *Dairy Queen* ist ein Eis-Café und sollte ein glücklicher Ort sein. Er ist voller Kinder, Familien und Paare, die einfach nur zu viel Cholesterin und Kalorien in heller Sommerluft konsumieren wollen, ohne sich dabei schlecht zu fühlen. Und diese Frau mit ihrem Schluchzen und Wimmern ist ganz offenbar darauf aus, allen um sich herum die Laune zu vermiesen.

Ich sehe auf meinen Brief und forme lautlos die Worte: »*Liebe Abby* …«

Da höre ich Webers Stimme hinter mir: »Ist alles in Ordnung? Miss? Haben Sie sich weh getan? Meine Freundin ist Ärztin …«

»Keinen Arzt«, sagt die Frau unter Tränen.

»Sie sitzt da vorn. Kein Problem«, sagt Weber. »*Babe?*«

Ich hasse es, wenn er mich Babe nennt. Wie kann er mich so behandeln?

Ich drehe mich langsam um. Zum hundertsten Mal bin ich überzeugt, dass es Zeit ist, endgültig mit Weber Schluss zu machen. Die Frage ist nur, wie und wann genau. Soll ich jetzt einfach weggehen, ohne ein Wort oder einen Blick? Oder soll ich warten, bis er mich zurück zu meinem Auto vor der Bibliothek gebracht hat, damit der Donner nicht so laut ausfällt? Oder – und diese Möglichkeit zieht mich moralisch so herunter, wie sie mir gleichzeitig die Wärme zwischen die Beine treibt – oder soll ich noch einmal mit zu ihm gehen und mich ein letztes Mal von ihm vögeln lassen, bevor ich den Schlussstrich ziehe?

»Ich bin keine Ärztin«, flüstere ich und sehe Weber über die vorgebeugte Gestalt der Frau hinweg an. Mit meinen Augen sage ich ihm, dass er jetzt wirklich alles verdorben hat. Offenbar versteht er aber nicht, warum. Mein Ausdruck überrascht ihn, und ich genieße ein Gefühl des Triumphs. Er sieht lächerlich aus, wie er da neben dem Picknicktisch klemmt und in jeder Hand ein Eis hält. Ich strecke die Hand aus und nehme mir das Hörnchen mit Schokolade.

Das Mädchen zwischen uns richtet sich langsam auf. Das lange Haar gibt ihr Gesicht frei, und als ich ihr Profil sehe, wird mir schwindelig. Sie sieht Weber an.

»Mein Leben läuft nicht so, wie es sollte«, sagt sie.

Er zuckt mit den Schultern, als wäre es weder komisch noch unmöglich, dass eine Fremde so etwas zu einem sagt. »Woher weißt du, wie dein Leben laufen sollte? Magst du ein Eis?« Er hält ihr sein Vanilleeis hin.

Das bringt die Tränen wieder zum Laufen, aber diesmal leiser. Sie kann sie nicht schnell genug wegwischen. »Ich hatte schon drei Banana-Splits«, sagt sie. »Ich kann richtig fühlen, wie meine Hüften breiter werden.«

»Ich hatte mal sechs auf einen Schlag«, sagt Weber. Er leckt an seinem Vanilleeis, und ich konzentriere mich ganz darauf, den Anblick seiner dicken, fetten rosa Zunge zu hassen. Ständig bringt er mich in solche Situationen. Erst muss ich mich damit auseinandersetzen, dass er sich über Gott weiß was mit meiner Familie unterhalten hat, und jetzt das hier. Jetzt sie.

»Ich habe eine Prüfung verpatzt«, sagt sie, »und dieser wichtige Typ, bei dem ich Dienst habe, mag mich nicht. Ich weiß nicht, warum, ich habe alles versucht. Habe Fragen gestellt, habe geholfen, bin spät gegangen, früh gekommen – aber er mag mich einfach nicht. Es ist alles so groß da, ich fühle mich so verloren, und es ist so schwer, sich darauf zu konzentrieren, was man machen soll … ach, ich weiß auch nicht. Stundenlang habe ich mich heute Morgen gehasst. Und ich bin so müde.« Sie weint in ihre geballten Fäuste.

»Du brauchst einfach etwas Schlaf«, sagt Weber mit seiner ruhigen Stimme. »Du hast den Nagel auf den Kopf getroffen.

Glaub mir, ich bin Feuerwehrmann, und ich weiß, dein Adrenalin bringt dich nur bis an einen bestimmten Punkt. Dein Kopf braucht Ruhe. Fahr nach Hause und entspann dich. Ich verspreche dir, morgen sieht alles besser aus.«

»Ein Feuerwehrmann«, sagt sie. »Das klingt gut. So einfach.« Sie guckt hoch und scheint Weber zum ersten Mal zu betrachten. »Du siehst aus wie ein Feuerwehrmann«, sagt sie, als wäre es ein Kompliment.

Weber wird ein Stück größer. Er schenkt ihr ein breites Lächeln.

Du Idiot, denke ich. Du hast in den letzten drei Jahren nichts Größeres gelöscht als einen Ofen.

Ich mustere das Gesicht des Mädchens, das ganz zerknittert und nass ist. Ich weiß, dass Webers Rat, sich auszuruhen, nicht funktionieren wird. Mir ist übel. Ich höre mich selbst sagen: »Hör nicht auf ihn.«

Sie drehen sich beide zu mir herum. Ich sehe, wie Belindas Ausdruck erstarrt und dann hart wird. »Lila«, sagt sie.

»Vielleicht *soll* es wirklich schwer sein«, sage ich. »Vielleicht soll es weder Spaß machen noch befriedigend sein. Vielleicht heißt es Arbeit, weil es Arbeit ist.«

Ich stehe jetzt, nur ein paar Schritte von ihnen entfernt. »Lila«, sagt Weber, »was soll das?«

Was das soll? Ich erinnere mich gerade daran, wie ich mit meiner Großmutter nach ihrem Unfall im Krankenhaus stand. Sie hielt meine Hand, und ihre Haut war zart und papierweich. Ich kann sie fühlen, ihre Hand in meiner.

»Gehst du gar nicht mehr zum Dienst?«, fragt Belinda. »Irgendwer hat gesagt, du wärst krank. Warum hast du nicht auf meine Anrufe geantwortet?«

»Ihr kennt euch?«, fragt Weber.

Meine Großmutter lehnte sich an mich und sagte: »Wer hat behauptet, Ärztin zu werden wäre leicht?« Sie wusste Bescheid. Sie hat mir nicht gesagt, dass ich alles hinwerfen soll, sondern dass ich etwas tun muss, das schwer ist. Dass ich mich anstrengen muss.

Ich achte darauf, Weber nicht anzusehen. Ich halte den Blick auf Belinda gerichtet. Ich konzentriere mich darauf, innerlich kalt zu bleiben. »Du solltest dich zusammenreißen«, sage ich zu ihr. »Du bist total durcheinander.«

Belinda scheint sich einen Ruck zu geben. Ihre Schultern versteifen sich. Sie hört auf zu weinen. Ihr Gesicht glänzt vor Feuchtigkeit. »Du hast die ganze Zeit da gesessen?«, fragt sie. Da ist kein Schlucken mehr in ihrer Kehle. »Du hast da gesessen und über mich gelacht?«

Ich spüre, wie sich mein Gesicht zu einem harten Lächeln verzieht. Ich weiß, dass mein Ausdruck ihrem Verdacht noch zusätzlich Nahrung gibt, aber ich kann nicht anders.

»Das ist mies«, sagt sie. »Das ist so mies.«

»Morgen bin ich wieder im Krankenhaus«, sage ich.

Ich lächle, weil ich es endlich begriffen habe. Dieses Zusammentreffen war ein Geschenk. Belinda, meine Feindin, hat mich beschenkt. Ich habe zu viel von meiner Arbeit erwartet. Sie *soll* hart sein und fordernd und einem die Kräfte nehmen. Mehr kann ich von meiner Arbeit nicht erwarten, mehr bedeutet sie nicht.

»Lila«, sagt Weber. Sein Mund ist leicht geöffnet, als er mich ansieht.

Mein wirkliches Ich hat er nie gesehen. Und jetzt passt es gerade, weil ich zurück aufs Gleis komme. Ich kehre in mein altes Leben zurück, ein Leben, in dem Weber James keinen Platz hat.

Ich weiß mit absoluter Sicherheit, dass die Zeit meiner Schwäche vorbei ist.

»Wir studieren zusammen«, sage ich immer noch mit der gleichen Kälte. »Belinda und ich sind Kommilitonen.«

»Kommilitonen«, sagt Belinda, »aber nicht gleichauf. Ich bin sicher, Lila hat dir erzählt, dass sie die Nummer eins ist.« Sie kramt jetzt in ihrer Handtasche, fährt mit der Hand darin herum, zieht einen Taschenspiegel hervor und klappt ihn auf. Sie tupft sich die Haut unter den Augen trocken und lässt den Spiegel wieder zuklicken. »Nicht, dass mir das wichtig wäre. Ich habe mit dem Besser-sein-Wollen aufgehört. Mein Therapeut sagt, dass ich damit aufhören muss. Ich zerstöre mich selbst.«

Belinda steht auf. Sie hängt sich die Tasche über die Schulter und wendet sich an Weber: »Danke, dass du da warst. Ich muss jetzt mal auf die Toilette.«

Aufrecht geht sie davon. Das zerknitterte T-Shirt steckt in ihren Shorts. Die Sandalen schlagen ihr kleine Staubwolken um die Füße. Ich sehe nach unten. Mein Schokoladeneis ist geschmolzen, läuft mir in braunen Streifen über Hand und Arm und tropft mir über die Shorts.

Ich nehme den Brief vom Tisch und benutze ihn dazu, mir das Eis abzuwischen. Die braune Soße bedeckt meine Schrift, und mein linker Arm klebt, ist aber trocken.

Ich knülle das nutzlose Stück Papier zusammen und werfe es in den Müll.

»Was zum Teufel war das jetzt?«, sagt Weber.

»Tut mir leid, Weber, aber es ist vorbei. Ich meine, es ist Zeit.«

Er starrt mich an, als spräche ich in einer fremden Sprache zu ihm, die er nicht kennt.

»Es tut mir leid, dass ich so unentschieden mit dir war. Es war unfair von mir zu sagen, dass ich nichts von dir wollte, um zwei Stunden später wieder vor deiner Tür zu stehen.«

»Das hab ich schon verstanden«, sagt Weber. »Du hast mit dir gekämpft, Doc. Du wolltest wirklich mit mir zusammen sein …«

Ich unterbreche ihn. »Mit der Kämpferei ist es vorbei. Ich mag nicht mehr. Ich will nicht mehr. Und ich will dich nicht.«

In der heißen Sommersonne klingen die Worte grausam, aber ich sage mir, dass es der Klang der Ehrlichkeit ist. Der Klang der Freiheit.

»Ich erkenne dich gar nicht wieder«, sagt Weber. »Dein Gesicht ist ganz kalt und verbissen.«

»So sehe ich wirklich aus.«

»Verstehe«, sagt Weber, und sein Ausdruck bestätigt mir, dass er wirklich verstanden hat. Er sieht mich und wendet sich ab.

Nachdem Weber mich an der Bibliothek abgesetzt hat, steige ich in mein Auto und fahre nach Hause. Mein erster Weg führt unter die Dusche. Ich fühle mich erschöpft und verdreckt. Als ich tropfnass in ein Handtuch gewickelt aus dem Bad komme, sitzt Gracie in meinem Zimmer.

»Himmel«, sage ich. »Würdest du bitte hier rausgehen?«

Wie eine Indianerin sitzt sie auf meinem Bett. Sie trägt Opas Strickjacke. Das muss jetzt der zehnte Tag sein, dass sie die Jacke anhat. Sie kommt mit Grandmas Krankenhausaufenthalt nicht gut zurecht. »Ich muss dich um einen Gefallen bitten«, sagt sie.

Mir ist unwohl. Gracie und ich sind nicht die Art Schwestern, die voreinander in der Unterwäsche herumlaufen und sich gegenseitig ihre Kleider ausleihen. Wir sind in einem Haus aufgewachsen, in dem sich jeder hinter seiner geschlossenen Schlafzimmertür anzog, und leben auch heute noch so. »Können wir später darüber sprechen?«, sage ich. »Ich muss im Krankenhaus anrufen, das heißt, ich muss mich anziehen. Ich habe mich entschieden. Ich gehe wieder hin. Ich werde Ärztin.«

Gracie starrt mich nur an, gefangen in ihrer eigenen Traumwelt. Wie sollte sie verstehen, dass jemand irgendwo hinmuss oder was Berufsverantwortung ist, schließlich geht sie auch nicht mehr zu ihrem Job und wird von niemandem irgendwo erwartet.

»Lila, würdest du bitte meine Lamaze-Helferin sein?«

Ich ziehe das Handtuch fester um mich und mustere ihr Gesicht. »Machst du Witze?«

In ihrem blassen Gesicht ist kein Humor zu erkennen. »Bitte. Ich habe sonst niemanden, den ich fragen könnte. Wirklich. Mit niemandem sonst würde ich mich wohl fühlen … Sie haben gesagt, dass ich diese Woche jemanden auswählen muss, für den Fall, dass das Baby zu früh kommt. Ich weiß, du willst nicht, und du hältst das alles sowieso für falsch, aber …«

Ich erinnere mich plötzlich, wie ich meine Schwester zur Abtreibungsklinik gefahren habe. Sie war schrecklich dünn und hatte eingefallene Wangen. Ich erinnere mich, wie ich im Wartezimmer gesessen und die Zeitschrift »Seventeen« durchgeblättert habe. Ich erinnere mich, wie ich gedacht habe, komisch, dass ich als Jungfrau an so einem Ort sitze. Es war ein bitterkalter Januarmorgen, und ich musste Gracie halb den vereisten Bürgersteig hinuntertragen, als es vorbei war. Als wir zum Auto kamen, zuckten ihre Schultern einen Moment lang, aber es kamen keine Tränen. Auf dem Weg nach Hause starrte sie unverwandt durch die Windschutzscheibe und kümmerte sich nicht darum, dass sie im geheizten Auto Handschuhe trug, und machte auch den Mantel nicht auf.

»Ich brauche jemanden bei mir«, sagt Gracie. »Allein schaffe ich das nicht.«

Ich überlege, wer sonst noch in Frage kommen könnte, mir fällt aber niemand ein. Mom kann ich mir in keinem Kreißsaal vorstellen. Joel geht auch nicht, da käme Margaret mit der Pumpgun. Grandma ist zu krank, um helfen zu können. Sonst käme sie sicher und täte, was sie könnte. Sie würde alles tun, um dafür zu sorgen, dass es Gracie und dem Baby gut geht.

Das Gewicht der Entscheidung, mein Studium wieder aufzunehmen, gibt mir das Gefühl von Stärke. Ich werde Grandma glücklich und stolz machen. Ich werde wieder die Nummer eins meines Jahrgangs werden, egal mit wie vielen nervenden Patienten ich umgehen muss. Ich werde ganz einfach den harten Weg wählen, wann immer es eine Wahl gibt.

»Okay«, sage ich. »Ich mach's.«

»Wirklich? Oh, vielen, vielen Dank. Bis ans Ende meines Lebens bin ich dir dafür dankbar.« Gracie steigt vom Bett und kommt auf mich zu, als wollte sie mich umarmen. Im letzten Moment jedoch dreht sie ab und geht zur Tür. »Ich weiß, du musst dich anziehen. Die nächste Geburtsvorbereitung ist am Mittwochabend, aber ich erinnere dich noch daran. Wir können uns im Krankenhaus treffen.« In der Tür bleibt sie noch einmal stehen. »Du bist meine Lieblingsschwester«, sagt sie und ist auch schon verschwunden.

Dieser Satz aus unserer Kindheit bringt mich zum Lächeln. Du bist meine Lieblingsschwester, sagte sie damals immer, und ich antwortete: Ich bin deine einzige Schwester.

In mein Handtuch gewickelt, bleibe ich eine Minute auf dem Bett sitzen.

Ich betrachte meine Hände und die dicken Finger. Sie sehen stark aus. Sie sind bereit, wieder an die Arbeit zu gehen. Da reißt mich ein seltsames Geräusch von der anderen Seite des Zimmers aus meinen Gedanken. Es klingt verstümmelt und knistert wie ein Radio. Ich gehe darauf zu. Es kommt aus meiner Tasche. Als ich den Reißverschluss öffne, wird das Geräusch lauter, dringender. Es ist Webers Funkgerät. Jetzt erinnere ich mich, wie er es mir vor der *Dairy Queen* in die Tasche gesteckt hat, damit er es nicht tragen musste.

»An alle, Großalarm, 1244 Finch Way. Elektrisch, Wohnblock, 1244 Finch Way.« Das Funkgerät spuckt die Informationen aus, lässt ein langes knisterndes Keuchen hören und fängt wieder von vorn an.

Ich höre eine Minute zu, die Zahlen klicken durch meinen Kopf, dann werfe ich das Funkgerät auf mein Bett. »Gracie!«, schreie ich. »Ryans Haus brennt!«

Ein paar Minuten später sitzen wir im Wagen und fahren durch die Stadt. Als wir noch zwei, drei Kilometer von Ryans Haus entfernt sind, hören wir die Sirenen. Sie heulen und stacheln sich gegenseitig an. Ich fahre rechts ran, um einen Feuerwehrwagen vorbeizulassen, und fahre dann weiter.

»Sollen wir Mom anrufen?«, fragt Gracie. Sie sitzt auf dem Beifahrersitz, den Sicherheitsgurt um den dicken Leib gelegt. Ihr Haar sieht schmutzig aus.

»Ich weiß nicht«, sage ich. »Ich weiß nicht, was sich in so einer Situation gehört.«

»Mach keine Witze, Lila.« Gracie hält den Gurt mit beiden Händen. »Onkel Ryan kann tot sein.«

Ich mag nicht, dass sie das laut sagt, aber ich widerspreche nicht.

Wir schaffen es bis zu Ryans Haus und parken, Sekunden bevor lange blaue Polizeibarrieren den Zugang versperren. Straße und Wiese vor dem Gebäude sind ein großes Durcheinander. Drei Polizeiwagen stehen da, zwei mit kreisendem Licht und Sirene. Ein riesiger Feuerwehrwagen parkt schräg auf dem Bordstein. Feuerwehrmänner rennen mit einem mächtigen Schlauch quer über den Rasen und rufen sich Sachen in einem unverständlichen Code zu. Die Luft riecht nach Rauch, und Gracie fängt an zu husten, kaum dass wir aus dem Auto sind. Überall auf dem Rasen stehen Mieter des Hauses, die es noch hinausgeschafft haben. Eine Gruppe älterer Männer und Frauen starrt wie betäubt auf das Feuer. Einige tragen Bademäntel und Pantoffeln. Eine alte Frau mit Lockenwicklern im Haar schreit auf einen Polizisten ein und schwenkt ihre Handtasche.

Das Feuer hat das Innere des weißen Ziegelbaus gefressen und bewegt sich langsam nach außen. Wir stehen etwa fünfundzwanzig Meter entfernt, und doch kann ich die ofenartige Hitze auf meiner Haut spüren. Das Feuer brennt mit einem tiefen Summen, dazwischen kracht es, als brächen Knochen.

Gracie läuft vor. Sie packt den Arm eines Polizisten. »Haben Sie einen Mann in einem Rollstuhl gesehen?«, fragt sie. Er schüttelt den Kopf.

»Siehst du Weber irgendwo?«, frage ich sie.

»Oh Gott. Sieh nur.« Sie zeigt nach oben.

Erst sehe ich nicht, wohin sie zeigt, dann aber doch. Es ist das

Fenster von Onkel Ryans Wohnzimmer. Das Fenster ist halb geöffnet, und drei große gelbe Vögel sitzen auf der Fensterbank. Ihre Schnäbel öffnen und schließen sich, ohne dass wir ihr Krächzen durch das Feuer, die Sirenen und das Geschrei der Leute um uns herum hören können.

Ich fasse Gracies Arm, vielleicht fasst sie auch meinen. Ich bin nicht sicher. Bewegungslos stehen wir auf dem Rasen und halten unsere Augen auf die fetten, verängstigten Vögel gerichtet.

»Warum fliegen sie nicht weg?«, sage ich. »Wie können sie einfach da sitzen bleiben? Da werden sie gekocht.«

Gracie hält meinen Arm so fest gepackt, dass es mir in der Schulter wie mit Nadeln sticht. »Sie wollen Onkel Ryan nicht allein lassen«, sagt sie. »Sie lieben ihn. Ich kann das nicht mit ansehen.«

»Die schaffen's schon.«

»Hör auf damit.« Sie lässt meinen Arm los und dreht sich weg. Etwas zieht ihre Aufmerksamkeit auf sich. »Joel!«

Ich drehe mich auch um und sehe Joel ein paar Schritte hinter uns. Er trägt seine Uniform, eine riesige feuerfeste Jacke und einen Helm, aber er ist der einzige Feuerwehrmann, der nicht in Aktion ist. Er lehnt an einem geparkten Auto.

»Hast du meinen Onkel Ryan gesehen?«, fragt Gracie. »Warum stehst du da so? Bist du verletzt?«

»Er ist besoffen.« Plötzlich will ich heulen. »Sieh ihn dir an, Gracie. Der ist total zu.«

»Gott«, sagt Gracie. Jetzt sieht sie es auch. Joels Gesicht ist rot, seine Augen sind trüb. »Gott!«, sagt Gracie wieder, laut, wie im Zorn. »Hör endlich mit dem Trinken auf, Joel – es ist unmöglich. Bitte sag uns, was mit Ryan ist. Weißt du etwas?«

Joels Backen verfärben sich noch mehr. Seine Pupillen schwimmen in blutunterlaufenem Weiß. Er scheint so nah am Zusammenbruch, wie ich mich fühle.

»Himmel«, sagt Gracie.

»Du bist so riesig«, sagt Joel. »Da ist das Baby drin … Mann.« Er schüttelt den Kopf, was ihn genug zu ernüchtern scheint, ein paar halb zusammenhängende Worte zu sagen. »Ich habe deinen Dad drüben bei den Bäumen gesehen.« Er zeigt zum Rand des Rasens hinüber, der von Apfelbäumen gesäumt ist.

»Dad? Bist du sicher?«

Wir warten nicht auf seine Antwort. Beide drehen wir uns um und rennen in die Richtung, in die er gedeutet hat. Gracie hält sich den Leib, während sie läuft.

Die Luft riecht jetzt wie bei einem Lagerfeuer. Ich rieche brennendes Gras. Mein Geruchssinn ist plötzlich sehr genau, sehr stark. Dafür wirkt der Lärm der Szenerie wie heruntergedreht.

Endlich entdecke ich meinen Vater. Er steht unter einem der Apfelbäume. Eine Hand liegt auf einem Rollstuhl. Onkel Ryans Rollstuhl. Onkel Ryan sitzt darin, nicht verbrannt, unverletzt, lebendig.

Der Lärmpegel steigt wieder an, und ich merke, dass ich den Atem angehalten habe. Ich atme.

Ryan heult hysterisch. »Ihre Flügel sind beschnitten«, schluchzt er, als er Gracie und mich sieht. »Sie können nicht fliegen. Louis hat mich gerettet, aber die Vögel hat er zurückgelassen. Sie können nicht fliegen. Was soll nur aus uns werden?«

»Alles in Ordnung?«, fragt mein Vater.

»Ja«, sagt Gracie. Ich nicke.

Beide berühren wir Dad, als wir zu ihm kommen, wie um uns zu vergewissern, dass er wirklich da ist. Eine Sekunde lang lege ich meine Hand auf seine Schulter. Gracie drückt seinen freien Arm an sich, eine etwas unbeholfene Geste, die meinen Vater zu seinem geschäftsmäßigen Verhalten zurückkehren lässt.

»Gut.« Er betrachtet das Gebäude. »Ich glaube, sie haben alle herausgeholt. Dieser Aufzug war eine Todesfalle. Ich wusste sofort, was passiert war, als die Polizei anrief. Aber ich konnte bis jetzt noch nichts renovieren lassen. Die Verträge sind letzte Woche erst unterschrieben worden. Jetzt muss ich das Gebäude abreißen. Euch beiden geht es wirklich gut?«

»Niemandem geht es gut«, sagt Ryan. »Bitte, sie brauchen Hilfe.«

»Es ist zu gefährlich, da noch mal reinzugehen, Onkel Ryan«, sagt Gracie.

»Ihr wollt sie einfach sterben lassen?«

»Schschsch«, sagt Gracie. »Du musst dich beruhigen. Die Aufregung tut dir nicht gut.«

»Tut mir nicht gut? Mir ist egal, was mir guttut oder nicht!« Eine Ader pulsiert auf Ryans Stirn.

Ich sehe meinen Vater an. »Hast du ihn gerettet?« Ich meine das nicht wirklich als Frage. Ich weiß, dass er es getan hat. Sobald Gracie und ich Dad gesehen haben, wussten wir, alles kommt in Ordnung. Alles wird gut werden. Genau das tut mein Vater, er bringt die Sachen in Ordnung. Er kümmert sich um die Leute.

Dad legt mir seine Hand auf die Schulter. Wir stehen zusammen unter dem Apfelbaum und beobachten, wie das Haus herunterbrennt. Onkel Ryan weint zwischen den Fingern hindurch und lässt die Augen nicht von seinen Vögeln. Sie sitzen immer noch auf der Fensterbank. Jetzt kann man die Flammen hinter ihnen sehen. Das Feuer ist in der Wohnung.

Der kleinste der drei Vögel hüpft auf und ab, und dann, in einem herzzerreißenden Moment, springt er von der Kante. Er breitet die kümmerlichen Flügel aus und fällt wie ein Stein in die Tiefe.

»Was soll nur aus uns werden?«, weint Ryan.

Seine Augen sind jetzt geschlossen, und das ist gut so. Der kleinste Vogel war nur der Anfang. Schon hüpft der dickste zur Kante und macht sich nicht einmal die Mühe, die Flügel auszubreiten. Er fällt die drei Stockwerke tief auf den Boden. Der letzte Vogel – er ist hellgelb und hat große Augen – taumelt hinter ihm her, als die Vorhänge in Ryans Wohnung in Flammen aufgehen.

»O mein Gott«, sagt Gracie.

»Ich sollte eure Mutter anrufen«, sagt Dad und nimmt sein Handy aus der Tasche.

Ich sehe weg. Ich sehe in den Himmel, auf meine Schuhe, dann über den Rasen und die Straße auf Reihen unberührter, perfekt aussehender Häuser und, ganz rechts, die Sport- und Spielplätze von Finch Park. In dieser Richtung, wenn man die herumlaufenden Feuerwehrleute und die obdachlosen Menschen einmal außer Acht lässt, sieht alles okay aus. Unberührt. Sicher.

»Bitte alles vom Rasen runter.« Ein Polizist schwenkt die Arme, damit wir zurücktreten. »Alle Passanten bitte vom Gras. Treten Sie zurück, es ist zu Ihrer eigenen Sicherheit. Zurücktreten. So ist es gut. Und noch ein Stück.«

Dad schiebt Onkel Ryan zur Straße. Gracie und ich folgen ihnen. Kurz bevor ich die Straße erreiche, drehe ich mich um, um noch einmal hinüberzublicken, und da sehe ich ihn. Weber geht vom Gebäude weg, sein Gesicht und seine Uniform sind mit Ruß und Schmutz bedeckt. Er hat eine Axt in der Hand. In diesem Moment sieht auch er mich und grinst. Seine Zähne sind wie ein weißer Schlag. Ich hatte nicht daran gedacht, dass Weber verletzt sein könnte, trotzdem bin ich erleichtert, ihn zu sehen.

Ich sehe, wie er auf mich zukommt. Ich sehe sein Gesicht mit der gleichen Klarheit, mit der ich Onkel Ryan und meinen Vater sah, als ich über den Rasen zu ihnen lief. Weber sieht so glücklich aus. Ich habe ihn früher schon glücklich gesehen, aber das jetzt ist etwas anderes. Etwas in ihm leuchtet durch all den Schmutz hindurch.

Als er vor mir steht, redet er so schnell wie ein kleiner Junge. »Das ist unser größtes Feuer seit Jahren. Einfach irre, Lila. So irre. Wir haben alle rausgekriegt. War das geil da drin! Wir haben Schach gespielt mit dem Feuer, und wir haben verflucht noch mal gewonnen.« Er berührt meinen Arm. »Deinem Onkel geht es gut, oder? Ich hab gesehen, wie dein Dad ihn rausgeholt hat.«

»Ja«, sage ich. Weber sieht zum Feuer hinüber, das langsam weniger zu werden scheint. Offenbar haben sie es unter Kontrolle.

»Das ist genau das Richtige für dich«, sage ich. »Oder?«

»Aber genau«, sagt Weber. »Genau das Richtige.«

Und in diesem Moment, während die Überreste von Ryans Haus weiterglimmen, seine drei Vögel tot auf dem Boden liegen und Gracie beim Auto steht und sich den runden Bauch hält – in diesem Moment bin ich wieder die andere und ändere mich immer noch weiter. Ich bin voll von dem, was ich gesehen habe. Der Ausdruck auf Webers Gesicht.

Sein Begriff von Erfüllung. Für nichts anderes ist noch Raum in mir. Meine alten Entscheidungen kämpfen um jeden Meter, suchen nach Halt.

Ich kämpfe mit ihnen. Ich versuche mich selbst aufzuhalten, versuche vernünftig zu sein. Himmel noch mal, jetzt ist nicht die Zeit, schwach zu werden. Und warum werde ich schwach – wegen eines gutaussehenden Feuerwehrmanns? Wie tief kann man eigentlich sinken? Schließlich hatte ich doch gerade alles geklärt. Ich wusste, was ich wollte. Wollte erneut in den Kampf mit Belinda einsteigen, wollte eine eigene Wohnung mieten und mich mit meinen Büchern darin einschließen. Hart arbeiten im Krankenhaus, das wollte ich – aber jetzt kann ich nicht anders. Ich halte inne. Warum nur soll ich so hart arbeiten? Wofür? Für Grandma? Das reicht als Grund nicht. Das Leben ist nicht dazu da, hart zu sein. Scheiß drauf. Grandma irrt sich. Am Ende geht's mir wie Onkel Pat, der wie ein Eis am Stiel auf der Kante seines Klappstuhls hockt und nichts mehr fühlt. Auch Grandma würde das nicht wollen.

Ich sehe Webers Gesicht vor mir, wie es vor Glück leuchtet. Die drei Vögel taumeln einer nach dem anderen an den geschlossenen Fenstern des Wohnblocks vorbei. Ein paar Meter von mir entfernt schreit ein Mann in sein Handy. Er erklärt irgendwem, dass mit ihm alles in Ordnung ist. Ich bin mehr als überzeugt, dass ich fühlen will, was Weber gefühlt hat, als er das Feuer bekämpft hat.

»Warum keuchst du so? Lila? Beruhige dich«, sagt Weber. »Die Luft hier ist nicht gut für dich.«

Meine Gedanken springen von einem zum anderen, von Wahrheit zu Wahrheit. Es ist nicht so, dass ich mein ganzes Leben unrecht hatte, ich war nicht schwach. Ich liebe die

Medizin nicht so, wie Weber seine Arbeit liebt. Aber das sollte ich, wenn ich damit weitermachen will. Ich habe keine Ahnung, was mich so zum Leuchten bringen würde. Ich habe mein Ziel, meine Leidenschaft, noch nicht gefunden, aber das will ich. Ich will herausfinden, was mich glücklich macht, und dann hart dafür arbeiten. Ich will das, was mir aus Webers Gesicht entgegenleuchtet. Ich werde mein Studium nicht wieder aufnehmen, sondern ganz offiziell damit aufhören. Es ist vorbei.

»Wenn alles okay ist bei dir, muss ich jetzt«, sagt Weber. »Ich denke, wir sehen uns.«

Seine Stimme ist kühl. Das Adrenalin ist zurückgegangen. Verwirrt sehe ich ihn an. Ich brauche einen Augenblick, um mich daran zu erinnern, dass ich ihm gerade vor ein paar Stunden ziemlich weh getan habe. Wie durch ein mächtiges Teleobjektiv sehe ich matt die Szene vor mir, die ich ihm vor der *Dairy Queen* geboten habe.

Der Zorn und das Eis sind nicht länger so fest – sie schmelzen. Ich muss fast über mich lachen. Ich löse mich auf und werde zu einer Person, mit der Lila Leary nicht mal reden würde, geschweige denn, dass sie in ihre Haut kriechen würde. Ich werde gerade so wie Belinda, die über ihrem Banana-Split heult, oder Gracie, die im Auto wartet und mit ihrem ungeborenen Kind spricht.

Weber sieht mich mit schwacher Erwartung an. Ich kann nicht sprechen. Ich glaube nicht, dass ich Worte zu einem Satz zusammenreihen kann. Eine mächtige Metallleiter wird an uns vorbeigetragen, Sprosse für Sprosse. An beiden Enden läuft ein müde aussehender Feuerwehrmann.

Ich lächle Weber an und versuche ihm etwas mitzuteilen. Aber er hat sich abgewandt. Er sieht zu, wie die Männer die mächtige Leiter an die Seite des Gebäudes lehnen, die am wenigsten beschädigt scheint. Wärme durchpulst mich vom Kopf bis zu den Füßen, und ich sehne mich nach einem weiteren Blick auf Webers Gesicht. Ich will einen Blick in meine Zukunft. Aber es ist zu spät. Mit einem kurzen Winken über die Schulter steuert er erneut auf das Feuer zu.

Noreen Ballen

Den Großteil des Tages verbringe ich auf einem Stuhl mit harter Lehne am Bett von Mrs. McLaughlin. Vor drei Tagen ist sie aus der Reha-Klinik nach Hause gekommen, aber die Veränderung hat sie ermüdet. Morgens ist sie unten in der Krankengymnastik, und nachmittags mache ich mit ihr einen kurzen Spaziergang durch den Park. Fürs Erste lasse ich es damit gut sein. Wenn sie wieder zu Kräften kommt, werde ich mehr mit ihr unternehmen.

Ich denke, der Schlaf, den sie während der letzten zweiundsiebzig Stunden bekommen hat, ist die erste wirkliche Ruhe, die sie sich seit Wochen zugesteht. Im Valley Hospital hat sie mich immer wieder gebeten, sie zu wecken, wenn ich eins ihrer Kinder kommen sah, weil sie wach sein wollte, wenn Besuch da war. Sie hatte Angst, im Schlaf von ihnen auf eine Pflegestation verlegt zu werden.

Nach meinem Dafürhalten stellten ihre Kinder keine große Bedrohung dar.

Sogar Kelly, die Älteste, war viel zu aufgeregt, um einen solch drastischen Schritt einzuleiten. Sämtliche Kinder von Mrs. McLaughlin machen sich Sorgen um sie, und es wird ein fürchterlicher Schock für sie sein, wenn sie begreifen, dass Catharine McLaughlin bald sterben wird. Sie hat so sehr dafür gekämpft, zurück in dieses Zimmer zu kommen, weil es ihr Zuhause ist und sie zu Hause sterben will. Ich habe andere alte Männer und Frauen erlebt, die sich dafür entschieden hatten und dann dahinsiechten, bis sich ihr Wunsch erfüllt hatte.

Das Erste, was mir Mrs. McLaughlin erklärte, als ich mit ihr aus der Reha hier ankam, war die Bedeutung jedes einzelnen Stücks im Zimmer. Das Einzelbett mit dem Holzrahmen war ihr Ehebett. Ihr Mann schlief in einem identischen Bett rechts neben ihr. Die Klassiker auf dem Bücherregal stammen von ihrem Vater. Der große Aschenbecher auf dem Kaffeetisch, der die Form eines Golfplatzes hat – mit einem Golfer auf der Kante, der seinen Schläger hebt –, gehörte ihrem Mann. Die Bilder an der Wand sind von ihren Kindern. An der halbfertigen Decke auf dem Sofa hat sie für ihren ersten Urenkel gestrickt.

Während sie schläft, lese ich die Zeitung oder sehe mir die Bilder an der Wand an. Wenn Besucher kommen, versuche ich, sie zu unterhalten, bis Mrs. McLaughlin aufwacht. Nach Jahren mit unregelmäßigen Krankenhausschichten und unvorhersehbaren Tagen ist das hier die leichteste und bestbezahlte Arbeit, die ich je hatte. Wenn ich nach Eddies Tod nicht aufgehört hätte, an Gott zu glauben, würde ich schwören, dass sie ein Geschenk des Himmels ist. Stattdessen füge ich den Job meiner wachsenden Liste mit Dingen hinzu, die während der letzten achtzehn Monate geschehen sind und von denen ich denke, dass Eddie sie organisiert haben muss. Die Dachrinnen bleiben zum Beispiel von Blättern verschont, der Maler steht genau zum richtigen Zeitpunkt vor der Tür und bietet mir für einen ungeheuer günstigen Preis an, das Haus neu zu streichen, der Rasen bleibt ordentlich, obwohl ich ihn nie schneide, und Eddies alter weißer Wagen läuft und läuft.

Ich war eine sehr engagierte Katholikin, und Gott nicht mehr für alles zu danken fällt mir unsäglich schwer. Mittlerweile umgehe ich das Problem, indem ich meinem Mann für all die guten Dinge danke, die mir in den Schoß fallen. So kann ich mich Eddie nahe fühlen und spüren, dass unsere Leben immer noch miteinander verbunden sind. Es fällt mir nicht schwer zu glauben, dass Eddie Louis geschickt hat, um mir diese Arbeit anzubieten. Das Angebot kam genau zum richtigen Zeitpunkt, da ich mehr Geld brauchte und regelmäßigere Arbeitszeiten. Eddie jr. wünscht sich so sehr, im August mit ins Baseball Camp fahren zu dürfen, und jetzt kann ich es mir erlauben, ihn mitzuschicken. Jessie will wie immer alles haben, was ihr unter die Augen kommt: Puppen, Kleider, ein neues Fahrrad, einen Computer. Ich denke, bei dem Computer gebe ich nach, schließlich können ihn beide Kinder für die Schule brauchen.

Als ich Louis Leary zum ersten Mal im Krankenhaus begegnet bin, war es ein Schock für mich. Seit dem Begräbnis hatte ich nicht mehr an ihn gedacht, obwohl Eddie die ganze Zeit von ihm geredet hat. Eddie hatte eine hohe Meinung von seinem Chef, und er hoffte darauf, eines Tages vielleicht als Partner bei ihm einsteigen zu können. Die wenigen Male, die ich Louis getroffen hatte, sind mir nicht gerade als angenehm in Erinnerung. Er war ein so großer Mann, dass ich mich von ihm überragt fühlte, obwohl ich doch selbst ziemlich groß bin. Und ich wusste nie, was als Thema angemessen war, um mich darüber mit dem Arbeitgeber meines Mannes zu unterhalten. Aber dann beim Begräbnis, nachdem ich nach dem Unfall nicht eine einzige Träne vergossen hatte, war es bei Louis' Anblick aus irgendeinem Grund plötzlich völlig vorbei mit mir. So peinlich es mir war, habe ich ihm sein schönes Hemd vollgeheult, sein Ärmel war richtig nass. Ich konnte und konnte nicht aufhören zu weinen, auch nicht, nachdem seine Frau ihn weggeführt hatte.

Im Krankenhaus dann kam das Gefühl vom Begräbnis, als etwas in mir brach und nicht mehr zu halten war, neu in mir hoch. Erst wollte ich nur weg von ihm, sehnte das Ende der Schicht herbei, wollte schlafen, meine Kinder an mich drücken, wollte mit aller Kraft losheulen, aber das Gefühl ging schnell vorbei. Ich habe mich fast schon daran gewöhnt, dass es mich immer wieder so überkommt. Immer, wenn ich denke, dass es langsam besser wird, und ich an Kraft gewinne, versetzt es mir wieder einen Tritt in den Bauch, so sehr vermisse ich Eddie. Hinterher fühle ich mich ausgelaugt und leer.

Erschöpft, aber dankbar habe ich diese Arbeit angenommen und sitze jetzt hier im Zimmer mit Mrs. McLaughlin. Neidisch sehe ich, wie tief sie schläft. Ich beobachte, wie sich ihre Brust hebt und senkt, und hoffe, dass dieser Job ein Geschenk meines Mannes ist. Ich hoffe, er hat noch immer ein Auge auf mich und versucht, meine Nöte zu lindern. Ich sitze an ihrem Bett, und meine Gefühle vertiefen sich zu einer Art Gebet.

Wenn ihre Familie zu Besuch kommt und sie wach ist, versuche ich, mich im Hintergrund zu halten, aber da Mrs. McLaughlin in einem kleinen Zimmer lebt, ist das manchmal schwierig. Am häufigsten kommt die arme Gracie zu ihr. Ich weiß, Gracie ist Ende zwanzig, aber sie sieht immer so jung und verloren aus, wenn sie vor der Tür steht. Und die Art, wie sie ihre Großmutter ansieht – lieber Gott. Als wäre die winzige Frau, die da in ihrem Bett liegt, mächtig genug, die Sonne am Himmel aufsteigen zu lassen.

Als Gracie herausfand, dass ich zwei kleine Kinder habe, fing sie an, Fragen zur Geburt zu stellen. Für eine Frau weit im siebten Monat scheint sie erstaunlich wenig darüber zu wissen. Ich habe das Gefühl, sie ist noch nicht bereit für die Antworten, obwohl sie danach fragt. Sie spricht mit mir, weil ihre Großmutter zu müde ist, um ihr Aufmerksamkeit zu schenken. In ihren Augen ist eine Mischung aus Furcht und Leere zu erkennen, während wir uns unterhalten.

Ich sage zu ihr: »Lassen Sie sich eine Epiduralanästhesie geben, wenn Sie den Schmerz nicht mehr aushalten. Es gibt keinen Grund, die Märtyrerin zu spielen. Sie werden die Geburt Ihres Kindes weit besser genießen können, wenn man Ihnen etwas Erleichterung verschafft.«

»Grandma sagt, den Frauen der McLaughlins fällt das Kinderkriegen leicht.« Gracie wirft einen Blick zum Bett hinüber, in dem Mrs. McLaughlin liegt und schläft. »Aber Grandma empfindet Schmerzen auch nicht so wie normale Leute.«

»Wie meinen Sie das?«

»Sie hat drei Kinder verloren und einen Mann.« Gracie seufzt. »Sie ist unglaublich stark.«

Drei Kinder. Ich blicke zu der Frau im Bett. Ich denke an Jessies Zähne beim Lächeln und Eddie jr.s Locken. Gibt es eine Grenze, wie viel Schmerz sich ertragen lässt?

»Ich weiß, Sie haben Ihren Ehemann verloren«, sagt Gracie. »Er war einer von den Männern meines Vaters. Es tut mir leid.«

Er war *mein* Mann. »Danke.«

Sie senkt den Blick, und ihr runder Bauch scheint sie an etwas zu erinnern. »Was tut bei einer Geburt am meisten weh?«

Ich richte mich in meinem Stuhl mit dem harten Rücken auf. *Sei ein Profi, Noreen.* »Alles tut weh«, sage ich. »Aber wenn der Arzt Ihnen zum ersten Mal Ihr Baby in den Arm legt, war es das wert. Sie glauben nicht, wie viel Liebe Sie spüren werden. Das Gefühl ist anders und stärker, als Sie es je für einen Mann empfunden haben. Sie werden die Welt ändern wollen, damit sie ein besserer Ort für Ihr Baby wird und es gut hier leben kann. Sie werden denken, dass Ihr Herz explodiert.«

»Wirklich?«, sagt Gracie und sieht skeptisch aus.

»Wirklich.«

Jedes Mal, wenn Gracie geht, macht sie etwas Komisches. Sie öffnet die obere Schublade von Mrs. McLaughlins Schreibtisch, sieht hinein, ohne etwas zu berühren, und schließt die Schublade dann ohne ein Wort.

Alle Verwandten, die ich im Krankenhaus gesehen habe, kommen auch hierher zu Besuch. Louis und Kelly kommen getrennt. Die beiden anderen Töchter von Mrs. McLaughlin und ihre Schwiegertochter kommen zusammen aus South Jersey hergefahren und holen ihre Truthahn-Sandwiches hervor, wenn Mrs. McLaughlin ruht. Ihre anderen Enkel kommen ebenfalls. Ein junges Mädchen namens Mary betet laut an Mrs. McLaughlins Bett, bis ihre Cousine Dina ihr sagt, sie solle endlich den Mund halten. Mary betet dennoch weiter, und ihre Lippen bewegen sich ohne ein Geräusch. Der einzige Enkelsohn, Johnny, hält sich nah an der Tür, und sein verhangener Blick sagt mir, dass er unter Drogen steht. Kelly bringt Ryan mit auf Besuch, was Catharine, Kelly und Ryan selbst sehr unsicher zu machen scheint. Mrs. McLaughlins ältester Sohn, der nicht einmal im Krankenhaus war, ruft regelmäßig an.

Nach all den Jahren als Krankenschwester, in denen ich immer wieder in anderen Abteilungen war, auf verschiedenen Stationen, umgeben von den unterschiedlichsten Krankheiten und allen möglichen Fachärzten, ist es komisch, hier so ruhig in diesem Zimmer zu sitzen und diese eine Frau und ihre Familie so kennenzulernen.

Im Krankenhaus wollte ich immer wieder wechseln. Die meisten Schwestern meines Alters haben sich längst eine besondere Station ausgesucht. Wer alte Menschen mag, wählt die Geriatrie, die Hartgesottenen die Onkologie, oder, schlimmer noch, die Kinder-Onkologie. Diejenigen, denen das Händchenhalten nicht so gefällt und die mehr Medizin wollen, werden fähige OP-Schwestern. Viele meiner Kolleginnen sind noch einmal zur Schule gegangen und haben sich Zusatzqualifikationen angeeignet, um für die Patienten und Ärzte, denen sie sich verschrieben haben, unersetzbar zu werden.

Ich dagegen wollte mich nie irgendwo fest niederlassen. Mir gefielen der Wechsel und die Bewegung, wenn ich von einem Teil des Krankenhauses in einen anderen umzog. Ich wollte mich nicht zu sehr mit jemandem anfreunden oder für einen Ort zu wichtig werden. Ich wollte mir das Gefühl erhalten, nur wirklich nach Hause zu gehören. Nur meinem Zuhause gegenüber wollte ich dieses Gefühl von Verpflichtung verspüren.

Ich hatte meine Familie: meinen Mann, meinen Sohn, meine Tochter, und seit neun Monaten nun sind es nur noch mein Sohn und meine Tochter. Lange bevor ich ins Valley Hospital kam, habe ich mein Herz so eng gemacht, dass nur für meine Familie Platz darin war. Trotzdem war ich eine ausgezeichnete Krankenschwester, alle mochten mich, und das medizinische Personal lernte den Umstand schätzen, dass ich mich freute, überall dort im Krankenhaus zu arbeiten, wo zusätzlich Hilfe benötigt wurde.

Auch diese Arbeit ist eine vorübergehende Sache. Ich werde ins Krankenhaus zurückkehren, wenn Mrs. McLaughlin mich nicht mehr braucht. Ich habe mich im Valley Hospital nur beurlauben lassen und nicht gekündigt. Ich weiß genau, dass auch das hier ein Ende haben wird.

»Dieser Job muss schrecklich langweilig für Sie sein«, sagt Lila.

Sie steht am Fenster und sieht hinaus. Mrs. McLaughlin schläft.

»Nein«, sage ich. »Wenn sie schläft, lese ich Zeitung oder mein Buch. Ich habe zwei kleine Kinder, und die Ruhe tut mir gut. Dazu kommt, dass ich es mag, immer wieder verschiedene Schwesterntätigkeiten auszuüben. Seit ich ein kleines Mädchen war, wollte ich nie etwas anderes sein als Krankenschwester.« Das bringt mich auf Jessie, und ich frage mich, was aus ihr einmal werden wird. Mit sechs wollte sie Prinzessin sein. Ich habe mich immer in einer weißen Uniform gesehen, wie ich den Menschen helfe. Meine Tochter sah sich in rosa Tüll, wie sie den Subjekten um sich herum Befehle erteilte. Wie kann dieses Kind aus meinem Körper gekommen sein?

»Ich wollte nie Ärztin werden«, füge ich noch hinzu, weil Lila so aussieht, als wollte sie mir eine weitere Frage stellen, und das ist die Antwort auf die Frage, die normalerweise jetzt kommt. Die Leute glauben, dass sich alle Schwestern danach sehnen, Ärztin zu werden. Ich hatte nie Interesse daran, mir dieses große Gewicht an Wissen aufzuladen, das jeder Arzt mit sich herumtragen muss. Ich ziehe es vor, den Menschen auf einfache Weise zu helfen und mich um eine angenehme

Atmosphäre zu kümmern. Deren Wert wird im Allgemeinen sehr unterschätzt, für die Kranken bedeutet sie oft alles.

Lila scheint in diesem Zimmer weniger nervös als ihre Verwandten zu sein. Vielleicht weil sie Medizin studiert und mit Kranksein vertrauter ist. Sie sieht ihrer Grandma am ähnlichsten, und ich sage es ihr. Sie lächelt, und aus ihrem Lächeln spricht so etwas wie eine Mischung aus Freude und Argwohn.

»Niemand hat das je zu mir gesagt.«

»Vielleicht sehe ich es eher, weil ich von außen komme. Aber es gibt keinen Zweifel, dass Sie ihr ähnlich sehen. Ihr Gesicht hat die gleiche Form, und auch Ihre Augen.«

Lila berührt den Vorhang, der aussieht, als wäre er aus lauter seidenen Tassenuntersetzern gemacht. »Kann ich Sie etwas fragen?«

Ich überlege, warum das Fragenbeantworten und Mich-Unterhalten die eigentliche Arbeit in diesem Job zu sein scheint, während Mrs. McLaughlin friedlich schläft. »Natürlich.«

»War ein junger Mann mit Namen Weber hier, um meine Großmutter zu besuchen?«

»Nicht, solange ich hier war«, sage ich. »Wenn Sie möchten, kann ich herausfinden, ob er abends noch hereinsieht.«

»Nein«, sagt Lila.

»Ich mag ihn«, sagt Mrs. McLaughlin.

Wir drehen uns beide um. Sie hat sich im Bett aufgerichtet und hält die Hände im Schoß gefaltet. Sie sieht völlig wach aus, als hätte sie nicht gerade eben noch mit dem Gesicht zur Wand dagelegen.

»Wenn ich ihn vor dreißig Jahren kennengelernt hätte, oder vielleicht sogar vor zehn, hätte ich ihn nicht gemocht. Aber jetzt mag ich ihn sehr. Ich möchte nicht, dass du genauso eine Idiotin wie alle anderen in dieser Familie bist, Lila. Wenn es um Herzensangelegenheiten geht, ist jeder Einzelne in dieser Familie eine völlige Niete.«

Ich sehe von Großmutter zu Enkelin. Lilas Gesicht scheint von Mrs. McLaughlins Worten getroffen, und meine jahrelange Erfahrung als Schwester sagt mir auch, dass Lila im Moment nicht genug Schlaf bekommt.

»Er mag mich nicht mehr«, sagt Lila.

»Das ist schade«, sagt Mrs. McLaughlin.

Die alte Frau sieht nicht überrascht aus oder mitleidig, als sie das sagt, und nicht zum ersten Mal erwische ich mich bei dem Gedanken: *Junge, die ist vielleicht aus hartem Holz.*

Nach zwei Wochen bin ich so weit, dass ich die Wände hochgehen könnte. Mrs. McLaughlin geht es etwas besser, und ich habe meine anfängliche Diagnose korrigiert. Nicht umgeworfen, aber korrigiert. Ich glaube immer noch, dass sie entschlossen ist zu sterben, aber es wird noch nicht so bald geschehen. Es gibt etwas, worauf sie wartet und was sie zwischen Genesung und Tod verweilen lässt. Sie kämpft gerade so eben hart genug, um sich aufrecht zu halten, nicht mehr. Sie schläft viel, aber wenn sie wach ist, ist sie lebhafter, aufmerksamer. Manchmal jedoch, wenn ihre Familie zu Besuch kommt, tut sie so, als sehe und höre sie nichts. Eines Nachmittags, nachdem Theresa wieder gegangen ist, sage ich es ihr auf den Kopf zu.

Wie ein Kind, das beim Kekse-Stibitzen erwischt worden ist, lächelt sie daraufhin etwas dümmlich. »Ich habe nicht die Kraft, Theresa zu versichern, dass mit ihr alles in Ordnung ist und auch mit mir und dass die Welt morgen eben noch nicht untergehen wird. Sie macht sich viel zu viel Sorgen. Da liege ich lieber still da und höre zu, wie sie sich mit Ihnen unterhält.«

»Bei Gracie haben Sie gestern auch nur so getan, oder?«

Noch ein Lächeln. »Nur einen Moment lang. Im Übrigen ist sie Ihnen gegenüber ehrlicher, wenn sie von ihrem Baby erzählt. Ich höre gerne zu. Was meinen Sie, macht sie alles richtig mit dem Baby? Ich frage mich, ob sie gut genug isst. Die Kinder essen heutzutage so ungesund.«

»Gracie scheint ein wenig beklommen zu sein«, sage ich, schweige und falte die Hände in meinem Schoß.

Mrs. McLaughlin sieht mich ärgerlich an, dann dreht sie sich langsam zur Tür, um zu sehen, wer da angekommen ist.

Louis steht auf der Schwelle. »Soll ich wieder gehen«, sagt er in spaßendem Ton. »Ich habe vor langer Zeit schon gelernt, dass ein Mann niemals zwei Frauen unterbrechen sollte, die miteinander reden.«

»Du hast recht«, sagt Mrs. McLaughlin. »Warum besuchst du mich so oft?«

Louis verschränkt die Arme und wippt auf den Fußballen vor und zurück. Er sieht aus wie ein mächtiger Baum, der drauf und dran ist umzukippen. »Wir haben uns Sorgen um dich gemacht«, sagt er.

Mrs. McLaughlin lässt ein missbilligendes Krächzen hören. »Deshalb kommst du nicht so oft her. Ich weiß nicht, was du im Schilde führst, aber ich nehme an, es geht mich nichts an.« Damit rollt sie sich auf die Seite und schließt die Augen.

Ich bin versucht, zu ihr hinüberzugehen und sie zu kitzeln oder zu schütteln, bis sie nicht mehr so tun kann, als schliefe sie. Die Besuche von Louis mag ich am wenigsten. Er fühlt sich so offensichtlich unwohl, wenn er hier ist, dass es sich auf mich überträgt. Manchmal gibt es ein kaputtes Rollo oder einen lockeren Fuß am Waschtisch, den er reparieren kann. Dann sind die Besuche nicht so mühsam, aber heute habe ich nichts für ihn zu tun, und so kreisen wir förmlich umeinander. Ich ziehe das Bettzeug zurecht und lege die Zeitschriften auf dem Kaffeetisch ordentlich hin.

Auch heute setzt Louis sich nicht hin. Er sieht wieder so aus, als wollte er unbedingt etwas sagen, findet aber nicht die Worte dafür. Ich weiß, dass er über Eddie reden will. In seinem Gesichtsausdruck erkenne ich – in übertriebener Form – all die Blicke wieder, die ich während der letzten Monate von Menschen erhalten habe, die herausgefunden hatten, dass mein Mann gestorben war. Mitleid und Anteilnahme und der undeutliche Wunsch, einen Trost zu bieten, von dem sie wissen, dass er nicht existiert, graben sich in ihre Züge. In Louis' Ausdruck kommt noch etwas dazu, das ich aber nicht näher bezeichnen kann.

Höflich halte ich die Unterhaltung in Gang, weil ich das Schweigen nicht ertrage. Der Schmerz in seinem Gesicht trifft mich ins Herz, und ich muss daran denken, dass er es war, der bei Eddie war, als er starb, nicht ich. Ich erinnere mich, wie ich an der Tür zur Notaufnahme wartete, als Eddie von der Bahre hochgehoben wurde. Als ich ihn sah, wusste ich gleich, dass er bereits tot war. Jede Schwester, die etwas taugt, kann von der anderen Seite eines Raums aus sagen, ob ein Patient bereits tot ist. Puls und Atmung überprüfen wir nur, um uns zu vergewissern und der Familie den Beweis zu liefern. Ich sehe mit einem Blick, wenn die Seele eines Menschen seinen Körper verlassen hat. In den Wochen gleich nach Eddies Tod, bevor ich mich vom Katholizismus abwandte und versuchte, einen ausgewogeneren Blick auf das Leben zu bekommen, quälte es mich ungeheuer, dass ich während seiner letzten Momente nicht bei ihm gewesen war. *Ich* hätte bei Eddie sein sollen, als er starb, nicht sein Chef und ein paar Sanitäter.

Nachdem ich Louis gefragt habe, wie es Kelly geht, wie das Geschäft läuft und was er glaubt, wie lange die Hitzewelle noch anhalten kann, will ich ihn bitten zu gehen. Ich will ihm sagen, dass die täglichen Gespräche mit seinen Töchtern, seiner Frau und seinen Schwägerinnen anstrengend genug sind und ich seit Jahren nicht so viel geredet habe, und dann auch nur mit meinem Mann und nicht mit lauter Fremden. Ich will ihm sagen, dass sich der Riss, der sich bei seinem Anblick auf der Beerdigung in mir aufgetan hat, erneut geöffnet hat und dass ich mich, wenn ich am Ende des Tages nach Hause fahre, vorsichtig am Steuer festhalten muss, um nicht in Tränen auszubrechen, weil die Sommerluft so süß duftet oder ich mich an einen Liebesakt erinnere und mir bewusst wird, dass ich mehr Kinder möchte.

Ich will Louis Leary sagen, dass ich kaum mit dem zurechtkomme, was in mir vorgeht. Ich habe keinen Platz, mich auch noch mit seinen Gefühlen zum Tod meines Mannes zu befassen. Ich glaube, irgendwann überzeugt mein steinernes Gesicht Louis, zumindest für diesen Nachmittag, und er geht.

Louis erinnert mich an meinen Mann, aber der Rest der McLaughlins zieht mein Herz in eine unerwartete Richtung. Es sind ihre Augen, die mich alle blau oder grün ansehen, nur Lilas nicht. Diese Augen erinnern mich an meine Familie. Meine eigenen Eltern, Brüder und Schwestern. Mir wird bewusst, dass ich diesen Fremden mehr ähnele als meinen eigenen, dunklerhäutigen Kindern. Und auch wenn es mir gelungen wäre, die bleiche Haut und die hellen Augen der McLaughlins, in die ich täglich sehe, zu ignorieren, hätte mir Mrs. McLaughlin doch keine Ruhe gelassen und mich auf die Verbindung zwischen ihrem und meinem Erbe gestoßen. Wie sie Kelly und Louis gegenüber immer wieder beteuert, war sie nur damit einverstanden, mich anzustellen, weil ich Irin bin.

»Keinen anderen Menschen würde ich in meinem Zimmer sitzen lassen, während ich schlafe, das sage ich euch.«

»Mutter, sprich nicht so laut. Das ist ja rassistisch.«

»Nein, das ist es nicht. Ich mag auch alle anderen Rassen, aber ich will meine eigene bei mir, wenn ich krank im Bett liege.«

Diese Wertschätzung lässt mich zusammenschrecken, weil ich mich selbst nicht mehr als Irin sehe. Meine Kinder haben hübsche braune Augen, genau wie ihr Vater. Wenn ich ihre dunkle Haut sehe, denke ich nie an meine eigene Blässe. Vor fünfzehn Jahren bin ich in das Leben meines Mannes eingetreten – und in das unserer Familie. Ich bin eins mit ihnen und nicht von ihnen getrennt. Diese Wahl habe ich getroffen, als ich mich in Eddie verliebte. Ich war damals neunzehn und im ersten Jahr meines Stipendiums am Bergen County Nursing College. Neben dem Unterricht hatte ich noch zwei Jobs und somit nicht viele Freunde. Eddie war ein paar Jahre älter als ich. Er stammte aus Mexiko und war im Jahr vorher mit einem Cousin hergezogen, und sie arbeiteten beide in der Firma, die das Gebäude renovierte, in dem die meisten unserer Kurse stattfanden. Gleich am ersten Tag des Semesters fiel er mir auf. Während einer Pause saß er auf den Eingangsstufen und las ein Buch.

Ich hatte nie vorher einen wirklichen Freund gehabt, und trotz meiner lauten Brüder und Schwestern war ich eher schüchtern. Aber irgendetwas Verrücktes überkam mich, als ich diesen jungen Mann sah. Er schien so klar gezeichnet in der verschwommenen See weißer Schwesternschülerinnen. Frech wie sonst was ging ich geradewegs auf ihn zu und bot ihm die kalte Dose Sodawasser an, die ich mir gerade aus dem Automaten geholt hatte. Er sah mich an, als wäre ich verrückt, was ich auch war, und sagte nein danke. Am nächsten Nachmittag machte ich es noch mal genauso und verlor auch nicht den Mut, als er wieder nein danke sagte. Ich fand seine Arbeitszeiten heraus und kam immer gerade dann, wenn er Feierabend hatte oder eine kurze Pause. Er war schrecklich höflich, und ich ließ ihm keine andere Wahl, als mit mir zu sprechen. Ich brachte ihn zum Lachen, obwohl ich mich selbst nie auch nur im Geringsten für witzig gehalten hatte. Ich hörte, wie kluge, originelle Bemerkungen aus meinem Mund kamen, von denen ich kaum glauben konnte, dass sie meine waren. Die Verrücktheit verging nicht, und es dauerte nicht lange, bis ich begriff, dass es Liebe war.

Als ich meiner Mutter die wundervollen Neuigkeiten berichtete, reagierte sie hart und kalt. Ich war das letzte ihrer dreizehn Kinder. Sie war ausgelaugt und hatte keinen Platz für neue Ideen. »Wenn du einen *Latino* heiratest, brauchst du dich in diesem Haus nicht mehr sehen zu lassen.«

Natürlich heiratete ich ihn, und mein Herz zog sich zusammen und wuchs gleichzeitig, und ich hörte auf, mich als Irin zu sehen. Ich behielt meinen Namen für den Beruf, aber was alles Übrige anging, wurde ich Noreen Ortiz. Ich ließ alles hinter mir, was mich mit meiner Mutter und meinen Brüdern und Schwestern verband. Als Eddie starb und der

Schmerz zu groß schien, um ihn allein ertragen zu können, dachte ich schon daran, die Hand erneut nach meiner Familie auszustrecken. Aber meine Mutter war in der Zwischenzeit gestorben, und die Geschwister hatte es in alle Winde zerstreut. Was einst eine große, laute Familie gewesen war, schien völlig verschwunden zu sein, mit sämtlichen Wurzeln ausgerissen. Also ertrug ich den Schmerz allein, konzentrierte mich auf meine Kinder, ging wieder arbeiten und war zu müde, um irgendwelchen rührseligen Gedanken nachzuhängen.

Aber jetzt scheint mich Mrs. McLaughlin unbedingt an meine Familie erinnern zu wollen. Meine Vergangenheit und Geschichte sind eines der wenigen Themen, die sie interessieren.

»Wo sind Sie aufgewachsen?«, fragt sie eines Morgens.

»In Paterson. Ungefähr zwanzig Meilen von hier.«

»Mein Mann stammte auch aus Paterson. Haben Ihnen Ihre Eltern irische Geschichten erzählt?«

Draußen regnet es, und wir sind in ihrem Zimmer gefangen. Zumindest ich fühle mich gefangen. Mrs. McLaughlin scheint sich auf dem Sofa absolut wohl zu fühlen. Ihre Wangen haben heute eine gute Farbe. Aber ich will mich unbedingt bewegen, und so mache ich Fenster und Tür auf, um Wind und Regen hereinzulassen. Ich leide in letzter Zeit unter klaustrophobischen Gefühlen.

Mrs. McLaughlin räuspert sich, um meine Aufmerksamkeit zurückzugewinnen.

»Ja, natürlich«, sage ich. »Als ich sehr jung war, hat uns mein Vater viele Geschichten erzählt. Von Feen und Kobolden. Sein Lieblingswitz begann mit einem Priester und einem Kobold, die in eine Kneipe kommen. Er schien hundert verschiedene Versionen davon zu kennen.«

»Warum hat er aufgehört?«, fragt sie.

»Was meinen Sie?«

»Sie sagten, dass er Ihnen Geschichten erzählt hat, als Sie sehr jung waren.«

»Oh. Er war Alkoholiker. Als ich sechs war, hat er meine Mutter verlassen. Später kam und ging er und starb, als ich noch ein Teenager war.«

»Mein Mann war auch ein Träumer.«

»Ein Träumer?«

»Manchmal trank er zu viel.« Mrs. McLaughlin nickt. »Sie und ich haben eine Menge gemeinsam.«

Ich wende mich ihr zu und sehe sie an. Winzig ist sie und alt und zufrieden, einfach so dazusitzen, während ich wie ein eingesperrtes Tier herumlaufe. Heute Morgen, als ich aufwachte, hatte meine Periode bereits angefangen, und ich blute kräftig. Ich kann spüren, wie das Blut aus meinem Körper läuft. Mrs. McLaughlin dagegen ist so blass, dass sie mir völlig blutlos scheint. Seit ihrer letzten Menstruation sind wahrscheinlich vierzig Jahre vergangen. »Glauben Sie?«, sage ich, um höflich zu sein.

Sie sieht mich gemessen an. »Wir haben beide so viel verloren«, sagt sie. »Mehr als nur unseren Teil.«

An diesem Nachmittag schläft Mrs. McLaughlin länger als gewöhnlich. Um vier stehe ich an ihrem Bett und überlege, ob ich sie wecken soll. Der Himmel hat aufgeklart, und ich möchte nicht, dass sie ihren Spaziergang verpasst. Sie braucht die Bewegung. Wenn ich sie so betrachte, kann ich sehen, dass ihr das Gewicht, das sie im Krankenhaus verloren hat, immer noch fehlt. Sie liegt oben auf der Matratze und drückt sie kaum ein. Sie wiegt vielleicht achtunddreißig Kilo, so viel wie meine elfjährige Tochter. Dennoch ist Mrs. McLaughlin mittlerweile wieder etwas kräftiger und selbstständiger. Als sie aus der Klinik herkam, musste ich sie zuerst in die Wanne und wieder herausheben. Sie war wie ein Bündel papierner Haut und leichter Knochen. Der Körper einer alten Frau schwindet dahin. Sinnlichkeit und Geschmeidigkeit verlassen ihn, Muskeln und Knochen verlieren an Masse, seine Farbe verbleicht. Alles verbleicht. Manchmal schimmert die Frau von einst noch durch, mehr aber nicht.

Plötzlich öffnet Mrs. McLaughlin die Augen und starrt zu mir hoch.

Ich versuche beschwichtigend zu lächeln, damit es sie nicht erschreckt, dass ich da so über ihr stehe. »Es ist Zeit für unseren Nachmittagsspaziergang«, sage ich. »Sie sollten aufstehen.«

Völlig reglos liegt sie da und hält die Hände über ihren Rippen gefaltet. »Ich habe gerade Ihre Brüder und Schwestern gesehen«, sagt sie. »Ich wollte Ihre Stimme heraushören, aber es war zu laut, und Sie waren zu klein, um laut genug zu sprechen, dass ich es hören konnte. Sie waren noch ein Baby.«

Ich schiebe meine Hand unter ihre Schulter und helfe ihr in eine Sitzposition. Alte Leute haben oft lebhafte Träume und bringen Wach- und Traumerlebnisse durcheinander. Plötzlich aber wird mir, als ich diese alte Frau berühre, klar, dass meine Mutter, wenn sie noch lebte, etwa so alt wäre wie Mrs. McLaughlin. Meine älteren Brüder und Schwestern wären im Alter ihrer Kinder. Meine Nichten und Neffen so alt wie Gracie und Lila.

»Mrs. Ronning hatte ihren Fernseher wieder zu laut gestellt«, sage ich. »Der Lärm muss Sie gestört haben. Ich gehe zu ihr und rede mit ihr, wenn wir wieder da sind. Kommen Sie jetzt, stehen Sie auf. Möchten Sie vorher noch ins Bad?«

Mrs. McLaughlin schüttelt den Kopf, nein. Sie schiebt ihre Beine über die Bettkante. Als sie steht, fasse ich sie beim Arm, damit sie ihr Gleichgewicht hält, während sie in ihre Schuhe schlüpft. Ich hänge ihr die Strickjacke über die knochigen Schultern und halte ihr den Handspiegel hin, damit sie sehen kann, dass ihre weißen Locken noch genauso frisch und ordentlich wie vor ihrem Schläfchen aussehen. Zusammen steuern wir die Tür an, meine Hand ist immer noch unter ihrem Arm. Langsam gehen wir auf die Treppe zu, und ich schiebe die Tür ins Freie mit der Schulter auf.

Als wir draußen sind und im Sonnenlicht und der frisch gereinigten Luft stehen, fühle ich zum ersten Mal an diesem Tag, wie sich meine Anspannung etwas löst.

Ich lege den Kopf in den Nacken und spüre die Sonne warm auf meinem Gesicht. Dann erinnere ich mich an meine Pflicht und sehe zu Mrs. McLaughlin, die ins Licht blinzelt und in deren Ausdruck immer noch Schlaf und Verwirrung zu erkennen sind. Vielleicht habe ich sie aus ihrem Nickerchen getrieben, weil ich selbst so gerne aus dem Zimmer kommen wollte.

»Wir lassen es langsam angehen«, sage ich. »Einmal zum Parkplatz und zurück.«

»Ich habe noch nie von den Kindern geträumt«, sagt sie und klingt angeschlagen. »Normalerweise bin ich wach und sehe sie unter dem großen Baum draußen vor meinem Fenster. Im Schlaf haben sie mich bisher immer in Ruhe gelassen.«

»Haben Sie von Ihren Kindern geträumt?«, frage ich. »Kelly, Meggy und Ryan?« Ich werde genauer, um sie zurück in die Realität zu bringen. Mit langsamen Schritten gehen wir den

Pfad hinunter. Mittlerweile denke ich, dass es ein Fehler war, sie nach draußen zu bringen, bevor sie noch wirklich wach war. Die meisten Stürze ereignen sich, wenn alte Leute müde oder abgelenkt sind und sich nicht auf jeden einzelnen Schritt konzentrieren können. Mrs. McLaughlin hat sich gerade erst von ihrer Operation erholt, und ihr Zustand sollte nicht durch einen neuerlichen Sturz gefährdet werden. Ich hätte es besser wissen müssen, für gewöhnlich bin ich nicht so unbedacht.

»Nein«, sagt sie. »Ich habe *Sie* gesehen, und Ihre Brüder und Schwestern.«

Ich bleibe stehen und sehe sie ernsthaft besorgt an. Seit sie die starken Schmerzmittel abgesetzt hat, habe ich sie nicht einmal so erlebt. »Vielleicht sollten wir lieber umdrehen«, sage ich. »Es ist nicht so schön draußen, wie ich gedacht hatte.«

»Nein«, sagt sie und schüttelt den Kopf. Mit diesem Schütteln scheint sich auch etwas von dem Nebel vor ihren Augen zu heben. »Ich muss Ihnen das erklären. Als ich eben meine Augen öffnete und Sie da stehen sah, wusste ich, dass es an der Zeit war, es Ihnen zu erzählen.«

Wir stehen auf der kleinen Anhöhe des Pfades. Mrs. McLaughlin dreht sich um und sieht zurück zum Christlichen Altenheim. Ich bin schon so weit, dass ich daran denke, den Arzt zu rufen, wenn wir wieder zurück sind. Eine kleine Überprüfung, ob noch alles in Ordnung ist, kann nicht schaden. Vielleicht hat sie eine verschlossene Arterie im Gehirn. Das kommt bei alten Menschen häufig vor und lässt sich leicht behandeln.

Ich lege ihr die Hand auf den Arm und sage: »Gehen wir zurück, ja?«

Sie sagt: »Mein Mann hat mir seine Visionen hinterlassen, als er starb. Ich habe schon meine Mutter, meinen Vater und die Kinder gesehen, die ich verloren habe. Ich war bei ihnen und treffe sie immer öfter.«

Sie spricht so leise, dass ich mich anstrengen muss, sie zu verstehen. Aber der leichte heiße Wind hat sich gelegt, und ich höre jedes Wort. Nirgends ist jemand zu sehen, und ich habe das eigenartige Gefühl, dass Mrs. McLaughlin und ich ganz allein sind in unserer Raumblase oben auf dieser Anhöhe. Ich denke an meinen Mann und Louis, seinen Chef, und meine Arbeit hier. Ich frage mich, ob diese Verbindungen immer schon da waren und mein Herz erst jetzt, Monate nach dem Verlust von Eddie, offen genug ist, um sie zu sehen. Besteht das Leben aus Fäden, die uns alle miteinander verbinden?

»Das muss schön sein«, sage ich.

»Meine Zwillinge waren noch Babys, als ich sie verlor. Sie kamen … tot auf die Welt.« Die letzten Wort scheinen ihr tief im Hals gesessen zu haben – sie knarren aus ihr heraus. »Aber ich werde sie noch auf dieser Welt wiedersehen. In Gracies Baby.« Ihr Gesicht hellt sich auf. »Und mein kleines Mädchen wird auch da sein.«

Ich weiß, wie man gut zuhört. Zuhören ist ein wichtiger Teil meiner Arbeit. Zuhören tröstet. Ich beuge den Kopf zu Mrs. McLaughlin und lasse sie weiterreden.

»Lange hatte ich Angst, jemandem von meinen Visionen zu erzählen. Ich hatte Angst, dass man mich einsperren würde. Sehen Sie nur, wie es meinem armen Ryan ergangen ist. Meine Kinder können sehr unvernünftig sein. Aber als ich begriff, wer Sie sind, da wusste ich, dass ich Ihnen das alles erzählen kann.«

»Niemand wird Sie einsperren«, sage ich mit extra ruhiger Stimme.

»Sie kamen mir gleich bekannt vor«, sagt sie, »trotzdem brauchte ich eine Weile, bis ich wusste, woher. Natürlich ist da einmal der Name, aber Sie sehen auch wie Ihre Geschwister aus.«

Die Sommerluft stiehlt sich unter die Ärmel meiner Uniform und lässt mich frösteln. Ich weiß nicht, warum gerade in dem Moment, als ich sie ernst zu nehmen beginne. Ich weiß nicht, warum ich sie nicht länger für verwirrt halte.

»Sie kennen meine Brüder und Schwestern?«, frage ich. »Woher?«

Sie betrachtet mich und hält den Kopf dabei leicht zur Seite geneigt. Ihre blauen Augen sehen in meine blauen Augen.

»Sie waren das Baby«, sagt sie. »Ich habe Sie gesehen. Patrick und ich kannten Ihre Mutter, die arme Mrs. Ballen. Wir hatten ihr einen Braten gebracht, oder vielleicht war es auch ein Kuchen. Aber Sie waren das Baby vor meinem Fenster, zusammen mit Ihren Brüdern und Schwestern an den Baum gebunden. Noreen Ballen. Baby Ballen.«

Ich kann den Blick nicht von ihren Augen wenden, als sie meinen Namen sagt. Ich verstehe nicht, was hier vorgeht. Dabei weiß ich, dass ich es sollte, und ich grüble und grüble … und dann plötzlich erinnere ich mich. Als ich sehr, sehr jung war, behielt uns meine Mutter so im Auge. Meine Mom war allein und hatte Angst, dass einer oder gleich mehrere von uns weglaufen und in Schwierigkeiten geraten würden. Um uns unter Kontrolle zu halten, band sie uns an den großen Baum mitten auf unserem Hinterhof, während sie drinnen kochte und putzte. Meine Brüder, Schwestern und ich erfanden Spiele, die wir um den Stamm des Baumes herum spielen konnten. Wir versuchten zu vergessen, wie peinlich es war, wenn jemand zu Besuch kam und uns so sah, oder wenn Mom einfach nicht hörte, dass einer von uns wieder und wieder rief, dass er aufs Klo musste. Und wie der streunende Hund des Viertels Kreis um Kreis um uns drehte, gerade außer Reichweite, und uns mit seinem Bellen ärgerte, weil er frei war und wir nicht.

Ich spreche vorsichtig und frage mich, wie es möglich ist, dass meine Vergangenheit in dieser alten Frau ruht. In dieser Fremden. »Sie hatten eine Vision von meiner Familie?«

»Ihr ältester Bruder und Ihre älteste Schwester wollten, dass ich sie befreite. Sie schwenkten die Arme und bettelten.« Mrs. McLaughlins Augen verdunkeln sich, hellen dann aber wieder auf. Ob sie die beiden in diesem Augenblick sieht? Ich fühle es unter meinen Rippen schlagen.

»Vielleicht haben Ihr Bruder und Ihre Schwester Sie zu mir geschickt«, sagt sie. »Vielleicht denken sie, ich kann euch befreien.«

Ich lege meine freie Hand auf die Hüfte, wo sich der Stoff meiner weißen Uniform in einem sauberen Saum sammelt. Ich bin zu aufgewühlt, um zu sprechen, aber ich spüre, wie die Krankenschwester, mein berufliches Ich, nach Worten sucht. »Wir sollten weitergehen.«

»Ich weiß jedoch nicht, wie ich es anstellen soll«, sagt Mrs. McLaughlin. »Ich scheine nicht mal meinen eigenen Kindern helfen zu können. Ich konnte sie nicht schützen und am Leben erhalten. Ich konnte Ryan nicht helfen, und ich konnte auch die, die mir geblieben sind, nicht glücklich machen. Ich weiß nicht, warum man nun von mir erwartet, einer Fremden zu helfen.«

»Machen Sie sich um mich keine Sorgen«, sage ich mit einer

Stimme, die ich nicht wiedererkenne. »Sie sind nicht für mich verantwortlich. Ich kann für mich selbst sorgen.«

Aber plötzlich bin ich nicht sicher, dass das stimmt. Überhaupt nicht sicher. Alles, was ich fühle, ist das weiche Tuch um meine Hüfte, das direkt zur rauen Rinde des Baumes führt. Wie ein Fluss, der mir über den Kopf fließt, höre ich fortdauerndes Gelächter, und ich krieche zwischen den Füßen meiner Brüder und Schwestern herum. Ich höre Eddies melodische Stimme, höre Jessie kichern und Eddie jr. schnauben, wie er schnaubt, wenn ein Witz so komisch ist, dass er es nicht erträgt.

Die alte Frau schüttelt den Kopf. »Mit Verantwortlichsein hat das nichts zu tun. Man gibt mir die Chance, ein paar Dinge in Ordnung zu bringen, bevor ich sterbe. Ich hätte nie gedacht, dass ich einmal müde werden würde, aber jetzt bin ich es. Es mag zu Ende gehen, bevor ich so weit bin, wenn ich nicht aufpasse. Ich muss aufpassen.«

Mein Temperament kommt mit aufwallendem Ärger hinter der Trauerwand hervor, die ich jeden Tag vor mir herschiebe. Diese alte Frau sagt, dass nicht ich mein Leben unter Kontrolle habe und dass ich hier bin, um ihren Bedürfnissen zu gehorchen, ihren Visionen. »Um das klarzustellen«, sage ich, »meine Brüder und Schwestern haben mich nicht geschickt. Diese Arbeit ist ein Geschenk meines Mannes. Eddie wusste, dass ich das Geld brauchte. Meine Kinder brauchen Dinge von mir, die ich mir nicht leisten konnte.«

Mrs. McLaughlin und ich sehen einander eine volle Minute lang an. Im Hintergrund duellieren sich tote Ehemänner, warten Kinder, Brüder und Schwestern. Ihr Blick ist voller Glauben, nicht brechbar.

Ich gebe als Erste nach und wende den Blick ab. Es ist lächerlich. Diese Frau ist senil, und ich habe die vernünftige Erwachsene zu sein. Ich muss mich an die Tatsachen halten. »Ich habe meine Familie seit Jahren nicht gesehen«, sage ich. »Wir haben uns gegenseitig aufgegeben.«

Mrs. McLaughlin zuckt darauf mit den Schultern. Begrenzungen wie Praktikabilität, Zeit und Entfernung sind für sie keine Hindernisse. Ohne mich geht sie Richtung Haus zurück. Bei jedem Schritt platziert sie ihre Gehhilfe vorsichtig vor sich auf dem Boden.

Ich warte einen Moment und beeile mich dann, zu ihr aufzuschließen.

Kelly

Ich kann nicht glauben, wie schnell sich alles ändert. Das Leben ist erneut umgeschlagen, als mein Mann mit meinem jüngeren Bruder und dessen Rollstuhl auf dem Rücksitz in die Auffahrt bog. Ryans Haus war abgebrannt. Louis hatte ihm das Leben gerettet. Er hat meinen Bruder auf seinen Armen aus dem brennenden Gebäude getragen. Ich kann kaum ausdrücken, was das für mich bedeutet. Genau dieses Bild steht mir jetzt vor Augen, wenn ich abends einschlafe.

An dem Nachmittag, an dem Louis mit Ryan in unsere Auffahrt bog, war ich nicht da. Ich war im Motel, mit Vince. Während Ryans Haus niederbrannte, unterhielten Vince und ich uns. Wir unterhalten uns meist. Genau wie ich, als ich als junge Frau Louis traf, fast stumm war, habe ich, seit ich Vince Carrelli kennengelernt habe, kaum aufgehört zu reden. Ich erzähle ihm von meinen Erinnerungen, meinen Töchtern und die sonderbarsten Dinge von mir selbst, Dinge, die ich nie jemandem erzählt habe, zum Beispiel, dass ich Zirkusse liebe. Dass ich mich zu ihnen hingezogen fühle, Bücher über sie lese, mir Dokumentarsendungen ansehe und meine kleinen Töchter jedes Jahr neu in die Vorstellungen von Barnum & Bailey in New York schleppte, obwohl Gracie wegen der eingesperrten Tiere heulte und Lila endlose Fragen stellte, was die Sicherheit der Akrobaten anging. Der Zirkus schien in meinen Töchtern Sorgen und Ängste anzufachen, während ich selbst durch den Anblick fliegender Frauen und den Kopf in Löwenmäuler steckender Dompteure in Hochstimmung geriet und mich frei fühlte.

»Ich glaube, Louis hat eine Affäre mit der Krankenschwester meiner Mutter«, sage ich zu Vince.

Wir sind im Motelzimmer, das für mich jetzt unser Zimmer ist. Die Vorhänge sind zugezogen, und nur die Lampe beim Bett ist eingeschaltet. Ich trage ein langes Kleid mit Knöpfen die ganze Vorderseite hinunter. Die meisten der Knöpfe sind geöffnet, und ich liege in Vince' Armen. Seine Hand umschließt meine nackte linke Brust.

Ich spüre, wie sich der Arm von Vince versteift. Wahrscheinlich habe ich zu viel gesagt. Soviel wir auch reden, auf Louis kommen wir kaum. Über Cynthia sprechen wir viel, aber Cynthia ist auch tot.

»Du solltest ihn verlassen. Er verdient dich nicht.« Vince spricht schnell, als sei er erleichtert, endlich sagen zu können, was ihm seit Wochen auf der Zunge brennt.

»Vor ein paar Monaten noch hast du mir gesagt, es sei unvorstellbar, dass Louis eine Affäre haben könnte – dass er ein zu guter Mensch sei.«

»Ich sehe das mittlerweile anders.«

»Das ändert nichts. Ich werde mit dir nicht über die Zukunft reden«, sage ich und rolle ein Stück von ihm weg. Ich knöpfe mein Kleid zu. Meine Regel ist: In diesem Zimmer denken wir nicht an die Zukunft, oder reden gar darüber. Hier leben wir nur für den Augenblick.

Erschreckt sieht er hinter mir her. »Komm zurück zu mir, Liebling.«

So nennt er mich: Liebling. Manchmal sagt er auch »Schatz«. Ich habe diese Art Zärtlichkeit nie gemocht. Louis habe ich sie schon früh in unserer Beziehung abgewöhnt. Ich habe auch meine Kinder nie mit Kosenamen angesprochen. All diese Worte scheinen mir verzerrend und herabsetzend. Meiner Meinung nach sollte jedem Menschen die Würde zugestanden werden, unter seinem eigenen Namen bekannt zu sein. Dennoch stört es mich eigenartigerweise nicht, wenn »Schatz« und »Liebling« aus dem Mund von Vince kommen.

»Wir müssen über nichts sprechen, worüber du nicht sprechen möchtest«, sagt er. »Was ich meine, ist, dass Louis sicher ein guter Mensch ist, es ist nur so, dass ich mittlerweile ein besseres Gefühl für die feinen Übergänge habe. Nicht alles ist einfach nur schwarz oder weiß, moralisch gesehen.«

»Wie zweckdienlich für uns«, sage ich.

Aus dem Bad kommt ein gedämpftes Bellen. Chastity schläft da. Vince weigert sich, sie zu Hause oder in der Stadtverwaltung zu lassen. Es ist mir nicht unbedingt angenehm, einen Hund bei uns im Motel zu haben, aber Chastity ist blind und taub und bleibt im Bad, also kann ich mich eigentlich nicht beschweren. Das arme Tier pfeift auf dem letzten Loch.

Ich berühre meine Lippen mit dem Finger. Sie sind vom Küssen ganz verschwollen. »Glaubst du, Louis ist ein besserer Mensch als ich?«

»Natürlich nicht! Du bist die erstaunlichste Frau, die ich je getroffen habe.«

Eine Pause tritt ein, und ich bleibe bewegungslos auf der anderen Seite des Bettes. Mein Kleid ist wieder am Platz. Ich trage eine fleischfarbene Strumpfhose und gebrochen weiße Stöckelschuhe. So steif, wie ich hier liege, mit verschränkten Armen und ausgestreckten Beinen, könnte ich genauso gut mitten im Zimmer stehen. An meiner Haltung ist nichts

Nachgiebiges, nichts Entspanntes – nichts deutet darauf hin, dass ich auf einem Bett liege.

Ich lasse nie los, denke ich, und dieser Gedanke scheint mir so voller Wahrheit, dass ich erschrecke. Bin ich tatsächlich unfähig, einmal loszulassen und mich zu entspannen? Wenn ich überhaupt loslassen kann, dann bin ich damit hier in diesem Raum mit Vince am weitesten gekommen.

»Vielleicht solltest du mit deinen Töchtern sprechen, wenn du wegen Louis beunruhigt bist«, sagt er. »Aber du hast recht, wir sollten nicht darüber reden. Das ist uns beiden unangenehm.«

»Mit meinen Töchtern reden? Über ihren Vater?« Ich werfe ihm einen Blick zu, der besagt, dass er verrückt ist. So kann nur reden, wer keine eigenen Kinder hat, aber das sage ich nicht laut. In unserem langen, außerordentlichen Gespräch, das wir führten, als wir zum ersten Mal in diesem Zimmer waren, hat mir Louis erzählt, dass seine Kinderlosigkeit das ist, was er in seinem Leben am meisten bedauert. Cynthia hatte acht Fehlgeburten, bis sie es aufgaben. Acht kleine Todesfälle.

Ich löse meine Arme und nehme seine Hand. Ich küsse die Seite seines rosa Fingers und lasse ihn mich an sich ziehen. Mein Körper lockert sich. Er fängt an, die Knöpfe meines Kleids zu öffnen, aber seine dicken Finger sind nicht schnell genug. Ich bin ihm voraus. Ich schlüpfe aus meinen Schuhen und pelle mich aus der Strumpfhose. Schnell und schweigsam schlafen wir miteinander. Wir treffen uns in eiligem Verlangen, befühlen unsere Körper, und ich ziehe den Bauch ein und versuche, nicht in den Schein der Lampe zu geraten. So ist es jedes Mal: eilig und still, verschämt. Er ist übertrieben dankbar, wenn es vorbei ist.

»Danke«, sagt er. »Danke. Du bist so schön, so wundervoll.«
Ich winde mich wieder in meine Kleider hinein. Ich kann nicht glauben, dass das ich bin, denke ich, während ich mit den Knöpfen meines Kleides hantiere. Das kann nicht wahr sein. Um wieder auf den Boden runterzukommen, rufe ich mir meine Töchter vor Augen. In meinem Kopf sind sie immer noch Teenager, Lila mit dunklen Haaren und robust, Gracie blass und lächelnd. Ihre Arme haben sie sich gegenseitig um die Hüften geschlungen. Ich liebe sie so sehr, dass ich nie weiß, was ich sagen soll. Was immer ich versuche, kommt falsch heraus.

»Ich hätte jede Summe verwettet, dass ich nie eines der Gebote brechen würde«, sage ich. »Millionen hätte ich gewettet. Ohne zu zögern.«

Vince hat diesen Satz eines schuldgetriebenen Bekenntnisses schon öfter gehört. Er weiß, dass es besser ist, nicht darauf zu antworten. »Wie wäre es mit einem Omelett?«, sagt er.

Er füttert mich fast immer, wenn wir uns treffen. Es gibt nur einen Miniatur-Kühlschrank und eine einzige elektrische Kochplatte im Zimmer, und doch gelingt es ihm, wundervolle Pasta und sogar Fisch mit Gemüse auf den Tisch zu bringen. Ich habe kaum Hunger, wenn ich mit ihm zusammen bin, aber ich liebe die Gerüche, die das Zimmer bei seinem Kochen erfüllen. Ich liege dann auf dem Bett und sehe ihm zu, wie er die Bratpfanne schwingt oder prüft, ob die Nudeln so weit sind. Wenn alles fertig ist, gibt Vince etwas in eine kleine Schüssel und bringt es Chastity ins Bad. Sie jammert beim Essen.

Louis hat in all den Jahren regelmäßig für mich gekocht. Er kocht Gerichte, von denen er denkt, dass ich sie mag, und während er kocht, sieht er mit einem Mach-ich-alles-richtig?-

Ausdruck auf dem Gesicht über die Schulter. Bei Louis' Kochen ist so viel Erwartung mit im Spiel, dass alles schwer schmeckt und ich unleidlich werde. Nie wird er aufhören zu hoffen, dass mich ein einziges Essen glücklich macht. Ich werde ihm nie vergeben, dass er denkt, es könnte so einfach sein. Vielleicht sollte ich Louis verlassen, bevor er mich verlässt. Würde er mich wirklich verlassen?

Vince hat mich nie gefragt, was ich gerne esse. Er kocht aus Vergnügen, Essen ist seine Leidenschaft. Ich sehe ihm zu, wie er die Eier mit einer Hand aufschlägt. Aus dem Seitenfach seiner Tasche holt er einen Schneebesen, dann beugt er sich über die Pfanne und atmet tief ein. »Knoblauch«, sagt er. »Gibt es was Besseres als Knoblauch?«

»Einkaufen. Mein Cabrio. Sommerabende.« Ich setze mich auf. »Nach dem Essen sollte ich gehen. Ich habe Louis gesagt, ich wäre bald wieder zurück.«

Die Begeisterung schwindet aus Vince' Stimme. »Was hast du ihm gesagt, wohin du wolltest?«

»In die Bücherei und ins Büro. Er könnte sich Sorgen machen, wenn ich mich verspäte – er würde nie denken, dass ich …« Ich breche ab. Ich will glauben, dass das, was Vince und ich tun, ehrbar, richtig und rein ist. Wir spenden uns Trost, weil wir uns kennen. Diese Erfahrung ist anders als alles, was ich bisher empfunden habe, und ich verdiene sie. Aber der Katholizismus, mit dem ich aufgewachsen bin, in dem ich auch meine Kinder erzogen habe und den wir, bis auf Louis, alle hinter uns gelassen haben, hebt immer noch seinen Kopf, wenn er Schuld riecht. Ich erwische mich dabei, dass ich Gott darum bitte, Louis und die Mädchen nichts von dem hier herausfinden zu lassen. Ich bitte Gott, mir noch ein bisschen Zeit mit Vince in diesem Zimmer zu schenken. Ich bitte ihn, nach meiner Mutter zu sehen und sie wieder gesund zu machen.

»Ich hasse es, wenn du gehst«, sagt Vince. »Ich sage es nicht gerne, aber ich bin eifersüchtig auf das Leben, das du führst. Du hast so viele Menschen um dich, deine Töchter, deine Mutter, Louis. Ich habe nur mein leeres Haus.«

»Mein Leben ist nutzlos«, sage ich. »Nur in diesem Zimmer lebe ich wirklich.«

»Trotzdem, du hast etwas, womit du dich beschäftigen kannst«, sagt Vince. Ich sehe nur seinen Rücken und daneben etwas Gelbes aufblitzen, als er das Omelett aus der Pfanne auf das Schneidebrett gleiten lässt, das er ebenfalls mitgebracht hat. Er zerteilt das Omelett und hebt eine Hälfte auf den ersten, die andere auf den zweiten Teller.

»Das Besteck«, sagt er, und ich trete gehorsam an seine Seite und ziehe zwei Gabeln aus dem Abtropfgestell über der winzigen Spüle. Mein Oberarm berührt seinen Oberarm, während er mit der Mühle frischen Pfeffer auf die Teller gibt. Ich spüre, wo sich unsere Körper berühren, und höre seinen kurzen, unruhigen Atem beim Arbeiten. Kochen ist die einzige Bewegung, die er bekommt. Ich habe ihn schon gerügt, er solle doch joggen gehen und müsse um seiner Gesundheit willen dreißig Pfund abspecken, aber im Moment frage ich mich, ob die Stunden, die ich in unserer Tretmühle im Keller verbracht habe, nicht reine Verschwendung waren. Vielleicht weiß Vince genau, was er tut. Vielleicht hätte ich in meinem Leben mittlerweile auch eine Beschäftigung finden sollen, die mir Freude macht, ob ich dabei nun ins Schwitzen komme oder nicht.

Zum Schluss nimmt Vince mit der Hand noch kleingeschnittene Tomaten und verteilt sie über dem Ei. Leuchtendes Rot auf sanftem Gelb. Er schüttelt Tomatensaft und Kerne von seinen großen Händen, sagt: »Na?«, und lächelt auf die Teller hinunter.

Ich gebe ihm eine Gabel. Der warme, köstliche, aromatische Duft füllt das Zimmer. Plötzlich habe ich großen Hunger, und wir fangen gleich an zu essen, direkt dort an der Spüle. Mein Mund ist voll mit dampfendem Ei, und ich sage gerade noch: »Köstlich.«

Mit offenem Verdeck fahre ich zurück nach Hause. Obwohl ich schneller als erlaubt fahre, wähle ich die längere Route, um nicht über die Main Street zu kommen. Ich war im Friseurladen von Vince, aber das war, bevor ich ihn wirklich kannte. Von jetzt an werde ich den Anblick des Ladens meiden. Ich will mir Vince in unserem Zimmer im Motel vorstellen und sonst nirgends. Der Mann, den ich kenne und für den ich Gefühle hege, passt nicht zu diesem miesen Laden. Ich schäme mich für Vince, wenn ich daran denke, wie er Haare schneidet und Geld aus den Händen anderer Männer nimmt. Ich schäme mich einfach. Das ist keine angemessene Arbeit für einen Mann seines Kalibers, einen Mann, der mich liebt.

Ich bin nervös, als ich in unsere Auffahrt biege, obwohl ich nicht weiß, warum. Ich war zwei Stunden länger weg, als ich gesagt habe, aber ich erwarte nicht, dass Louis es gemerkt hat. Und offen gesagt kümmert es mich auch nicht. Mit dem So-tun-als-Ob ist Schluss. Ich lebe mein Leben, wie ich es mag, und kümmere mich nicht um den äußeren Anschein. Die Kämpfe für oder gegen meinen Mann sind vorbei.

Es ist später Samstagnachmittag, und die Sonne neigt sich über unser großes Haus. Louis' Lieferwagen steht nicht in der Auffahrt, das heißt, er hat ihn, wie ich ihn gebeten habe, in die Garage gestellt. Ich drücke den Knopf, und mein Cabriodach fährt aus und schließt sich. Mit ein wenig Extraparfüm verdecke ich alle eventuellen Gerüche, die Vince auf mir zurückgelassen haben mag. Im Rückspiegel überprüfe ich mein Gesicht, aber warum? Ich sehe immer noch gleich aus: grüne Augen, schön geformte Brauen und winzige Falten seitlich an Augen und Mund.

Als ich die Haustür aufschließe, höre ich das Telefon klingeln. Ich renne in die Küche, um noch vor Louis abzunehmen. Was, wenn es Vince ist? Er soll nicht anrufen, aber als ich wegfuhr, sagte er, er glaube nicht, es ohne mich aushalten zu können. Was, wenn er es tatsächlich nicht mehr aushält und anruft? Ich flüstere fast in den Hörer: »Hallo.«

»Kelly, ich bin's.« Es ist Meggys Stimme. Meine Erleichterung währt nur den Bruchteil einer Sekunde. Ich will nicht mit ihr sprechen.

»Wo warst du nur? Seit zwei Stunden versuchen Mom und ich dich zu erreichen – dein Handy war aus.«

»Ich hatte zu tun.« Seit Gracie mir erzählt hat, dass meine Schwester versucht hat, ihr das Kind wegzunehmen, gehe ich Meggy aus dem Weg. Der Zorn ist zu groß, um mich damit auseinanderzusetzen. »Was ist? Ich war den ganzen Nachmittag weg und habe hier noch einiges zu tun.«

»Ich will wissen, wie es steht – ich habe im Krankenhaus angerufen, aber da wollte man mir nichts sagen. Die Idioten da haben Mom angerufen und sie völlig verrückt gemacht mit dem, was passiert ist. Hast du mit Louis gesprochen? Weißt du, wie es ihm geht?«

Ich schüttele den Kopf. Meggy redet zu schnell. »Wovon sprichst du überhaupt? Weiß ich, wie's *wem* geht?«

Meggys Stimme bremst ab. »Du weißt nicht Bescheid? Nein, natürlich nicht. Wie idiotisch von mir zu glauben, du wüsstest, was in deiner eigenen Familie vorgeht. Himmel, Kelly. Dein Mann hat Ryan heute Nachmittag aus seiner brennenden Wohnung gerettet. Offenbar waren Gracie und Lila auch da.«

Mir flattert das Herz in der Brust. »Die Mädchen? Ist alles in Ordnung mit ihnen?«

»Denen geht's gut. Die hatten direkt nichts damit zu tun. Hör zu, setz deinen Hintern in Bewegung und fahr ins Krankenhaus, guck, ob alles okay ist, und dann ruf Mom an. Sie dreht völlig durch.«

Die Furcht, die meine Brust zum Brennen gebracht hat, wird zu Zorn. »Mich um Mom zu kümmern sollte nicht allein meine Aufgabe sein, weißt du. Du könntest von Zeit zu Zeit auch mal hier hochkommen.« Aus dem Augenwinkel sehe ich ein zusammengefaltetes Stück Papier auf dem Küchentisch und greife danach. Es ist eine von Louis' Nachrichten.

Meggy stößt einen dramatischen Seufzer aus. »Du weißt, ich bin selbst reichlich ausgelastet. Im Übrigen war ich zur Operation da und als sie zurück ins Heim kam. Hat Pat etwa seine Mutter mal angerufen? Versuch bitte nicht, *mir* Schuldgefühle einzureden.«

»Oh, Gott sei Dank«, sage ich. »Louis hat eine Notiz zurückgelassen, er schreibt, dass es Ryan gut geht. Er ist mit ihm ins Krankenhaus, um sicherzugehen. Gott sei Dank.«

Schweigen. Dann sagt Meggy: »Wir werden ihn in ein Heim geben müssen.«

Ich schüttle den Kopf. »Nein«, sage ich. Dabei hatte ich den gleichen Gedanken. Mom kann ihm nicht mehr helfen wie früher. Keiner von uns will oder kann es. Die Wahrheit steht sperrig zwischen uns. Unser ganzes Leben haben wir uns um Ryan gekümmert.

»Kelly«, sagt Meggy. »Meinst du, dass Mom bald stirbt?«

Ich stehe auf und atme die Worte förmlich aus: »Nein. Gott, Meggy.«

»Okay.« Ich kann ihre Erleichterung hören.

Ich weiß nicht, warum ich jetzt so giftig werde, vielleicht will ich nur gegen die Unruhe in mir ankämpfen. »Wenn ich Mutter später besuche«, sage ich, »oder vielleicht auch erst morgen, sage ich ihr, dass du dir Sorgen gemacht hast. Ich bin sicher, sie weiß es zu schätzen, dass du angerufen hast.«

»Oh, bitte. Spiel nicht wieder die heilige Kelly. Ich habe die Schwester nach Mutters Besuchern gefragt, und sie sagte, Louis ist öfter bei ihr als du. Du bist auch keine bessere Tochter als ich.«

Etwas Schwarzes kocht in mir hoch. »Hör zu, es ist mir völlig egal, ob du Mutter je wieder besuchst. Mir ist absolut egal, was du tust – aber lass meine Kinder in Ruhe.«

Darauf folgt eine Pause, und ich denke: *Jetzt habe ich dich.*

Aber Meggy klingt eher beiläufig und gar nicht verschreckt, als sie sagt: »Oh, hast du also endlich auch davon gehört. Ich hatte mich schon gefragt, ob dir Gracie von unserer Unterhaltung erzählen würde.«

»Natürlich hat sie's mir erzählt.« Ich halte die Lehne des Stuhles gefasst. »Natürlich hat sie das. Lass sie bloß in Ruhe.«

»So wie du?«

Ihre Worte schrillen in meinem Kopf. Meggy und ich haben uns nie verstanden. Mit drei fing sie an zu sprechen, und ihre Art ging mir gleich gegen den Strich. Sie war und ist unerbittlich und herrschsüchtig und hat die anderen, sogar Pat, immer auf ihre Seite gekriegt, nur mich nie. Etliche Male haben wir uns als Mädchen geschlagen, obwohl sie fünf Jahre jünger war als ich. Ich kann sie mir vorstellen, wie sie in diesem Augenblick in ihrer hässlichen orangefarbenen Küche steht, die seit den Siebzigern nicht mehr gestrichen oder mit irgendetwas Neuem ausgestattet worden ist. Die splissigen Enden ihres langen glatten Haars müssten geschnitten werden, und sie trommelt mit einem ihrer abgewetzten Schuhe auf den Linoleumboden. Klopf, schwatz, klopf, schwatz.

»Wenn Gracie mehr Unterstützung von ihren Eltern bekäme, würde sie meine Hilfe vielleicht nicht brauchen, aber leider bekommt sie die Unterstützung nicht. Fällt dir eigentlich nicht auf, in was für einem chaotischen Zustand sie sich befindet? Seit Mutters Sturz ist sie völlig aus der Fassung, und sie war auch schon vorher nicht unbedingt stabil. Angel wäre eine bessere Mutter für dieses Baby, das ist eine Tatsache.«

»Dieses Baby«, sage ich und verschlucke mich fast, »ist mein Enkel.«

»Biologisch«, sagt Meggy. »Biologisch. Aber du bist doch praktisch veranlagt, Kelly. Denke daran, was für deine Tochter am besten ist. Unsere Mutter ist zu schwach, um so wie früher die Fäden in der Familie zu ziehen. Wir werden uns von uns aus umeinander kümmern müssen, oder nach ihrem Tod läuft alles auseinander. Ich habe viel darüber nachgedacht.«

»Wie kannst du das nur?«, höre ich mich sagen.

»Ich bin stark«, sagt sie. »Und ich weiß, wie man Leuten etwas ins Gesicht sagt. Daddy hat mir das mit vierzehn schon gesagt, und er hatte recht. Das ist mein Talent. Ich glaube, wir müssen uns jetzt alle auf unsere Stärken verlegen. Auch wenn es sonst keiner sieht: Diese Familie steckt in einer Krise. Und ich will etwas dagegen tun.«

Ich laufe durch die Küche, bis meine Vorwärtsbewegung durch die Telefonschnur gestoppt wird. Wie auch immer dieses Gespräch endet, ich werde tagelang aufgebracht sein. Nur eine andere McLaughlin kann mich so treffen. Unwahrheiten und Wahrheiten sind so verwirrend miteinander vermischt, dass sie nicht mehr auseinanderzuhalten sind, und ich hänge verspannt und verstört am anderen Ende des Telefons.

»Seit Daddys Tod habe ich mich ganz allein um diese Familie gekümmert«, erkläre ich ihr. »*Ich* bin es, die von Mutter angerufen wird, wenn sie etwas braucht. *Ich* muss dafür sorgen, dass mit Ryan alles in Ordnung ist und er hat, was er braucht. *Ich* war es, die dir Geld geliehen hat, damit deine Tochter in eine bessere Schule gehen konnte. Sag mir bloß nicht, dass ich mehr für diese Familie tun muss. Ich habe vor Jahren schon damit aufgehört, mich um mich selbst zu kümmern, nur damit ich für euch alle da sein kann.«

Ich schnappe nach Luft und bin ganz gefangen davon, wie viel ich gegeben habe. Wie viel ich allen gewesen bin.

Meggy lässt ein abschätziges Geräusch hören. »Du kapierst es einfach nicht, oder?«

Ich kann nicht glauben, dass sie nach allem, was ich gesagt habe, immer noch so herablassend sein kann. Meine Stimme ist kalt wie Eis: »Was kapiere ich nicht?«

»Dass das hier eine andere Art von Krise ist, Kelly. Eine, die sich nicht mit Geld oder sorgfältig überlegten Telefonanrufen beheben lässt. Unsere Familie ist dabei, sich grundsätzlich zu verändern. Was mich angeht, so möchte ich nicht in einem Jahr aufwachen und feststellen, dass Mutter nicht mehr da ist, wir keinen Kontakt mehr haben und Gracie und ihr Kind von der Wohlfahrt leben. Und du weißt, so könnte es kommen, wenn wir nichts unternehmen.«

Ich habe keine Kraft mehr. Es ist so anstrengend, das Telefon zu halten. »Mach du dir um deine Tochter Sorgen, ich sorge mich um meine.«

»Ich mische mich so sehr bei Dina ein, dass sie mir mindestens einmal die Woche erklärt, wie sehr sie mich hasst.«

Mein Mund verzieht sich zu einem Lächeln. »Keines von meinen Mädchen hat je etwas Ähnliches zu mir gesagt. Wir haben ein zivilisiertes Verhältnis.«

»Ist das dein Ausdruck dafür?«, sagt Meggy. »Dann gratuliere ich doch. Wie schön für dich.«

Nachdem ich aufgelegt habe, packe ich meine Handtasche und laufe zur Tür. Ich will zu Louis und Ryan ins Krankenhaus. Ich werde da sein, auch wenn ich zu spät komme. Und heute Abend rufe ich meine Mädchen an. Hören, wie es Gracie geht. Ins Motel werde ich weniger oft fahren und mehr Zeit zu Hause verbringen. Trotz allem, was ich eben zu Meggy gesagt habe, weiß ich, dass es Louis ist, der sich in letzter Zeit um die McLaughlins kümmert, nicht ich. Er hat meine Mutter nach ihrem Blechschaden ins Krankenhaus gebracht, und jetzt ist er mit meinem Bruder da. Er hat Ryan, den er am wenigsten aus meiner Familie mag, aus seinem brennenden Haus getragen. Ich sehe die Szene so klar vor mir, als wäre ich da gewesen. Ich sehe es und begreife, was ich schon lange hätte begreifen sollen. Dass Louis so sehr Teil unserer Familie ist wie ich. Er ist nicht nur mir verbunden, sondern über mein Herz allen Menschen, die ich liebe.

Die Worte meiner Schwester tackern mir durch den Kopf wie ein altes Fernschreiberband. Jede Silbe von Meggy werde ich behalten, zusammen mit dem Ton ihrer Stimme, und dabei das Telefonkabel in meiner Hand spüren. Sosehr ich mich auch anstrengen mag, nichts davon werde ich vergessen können. *Diese Familie steckt in einer Krise.* Im Moment bleibt mir nur, das Dach meines Autos zu öffnen und so schnell zu fahren, dass mir der Wind in den Ohren rauscht und jeden und alle Gedanken ersetzt.

Auf halbem Weg zum Krankenhaus halte ich an einer Ampel und bemerke einen Strauß regenbogenfarbener Ballons, die an einen weißen Briefkasten gebunden sind. Über der Eingangstür des Hauses ist ein Spruchband befestigt, auf dem steht: *Happy Birthday, Jimmy.* Ich sehe die Ballons an, und als die Ampel auf Grün springt, kommt mir eine Idee in den Sinn. Eine brillante Idee.

Ich werde für Gracie eine Baby-Party geben.

Das ist die Lösung. Das Baby *kommt.* Wenn Meggy mir eins klargemacht hat, dann das. Also müssen Dinge in die Wege geleitet werden. Eine Baby-Party für ihre Töchter zu geben ist etwas, was Mütter überall und immer schon tun. Meine Mutter hat auch eine für mich veranstaltet, als ich mit Gracie schwanger war. Es ist eine wundervolle Tradition, und ich verstehe gar nicht, warum ich nicht schon eher daran gedacht habe. Lila und ich werden Gracie unter die Dusche stellen, ihr die Strickjacke ausziehen und meine Mutter und meine Schwestern einladen. Sie werden mit Geschenken und den Ratschlägen kommen, die Gracie und das Baby brauchen. Und Meggy kann mit eigenen Augen sehen, dass es Gracie gut geht, dass es dem Baby gut gehen wird und dass ich mich wie immer um alles kümmere.

Louis

Es ist jetzt viel einfacher für mich, Eddies Frau zu helfen, weil ich ihren Arbeitsplan kenne. Und so parke ich denn an einem späten Mittwochmorgen, wissend, dass sie zwei Städte entfernt am Bett meiner Schwiegermutter sitzt und ihre Kinder im Sommerlager sind, meinen Lieferwagen direkt vor ihrem Haus. Ich steige aus und überprüfe höchstpersönlich die Dachrinnen. Als ich mit den Händen in den Taschen ums Haus spaziere, fällt mir auf, dass die Kellertreppe hinter dem Haus repariert werden muss. Durchs Küchenfenster sehe ich, dass sich die Tapete in den Ecken abzulösen beginnt. Natürlich vertraue ich meinen Leuten, die auf meine Instruktionen hin in den letzten Monaten den Rasen gemäht und kleine Reparaturen ausgeführt haben, aber jetzt, wo ich die Möglichkeit habe, die Dinge selbst in Augenschein zu nehmen, fühle ich mich doch besser. Es war schwer, von meinem Wagen auf der anderen Seite der Straße aus ein wirkliches Gefühl für die Situation zu bekommen.

Mittlerweile habe ich mich um die meisten kleineren Reparaturen außen am Haus gekümmert. Aber jetzt, wo ich es näher heran geschafft habe und durch die Fenster sehen kann, würde ich innen gerne alles noch genauer in Augenschein nehmen können. Ich sorge mich um die Kellertreppe, die in dieser Art Haus oft sehr nachlässig gebaut ist. Die Lampenaufhängungen sollten auf ihre Stabilität geprüft werden, genau wie der allgemeine Zustand der elektrischen Verkabelung. Fehlerhafte Kabel können leicht ein Feuer verursachen. Während ich so um das Haus herumgehe, überlege ich, ob es für mich eine Möglichkeit gibt, ins Innere des Hauses zu gelangen, ohne dass Schwester Ballen davon erfährt.

Spät an einem anderen Morgen stehe ich gerade vorn am Rasen, als ein gelber Schulbus voller Tagescamp-Kinder vor dem Haus hält. Ich bin überrascht, da das Camp noch nicht vorüber sein sollte. Ich überlege, was für einen Tag wir haben, komme aber nicht auf das Datum. Ein großes, schlaksiges Mädchen mit dunklen Zöpfen kommt zuerst aus dem Bus gelaufen, gefolgt von einem kleineren Jungen mit einem hellgelben Rucksack. Ich weiß, das ist mein Zeichen, an ihnen vorbeizugehen, mich in meinen Wagen zu setzen und davonzufahren, aber ich kann mich nicht bewegen. Wo sich die Möglichkeit schon einmal bietet, würde ich gerne die Gesichter der Kinder etwas näher betrachten. Ich bin nicht sicher, was ich mir davon erwarte, bis sie die Straße überquert haben – das Mädchen geht, der kleine Junge hüpft, und der Rucksack tanzt auf seinen Schultern. Sie sind bereits am Briefkasten, nur ein paar Schritte von mir entfernt, als sie mich bemerken. Das Mädchen bleibt stehen, und der kleine Junge rumpelt in sie hinein.

»He«, sagt er. »Pass doch auf!«

»Wer sind Sie?«, sagt das Mädchen. Sie sieht mich mit Eddies Augen an, tiefbraun und intelligent.

»Wir sollen nicht mit Fremden reden«, flüstert der kleine Junge. Ich kann hören, wie er lispelt, weil ihm vorn ein paar Zähne fehlen.

»Keine Angst«, sage ich. »Ich kenne eure Mutter. Sie arbeitet als Krankenschwester für mich.«

»Sind Sie krank?«, fragt das Mädchen.

Ich halte meine Hände seitlich neben dem Körper. Ich möchte so wenig einschüchternd wie möglich wirken. »Nein. Nicht ich. Eure Mom hilft der Mutter von meiner Frau.«

»Die Kinder im Camp sind krank«, sagt der Junge. »Sie haben Mäuse, deshalb mussten wir heim.«

»Läuse«, sagt das Mädchen.

Ein breites Lächeln überzieht das Gesicht des Jungen, es ist Eddies Lächeln. Er ruckelt sich den Rucksack von den Schultern und lässt ihn auf den Boden fallen. »Puh«, sagt er. Etwas krabbelt aus der Tasche. Es ist dunkel, dünn und bewegt sich schnell.

»Geht zur Seite«, sage ich und mache eine Geste zu den Kindern. Der dunkle Umriss bewegt sich so schnell, dass es schwer ist, ihn im Auge zu behalten. Das Tier windet sich durch die Tragegurte des Rucksacks. Ich glaube, ich höre es zischen.

»Vorsicht«, warne ich, weil ich spüren kann, wie der kleine Junge herantritt. Ich habe das Tier im Blick.

»Nein!«, schreit der kleine Junge.

Er wirft sich auf den Boden, kurz bevor ich mit dem Fuß zutreten kann. Der Junge steht auf und hält etwas mit den Händen umschlossen, das wie eine braune, schuppige Eidechse aussieht. Aus den Händen des Jungen sieht mich die Eidechse mit vorwurfsvollen Knopfaugen an.

»Du solltest das eklige Vieh doch nicht mit ins Camp nehmen«, sagt das Mädchen.

Mir ist der Schweiß ausgebrochen, und ich bin aufgewühlt. Beinahe hätte ich das Haustier der Kinder umgebracht.

»Armer Fred«, sagt der kleine Junge in seine Hände hinein.

Das Mädchen nimmt den Rucksack des Jungen vom Boden.

»Wir müssen gehen«, sagt sie. Quer über den Rasen geht sie auf das Nachbarhaus zu. Ihr Bruder folgt ihr, wobei er seinem Reptil tröstende Worte zumurmelt. Ich sehe eine ältere Frau auf der Schwelle des Nachbarhauses stehen und die Tür für Schwester Ballens Kinder aufhalten.

Langsam wende ich mich ab. Mit dem Taschentuch aus meiner Gesäßtasche wische ich mir den Schweiß von der Stirn. Ich habe gesehen, was ich sehen wollte. Zwei gesunde, glückliche Kinder. Eddies Lächeln und Eddies Augen. Trotzdem hätte ich gehen sollen, als der Schulbus kam. Warum habe ich es nicht getan? Fast hätte das alles eine unangenehme Wendung genommen. Ich hätte mich den Kindern nicht nähern sollen. Fast hätte ich alles verdorben.

Erst nach ein paar Kilometern frage ich mich, wohin ich eigentlich fahre. Aber dann weiß ich es wieder: Ich brauche einen Haarschnitt. Schon seit Wochen schiebe ich das vor mir her. Außer beim Rasieren sehe ich nicht in den Spiegel. Ich gebe nicht viel auf mein Äußeres. Aber heute Morgen hat Kelly gesagt, ich sähe langsam wie ein Gorilla aus. Also fahre ich Richtung Main Street, zum Friseurgeschäft von Vince.

Vince schneidet mir die Haare, seit er seinen Laden vor fünfzehn Jahren eröffnet hat. Gleich am Eröffnungstag bin ich hin, um ihn zu unterstützen. Ich erinnere mich noch, wie ich in dem quietschenden neuen Friseurstuhl saß und von den Cannelloni aß, die Cynthia für den Anlass gemacht hatte. Ich kann die roten Ballons sehen und Vince' grinsendes Gesicht, das damals noch schlanker war. Ich habe ihm im Laufe der Jahre einiges an Beschäftigung verschafft. Der Laden war und ist genau das Richtige für Vince. Er redet von

Natur aus gerne, aber ein Macher ist er nicht, und sein Laden verschafft ihm das nötige Publikum. An den Wochenenden hat er regen Zulauf von jungen Burschen und ihren Vätern, und auch die Woche über hat er seine Stammkunden, einen ganzen Trupp heruntergekommener Kerle, die sonst nichts haben, wo sie ihre Zeit totschlagen könnten, Leute, mit denen Vince und ich zur Schule gegangen sind. Davon abgesehen ist das Bürgermeistergehalt erbärmlich, und sein Laden hilft ihm, über die Runden zu kommen.

Ich parke vor dem Geschäft, das wieder mal gestrichen werden könnte, und auch das Schild gehört ausgebessert. Gerüchten zufolge war Vince während der letzten Wochen immer wieder stundenlang nicht bei der Arbeit. Alte Stammkunden soll er versetzt haben und sich zu wenig um den Laden kümmern. Das sehe ich schon von draußen durch das leicht schmutzige Fenster. Der Bürgermeister von Ramsey schnippt mit der Schere auf dem Kopf eines Kunden herum. Ob er wieder trinkt? Ob wir uns wieder einmal durch die ermüdende Abfolge von Hilfe Anbieten, Zurückgewiesen-Werden und schließlich seine Entschuldigung quälen müssen?

Die kleinen Glöckchen an der Tür klingen, als ich eintrete. Vince dreht sich zu mir um, das Gesicht voller Überraschung, obwohl ich ziemlich sicher bin, dass er mich schon durchs Fenster hat kommen sehen. Ich bleibe an der Tür stehen.

»Hör zu, wenn ich zu lange warten muss, komme ich später noch mal wieder. Ich habe genug zu tun.«

»Nein, nein. Geh nicht. Mit George hier bin ich fertig.«

Wie auf Befehl steht George aus dem Stuhl auf. »Hallo, Louis«, sagt er.

»George«, sage ich. George ist Verkäufer im Outdoor-Store

von Ramsey. Ich kenne ihn seit zwanzig Jahren, aber wir haben nie mehr als »Hallo« und »Bis dann« zueinander gesagt. George ist kein Mann des Worts. Dem getreu gibt er Vince einen Zehn-Dollar-Schein und geht, ohne noch etwas zu sagen. Die Glöckchen verkünden sein Hinausgehen. Einen unbehaglichen Moment lang sehen Vince und ich einander an. Seit dem Abend, als er mich zu sich ins Büro bat und mir sagte, er glaube, ich bräuchte Hilfe, haben wir nicht miteinander gesprochen. Sollte ich eine Schulter zum Ausweinen brauchen, sagte er, würde er mir gerne seine anbieten. Er könne aber sicher auch einen guten Therapeuten für mich finden.

Ich gehe um ihn herum und setze mich. Der Vinyl-Bezug quietscht unter meinem Gewicht.

»Schrecklich, das mit dem Feuer«, sagt Vince. »Gott sei Dank ist deinem Schwager nichts passiert. Das war der schlimmste Brand in Ramsey seit vier Jahren.«

»Ich hatte gedacht, du würdest auch kommen. Hat dich der Brandmeister nicht verständigt?« Ich sage das nur, um etwas zu sagen. Ich wollte eigentlich nicht über das Feuer reden.

»Hatte meinen Beeper nicht dabei«, sagt Vince. »Grundgütiger, du brauchst einen Schnitt. Wie lange warst du nicht mehr hier?«

»Wahrscheinlich zwei Monate.«

Vince macht missbilligende Geräusche über meinem Kopf. Er ist jetzt ganz Friseur und besprüht mein Haar aus einer Wasserflasche. Feuchter Nebel fällt auf mein Gesicht.

»Und – wie geht's dir so?«

»Gut. Könnte nicht besser sein. Und dir?«

»Okay.«

»Gut.«

»Wie geht's Kelly?«

»Auch alles bestens«, sage ich.

Er schneidet hinten im Nacken, und ich fühle, wie das Metall meine Haut berührt. »Seid ihr glücklich?«

Ich lächle ein wenig. Vince ist verrückt, wenn er wieder versucht, über meine Gefühle zu reden, aber trotzdem muss ich ihm seine Ausdauer zugutehalten. »Ich habe in letzter Zeit öfter an Cynthia denken müssen«, sage ich.

Die Schere saust über meinen Kopf, und ich denke, ich kann sehen, dass seine Hand zittert.

»Warum das?«, sagt er.

»Ich war viel im Valley, als Kellys Mom operiert wurde, und musste daran denken, wie ich Cynthia dort besucht habe. Ich mochte unsere einseitigen Unterhaltungen. Sie war der einzige Mensch, abgesehen von meinen Eltern, der je Italienisch mit mir gesprochen hat.«

Vince' Hand zittert. Ich sehe es deutlich im Spiegel. Ich drehe mich weg und dann im Stuhl zu ihm um und blicke ihn an. »Vince, es tut mir leid, dass ich dich das fragen muss, aber trinkst du wieder?«

Einen Moment lang sehen wir uns nur an. Dann hebt Vince die Hände, als zielte ich mit einem Gewehr auf ihn. »Trinken? Nein, ich schwöre, dass ich das nicht tue.«

Er sieht ängstlich aus, aber ehrlich. Ich drehe mich wieder um, und unsere Augen treffen sich im Spiegel. Ich entscheide mich, ihm zu glauben. »Tut mir leid, vielleicht hätte ich nicht auf Cynthia kommen sollen.«

»Sag das nicht. Ich spreche gerne über sie. Manchmal habe ich das Gefühl, alle haben sie schon vergessen, nur ich nicht.«

»Du solltest versuchen, jemand Neues zu finden, um die du dich kümmern kannst.«

»Mit irgendjemandem ist es nicht getan«, sagt er. »Wärst du nicht lieber allein als mit jemandem zusammen, den du nicht liebst?«

Da ist etwas in seinen Augen, und ich sage ehrlich überrascht: »Hast du eine Freundin, Vince?«

»Nein«, sagt er, »ich bin noch immer allein.«

Aber seine Stimme hat einen seltsam fröhlichen Klang. Tatsächlich schnürt mir die Kombination aus düsteren Worten und der Art, wie er sie ausspricht, den Hals zu. Er wirkt geradezu aufgekratzt, wie er sich da von einer Seite meines Kopfes zur anderen bewegt, den schwarzen Kamm und die Schere in der Hand.

Ich schließe die Augen und versuche, Vince aus meinen Gedanken zu verbannen. Stattdessen denke ich an das Haus von Schwester Ballen und wie ich wohl hineingelangen könnte. Vielleicht sollte ich mich mit der Frau nebenan anfreunden. Wahrscheinlich hat sie einen Schlüssel zum Haus, und ich könnte sie überreden, ihn mir zu leihen. Irgendwie muss ich da hinein. Das kalte, zittrige Gefühl überkommt mich seit dem Feuer in Ryans Haus immer öfter, und obwohl ich nicht weiß, warum, stelle ich doch fest, dass der einzige Weg, dagegen anzugehen, darin besteht, an Schwester Ballens Haus zu arbeiten. Ihr und ihren Kindern zu einem besseren Leben zu verhelfen.

Vince nimmt den elektrischen Rasierer aus seiner Ablage, schaltet ihn ein und brummt mir damit seitlich am Kopf entlang. »Du und ich, wir kennen uns, seit wir sieben sind«, sagt er. »Ist dir das klar?«

»Wird so sein.«

»Jetzt, wo meine Eltern nicht mehr sind, und Cynthia auch nicht, gibt es niemanden, den ich länger kenne als dich.«

Ich seufze. Ich will aus diesem Stuhl raus. Es reicht. »Alles okay, Vince?«

»Ja, ich bin okay. Ich denke nur, dass das doch ganz schön was ist. Findest du nicht? Das ist Geschichte. Ich meine, ich kenne viele Leute, und wir verstehen uns auch, aber deshalb sind sie noch längst keine Freunde. Du warst da, als Cynthia starb. Geschichte bleibt Geschichte.«

»Bist du fertig mit dem Schnitt?«, frage ich. »Ich muss noch zu einer Baustelle.«

»So gut wie«, sagt er und mustert meinen Kopf, als suchte er nach letzten Unregelmäßigkeiten. »Okay. Fertig.«

Ich stehe auf, und mein ganzer Körper schmerzt, als hätte ich stundenlang in diesem Stuhl gesessen und nicht nur zehn Minuten. Ich mache niemanden glücklich. Mich selbst nicht, Schwester Ballen nicht und auch nicht Kelly. Ich bin nicht Manns genug, um Kellys Mann zu sein. Wäre die beste Art, sie zu ehren, wenn ich sie gehen ließe? Vielleicht sollte ich allein leben wie Vince. Ich könnte Kelly alles vermachen: die Immobilien, die Autos, das Geld. Ich würde einfach gehen.

»Der Schnitt geht aufs Haus«, sagt er, wie er es jedes Mal sagt, wenn er mir in den letzten fünfzehn Jahren die Haare geschnitten hat. Seine Brust schwillt, als machte er mir das unglaublichste Geschenk, wo ich ihm doch tatsächlich fast die Hälfte seiner Kunden verschafft habe. Wenn er mir die Haare umsonst schneidet, ist das nichts anderes als Teil eines guten Geschäfts.

»Danke.« Ich klopfe ihm auf die Schulter und sage: »Pass auf dich auf.«

Als ich die Tür öffne, klingelt das Telefon auf der Theke. Vince stürzt hin, noch bevor es zum ersten Mal wieder verstummt. Er kauert über dem Apparat, seine Stimme ist nichts als ein sanftes Flüstern. Erstaunt schüttle ich den Kopf. Dieser nette, unglückliche Kerl, den ich länger kenne als irgendjemanden sonst in meinem Leben, hat tatsächlich eine Freundin. Und während ich durch die schwüle Luft laufe, frage ich mich, was für eine Frau ihn wohl will.

Auf dem Weg zur Baustelle komme ich an den ausgebrannten Resten von Ryans Haus vorbei. Ich will so bald wie möglich mit dem Neubau beginnen. Ich kann es nicht erwarten, das Land umzupflügen. Die ursprüngliche Struktur des Gebäudes ist nur noch halb zu erkennen, die Reste sind rußschwarz und zerfressen. Der Anblick bringt das kalte Gefühl zurück in meinen Leib. Ich wusste, dass das Gebäude gefährdet war. Ich hätte früher handeln sollen. Am Rand des eingefallenen Dachs sehe ich Eddie Ortiz stehen und wende den Blick ab. Diesmal ist niemand gestorben, sage ich mir. Niemand ist gestorben.

Ein alter Freund von mir im Stadtrat betreibt eine der besten psychiatrischen Pflegeeinrichtungen in New Jersey. Abends nach dem Brand habe ich ihn angerufen, und Ryan hatte bereits am nächsten Tag ein Zimmer. Seit seinem Einzug dort ist Ryan ein einziges Nervenbündel, was grundsätzlich verständlich ist. Immerhin hat der Mann sein Zuhause verloren. Aber alles, wovon er spricht, sind seine verdammten Vögel. In der Anlage sind Haustiere nicht erlaubt, also wird er einen anderen Weg finden müssen, sich mit dem Verlust abzufinden. Zumindest hat er jetzt eine richtige Pflege, jemanden, der darauf achtet, dass er seine Medikamente nimmt, und einen geregelten Tagesablauf. Kelly weinte, als wir Ryan in der Anlage zurückließen, aber ich weiß, so ist es das Beste. Da ist er sicher.

Ich verbringe ein paar Stunden mit meinen Männern, esse ein Sandwich mit ihnen und verhandele per Handy einen anstehenden Immobilienkauf. Mit dem Vorarbeiter mache ich einen Rundgang. Es handelt sich um einen gemeinnützigen, unbezahlten Job: Das Erholungszentrum in Finch Park soll auf Vordermann gebracht werden. Die Sache dauert eine Woche, und es gibt keine grundlegenden Schäden am Gebäude, so dass sich die möglichen Gefahren für meine Männer in Grenzen halten. Als die Mädchen klein waren, haben sie hier mit der Stadtmannschaft Fußball und Softball gespielt, und Kelly und ich haben sie von der Seitenlinie aus angefeuert. Ich mache das gerne für die Stadt, und im Übrigen fällt es in die Rubrik: Wer Gutes tut, dem wird Gutes erwiesen. Die örtliche Bau- und Planungskommission wird mir diesen kleinen Dienst vielfach vergelten. Das nächste Mal, wenn ich die absurd veralteten Flächennutzungspläne zu meinen Gunsten ausgelegt haben möchte oder ein paar Meter weiter als erlaubt bauen möchte, wird man sich an die Renovierung des Erholungszentrums erinnern.

Als ich fertig bin, ist es später Nachmittag. Ich gehe über das Feld zu meinem Wagen, das an das Sommer-Tages-Camp der Stadt grenzt. Dort haben sie gerade Kunst- und Handwerksstunde. Kleine Jungen und Mädchen sitzen an Picknicktischen und beugen den Kopf über leuchtend buntes Bastelpapier. Dicke Stifte und Stapel leerer Klorollen liegen in der Mitte der Tische, und keines der Kinderbeine ist lang genug, um bis auf den Boden zu reichen.

Ich setze mich in meinen Wagen und beobachte die Kinder eine Weile, bevor ich den Motor anlasse. Es war ein langer, eigenartiger Tag, und ich bin müde. Ich beobachte, wie die Kinderbeine – einige rundlich, einige dünn wie Stecken –

über dem Gras hin und her schwingen. Ich denke an Eddies Kinder und sein Lächeln und seine Augen in ihren Gesichtern. Während ich mein Zusammentreffen mit ihnen noch einmal durchlebe, stelle ich mir vor, dass ich diesmal weiß, was sich da im Rucksack des kleinen Jungen bewegt, ist nichts anderes als sein Lieblingstier. Ich beuge mich hinunter und lasse die kleine Echse sanft um meinen Finger kreiseln, was ein Lächeln auf das Gesicht des Mädchens bringt und den kleinen Jungen in ein ansteckendes Lachen ausbrechen lässt. Im Kreis stehen wir drei da, und die Eidechse scheint sich auf meiner Hand wohl zu fühlen. Das Mädchen und der Junge erzählen mir von ihrem Tag und ihren Sorgen und Nöten. Sie hören nicht auf zu reden, bis die Nachbarin sie zu sich ruft. Wir winken uns zum Abschied zu, und das Mädchen und der Junge winken noch weiter, während ich zu meinem Wagen gehe.

Ich beobachte die schwingenden Beine der Kinder im Camp und wie sie Figuren auf das Bastelpapier zeichnen und sie ausmalen. Kinderbilder stellen die Wirklichkeit auf den Kopf und würfeln sie durcheinander. Sie sind voller lila Gras, orangefarbener Wolken und grüner Menschen. Ich möchte die Kindheit meiner Töchter noch einmal erleben, wie gerade die Szene auf dem Rasen vor Noreen Ballens Haus. Dann werde ich Gracie und Lila nicht allein in ihren Zimmern aufwachsen lassen und weglaufen, wenn ich durch halb offene Türen verstörende Dinge sehe. Ich werde hineingehen, die miese Zecke von einem Jungen beim Arm packen und ihn aus dem Haus werfen. Und Gracie werde ich begreiflich machen, dass sie mehr wert ist, als sie damals in sich sah.

Aber an diese Neufassung ist nicht so leicht zu glauben wie an die meines Zusammentreffens mit Noreens kleinem Jungen und ihrem Mädchen. Ich habe bei Gracie und Lila zu lange Jahre zu oft versagt, habe ihnen zu viel Raum und zu viel Freiheit gegeben. Wir hatten wahrscheinlich alle zu viel Freiheit, die beiden Mädchen, Kelly und ich. Vielleicht hat Catharine recht, und wir hätten jeden Sonntag zur Kirche gehen und abends zusammen essen sollen – und beim Gebet vorm Schlafengehen darauf lauschen, zu was für Frauen die Mädchen heranwuchsen. Nichts davon haben wir getan, und jetzt fehlt uns der feste Boden unter den Füßen, und es ist zu spät, neue Regeln aufzustellen. Erwachsene Kinder lassen sich nicht mehr erziehen. Die Farbe einer Ehe nach dreißig Jahren nicht mehr ändern.

Ich ziehe meine Stiefel aus und lasse sie an der Hintertür stehen, um keinen Schmutz hineinzutragen. Kelly ist im Wohnzimmer und liegt mit einem Stapel Zeitschriften vor sich auf der Couch. Die Klimaanlage läuft auf vollen Touren, und der plötzliche Temperaturwechsel stellt mir die Haare auf den Armen auf.

Sie sieht zu mir hoch und sagt: »Ich habe unsere Reservierung für Samstagabend gemacht.«

»Unsere Reservierung?«

»Im La Manga's.«

Natürlich. Das hatte ich ganz vergessen. Na ja, nicht wirklich vergessen – mehr aus meinen Gedanken verdrängt. Wir haben an diesem Wochenende unseren einunddreißigsten Hochzeitstag. Jedes Jahr gehen wir dann abends dort essen, wo wir unser erstes Rendezvous hatten, einem winzigen italienischen Restaurant im West Village. Ich sehe meine Frau an und hoffe auf einen Hinweis, wie die Situation zu verstehen ist. In den letzten Wochen benimmt sie sich anders, gefühlsbetonter und ist mehr zu Hause. »Ich hatte schon gedacht, du würdest es dieses Jahr lieber auslassen«, sage ich.

Kelly zögert kurz, ist dann aber schon wieder zwei Schritte weiter. »Wir müssen Samstag gehen, weil ich Sonntag die Baby-Party für Gracie gebe. Ich habe den ganzen Nachmittag diese Zeitschriften durchgesehen, ich will wirklich etwas daraus machen. Martha Stewarts Ideen sind die einzigen, die wirklich Klasse haben, aber sie sind kaum umzusetzen. Ich habe so etwas noch nie gemacht – ich bin zu jung für eine Tochter, die ein Baby bekommt.«

Ich schüttle den Kopf. Vor ein paar Stunden noch habe ich gedacht, uns bliebe nichts, als unsere Ehe zu beenden. Ich weiß nicht, ob ich einem letzten Essen, oder gar einer Feier, zustimmen soll. »Samstagabend ist gut.«

»Die Party muss dieses Wochenende sein, weißt du. Die Zeit wird langsam knapp. Der Geburtstermin ist in drei Wochen. Gracie kann jeden Moment so weit sein.«

Ich setze mich in den schweren Ledersessel bei der Tür, der einmal Kellys Vater gehörte. Nie sitzt hier jemand. Er steht abgelegen am Rand des Zimmers, nicht mehr direkt in Gesprächsweite. Wann immer ich darin sitze, empfinde ich einen Mangel an Männlichkeit. Der Sessel scheint zumindest nach einer Pfeife oder einem Glas Scotch zu verlangen. Kellys Vater war kein glücklicher Mensch, aber er war fraglos jemand, der Anforderungen an sich gestellt hat, wie ich es nie versucht habe.

»Deine Frisur ist besser«, sagt Kelly. »Du siehst wieder wie ein Mensch aus. Warst du bei Vince?«

Ich hoffe, meine Frau weiß, was sie tut. Ich kenne diesen entschlossenen Blick. Sie hat die Fähigkeit, eine Entscheidung zu treffen und die Gefühle, die sie dabei geleitet haben, aufzupumpen wie einen Fahrradschlauch, bis ihr kein Manövrierraum mehr bleibt. Wenn die Gefühle dann aber falsch waren, ist plötzlich ein Loch im Schlauch und keine Luft mehr da.

Alles, was ich tun kann, ist, Samstag da zu sein und ihr den Stuhl zurechtzurücken. Ich werde mit ihr anstoßen und ihr die Hand halten. Hoffentlich hat sie eine Antwort, eine Lösung gefunden, die ich bisher nicht sehen konnte. Ich werde Sonntagabend laut reden und versuchen, nicht auf das Zischen entweichender Luft zu lauschen.

Kelly scheint in meinem Gesicht zu lesen. »Willst du eigentlich immer weiter im Arbeitszimmer schlafen, Louis?« Sie klingt neugierig. »Ich kenne dich doch«, sagt sie. »Du schläfst da, um mich zu schützen oder mir irgendwie zu helfen. Aber du sollst wissen, dass du mir damit nicht hilfst.«

Obwohl sie ruhig gesprochen hat, donnern ihre Worte zwischen den Wänden hin und her. Ich ertappe mich bei dem Gedanken, dass das, worauf wir da zusteuern, chaotisch, noch komplizierter und unvorhersehbar sein wird. Ich stütze die Hände auf die Knie und fasse durch den Jeansstoff die Pfunde aus Muskeln, Sehnen, Bändern und Fett. »Ich schlafe unruhig«, sage ich. »Ich träume oft schlecht und trete dich vielleicht.«

»Dann trete ich zurück«, sagt Kelly.

»Okay«, sage ich.

»Also dann«, sagt sie und wendet sich wieder ihren Baby-Zeitschriften zu.

Gracie

Es ist halb sechs Uhr morgens, als ich aufwache. In den letzten sieben Monaten bin ich immer mit dem ersten Licht aufgewacht. Nachts liege ich so unbequem, und ich drehe und wende mich und muss jede Stunde einmal pinkeln, dass ich, sobald das erste Licht unter mein Rollo dringt, aus dem Bett krieche. Auf dem Weg nach unten erinnere ich mich daran, wie schwer es für meinen Vater früher war, mich morgens aus dem Bett zu kriegen. Ich war ein so guter Schläfer, konnte immer und überall schlafen, und als Teenager war ich auf der Höhe meines Könnens. Um zehn Uhr abends konnte ich ins Bett gehen und bis ein Uhr mittags am nächsten Tag durchschlafen. Meine Eltern, erfolgsbesessen, wie sie waren, machte das völlig kirre. Ich glaube, mein Vater hat sein ganzes Leben nie länger als bis acht Uhr morgens geschlafen. Lila war immer schon halb in der nächsten Bibliothek, wenn es Frühstück gab – was meine Eltern gutheißen konnten, aber mit mir war es eine andere Geschichte.

Am Wochenende stampfte mein Vater den Flur vor meiner Tür auf und ab und rief laut nach meiner Mutter, aber die hatte die Sorge um meine degenerierten Schlafgewohnheiten schon lange an ihn delegiert. Aus irgendeinem Grund war mein Vater nicht glücklich damit, aus dem Haus zu gehen, solange er mich nicht in aufrechter Position hatte, und so kam er zwischen zehn und elf unvermeidlich in mein

Zimmer geplatzt und brüllte Sachen wie: *Was glaubst du eigentlich, was du da machst, junge Dame?* Mein Vater ist ein großer Mann, und er brüllt selten. Aber wenn er es einmal tut, kommt der Krach nicht nur unerwartet, sondern kann auch ein Bett zum Wackeln bringen. Davon kann ich ein Lied singen, so oft, wie mich mein Vater zwischen vierzehn und achtzehn mit seinem Weckruf innerhalb von Sekunden aus dem Tiefschlaf in die Nähe eines Herzinfarkts gebracht hat.

In der Küche hole ich Mehl aus dem Schrank, Rohrzucker, Kondensmilch, Vanilleextrakt und Backpulver. Im Kühlschrank sind Eier, Milch und Butter. Ich arbeite gemächlich, erst mit dem Deckenlicht an, dann, als die Sonne weiter aufgeht, schalte ich es aus. Zwischendurch lege ich eine Pause ein und mache mir einen Toast mit Butter und Erdbeermarmelade. Ich muss alle paar Stunden etwas essen, sonst wird mir schwindlig. Nachdem ich gegessen habe, ziehe ich die Küchenmaschine vor und vermische die Zutaten, die ich genau abgemessen habe. Wegen meines Bauchs muss ich ein gutes Stück von der Arbeitsplatte entfernt stehen.

Durch Ausprobieren habe ich herausgekriegt, wie wichtig es für mich ist, während dieser frühen Morgenstunden, bevor sonst jemand aufsteht, irgendetwas zu tun. Grübelei um diese Zeit ist gefährlich, ich gerate in alle möglichen falschen Richtungen und bin um sieben so durcheinander und deprimiert, dass ich womöglich gleich wieder im Bett lande und da dann den ganzen Tag bleibe. Um sicherzugehen, dass ich mich am Ende unter die Dusche stelle und meinen Bademantel oder Opas Pullover ausziehe, muss ich von halb sechs bis sieben morgens vorsichtig Schritt vor Schritt setzen. Ich kann meinen Gedanken da einfach noch nicht freien Lauf lassen – dafür ist später Zeit, wenn ich im Auto sitze oder Grandma besuche und gut eingebettet bin in den Fluss des Tages.

Ich sitze am Tisch und bestreiche die drei einzelnen Schichten des Kuchens, als Lila nach unten kommt. Sie trägt Shorts und T-Shirt, was sie ihren Pyjama nennt. Vor einer halben Stunde habe ich die Kaffeemaschine für sie angemacht, sie schüttet sich eine Tasse ein und setzt sich mir gegenüber an den Tisch.

»Riecht nach Kindertagen hier«, sagt sie.

»Aber nicht nach unseren. Ich kann mich nicht dran erinnern, jemals nach Hause gekommen zu sein und es hat nach etwas Frischgebackenem gerochen. Das Rezept habe ich übrigens aus einem Backbuch, das ich erst letzten Monat auf einem Flohmarkt gekauft habe. Glaubst du, das Baby kann es riechen?«

»Das bezweifle ich.« Lila reibt sich die Augen. »Heute ist der große Tag«, sagt sie. »Du musst aufgeregt sein.«

Ich lächle. »Ich kann mich kaum zügeln.«

»Das will ich auch hoffen. Gestern Nachmittag musste ich für Mom Servietten in Windelform falten. Dafür schuldest du mir mehr, als du mir dein Leben lang zurückzahlen kannst, egal wie sehr du dich anstrengst.«

»Ich weiß zwar, dass es Mom ist, die diese Party veranstaltet«, sage ich und streiche mit dem Messer den dicken weißen Zuckerguss über den Kuchen, »trotzdem verstehe ich eins nicht: Wenn die Party, ihre Party, keine Überraschung für mich sein soll, warum hat sie dann kein Wort davon gesagt? Wenn sie nicht mit mir reden will, kann sie doch zumindest eine Nachricht auf dem Anrufbeantworter hinterlassen. Ich habe das Gefühl, die Party ist für ganz jemand anderen, und es wird äußerst peinlich für mich, wenn ich da hineinwatschele, und ein anderes schwangeres Mädchen steht schon da und hat die Arme voller Geschenke.«

»Schwangere Frau, meinst du.«

Ich kämpfe gegen den Wunsch an, das Messer in den Kuchen zu stoßen, ein Riesenstück herauszuschneiden und es mir in den Mund zu schieben. »Was auch immer.«

»Also ich kann dir versichern, dass ich für niemand anderen Servietten in Windelform gefaltet hätte.«

»Hm. Wirst du Mom und Dad eigentlich erzählen, dass du mit dem Studium aufgehört hast? Ich wüsste es zu schätzen, wenn du das während der Party verkünden könntest, das würde von mir ablenken.«

»Ganz sicher nicht«, sagt Lila ruhig. »Aber wo wir schon von der Arbeit reden, du bist in letzter Zeit auch nicht gerade oft ins Büro gefahren.«

Ich konzentriere mich darauf, die Gussmasse gleichmäßig zu verteilen. »Grayson war bei einer Tagung, deshalb arbeite ich von zu Hause. Allerdings ist er jetzt zurück. Ich habe ihn zur Party eingeladen. He«, ich deute mit dem Messer auf sie, »warum lädst du nicht Weber ein?«

»Habe ich.«

»Ehrlich?«

Lila lächelt eigenartig. »Als Absender habe ich Grandmas Altenheim auf den Umschlag gesetzt, damit er denkt, sie hat ihn eingeladen. Er ist ganz verrückt nach ihr.«

Ich nicke zustimmend. Die Einsätze überall um mich herum steigen. Mein Unwohlsein hat sich in den letzten Tagen leicht gebessert. Jeden Morgen steige ich mit etwas mehr Energie und etwas weniger Angst aus dem Bett. Auch wenn ich nicht weiß, was ich genau tun soll, bin ich doch bereit, mich ins Gefecht zu stürzen. Die Veränderung hat zum Teil damit zu tun, dass mein Körper vor Bewegung nur so brummt. Das Baby tritt und windet sich und taumelt durch Tage und Nächte. Ich leide unter plötzlichen Krämpfen, Rückenschmerzen und Hitzewallungen und spüre, wie sich das Baby für die letzte Etappe seines Sprungs in diese Welt warm macht. Das Mindeste, was ich tun kann, ist zu versuchen, gleichauf zu bleiben.

Wie immer bin ich zu früh im Krankenhaus. Lila und ich haben uns am Automaten vor der Notaufnahme verabredet. Von da ist man mit dem Aufzug und ein paar Schritten gleich in dem Raum, in dem die Geburtsvorbereitungskurse stattfinden. Heute ist es das dritte Mal. In der ersten Stunde haben wir einen absolut schrecklichen Film von einer Geburt gesehen, er war viel zu detailliert. In der zweiten Stunde ging es um die Bedeutung von Ernährung und Vitaminen während der Schwangerschaft. Heute steht Atmen auf dem Programm.

Natürlich sind mir die erste Stunde und der Film besonders im Gedächtnis geblieben. Die Schwangere krümmte sich auf dem Bett, riesig und aufgedunsen, und schrie um Hilfe, während Ärzte und Schwestern um sie herum wie betäubt wirkten. Dann fährt die Kamera zu einer Großaufnahme der Vagina, die zornig, rot und riesig wirkt, aufgerissen vom Kopf des Babys, der ganz eindeutig viel zu groß ist, um durch den verfügbaren Ausgang zu passen. Es sieht eindeutig so aus, als stände eine Tragödie bevor, die Mutter und Kind den Tod bringen wird. Aber dann, wunderbarerweise, drückt der Kopf des Babys durch das Loch, und sein Körper flutscht gleich hinterher. Der Arzt hält das schlaffe rote Ding und saugt ihm Mund und Nase frei, worauf die Reihe am Baby ist, um

Hilfe zu rufen, bei den tauben Ärzten und Schwestern und der erschöpften, entleerten Mutter, die mit ausgebreiteten Beinen auf dem Bett zusammengebrochen ist.

Ich lehne mich an den Automaten, blicke hinunter auf meinen gewölbten Leib und schaudere. Ich kann nicht glauben, wie bald das Baby schon kommen wird. Noch nicht mal eine Wiege habe ich, nichts von all den notwendigen Sachen. Das liegt auch mit daran, dass ich in den letzten drei Monaten nur einen Scheck von Grandma bekommen habe und ich es mir nicht leisten kann, Möbel zu kaufen. Grayson hat mir Geld angeboten, aber irgendwo in meinem Bauch sagt mir eine Stimme, dass es nicht richtig wäre, von ihm Geld zu nehmen. Allerdings bin ich sicher, dass ich meine Meinung noch ändere und bald schon von meinem hohen Ross herunterkomme. Aber am Geld liegt es nicht allein. Ich bin noch in keinem Babyladen gewesen, weil ich bis vor kurzem wirklich geglaubt habe, die Entscheidung, schwanger zu bleiben und keine Abtreibung mehr zu wollen, sei nichts anderes als das. Eine moralische Entscheidung, eine charakterbildende Maßnahme. Hätte das nicht gereicht? Muss ich dieses Baby jetzt auch tatsächlich noch *bekommen*?

Ich trete einen Schritt zurück und sehe, was der Automat zu bieten hat. Er ist vollgepackt mit Essen, von dem Mutter wie Kind abzuraten ist: Doritos, Lays Kartoffelchips, Snickers, Oreos, Skittles, Whoppers, Milk Duds. Ist schon komisch, dass sie ein Krankenhaus so voller Süßigkeiten- und Sprudelautomaten stellen, wo es doch ein Ort sein sollte, an dem die Gesundheit gefördert und für sie gekämpft wird. Ich fische ein paar Münzen aus der Tasche und entscheide mich für die Oreos. Nachdem ich die Knöpfe gedrückt habe und verfolge, wie die Tüte von ihrem Platz oben ins Ausgabefach fällt, brauche ich eine Weile, um mich zu bücken und mit den Oreos in der Hand wieder hochzukommen. Und erst da merke ich, dass mich jemand im spiegelnden Glas des Automaten beobachtet hat. Der Umriss sieht nicht aus wie der von Lila, und so drehe ich mich schnell um.

Ich sehe nur den Rücken der Person, die fast schon am anderen Ende des Flurs ist. Sein Kopf ist gesenkt, und er bewegt sich schnell, aber es besteht kein Zweifel, wer es ist. Ich erkenne Joels angespannten, tretenden Gang und sein zottiges braunes Haar. Er trägt einen blauen Blazer und dazu Khakis statt seiner gewöhnlichen Jeans-und-T-Shirt-Uniform. Ich überlege, ob ich ihm hinterherrufen soll, dass er meinen Bauch ruhig ansehen kann, wenn er will. Er muss sich nicht von hinten anschleichen und dann davonrennen. Aber am Ende ist es ja Margaret, vor der er Angst hat, nicht ich. Joel würde nicht wollen, dass Margaret aus einer ihrer vielen Klatsch-Quellen erfährt, dass man ihn mit seiner Ex hat reden sehen, die ein Kind von ihm erwartet. Und für mich wäre es auch nicht gerade gut. Weiß der Himmel, was für einen *Liebe-Abby*-Brief ich danach von Margaret kriegen würde. Er käme wahrscheinlich zusammen mit einem blutenden Pferdekopf.

Joel verschwindet durch eine Schwingtür. Verloren stehe ich mitten im Flur und sehe dorthin, wo eben noch der Vater meines Kindes war, halte meine Tüte Oreos und spüre das Gewicht von jedem einzelnen der achtzehn Kilo, die ich zugenommen habe. Plötzlich fühle ich mich sehr allein.

Lila kommt zu spät und schleicht sich in einem weiten Sweatshirt und Baseballkappe ins Krankenhaus. Wir nehmen den nächsten Aufzug, ich halte mir den Bauch, und wir rennen den Korridor hinunter, trotzdem sind wir zu spät dran.

Wie alle anderen setzen wir uns auf den Boden. Die Lehrerin kommt herüber und zieht an uns herum, bis wir in der richtigen Position sind. Ich sitze zwischen Lilas Beinen. Die Lehrerin kippt mich nach hinten, bis ich gegen Lila lehne, mein Kopf unterhalb ihres Kinns. Meine Knie sind eingeknickt. Das alles geht so schnell, dass es wie ein Schock für uns ist, so dazusitzen, als sie wieder geht. Ich spüre die Brüste meiner Schwester gegen meinen Rücken drücken. Ihre Schenkel sind um mich geschlungen, und ihr Atem ist warm an meinem Ohr. Seit ich das letzte Mal mit einem Mann geschlafen habe, war ich nicht mehr so nah mit jemandem zusammen.

»Oh, *fuck*. Ich kann's nicht glauben«, sagt Lila, »dass ich hier so mit dir hocke.«

Lilas warmer Atem an meinem Ohr, das Wort *fuck* und die Tatsache, dass ich hier mit gespreizten Beinen so auf dem Boden hocke und seit einem halben Jahr mit niemandem mehr geschlafen oder jemanden auch nur berührt habe, bringen mich zum Kichern. Das Geräusch klingt ein bisschen hysterisch, wie das schrille Lachen meiner Mutter, wenn sie mit ihren Brüdern und Schwestern zusammen ist. Das Kichern kitzelt mich von innen, und ich kann nicht aufhören.

»Gracie«, sagt Lila.

Ich blicke auf und sehe, wie die Lehrerin, eine dickliche Frau, die längst keine Kinder mehr in die Welt setzt, zu mir herüberstarrt, ebenso alle anderen Paare, die in ähnlicher Position wie Lila und ich auf dem Boden zusammengebrochen sind. Es sind noch sieben andere Paare, immer eine Frau mit einem männlichen »Coach« oder Helfer. Sie alle sehen mich an, die ich zwischen die Schenkel meiner Schwester geklemmt hier sitze, als überlegten sie, ob sie beim Sozialamt anrufen sollen, damit man meine Kleine aus meiner unmoralischen, pflichtvergessenen Obhut holt, noch bevor sie überhaupt geboren ist.

»'tschuldigung«, flüstere ich in den Raum hinein.

»Nun zur Stunde«, sagt die Lehrerin. »Kommen wir auf das Atmen. Das Atmen ist der Schlüssel zu einem erfüllten Geburtserlebnis. Ich möchte, dass die Mommies und ihre Helfer mitmachen. Diese Atemtechnik sollten Sie auch zu Hause weiter einüben und anwenden, wann immer Sie Stress oder Schmerzen empfinden. Damit werden Sie gut durch Ihre Wehen kommen, und es wird Ihnen die Schmerzen ersparen. Also dann, los geht's, atmen Sie mit zwei kurzen Atemzügen ein und dann mit einem langen Loslassen aus. Hii-hii-huuuu. Hii-hii-huuuu.«

»Hii-hii-huuuu«, machen die Paare.

»Hii-hii-huuuu«, macht Lila in mein Ohr.

In diesem Augenblick gibt mir das Baby einen mächtigen Tritt in den Magen, was mir wie ein klares Zeichen erscheint, dass ich in Schwierigkeiten bin. Ich finde das ziemlich gemein, niemand muss mich so treten, dass mir die Luft wegbleibt, damit ich das begreife. Ich weiß, wie es um mein Leben steht. Aber ich habe keine Zeit, mir etwas Ruhe zu gönnen, denn die Lehrerin linst immer noch skeptisch in meine Richtung, als hätte sie die Nummer vom Sozialamt als Kurzwahl gespeichert. Durch den Schmerz hindurch ringe ich um Luft. Zuerst kann ich nur keuchen, aber ich bemühe mich, zur Gruppe aufzuschließen, die durchatmet, als hinge ihr Leben davon ab. Doch sosehr ich mich auch anstrenge und so tief in meine Lungen ich auch hineinreiche, mein Atmen bleibt kraftlos. Mir fehlt die Überzeugung, die Energie und der Glaube, dass mich das alles vor irgendwas bewahren kann. »Hii-hii-huuuu.«

Nach der Stunde spüre ich die Versuchung, nach Hause zu fahren, wieder meinen Pyjama anzuziehen und mich ins Bett zu legen. Aber es gibt noch eine Party, und ich habe mir geschworen, aktiv zu werden und nicht mehr nur zu Hause herumzuhängen, also hole ich nur den mit weißem Zuckerguss überzogenen Kuchen ab und fahre gleich weiter zum Haus meiner Eltern. Ich fahre vorsichtig mit meinem dicken Bauch, weil ich damit weit vom Steuer weg bin und mich unsicher fühle. Ich komme nicht gut genug heran, um meine Hände darum zu schließen, sondern nur mit den Fingerspitzen.

Ob Grandma ein ähnliches Gefühl hatte, dass ihr die Kontrolle entglitt, als sie die Schlüssel für ihr Auto abgegeben hat? Der Gedanke an Grandma lässt mich den Schmerz in meinem Rücken fühlen, und ich bemühe mich, aufrecht zu sitzen und gleichzeitig das Steuer nicht aus dem Griff zu verlieren. Heute Nachmittag sehe ich sie, sage ich mir. Nur wegen ihr hast du dich nicht gegen diese lächerliche Party gewehrt. Für Grandma wird die Party wichtig sein. Sie wird dem Baby ein Geschenk machen wollen. Vielleicht Geld.

Ich biege in die Auffahrt meiner Eltern und parke hinter dem Cabrio meiner Mutter. Nachdem ich ausgestiegen bin, beuge ich mich noch einmal ins Auto hinein, um den Kuchen herauszuholen. Als ich wieder aufrecht stehe, mit der Handtasche am Arm und dem Kuchen in der Hand, wird mir erst richtig bewusst, wie schwül und stickig es ist. Der Himmel ist bedeckt, und zwei Minuten später schon spüre ich, wie mir der Schweiß zwischen den Schulterblättern herunterrinnt. Gott sei Dank bin ich noch nicht für die Party angezogen. Ich trage Shorts und ein riesiges T-Shirt. Für den Anlass heute habe ich mir mein einziges Schwangerschaftssommerkleid aufgespart. Es ist hellblau und sauber, und ich denke, es wird meine Mutter glücklich machen. Meggy soll es zum Verstummen bringen und Angel die letzten Hoffnungen nehmen. Nicht, dass ich noch irgendwelche Angst vor ihnen haben sollte. Himmel noch mal, ich werde heiraten. Ich gebe diesem Kind eine Mutter *und* einen Vater, und das sollte doch wohl reichen, mir die Familie vom Hals zu halten, oder?

Mit vorsichtigen Schritten gehe ich ums Haus herum zum Hintereingang und überlege, wie ich es meiner Mutter am besten beibringe. Erinnerst du dich an Grayson? Er ist einer von meinen Ex-Freunden, von denen du wusstest, erinnerst du dich? Also, er hat mich gefragt, ob ich ihn heiraten will, und ich habe ja gesagt.

Ich glaube, sie wird glücklich sein. Das ist was Gutes, Solides, das sich präsentieren lässt und worüber sie in ihrer Frauengruppe und in der Familie reden kann. Das sollte keine Probleme machen. Ich öffne die Hintertür und bleibe stehen, um meine Flip-Flops von den Füßen zu streifen. Ich stelle sie auf dem Kachelboden neben die Lieblingssandalen meiner Mutter und ein Paar Schuhe meines Vaters, die ich noch nie gesehen habe. Nachdem ich den Kuchen auf die Anrichte gestellt habe, sehe ich, aus alter Gewohnheit, in den Kühlschrank. Aber da ist wenig normales Essen, wovon ich mir etwas nehmen könnte, der ganze Kühlschrank ist voller gelieferter Rohkostplatten und Canapés und drei verschiedenen Sorten Gebäck. Ich nehme die Wasserflasche aus der Tür und gehe in den Flur. Als ich gerade nach meiner Mutter rufen will, sehe ich aus dem Augenwinkel Farbe aufblitzen. Ich öffne die Flasche, blicke ins Wohnzimmer hinüber und erwarte, dass meine Mutter mir von dort entgegenkommt oder ich sie in einem der Sessel lesen sehe. Ich hole tief Luft und sage mir, dass ich mit ihr wie unter Erwachsenen reden kann. Ich schaffe das.

Aber was ich dann sehe, ist, wie sich meine Mutter mitten im Wohnzimmer gegen einen Mann drückt, der nicht mein Vater ist. Dieser Mann ist kleiner als mein Vater, hat Übergewicht und dunkles, nach hinten geschniegeltes Haar. Die Hände meiner Mutter sind im Nacken dieses Mannes, ihre Finger in seinem Haar. Während ich hinübersehe, hebt sie das Gesicht von seiner Brust. Es ist meine Mutter, aber sie sieht anders aus, als ich sie kenne. Ihr Gesicht ist anders, weicher. Sie weint, ihre Wangen sind nass, und dann küsst sie diesen Mann. Ihre Lippen pressen sich auf seine, während seine Hände über ihren verlängerten Rücken wandern. Vom Küssen verstehe ich was, und das da ist die ruhige, weiche Sorte, die gleich ins nächste Bett führt.

Mein Herz schlägt so wild, dass ich es in meinen Ohren höre. Ich habe Angst, dass das Paar dort im Wohnzimmer es auch hören kann. Plötzlich spüre ich Nässe auf meinem Bauch und merke, dass ich die halbe Wasserflasche auf mich und den Boden geschüttet habe. Vor meinen Füßen ist ein dunkler Fleck auf dem beigefarbenen Teppich. Auf Zehenspitzen mache ich ein paar Schritte nach hinten, bis ich in der Küche in Sicherheit bin. Dort stehe ich eine halbe Minute reglos im Dämmerlicht. Ich zittere und frage mich, was ich tun soll.

Ich finde keine Antwort, nur dass ich wegmuss. Wenn meine Mutter wüsste, dass ich sie gesehen habe, würde sie mir das nie verzeihen, da bin ich sicher. Das weiß ich in diesem Moment besser als alles andere. Ich lange in meine Tasche und hole die Glückwunschkarte heraus, die zum Kuchen gehört. Immer noch zitternd nehme ich den Kuchen und werfe ihn zusammen mit der Karte in den Mülleimer unter der Spüle. Der weiße Zuckerguss klebt und rutscht langsam am Inneren des Müllsacks herunter. Leise faltet sich der Kuchen zusammen und legt sich auf das Kaffeemehl und die Milchpackung, die schon im Eimer liegen.

Eine Weile lang sehe ich auf den Kuchen hinunter und bin erstaunt, dass ich ihn dort hineingeworfen habe. Es könnte das Mutwilligste sein, das ich je getan habe, nach meiner Entscheidung, dieses Baby zu behalten. Der Anblick beschwört das verrückte Kichern in meinem Bauch wieder herauf, und ich halte mir die Hand vor den Mund und schleiche zur Tür, wo ich meine Flip-Flops einsammele. Barfuß verlasse ich das Haus. Aber als ich mich umdrehe, um die Tür hinter mir zuzuziehen, verliere ich das Gleichgewicht. Ich strecke die Hand aus, um einen Sturz zu verhindern, und erfasst vom vollen Gewicht meines Körpers knallt die Tür zu. Der Lärm ist irrsinnig. Die gesamte Umgebung scheint zu donnern. Das Kichern steigt weiter in mir auf, wie Blasen, die an die Oberfläche drängen, und ich gebe ihm nach.

Die Flip-Flops vor die Brust gedrückt und hustend vor Lachen, laufe ich unbeholfen die Treppe hinab, über den Rasen und die brennend heiße Auffahrt zu meinem Auto. Ich puste, pruste, grunze, und mein Herz schlägt so stark, dass ich mich sorge, ob es schlecht für mein Baby sein könnte. Nach Monaten fast ohne jede Aktivität muss ich nun heute schon zum zweiten Mal so laufen. Das kann leicht mit einer Herzattacke enden oder etwas noch Schlimmerem, von dem ich nur den

Namen nicht weiß. Mit der Anmut eines Bernhardiners stürze ich mich in meinen Wagen, lasse den Motor an und setze auf die Straße zurück. Beim Wegfahren erlaube ich mir auch nicht einen Blick zurück, weil ich es nicht ertragen könnte zu sehen, wie mir meine Mutter und Bürgermeister Carrelli vom Wohnzimmerfenster aus hinterherstarren.

Zwanzig Minuten lang kurve ich durch die Straßen im Viertel meiner Eltern. Das Kichern ist verklungen, und ich fühle mich schwach, aber gefasst. Immer wieder komme ich an der Zufahrtsstraße zu ihrem Haus vorbei. Erst ist mir nicht bewusst, was ich tue. Es kostet mich genug Mühe, meinen Atem und mein Herz unter Kontrolle zu bringen. Dazu konzentriere ich mich auf den Gedanken, dass da noch jemand anders in meinem Körper ist und ich wegen ihr vorsichtig sein muss. Meine Hände schwitzen immer weiter, was mir eigenartig vorkommt. Ich wische sie an meinem T-Shirt ab und lege sie wieder aufs Lenkrad. Jedes Auto, das mir entgegenkommt, studiere ich genau, bis mir endlich klar wird, dass ich nach meinem Vater Ausschau halte. Ich suche nach seinem Lieferwagen. Ich muss ihn davon abhalten, in diese Straße zu biegen und in seine Auffahrt. Ich muss ihn aufhalten, koste es, was es wolle. Wenn ich ihn sehe, werde ich hupen, winken und gestikulieren, bis er mir folgt. Wohin ich ihn bringen will, weiß ich noch nicht, aber das kann ich mir überlegen, wenn es so weit ist. Ich habe keinen Zweifel, dass er mir hinterherfahren wird. Lila und mir würde er überallhin folgen. Er wird denken, dass ich ihn brauche, und er würde mich niemals im Stich lassen.

Als ich zum soundsovielten Mal an der Straße meiner Eltern vorbeikomme, fällt mir ein bekannt aussehender, leicht heruntergekommener Toyota auf, der an der Ecke steht und sich gerade zu entscheiden scheint, ob er nach rechts oder links abbiegen will. Es ist der Wagen vom Bürgermeister. Ich erkenne ihn, weil Joel damit manchmal seine Spionagetouren unternommen hat und ihn anschließend zurück zum Laden bringen musste. Auf der Rückbank erkenne ich den Umriss vom Hund des Bürgermeisters. Als ich eben im Haus war, habe ich den Wagen nirgends in der Nähe gesehen. Der Bürgermeister muss weiter die Straße hinunter geparkt haben. Vielleicht – jetzt, wo alles möglich ist – treffen sich er und meine Mutter ja jeden Nachmittag. Vielleicht besteht ein Teil des Reizes für sie darin, am helllichten Tag damit davonzukommen, im Haus meiner Mutter, wo jeden Moment ihr Ehemann oder ihre Kinder in der Tür stehen können – und schließlich war es ja auch so.

Ich fahre schneller, damit mich der Bürgermeister nicht erkennt. Verschwommen sehe ich sein schwarzes Haar und das weiße Gesicht, den Bauch, der sich hinters Steuerrad drückt. Jetzt drehe ich keine Runde mehr. Der Liebhaber meiner Mutter ist weg, und es gibt nichts, wovor ich meinen Vater schützen müsste. Die Haube meines Autos zeigt nach Hause.

Als ich dort ankomme, trägt Lila immer noch das übergroße Sweatshirt und die Baseballkappe, als wollte sie sich in ihrem eigenen Haus vor jemandem verstecken. Sie ist in der Küche, macht Eistee und deutet ins Fernsehzimmer.

»Ich weiß«, sage ich. »Ich habe seinen Wagen gesehen.« Eine Weile lang beobachte ich sie, wie sie Tee, Zitrone und Honig in dem großen Kristallkrug zusammenrührt, den Grandma uns geschenkt hat, als sie ins Altenwohnheim zog. Zuletzt kommen die Eiswürfel dazu. Ich warte, um herauszufinden, ob ich erzählen werde, was ich gerade in Moms und Dads Haus gesehen habe. Aber mein Mund bleibt stumm. Ich kann nicht mal anfangen, über die Worte nachzudenken, die nötig wären, es zu erklären.

»Ich hab nicht mit Mom sprechen können«, sage ich.

»Das ist das Problem mit Mom«, sagt sie. »Keiner kann das.« Lila rührt den Tee mit einem großen Holzlöffel um, und nachdem ich sie noch etwas dabei beobachtet habe, gehe ich hinüber ins Fernsehzimmer. Grayson sitzt auf der Couch und hält die Fernbedienung in der Hand. Der Fernseher ist aus. Er hat gelauscht, zugehört, was Lila und ich gesagt haben, versucht, Informationen zu sammeln.

»Es ist keine gute Zeit im Moment«, sage ich. »Ich muss mich fertig machen.«

Er sieht mich mit staunenden Augen an. »Sieh nur, wie dick du bist«, sagt er.

»Schönen Dank.« Ich weiß, ich sehe grässlich aus. Mein T-Shirt ist an einigen Stellen durchgeschwitzt. Mein Haar hängt platt herunter und klebt mir im Nacken.

»Ich gehe hier nicht weg«, sagt er. »Du hast mich über meinen Anrufbeantworter zu der Party eingeladen. Seit ich aus Seattle zurück bin, beantwortest du meine Anrufe nicht.«

»Was gibt es über eine Einladung zu diskutieren?«

»Wir müssen miteinander reden, Gracie, und das nicht vor deiner gesamten Familie. Wir müssen einiges planen.«

Als er das sagt, sehe ich einen Sitzgurt vor mir, der geschlossen wird. Ich höre das Klicken, als Metall auf Metall trifft. Müde setze ich mich in den nächsten Sessel.

»Brauchst du etwas?«, fragt Grayson. Er beugt sich vor und hat immer noch die Fernbedienung in der Hand. »Wasser? Du siehst blass aus.«

»Das Baby kann jetzt jeden Tag kommen«, sage ich ihm, tatsächlich aber sage ich es mir. Heute wird mir das zum ersten Mal wirklich bewusst, beim Geburtsvorbereitungskurs, beim Fahren, im Flur, als ich zugesehen habe, wie meine Mutter Bürgermeister Carrelli geküsst hat, eben, als ich hier in diesen Sessel gesunken bin. Die Zeit vergeht so schnell, wirbelt mich herum und bläst mich vor sich her wie ein Blatt über einen leeren Bürgersteig. Ich muss Fuß fassen. »Wir sollten bald heiraten«, sage ich. »Vielleicht diese Woche noch.«

»Diese Woche noch? Gut … sicher. Wir können hinunter zum County-Gericht gehen.« Grayson sammelt sich. Er ist es nicht gewohnt, dass ich ihm auch nur bis zur Hälfte entgegenkomme. Was er wohl sagen wird, wenn ich ihm erzähle, dass ich meine Bewerbungsunterlagen verschickt habe, um mehr freie Aufträge zu bekommen, als Ergänzung zu meinen Einkünften vom Bergen Record? Zuletzt habe ich mir sogar mein Tagebuch, das ich während der Schwangerschaft geführt habe, genauer angesehen, ob man es vielleicht veröffentlichen könnte. Eventuell schon, denke ich. Es könnte andere junge Frauen interessieren.

»Ich kann mich um die Genehmigung kümmern«, sagt er. »Ich kenne jemanden in der Abteilung. Wir fahren einfach hin, erledigen alles, und dann ziehst du zu mir. Wir können die Familie zur Zeremonie einladen, oder auch nicht. Aber du hast recht, wir müssen Nägel mit Köpfen machen. Wir müssen auf jeden Fall vor der Geburt heiraten.«

Er sieht den Blick, den ich ihm zuwerfe. »Wir heiraten, damit es unser Baby ist, Gracie. Ich werde sein Vater. Du weißt ganz genau, dass Joel nichts damit zu tun haben will.«

»Ich habe ihn nie gefragt«, sage ich. »Hast du's?«

Er sieht auf seine Hände, und ich weiß, er hat ihn gefragt. Ich hätte es wissen müssen. Grayson ist gründlich, er stellt seine Erkundungen an. Wahrscheinlich hat er Joel gründlich auf den Zahn gefühlt, bevor er mich zum zweiten Mal gefragt hat. Ein eigenartiger Gedanke. Ich denke kaum an Joel, er hat keinen Platz mehr in meinem Leben. Trotzdem ist es noch mal etwas anderes zu wissen, dass er Grayson gesagt hat, er wolle nichts mit uns zu tun haben, dem Baby und mir.

»Gracie?«

»Da gibt es noch eins«, sage ich. »Wir werden hier wohnen. Ich will nicht umziehen.«

Er nimmt die Brille ab und setzt sie gleich wieder auf. Das habe ich schon in Besprechungen gesehen, wenn ihn jemand auf dem falschen Fuß erwischt hat. »Du willst, dass ich bei dir und deiner Schwester einziehe? Ich habe eine wunderbare Wohnung, von der man über den Hudson und die Stadt sieht. Da sind wir für uns, und es gibt ein Extrazimmer für das Baby.«

»Vielleicht später«, sage ich. »Zuerst möchte ich das Baby hier zu mir nach Hause bringen.«

»Hast du mit deiner Schwester darüber gesprochen?«

Ich schüttele den Kopf. »Nein.«

Grayson mustert mich. Ich weiß, er versteht nicht, was in meinem Kopf vorgeht, und das reizt ihn. Er freut sich an der Herausforderung. Ich habe ihm bereits das Schlimmste angetan, das ich ihm antun konnte, indem ich ihn die letzten Wochen außen vor gehalten habe. Nichts, was ich ihm sage, kann so schlimm sein wie zu schweigen, das Ausbleiben von Information. »Diese Woche also?«, sagt er. »Wir heiraten wirklich?«

Seine Worte klingen komisch in meinen Ohren, weil das für mich keine Frage ist. Es ist einfach die richtige Entscheidung, die sichere, einzige Entscheidung. Mein Sprung nach vorn. Das Baby strampelt kräftig in meinem Bauch. »Ja«, sage ich. »Diese Woche.«

Nachdem unser Gespräch vorüber und damit ein weiterer Schritt getan ist, gehe ich nach oben. Ich streife meine Kleider ab und stelle mich in der Dusche unter einen Strom kalten Wassers. Zuerst stehe ich mit geschlossenen Augen einfach nur da. Meine Gedanken gleiten vom Bild meiner Mutter und des Bürgermeisters, wie sie einander küssen, zu mir, wie ich neben Grayson schlafe, und dem furchterregenden Geburtsvideo aus dem Krankenhaus. Aber keines dieser Bilder beunruhigt mich, stattdessen habe ich das Gefühl, in das Leben eines anderen zu blicken. Und so plötzlich, wie sie gekommen sind, verschwinden die Bilder auch wieder, und es gibt nur noch das kalte Wasser auf meiner Haut. Das Schwatzen der Tropfen, die Kühle, die Nässe.

Dann, langsam, beginnen sich meine Hände zu bewegen. Ich brauche einen Moment, um zu begreifen, was ich da tue. Meine Hände haben sich aufgemacht, meinen Körper zu bereisen. Sie fangen an mit dem Gesicht, gleiten zum Hals, den Schultern, den Brüsten und verweilen auf dem gewölbten Leib. Kein Zentimeter Haut bleibt unberührt. Es dauert eine lange Zeit. Meine Hände streicheln mich, prägen sich ein, was sie berühren, dokumentieren, begrüßen und nehmen an.

Lila

Ich bin eine Stunde vor der Party im Haus meiner Eltern, wie man es mir gesagt hat. Ich trage ein Sommerkleid, weil meine Mutter mich darum gebeten hat. Sie wollte, dass ich früher komme, damit ich bei den letzten Vorbereitungen helfen kann. Aber wie bei allen Treffen, die von meiner Mutter ausgerichtet werden, ist nichts mehr zu tun. Alles ist organisiert und vorbereitet. An jedem einzelnen Weihnachtsnachmittag meines Lebens, während andere Familien noch in der Küche herumrannten, Töpfe und Pfannen weiterreichten, den Braten kontrollierten und nicht wussten, ob alles rechtzeitig für die Gäste fertig sein würde, saßen wir ruhig in unseren Festtagskleidern da, blätterten Zeitschriften und Zeitungen durch und warteten darauf, dass es an der Tür klingelte.

Der Partyservice hat am Morgen die Platten gebracht, und die Blumen sind überall verteilt. Ich selbst habe gestern die Servietten gefaltet, und mein Vater hat pastellfarbene Ballons gekauft. Im Kühlschrank unten steht ein Kuchen in Form einer Rassel. Meine Mutter ist oben und duscht, und mein Vater scheint verschwunden.

Ich wandere durchs Haus, um in Bewegung zu bleiben. Meine Nervosität kommt mit sämtlichen Symptomen: Magengrummeln, leichter Durchfall, trockener Mund. Ich war diese Woche im Einschreibebüro und habe die drei Formulare ausgefüllt, die notwendig sind, um das Medizinstudium abzubrechen. Die Büroleiterin, eine breitgesichtige Frau in den Vierzigern, schien sehr froh darüber zu sein, mir sagen zu können, dass ich seit zehn Jahren die Erste sei, die zu Beginn des vierten Jahres ihr Studium hinwirft. Offenbar halten es die Studenten dieses ausgezeichneten Instituts, die es so weit geschafft haben wie ich – drei Viertel des Wegs –, gewöhnlich bis zum Ende aus.

Belinda habe ich eine E-Mail geschickt, dass ihre Erzrivalin den Kampfplatz verlassen hat und sie so automatisch zur Nummer eins avanciert – irgendwie schien es mir richtig, sie das wissen zu lassen. Ich kann nicht leugnen, dass mich das ärgert, zumindest ein bisschen. Es hat Spaß gemacht, Belinda in den Hintern zu treten, hoffentlich finde ich ein neues Hobby und einen neuen Punchingball. Und ich brauche einen Job. Das Einschreibebüro hat natürlich das Darlehensbüro verständigt, dass ich nicht mehr eingeschrieben bin. Was heißt, dass ich werde anfangen müssen, meine Schulden zurückzuzahlen. Ich habe keine Ahnung, was ich arbeiten werde.

In letzter Zeit habe ich nicht viel unternommen. Ich habe ferngesehen, reichlich Goldfisch-Kekse mit Käsegeschmack gegessen und auf der Veranda hinterm Haus in der Sonne gesessen. In großen, formlosen Klamotten und mit einer Kappe war ich mit Gracie bei der Geburtsvorbereitung. Inkognito saß ich da, mit meiner Schwester zwischen den Beinen, und hörte den detaillierten Beschreibungen zu – einer wahren Horrorstory –, wie es ist, ein Kind auf die Welt zu bringen. Mir kam es dabei vor, als hätte ich meinen gewohnten Körper, mein gewohntes Ich hinter mir gelassen. Wie bin ich da gelandet? Was hat mich glauben lassen, dass ich Gracie da durchhelfen könnte? Wie kann ich auch nur irgendwie hilfreich sein?

Wann immer ich im Auto sitze, mache ich einen Umweg, um die Main Street runterzufahren. Ich krieche förmlich am Eisenwarenladen vorbei und sehe hoch zu Webers Wohnung. Tagsüber ist es schwierig zu sagen, ob er zu Hause ist, weil die Sonne so hell scheint, dass er schon am Fenster stehen muss, damit ich sicher sein kann. Natürlich kann ich gucken, ob sein Auto hinten steht, was ich manchmal auch tue, aber auch das ist noch kein Beweis. Weber geht oft zu Fuß zur Feuerwache, und dann hat er noch diese lächerliche Angewohnheit, sein Auto allen zu leihen, die ihn darum bitten.

Nachts ist es leichter, da muss ich nur nachsehen, ob Licht brennt. Und dann hoffe ich, dass er allein ist. Ich weiß, dass er es vielleicht nicht ist. Schließlich hat er auch mich im *Green Trolley* aufgegabelt und mit nach Hause genommen, obwohl er mich da eigentlich noch gar nicht mochte. Jetzt mag er mich wieder nicht, warum also sollte er nicht ein anderes Mädchen mitnehmen? Sagt er gerade einer anderen »Waka Waka« ins Ohr? Ich weiß, er hasst es, allein zu schlafen. Wenn er nachts aufwacht, fängt er automatisch an zu reden, und er mag es, wenn ihm jemand zuhört.

Ich habe schon unten im Auto am Rand der Main Street gesessen und überlegt, ob es Weber deprimiert hat, mich als die zu sehen, die ich wirklich bin. Ich habe mich gefragt, ob ich ihm wichtig genug war, dass er so intensiv wegen mir empfinden würde. Aber ich kann nicht sagen, ob ich ihm so viel bedeutet habe. Weber ist so selbstsicher und ruht so sehr in sich mit seinen verrückten Ideen und Vorstellungen und seiner Freude am Leben. Wahrscheinlich war ich für ihn einfach nur Gesellschaft, Sex, ein Sparringspartner. Mein Zynismus hat ihn noch selbstsicherer werden lassen, noch überzeugter von sich und weniger abhängig von irgendwem sonst.

Im Übrigen gibt es noch einen Grund, weshalb ihm unsere Beziehung gar nicht so wichtig gewesen sein kann, wie sie es mittlerweile für mich ist. Ich habe daneben einfach nichts anderes mehr, und seit dem Brand wird es jede Minute schlimmer. Ich kann vor meinem Gedächtnis nicht weglaufen, und so weiß ich jetzt, dass es über die Jahre richtig war, alles zu vermeiden, was zu einer Beziehung hätte werden können, die Männer zurückzuweisen, bevor sie auch nur eine Chance hatten, mir näherzukommen. Denn jetzt mit Weber erinnere ich mich an jedes einzelne Wort, das wir gewechselt haben.

Ich erinnere mich an jeden Ort, an dem wir waren, jede Straße, durch die wir gefahren sind. Ich erinnere mich an jedes Mal, wenn wir miteinander geschlafen haben, wie das Laken über meine Haut rieb und wie warm oder kalt die Luft war. Ich weiß ganz genau, wie es sich anfühlte, wenn er mich hier berührte, und dort, und die Gänsehaut, die ich bekam, wenn er mich hier an dieser Stelle küsste. Ich erinnere mich an das Leuchten auf seinem Gesicht nach dem Brand. Jede Sekunde, jeder Augenblick ist mir ins Hirn tätowiert.

Ich muss mein Leben neu beginnen und versuchen, es diesmal wirklich zu leben. Dazu muss ich herausfinden, was mein Gesicht so wie seins leuchten lässt, und dann versuchen, damit Geld zu verdienen. Das Problem ist, dass ich das mit dem Hier und Jetzt nicht gut kann. Ich habe auszusteigen versucht, um bei Weber anzuklopfen und ihm gegenüberzutreten, aber es ging nicht. Zwei Wochen habe ich gebraucht, bis mir die Idee kam, ihm die Einladung zur Party mit Grandmas Absender zu schicken. Ich hoffe nur, das endet nicht alles ganz schrecklich.

Ich streife durchs Haus meiner Eltern und wünschte, es gäbe etwas für mich zu tun. Etwas, das mich beschäftigt hielte, bis Weber kommt oder nicht kommt. Unter dem Küchentisch liegt eine zerknüllte Serviette, ich hole sie darunter hervor, zerdrücke sie in der Hand und gehe damit durch den Raum. Wie erbärmlich, sich über so eine kleine Aufgabe so freuen zu können. Ich werfe die Serviette in den Müll. Sogar die Mülleimer in diesem Haus sind geleert.

»Mom?«, rufe ich. Vor ein paar Minuten ist oben die Dusche abgestellt worden.

»Ja?« Ihre Stimme kommt vom anderen Ende des Flurs oben. »Ist schon jemand da? Es ist noch zu früh!«

»Es ist noch keiner da. Kann ich dir mit irgendwas helfen?«

»Helfen?« Ihre Stimme kommt näher. Mom steht in der Küchentür. Sie trägt ein getupftes Sommerkleid mit einem Gürtel um die Hüfte, das ich noch nicht kenne. Es sieht aus wie aus einer früheren Zeit. Manchmal, so wie jetzt, ist der Anblick meiner Mutter überraschend. Ich vergesse ihr Alter. In ihrem Gesicht kann ich bereits das Gesicht einer alten Frau sehen, angelegt in den Falten um die Augen und den Mund. Eines Tages wird es meine Verantwortung sein, mich so um sie zu kümmern, wie sie sich heute um Grandma kümmert.

Ihr Blick gleitet durch die Küche. Sie wirkt abgelenkt. »Sicher gibt es etwas zu tun. Warum nimmst du nicht die Platte mit dem Käse heraus, damit er weich werden kann.«

Ich gehe zum Kühlschrank, hole die Platte heraus, nehme die Abdeckung herunter und stelle den Käse auf die Anrichte. Anschließend starren meine Mutter und ich uns wieder an. Mir fällt nichts ein, worüber ich ohne Probleme mit ihr reden könnte. Auf keinen Fall will ich ihr heute von der Uni erzählen. Diese Bombe werde ich erst abwerfen, wenn ich gleichzeitig einen neuen Plan vorzuweisen habe.

»Wo ist Dad?«

»Zum Eiskaufen im Supermarkt.« Mom lächelt mich etwas gezwungen an und sagt: »Weißt du, was heute für ein Tag ist?« Es ist der zweite August, der Hochzeitstag meiner Eltern, aber ich bin sicher, das meint sie nicht. Meine Eltern haben in den letzten Jahren nicht viel getan, ihren Hochzeitstag zu würdigen oder gar zu feiern, und so wie sie seit einiger Zeit miteinander umgehen, bezweifle ich, dass sie ausgerechnet dieses Jahr viel daraus machen werden. Wahrscheinlich hat meine Mutter irgendwas Blödes im Sinn, was Schmalziges wie, dass es der Tag ist, an dem unsere Familie das Baby offiziell begrüßt. Seit sie mir von der Party erzählt und mich um Hilfe gebeten hat, zieht sie alle Register. Jetzt hat sie Tränen in den Augen.

»Es ist der Hochzeitstag von deinem Vater und mir«, sagt sie.

»Herzlichen Glückwunsch«, sage ich und warte, ob noch mehr kommt.

Sie seufzt tief, als stellte ich ihre Geduld auf die Probe. »Ich möchte, dass heute alles wirklich gut geht. Kannst du mir *dabei* helfen?«

Das möchte ich auch. »Klar«, sage ich. »Ich werd's versuchen.«

Grandma und Schwester Ballen kommen als Erste. Es ist seltsam, Grandma mit einem Laufgestell über den Rasen gehen zu sehen. Sie arbeitet sich langsam und unstet voran,

Schwester Ballen hat ihr eine Hand unten auf den Rücken gelegt. Genau das ist es, was ich an der Medizin nicht mochte. Ich mag keinem Fremden die Hand auf den Rücken legen, keinem Patienten durch seine langsame Genesung oder seinen langsamen Verfall helfen. Das Langsame interessiert mich nicht. Punkt.

Ich beobachte das schleppende Fortkommen von Grandma und ihrer Krankenschwester mit etwas, das sich tief in meinem Magen wie Bedauern anfühlt. »Geh und hilf ihnen«, zischt meine Mutter. Unbeholfen stehen wir beide in der Tür. Seit ihrem Sturz ist Grandma nicht mehr hier gewesen. Da ging es ihr noch gut, und sie war gut zu Fuß. Dieser Anblick ist neu für uns.

»Die beiden brauchen meine Hilfe nicht«, sage ich und gehe zurück ins Haus. Ich bin sicher, Grandma möchte nicht, dass Mom und ich zusehen, wie sie sich die drei Stufen vorn hinaufmanövriert.

Als Grandma es sicher ins Haus geschafft hat, küsse ich sie auf die Wange. »Wie steht's mit dir?«, sage ich.

Sie lächelt über meine lockere Ausdrucksweise, wie ich wusste, dass sie es tun würde. Dann mustert sie mich von oben bis unten. Seit letzter Woche habe ich sie nicht gesehen. Mein Sommerkleid erntet ein Nicken, dann richtet sie ihre Aufmerksamkeit auf mein Gesicht. Ihre Augen prüfen meine. Früher hat mir Grandma regelmäßig diese Art Aufmerksamkeit geschenkt, bis sie erst mit Gracies Baby und dann mit ihrer Genesung nach dem Sturz genug anderes zu tun hatte. Plötzlich wird mir bewusst, wie sehr ich es vermisst habe, wirklich angesehen zu werden.

Ich bin nicht überrascht, als ihre Frage nach der eingehenden Prüfung lautet: »Wie geht's der Uni?«

»Die Uni ist die Uni«, sage ich.

»Und der Vorbereitungskurs mit Gracie?«

»Läuft gut.«

»Gut.«

»Ich vermisse es, jeden Tag ins Krankenhaus zu kommen«, sagt Schwester Ballen. »Den ganzen Trubel.«

Grandma nickt in Schwester Ballens Richtung. »Sie werden schnell genug wieder da sein.«

Ihr Ton ist leicht und hat etwas seltsam Vertrautes, als teilten sie und diese Schwester bereits geheime Scherze und Meinungen. Könnte es sein, dass Grandma Witze über den eigenen Tod macht? Das scheint eher unwahrscheinlich, da Grandma eigentlich keine Witze macht und es ihr nicht ähnlich sähe, sich die Zeit zu nehmen, jemanden, der nicht zur Familie gehört, näher kennenzulernen. Selbst in der Familie hat sie ihre Lieblinge und ihre eigene Hierarchie, wer wie viel Beachtung verdient.

Als hörte sie meine Gedanken, sagt Grandma: »Ich bin so froh, dass du das für deine Schwester tust, Lila. Sie hat schon immer mehr Hilfe gebraucht als du.«

Ich weiß, ich habe dafür gesorgt, dass es so aussieht. Aber es war falsch. Und es ist immer noch falsch.

Die Stimme meiner Mutter schallt aus der Küche herüber. »Lila, hast du alle gefragt, was sie trinken mögen? Sag ihnen, wir haben Wein, Limonade, Eistee, Crystal Light und Sodas.«

Ich sehe Grandma und Schwester Ballen an. Grandma sitzt im großen Sessel, der früher Opa gehörte. Schwester Ballen und ich, wir stehen. »Wir haben Wein, Limonade, Eistee, Crystal Light und Sodas«, sage ich.

Beide wollen eine Limonade, und ich gehe in die Küche. Als ich zurückkomme, sind auch Meggy und Angel da, und einen Moment später fahren Theresa und Mary vor. Ich beobachte, wie sich die Frauen alle über die Lehnen des alten Sessels beugen und Grandma küssen. Meine Tanten haben dunkle Ringe unter den Augen und sehen aus wie Frauen, die am Morgen nur Zeit hatten, einen Teil ihrer Haare zu föhnen. Ich gehe immer wieder zum Fenster und sehe auf die Straße hinaus.

»Dina tat's leid, dass sie heute nicht kommen konnte«, sagt Meggy.

Mary rückt sich mit übereinandergeschlagenen Beinen auf der Couch zurecht und stößt ein für sie untypisches Lachen aus. »Yeah, sie wäre sicher lieber hier, als sonntags extralang nachsitzen zu müssen.«

Ich werfe meiner Cousine einen Blick zu. Etwas an ihr ist anders, aber ich brauche eine Weile, bis ich begreife, was. Sie trägt nur ein einziges kleines Kreuz statt der üblichen drei großen. Wird sie langsam etwas lockerer?

»Hat jemand heute schon mit Ryan gesprochen?«, fragt Theresa. »Wir sollten ihn auf dem Weg nach Hause kurz besuchen.«

»Das Heim ist voller Verrückter«, sagt Meggy. »Als ich da war, hat sich mir ein alter Mann als Dr. Kevorkian vorgestellt. Ich würde da nicht gerne lange bleiben.«

»Deinem Bruder wird dort geholfen«, sagt Grandma. »Er findet Freunde. Die hat er nie gehabt, nicht mal als kleiner Junge. Die Wege des Herrn sind unergründlich.«

Das lässt alle verstummen. Ich ziehe ein Stück Karotte durch den Zwiebel-Dip und stecke es in den Mund. Mary nimmt das eine Bein vom anderen, beugt sich vor, legt einen Kräcker, etwas Käse und ein paar Oliven auf eine Serviette und zieht sich wieder in ihre Ecke zurück.

Meine Mutter ruft aus der Küche: »Gracie müsste jeden Augenblick hier sein.«

»Du lässt sie selber fahren?«, sagt Meggy. »Hätte sie nicht jemand abholen sollen? Es ist nicht gerade sicher, im neunten Monat noch hinterm Steuer zu sitzen.«

»Das stimmt«, sagt Angel. »In dem Stadium ist der Bauch zu nah am Lenkrad.«

»Jack hat mich überhaupt nicht fahren lassen, als ich schwanger war«, sagt Theresa. »Er hat es mir verboten.«

»Sicher – wenn er zu Hause war«, sagt Meggy. »Aber was, wenn er weiß Gott wo war und weiß Gott was gemacht hat und du in den Supermarkt musstest?«

»Seid vorsichtig mit dem Namen des Herrn«, sagt Grandma.

»Sag solche Sachen nicht vor Mary«, sagt Theresa.

»Mary ist alt genug, um die Wahrheit zu hören.«

Mary sieht aus, als wollte sie selbst etwas sagen, aber meine Mutter fährt ihr über den Mund. In ihrer Stimme schwingen Aufregung und Verteidigung. »Gracie ist neunundzwanzig. Ich kann ihr nichts mehr verbieten. Was erwartet ihr von mir? Soll ich etwa ihren Chauffeur spielen?«

Nervös blickt sie Meggy an, als erwarte sie halb ein Ja von ihr.

»Keine Sorge«, sage ich. »Gracie kommt nicht allein. Grayson ist bei ihr, also fährt wahrscheinlich er.«

Ein gedämpftes Summen erfüllt den Raum, als die Frauen die Neuigkeit aufnehmen.

»Sind auch Männer zur Party eingeladen?«

»Hat Gracie einen Freund?«

»Jemand anderen als den Vater des Babys?«

Ich will fast schon erklären, dass Grayson einfach nur Gracies

Chef und ein Freund ist. Aber es scheint wenig Sinn zu haben, hier irgendwelche Erklärungen abzugeben. Ich muss meine Kraft aufsparen, und Gracie kann sich selbst mit den Fragen der Tanten auseinandersetzen, wenn sie hier ist. Kein Zweifel, dass sie das kann. Grandma hat unrecht, meine Schwester braucht keine Hilfe. Sie ist stärker, als sie scheint.

»Gefüllte Pilze?« Meine Mutter balanciert eine schwere Platte. Sie starrt mich an, ich bin nicht das, was sie unter hilfreich versteht.

»Ich hoffe, das Baby wird bald geboren«, sagt Grandma. Sie sitzt zwar in der Ecke, aber ihre Präsenz macht sie zum Mittelpunkt. Bis auf Mary sind wir um Grandma herum angeordnet, einige sitzen, einige stehen.

Schwester Ballen steht neben ihrem Sessel. Sie scheint sich nicht ganz wohl zu fühlen in ihrer Haut und sieht aus wie jemand, der so tut, als wäre er nicht da, und hörte erst recht nicht zu. Alles an ihr strahlt aus, dass das hier ihr Job ist, sonst nichts.

»Noreen, möchten Sie sich nicht setzen?«, sagt meine Mutter.

»Schon gut, danke. Ich sitze den ganzen Tag. Es ist schön, zwischendurch mal etwas zu stehen.«

Ich drücke mit den Fingern gegen die Fensterscheibe und sehe zu, wie mein Vater mit seinem Lieferwagen die Auffahrt heraufkommt.

Grayson parkt seine schwarze Limousine parallel zum Wagen meiner Tanten am Straßenrand. Er fasst Gracies Arm, als sie ihren runden Bauch langsam über den Rasen trägt.

Die Fensterscheibe, die sich erst kühl anfühlte, wird warm. Gerade als ich meine Hand zurückziehe, blickt meine Schwester auf, sieht mich und winkt. Sie denkt, dass ich wegen ihr am Fenster stehe, um sie zu begrüßen und ihren Glauben fortzuschreiben, dass sie im Mittelpunkt aller Geschichten steht. Was das angeht, ist sie etwas zu sehr von sich eingenommen. Meine Geschichte hat nur Platz am Rand, mit der Hand neben ihren getippten, auf Rechtschreibung durchgesehenen Bericht gekritzelt. Alles, was mich betrifft, ist in letzter Minute zusammengestückelt worden, mit Klebeband und Spucke angefügt, während ihre Geschichte so wirklich und substanziell ist wie der feste, runde Bauch, den sie vor sich herträgt. Bald wird sie ein Kind bekommen, aber sie hat auch einen Job und viel Unterstützung. Ich dagegen bin eine Studienabbrecherin, die darum kämpft, wieder mit jemandem zusammenzukommen, mit dem sie früher mal geschlafen hat. Ich kann's kaum glauben, aber ich bin tatsächlich eifersüchtig auf Gracie.

»Es war nicht immer so«, sagt Grandma. »Die Lücke zwischen den Generationen war viel kleiner. Die Frauen hatten mehr Kinder, und sie bekamen sie früher. Die Familien mussten nicht so lange bis zum nächsten Baby warten. Es ist diese Wartezeit, die alles so schwierig macht. Ohne Nachwuchs verliert man die Hoffnung und sieht keinen Sinn mehr.« Grandmas lederne Handtasche liegt auf ihrem Schoß, und sie stützt ihr Glas Limonade darauf. Ich kann sehen, wie sich ein feuchter Ring auf dem Material bildet. Früher hätte Grandma nie so etwas Unordentliches und Achtloses getan. Sie wird sich die Tasche ruinieren.

»Eine Familie braucht die Alten, die Jungen und die Kinder«, sagt sie. »Wenn nur zwei von den dreien da sind, funktioniert es nicht.« Grandma nickt den versammelten Töchtern um sich herum zu. »Ich weiß, einige von euch Mädchen haben sich wegen dieses Babys gestritten. Wir alle haben es. Aber wir brauchen nicht zu streiten. Ihr werdet schon sehen, wenn das Kind erst geboren ist.«

Gracie tritt ein, Grayson ist hinter ihr. Meine Schwester trägt ein hellblaues Umstandskleid, und ihr Haar ist zu einem Zopf hochgebunden. Sie sieht aus wie ein blasses junges Mädchen, das einen Basketball verschluckt hat.

Alle sehen sie an. Mom stellt die Platte mit den gefüllten Pilzen so abrupt auf den Kaffeetisch, dass ich mich frage, ob sie Angst hat, sie sonst fallen zu lassen. Ich höre, wie mein Vater durch die Hintertür kommt, seine Stiefel auszieht und auf dem Kachelboden abstellt.

»Lieber Herr Jesus«, sagt Meggy. »Das Baby scheint bereits herauszukommen.«

»Ich glaube, wir nähern uns der Sache langsam«, sagt Gracie. Sie klingt schüchtern. Den letzten Teil ihrer Schwangerschaft über war sie meist allein oder mit mir zusammen. All die Beachtung erschreckt sie sicher, und sie weiß nicht, ob sie freundlich gemeint ist. Ich würde ihr gerne sagen, dass ich den Gemütswandel genau verfolgt habe und Grandmas Rede zusammen mit Gracies Erscheinen allen McLaughlin-Frauen das Herz erweicht hat. Auf jeden Fall für den Augenblick.

Mom klingt geradezu aufgekratzt, als sie sagt: »Ich habe in einer Zeitschrift ein paar Partyspiele gefunden, und wir werden jetzt alle eine Wette abgeben, wann wir glauben, dass das Baby geboren wird. Wartet eine Minute, ich gehe und hole ein paar Zettel, auf die ihr eure Wette schreiben könnt, und zwar Datum, Uhrzeit, Junge oder Mädchen und das Gewicht.«

»Um was geht es?«, fragt Meggy, aber meine Mutter ist schon weg.

»Grayson«, sagt Theresa mit einer freundlichen Graben-wir-doch-ein-bisschen-im-Dreck-Stimme. »Werden Sie bei der Geburt dabei sein?«

»Ja«, sagt Grayson.

»Umm, nein«, sagt Gracie schnell.

»Das wird wahrscheinlich der eigentliche Vater wollen«, sagt Angel leise zu Meggy, aber alle hören sie.

»Lila wird bei mir sein«, sagt Gracie und sieht den Mann neben sich entschuldigend an. »Ich habe sie schon vor ein paar Wochen gefragt.«

»Wirklich?« Mom ist wieder da und hat die Hände voller weißer Zettel.

»Ist das nicht schön?«, sagt Grandma.

Grayson wirkt verwirrt.

Er wendet sich an Gracie.

»Ich sollte dabei sein. Als dein Mann kann ich doch nicht draußen mit dem Rest der Familie warten. Ich sollte bei der Geburt dabei sein.«

Die Luft entweicht aus dem Raum, als hätte Grayson das letzte bisschen verbraucht. Meine Tanten gaffen wie Fische.

»Dein Mann?«, fragt meine Mutter.

»Du *heiratest* ihn?«, sage ich. Ich kann nicht glauben, was ich gehört habe. Dass ich so etwas Wichtiges erst zusammen mit Mom erfahre.

»Wie interessant«, sagt Meggy.

Mary gibt ihren zweiten Lacher des Nachmittags von sich und schlägt sich dann die Hand vor den Mund.

Grandma sagt: »Gracie?«

Gracie wirft Grayson einen Blick zu, der klarmacht, dass die Ankündigung zeitlich nicht ganz nach Plan verlaufen ist. Zumindest nicht nach ihrem Plan.

»Wir werden heiraten«, sagt Gracie mit widerstrebender Stimme.

»Am Donnerstag. Im Gericht von Hackensack. Alle sind eingeladen.« Grayson ist jetzt so blass wie Gracie. Er ist Überraschungen nicht gewohnt, sondern immer auf alles vorbereitet. Ich frage mich, wie gut er damit zurechtkommen wird, sein Leben mit meiner Schwester zu teilen.

In diesem Augenblick taucht mein Vater im Türrahmen des Wohnzimmers auf. Er hat eindeutig zumindest das Letzte gehört.

Sein so plötzliches Erscheinen erschreckt Schwester Ballen, die sichtlich zusammenzuckt.

Meine Mutter sieht so aus, als hätte sie Angst, ihre Zettel fallen zu lassen. Sie hält sie so fest gepackt, dass ihre Knöchel weiß werden. Dennoch ist sie die Erste, die spricht, wobei ihre Stimme immer erregter und schneller wird: »Ihr werdet heiraten. Was für eine Überraschung! Grayson, Sie sind doch Chefredakteur beim Bergen Record, nicht wahr? Louis, du kanntest Graysons Vater. Erinnerst du dich?«

»Ja«, sagt mein Vater. »Ich erinnere mich.« Er wirkt benommen, fast, als wäre es ein Schreck zu viel für ihn.

»Warum tut ihr das?«, fragt Grandma, und ihre prüfenden Augen wandern zu Gracie. »Liebt ihr euch?«

Es ist still im Zimmer, trotzdem bin ich sicher, ich bin die Einzige, die hört, dass draußen noch ein Auto hält. Ich drücke mich an den anderen vorbei und hoffe, mich wegstehlen zu können, ohne dass meine Mutter oder sonst jemand davon Notiz nimmt. Meine Schwester, die ähnlich wie ich vorhin von Grandma auf dem falschen Fuß erwischt worden ist, entschließt sich ebenfalls zu einer Lüge. »Ja«, sagt sie. »Nun … warum sonst sollten wir heiraten?«

»Du musst das nicht. Ich habe dir gesagt, dass ich mich um alles kümmere.« Grandmas Stimme klingt schwach und verliert sich im Lärm meiner Tanten, die endlich ihre Stimmen wiedergefunden haben.

»Früher warst du ein so ruhiges Mädchen«, sagt Meggy. »Wer hätte gedacht, dass du unserer Familie so viel Aufregung bescherst. Ein Baby und eine Heirat mit jemandem, der gar nicht der leibliche Vater ist, und das alles gleichzeitig. Nicht schlecht.«

Theresa nickt und scheint voller Ernst Meggys sarkastischer Bemerkung zuzustimmen.

»Oh, Gracie, du solltest deinen Mann bei der Geburt dabei sein lassen.« Angel hat Tränen in den Augen. Ist sie traurig, weil sie gerade jede Chance verloren hat, dieses Baby großzuziehen? »Das wäre so eine wunderbare Gelegenheit für ihn, eine Beziehung zu deinem Baby aufzubauen.«

Meine Mutter blickt zu Meggy hinüber. »Eine Heirat sollte all euren lächerlichen Ideen ein Ende setzen.« Sie ist absolut obenauf und stellt sich alles so vor, wie es ihr sinnvoll erscheint und womit sie umgehen kann. »Vielleicht solltet ihr doch richtig heiraten, Gracie, in einer Kirche? Warum wollt ihr das so schnell im Gericht hinter euch bringen? Wir könnten eine herrliche Hochzeit ausrichten.«

Das ist das Letzte, was ich noch verstehe, als ich unbemerkt aus dem Zimmer verschwinde, den Flur hinunterlaufe und gerade rechtzeitig die Tür öffne, bevor Weber klingelt.

Er steht auf der Stufe und hat die Hand schon erhoben. Als ich vor ihm auftauche, macht er einen Schritt zurück, damit ich Platz neben ihm auf der obersten Stufe habe.

»Hi«, sagt er.

»Hi.«

Wir stehen sehr eng beieinander, und ich kann ihn riechen. Wie immer riecht er nach Sandstrand, Salzwasser und Wellen. Er trägt ein Sportjackett mit Krawatte. Ich habe ihn bisher nur in Jeans und einem seiner vielen T-Shirts gesehen oder in seiner Feuerwehruniform. Heute sieht er aus wie ein Junge, der sich wie ein Mann verkleidet hat. Selbst sein Bürstenschnitt scheint ordentlich gekämmt. Unter dem Arm hat er ein bunt verpacktes Geschenk.

»Ich war noch nie auf einer Baby-Party«, sagt er. »Ich wusste nicht, was ich anziehen soll.«

Ich bin froh, dass meine Stimme mehr oder weniger normal klingt. »Ich war mir nicht sicher, ob du kommen würdest.«

»Ich dachte, es wäre ein schlechtes Karma, eine Einladung deiner Großmutter nicht anzunehmen.«

»Oh.« Vielleicht hätte ich mir Gedanken über schlechtes Karma machen sollen, als ich ihn mit einer Lüge hierher eingeladen habe.

Das Mindeste, was ich jetzt tun kann, ist, ehrlich zu sein. Ich habe nichts zu verlieren. Weber erträgt es nicht mal, mich anzusehen. Er ist wegen meiner Großmutter hier. Unterschätze niemals die Macht von Grandma.

»Ich habe dir die Einladung geschickt«, sage ich. »Ich habe Großmutters Absender draufgeschrieben, weil ich dachte, du kommst nicht, wenn sie von mir ist. Hast du eine neue Freundin?« Die Frage rutscht so heraus, und die Überraschung darüber bringt mein Gesicht zum Glühen.

»Nein.« Weber sieht mich jetzt an. Auch er scheint rot zu werden. »Warum wolltest du mich hier haben, Lila?«

»Damit wir miteinander reden können.« Sei genauer, denke ich. »Damit ich mich entschuldigen kann.«

»Du hättest anrufen können. Ich hatte gedacht, du würdest es vielleicht tun, vor ein paar Wochen.«

Das bremst mich ab. Ich hätte ihn anrufen sollen. Natürlich. Ich bin ein Idiot. Er hat auf meinen Anruf gewartet.

Die einzige Antwort, die mir einfällt, ist: »Ich habe mein Studium wegen dir abgebrochen.«

Weber starrt mich an, als hätte ich den Verstand verloren. »Was hast du gemacht? Warum denn das?«

»Es war nicht nur wegen dir … es ist nur so, dass du mir bewusst gemacht hast …« Ich halte inne, weil ich nicht weiß, wie ich die Gefühle, die mich ins Einschreibebüro gebracht haben, nachdem ich sein Gesicht beim Brand gesehen hatte, in Worte fassen soll. Ich weiß nicht mal, wie ich anfangen soll.

»Lila, du hast gesagt, dass ich dir egal bin.« Weber wischt sich die Stirn ab, aber sofort ist der Schweiß wieder da. Mich überkommt das verrückte Verlangen, mich vorzubeugen und ihm die salzigen Perlen mit der Zunge abzulecken. Ich will ihn schmecken und den Geschmack in mir spüren, während wir uns unterhalten.

»Da habe ich es auch gemeint«, sage ich. »Hättest du mich doch nur weiter ignoriert.«

»Zuerst hab ich das, weil ich dachte, du machst Theater. War klar, dass du Angst hattest. Und ich hab geglaubt, uns würde es zueinander ziehen, damit ich dir zeigen kann, wie es sein könnte.« Weber sieht mich scharf an. »Siehst du, du kannst es nicht haben, wenn ich sage, dass es uns zueinander gezogen hat, nicht mal jetzt!«

»Das ist nicht wahr«, sage ich und versuche gefasst zu wirken. »Vielleicht stimme ich dir ja zu, vielleicht hattest du ja recht.«

»Vielleicht stimme ich, vielleicht hattest du – das heißt doch alles gar nichts.«

»Willst du damit sagen, dass ich lüge?«

»Ich versuche dir zu sagen, warum es egal ist. An dem Tag vor der *Dairy Queen*, da wusste ich, dass du mich meintest. Ich meine, was du Belinda gesagt hast, war eigentlich an mich gerichtet. Du hast mir erklärt, auf andere Weise, dass du niemanden um dich haben willst. Und ich habe dir geglaubt. Du warst so wütend, dass ich dir glauben musste.«

Ich spüre, wie mein Verstand arbeitet und einzelne Ideen zusammenklaubt. »Willst du also sagen, dass du dich von Anfang an getäuscht hast? Dass wir nicht füreinander bestimmt waren? Dass dein Karma, dein Schicksal und alles dich belogen haben? Das kannst du doch nicht glauben.«

Er wirkt unglaublich ruhig. »Man muss dran arbeiten, um sein Schicksal zu erfüllen, Lila. Ich glaube einfach, dass einer von uns nicht genug dran gearbeitet hat, sonst nichts.«

»Aber ich hab die Uni geschmissen!«

»Und? Das hat mit mir nichts zu tun.«

»Doch, hat es.«

»Und was?«

Ich schüttele den Kopf. Wie kann er von mir erwarten, diese Art Fragen zu beantworten? Diese Art Fragen sind unmöglich. »Du solltest die Frauen da drinnen sehen«, sage ich, »meine Mutter, meine Schwester, meine Cousinen und Tanten. Du denkst, dass ich verrückt bin, aber das sind die Verrückten. Im Vergleich mit denen bin ich die Vernunft in Person.«

Weber guckt überallhin, nur nicht zu mir. Er guckt in den Himmel, auf seine Schuhe und auf das Geschenk in seinen Händen. Seine Stimme scheint von weit weg zu kommen.

»Vielleicht sollten wir reingehen. Ich sage hallo zu deiner Großmutter, und dann gehe ich wieder. Ich weiß, Gracie will mich nicht hier haben. Ich erinnere sie nur an Joel.«

Ich will nicht, dass er ins Haus geht, bevor ich nicht das Richtige gesagt habe. Ich muss es weiter versuchen, bis ich darauf komme, was es ist. »Ich meinte nicht dich, als ich mit Belinda gesprochen habe. Ich war einfach fies. Ich kann manchmal fies sein.«

»Ich wusste nicht, was für ein Geschenk ich mitbringen sollte«, sagt er und sieht auf die bunt verpackte Schachtel. »Ich habe noch nie was für ein Baby gekauft.«

Jetzt gebe ich es doch auf, weil er mich endgültig ausgebremst hat. Ohne ein weiteres Wort sagt er mir, dass es hier und jetzt auf der Treppe zum Haus meiner Eltern nichts mehr zu sagen gibt. Ich habe meine Chance verspielt, und so trete ich zur Seite und lasse Weber in den Strom der Klimaanlage laufen. Dann folge ich ihm und halte dabei den Rock meines Sommerkleides fest, weil ich mich an irgendwas festhalten muss. Aber als ich so in die kühle Luft und in Richtung der Frauen meiner Familie gehe, spüre ich plötzlich eine unerwartete Hoffnung gegen meine Rippen drücken. Ich habe das Gefühl, mich meiner Stärke zu nähern, dem, was mich mit allem versöhnen wird. Das Gefühl ist unerklärlich, dennoch scheint es mir wirklicher als alles, was mir seit Wochen begegnet ist.

Ich hoffe, wünsche, glaube, dass diese Frauen – meine Großmutter, meine Mutter, meine Schwester, meine Cousinen, meine Tanten – diesem Mann auf irgendeine Weise sagen werden, was ich nicht in Worte fassen kann. Dass sie fähig sind zu reparieren, was ich zerbrochen habe. Dass sie klären werden, was ich mit meiner Erinnerung und meiner Kälte zu einem Wirrwarr gemacht habe. Ich hoffe, wünsche, glaube – ohne einen logischen Grund dafür zu haben, ohne einen Fall zu kennen, in dem es bereits einmal so gewesen wäre –, dass sie mir helfen werden, alles in Ordnung zu bringen.

Noreen Ballen

Kurz nachdem Lila und ein junger Mann mit Bürsten-
haarschnitt hereingekommen sind, klopfe ich Mrs.
McLaughlin auf die Schulter und lasse sie wissen, dass ich
jetzt nach draußen gehe.

Es sind noch ein paar Minuten, bis ich meine Kinder erwarte, aber ich fühle mich eingeschlossen in diesem Raum mit
den McLaughlins. In ihrer blassen Haut, den Sommersprossen und hellen Augen erkenne ich meine eigene Familie,
aber diese Menschen hier verhalten sich anders, als es meine
Familie je tat. Die Unterhaltung klingt gestelzt, immer wieder sagt lange niemand etwas, und alle wirken entweder aufgeregt oder besorgt. Ich gehöre hier nicht her. Ich verstehe
nicht, warum sie so hart miteinander reden. Sie sollten für
sich sein.

Um weniger Aufmerksamkeit auf mich zu ziehen, gehe ich
durch die Küche nach draußen. Ich hänge mir die Handtasche über die Schulter und betrachte die Servierplatten aus
Plastik, die überall stehen. Dazwischen liegen zusammenge-
knüllte Zellophanbälle. Es riecht nach Fertigessen und dem
Brummen der Mikrowelle in der klimatisierten Luft. Als ich
die Hintertür aufstoße, schlägt mir die Sommerhitze ins Gesicht. August in New Jersey, das bedeutet heißes, stickiges
Wetter, das schon ein paar Schritte zur Anstrengung werden
lässt. Die Luft ist wie Sirup, sagte meine Mutter in jenen
Sommern, als ich klein war, wenn zu viele Kinder da waren,

es nicht genügend Platz und schon gar keine Klimaanlage gab.

Während ich um das Haus herum nach vorn gehe, ziehe ich meine Jacke aus. Ich bleibe eine Weile unter dem Hartriegel stehen und atme seinen rosa Duft ein. Betty Larchmont kommt nie zu früh, deshalb achte ich noch nicht auf die Straße. Ich mag es nicht, dass meine Nachbarin an einem Samstag auf die Kinder aufpasst, die paar Stunden jeden Tag nach dem Camp reichen völlig, aber ich hatte das Gefühl, Mrs. McLaughlin zu dieser Party begleiten zu müssen. Es hat mir Sorgen gemacht, wie aufgedreht sie die ganze Woche war. Aufgedreht wie ein Kind. Fieberhaft hat sie an der Babydecke gearbeitet, damit sie noch fertig wurde, und jeden Nachmittag all ihre Töchter angerufen, um sich zu vergewissern, dass sie auch tatsächlich kommen würden. Wahrscheinlich weiß sie, dass es nur mehr eine gewisse Anzahl Familientreffen für sie geben wird.

Ich wollte dabei sein, damit sie sich heute nicht zu sehr verausgabt. Erst hat sie mit mir gestritten. Sie habe kein Interesse, mich für einen Samstag zu bezahlen, und dass sie nicht mit einer Krankenschwester in Kellys Haus kommen wolle. Sie brauche meine Hilfe nicht.

Aber ich weiß mittlerweile, dass es das Beste ist, gar nicht erst mit ihr zu streiten, sondern einfach zu tun, was ich für notwendig halte. So habe ich mich auch zu ihr ins Bad gedrängt, als sie aus dem Krankenhaus kam, um ihr zu helfen, sich zu waschen. Und so bekomme ich sie auch dazu – zumindest manchmal –, nicht mehr so zu tun, als schliefe sie. Ich spreche ganz ruhig mit ihr und stelle ihr Fragen über ihre Kinder, ihren Mann und was früher war, bis sie die Augen öffnet und antwortet.

Und so stehe ich nun auch heute hier auf dem Rasen vor Kellys und Louis' Haus und halte Ausschau nach dem Auto meiner Nachbarin und den Gesichtern meiner Kinder. Heute Nacht schläft meine Tochter zum ersten Mal bei einer Freundin, und ich habe Betty gebeten, auf dem Weg zu ihr kurz hier Halt zu machen. Vor ein paar Monaten noch hätte ich Jessie gesagt, sie könne auf keinen Fall irgendwo anders übernachten, schon gar nicht, wenn ich ihr nicht packen helfen und sie selbst zum Haus ihrer Freundin fahren könnte.

Aber ich versuche mittlerweile, offener zu sein. Ich versuche, mein Kontrollbedürfnis ein Stück herunterzufahren, nicht für mich – dazu ist es zu schmerzhaft –, sondern für meine Kinder. Kurz nachdem mir Mrs. McLaughlin von ihrem Traum von meinen Brüdern und Schwestern und der riesigen Eiche hinten im Hof erzählt hatte, kam Eddie jr. aus dem Camp nach Hause und fragte, ob er einen Jungen, den er dort kennengelernt habe, zum Spielen einladen dürfe. Es war nicht die Bitte, die mich aufmerksam werden ließ, sondern der Ausdruck auf seinem Gesicht, als er fragte. Er schien Angst vor mir zu haben und davor, was ich wohl sagen mochte. Ungläubig habe ich ihn angestarrt. War ich der Grund für diese Angst? Hatte ich jedes Mal nein gesagt, wenn meine Kinder das Haus verlassen oder jemanden zu uns einladen wollten?

Die Wahrheit war, dass ich seit dem Tod meines Mannes tatsächlich so reagierte.

Mir war nicht bewusst gewesen, dass ich Jessies und Eddies Leben einschränkte, indem ich sie zu nah bei mir hielt. Ich wusste nur, dass ich sie im Blick behalten wollte. Ich musste immer wissen, wo sie waren, musste ihren Namen rufen und sehen können, wie sich mir ihr Gesicht zuwandte. Aus dem Grund bin ich dieses Jahr auch nicht zum Belegschafts-Picknick des Krankenhauses gegangen. Ich wollte meine Kinder nicht in einem Rudel sackhüpfender Sechs- und Neunjähriger verlieren, wollte nicht auf irgendeiner Decke sitzen und mit anderen Müttern übers Muttersein reden. Meine Kinder sollten mit mir in dem Haus sein, das mein Mann endlose Wochenenden lang renoviert hatte. Jessie und Eddie jr. sollten an dem Küchentisch sitzen, an dem ihr Vater jeden Morgen seinen schwarzen Kaffee getrunken hatte. Ich wollte sie in ihren eigenen Betten wissen, in ihren kleinen, ordentlichen Zimmern, die einander gegenüber links und rechts vom Flur liegen. Atmen hören wollte ich sie, den Flur hinunter von meiner Hälfte des Doppelbettes. Wenn eines meiner Kinder nachts schlecht träumen würde, wäre ich im nächsten Moment schon an seinem Bett.

Der Gesichtsausdruck meines Sohnes war ein Schock. Ich hatte es übertrieben.

Deshalb versuche ich jetzt einiges anders zu machen, versuche, wie Jessie es nennt, lockerer zu werden. Aber es ist schwer, und jetzt hier auf dem Rasen der McLaughlins muss ich mich dazu ermahnen, die Tränen zurückzuhalten, wenn meine Tochter voller Aufregung aus dem Auto springt, weil sie eine Nacht auf der anderen Seite der Stadt und nicht bei ihrer Mutter und ihrem kleinen Bruder schlafen wird. Und richtig, dieses kleine Mädchen, das ich so gut kenne und das von ihrem Vater ihr schnelles, das ganze Gesicht erleuchtende Grinsen geerbt hat, springt aus dem Kombi, kaum dass Betty an den Bordstein gefahren ist.

»Mommy, beinahe hätte ich vergessen, meinen Schlafanzug einzupacken! Stell dir vor!«, ruft sie und läuft zu mir hin.

Dann bleibt sie stehen, abgelenkt vom Haus hinter mir.

»Wow, ist das vielleicht groß.«

»Welchen Schlafanzug hast du denn eingepackt?«, frage ich.

Jessie schürzt die Lippen und denkt nach. In ihrem Gesicht kann man den Teenager erkennen, der sie bald sein wird.

»Den blauen mit dem rosa Saum.«

»Du siehst nicht aus, als würdest du arbeiten«, sagt Eddie jr. hinter ihr. Er ist unglücklich, weil er auch bei einem Freund schlafen will. Zumindest will er an einem Samstag nicht allein bei Mrs. Larchmont sein.

»Mrs. McLaughlin, die Frau, um die ich mich kümmere, ist da drin«, sage ich. »Ich bin nur ein paar Minuten herausgekommen, um euch beide zu sehen. Aber ich komme rechtzeitig nach Hause, Mr. Bean. Du und ich, wir werden zusammen zu Abend essen, nur wir zwei. Das ist unser Rendezvous heute Abend.«

Er lächelt, etwas langsamer als seine Schwester.

»Wir müssen jetzt weiter, Mom«, sagt Jessie. »Ich will nicht zu spät kommen.«

»Du kommst schon nicht zu spät, ich verspreche es dir. Ich möchte nur noch ein oder zwei Minuten von deiner Zeit. Kannst du die bitte erübrigen?«

Jessie hüpft auf ihren Zehen. »Warum, Mutter? Willst du mich foltern?«

»He.« Eddie deutet hinter mich.

»Bitte, tu das nicht. Das ist unhöflich.« Ständig muss Eddie auf etwas zeigen, wie sehr ich ihn auch zurechtweise. Sein Arm scheint an seiner Seite hochzuschnellen, ohne dass er es bemerkt. Am liebsten zeigt er auf Bulldozer, Neunachser oder Feuerwehrwagen. Im Auto lass ich ihn nicht das Fenster herunterdrehen, weil ich Angst habe, dass sein Arm herausschießt und von einem vorbeifahrenden Riesen-Truck erfasst wird, der seine Aufmerksamkeit erregt hat.

»Aber das ist der Mann, der beinahe meine Eidechse umgebracht hätte. Erinnerst du dich nicht, dass ich es dir erzählt habe?«

Jetzt drehe ich mich um, und Jessie dreht sich mit mir. Ich sehe Louis am Fuß der Eingangstreppe. Er scheint perplex, dass wir hier alle auf seinem Rasen stehen.

Ich winke ihm zu und sage leise: »Eddie, das ist jemand von den McLaughlins. Du bist ihm nie begegnet. Zeig nicht auf ihn.«

»Doch, Mom, das ist der Mann«, sagt Jessie. »Er stand vor unserem Haus, als wir wegen den Läusen früher aus dem Camp gekommen sind.« Automatisch fasst sie sich in ihr langes schwarzes Haar, das ich seit der Läusegeschichte im Camp jeden Abend genau durchsehen muss. Sie besteht darauf. Läuse zu bekommen und deswegen das Haar abschneiden lassen zu müssen, ist eine ihrer schlimmsten Ängste. »Nie glaubst du uns was.«

Doch dann plötzlich glaube ich ihr.

Ich sehe, wie Louis auf uns zukommt, und höre, wie Jessie wieder sagt, das ist der Mann. Etwas, was ich schon seit einer Weile weiß, tritt an die Oberfläche.

Er ist jetzt fast bei uns und lächelt unbeholfen. Die Hände hat er in den Taschen. »Hallo, ihr drei«, sagt er.

»Hallo«, sage ich in einem höflichen Ton, der etwas härter klingt als sonst.

Louis hebt den Blick vom Boden auf mein Gesicht, dann sieht er zu Eddie. »Wir hatten ein kleines Treffen mit einer Eidechse, nicht wahr?«

Eddie kichert in seine Hand.

Natürlich war es Louis. Und ich habe es die ganze Zeit gewusst. Alles steht mir plötzlich klar vor Augen. Er ist es, der dafür gesorgt hat, dass der Rasen gemäht wurde, mein Wagen gewartet, die Dachrinnen gereinigt. Er hat mir den angenehmen Job bei seiner Schwiegermutter verschafft.

»Ich war an dem Nachmittag da, um zu sehen, ob es an Ihrem Haus etwas zu reparieren gab«, sagt er. Sein Gesicht hellt sich etwas auf. »Ich würde mich gerne auch einmal innen umsehen, ob mit dem Stromnetz alles in Ordnung ist. Würde Ihnen das was ausmachen?«

Ich habe nicht genau genug hingesehen, um die Wahrheit erkennen zu können, weil ich es nicht wollte. Ich habe mich ablenken lassen und mich mit Mrs. McLaughlin beschäftigt, ihren Geschichten und Träumen. Ich habe sogar bei der Auskunft angerufen und die Telefonnummern von ein paar meiner Brüder und Schwestern in Erfahrung gebracht. Die Nummern stehen auf einem Stück rosa Papier, das ich an den Kühlschrank geklebt habe.

»Das wird nicht nötig sein«, sage ich. »Jessie, du willst sicher nicht zu spät zu deiner Freundin kommen. Betty«, rufe ich der Frau zu, die unten am Bordstein steht, »würdest du jetzt bitte die Kinder wieder nehmen?«

»Schrei ihn nicht an, Mom«, sagt Jessie mit einer Stimme voller perfektem Teenager-Überdruss. »Er war nett. Er hat doch nichts getan.«

»Ich werde niemanden anschreien«, sage ich. »Eddie, wir sehen uns später. Jessie, ruf heute Abend bitte an.«

Sie sieht entsetzt aus. »Vor allen meinen Freundinnen? Bitte, Mom, nein, das geht nicht.«

»Dann rufe ich an. Und jetzt los.«

Eddie gibt mir einen Kuss und umarmt mich auf seine spezielle, mich halb strangulierende Art, die ich so mag. Jessie drückt mir die Lippen so schnell auf die Wange, dass wir uns kaum berühren. Betty lädt die Kinder wieder ein und fährt davon.

»Ich helfe sehr gerne«, sagt er. »Wirklich, es macht mir Freude. Geben Sie mir eine Viertelstunde, und ich sehe mir die Elektrik an, wann immer es Ihnen passt …«

»Ich möchte das nicht.«

»Oh.« Louis sieht besorgt aus. Er wirft einen schnellen Blick auf mich. »Sie wollen doch nicht etwa kündigen? Catharine braucht Sie.«

Mir kommt eine Idee. »Wusste sie davon? Mrs. McLaughlin hat mit alldem nichts zu tun, oder?«

»Nein, absolut nicht. Keiner wusste davon, nur ich. Das war alles ich. Und ich wollte mich nie in Ihre Privatsphäre drängen. Ich dachte, dass es schwierig ist, zwei Kinder so allein großzuziehen. Und ich schulde … Eddie hat mir viel bedeutet.« Louis nimmt die Hände aus den Taschen. Sie sind sehr groß und voller Schwielen von Jahren auf Baustellen, bei jedem Wetter. »Ich musste helfen.«

Ich hebe die Stimme langsam, um sicherzugehen, dass mich dieser Mann hört. Ich kann nicht glauben, dass er mich dazu bringt, das zu sagen: »Sie müssen gar nichts tun. Sie müssen nicht helfen. Sie sind nicht schuld am Tod meines Mannes.«

Louis' Gesicht erstarrt für einen Augenblick, dann wendet er den Kopf ab.

Meine Ruhe beginnt zu zerbrechen. Ich spüre, wie ich mich in große Stücke spalte, wie ein Vulkan, der von tief innen ausbricht. Ich wollte, dass Eddie für das alles verantwortlich ist. Dass er sich auf so magische wie unmögliche Weise um die Familie kümmert. Ich weiß, Louis meint es gut. Aber er hat zugesehen, wie mein Mann – mein Herz – starb, und dann hat er sich mit seiner kranken Schwiegermutter und dem Rest seiner Familie in das gedrängt, was von meinem Leben noch übrig war. Und dann hat mich Mrs. McLaughlin glauben lassen, dass ich mich wieder öffnen sollte, den Griff lockern, mit dem ich meine Kinder und meinen Mann gepackt hielt. Und ich habe mich von diesen Menschen ändern lassen. Es ist zu spät. Ich habe mich verändert.

Als stünde ich auf der anderen Seite dieses großen Rasens, beobachte ich, wie ich auseinanderbreche und die verschiedenen Teile meines Selbst in kochender Lava schwimmen. Ich weiß nicht, was die Antwort ist. Jessie ist wahrscheinlich schon im Zimmer ihrer Freundin und tut Dinge, die ich ihr zu Hause nicht erlauben würde, springt auf dem Bett herum und hört zu laute Musik. Eddie steckt wahrscheinlich bis zu den Ohren in einem Eisbecher bei der *Dairy Queen*, weil Betty keinen Begriff von Ernährung hat und vor Junk-Food wie vor einem Gott in die Knie geht. Ich greife nach etwas, das ich sagen könnte. Ich spreche, um meine eigene Stimme zu hören; um sicher zu sein, dass ich noch hier bin.

»Sie glauben doch nicht, dass Sie sich in mich verliebt haben?«

»Nein«, sagt Louis schmerzerfüllt. »Ich liebe meine Frau.«

»Dann, danke.« Ich ziehe mir die Jacke vor der Brust zusammen. »Ich werde nicht kündigen, aber Sie brauchen mir auch nicht mehr zu helfen. Ich möchte nicht, dass Sie meinem Haus oder meinen Kindern näher kommen, wenn ich nicht da bin. Okay? Abgemacht?«

Ich blicke von seinem Gesicht zu meinen Händen. Ich möchte die Form meiner Finger und meines Eheringes sehen. Es ist ein schlichter Goldring, den Eddie mir vor zehn

Jahren in einer Kirche auf den Ringfinger der linken Hand geschoben hat und den ich nur in den letzten Monaten meiner Schwangerschaften abgenommen habe, weil meine Finger da so sehr anschwollen, dass er nicht länger passte. Ich spreize meine Hände, die Hände einer Mutter und Krankenschwester. Meine Hände haben mir immer gute Dienste geleistet, sie sind stark und geschickt. Sie haben mich nie im Stich gelassen, und doch erscheinen sie mir im Moment nicht vertraut. Um die Knöchel sind Falten und auf dem Rücken ein paar Flecken, die ich zum ersten Mal sehe.

»Abgemacht«, sagt Louis.

Ich erinnere mich, wie ich einmal neben Mrs. McLaughlin an ihrem Fenster stand. Sie schien wie gebannt von etwas. Sah sie etwa meine Brüder und Schwestern, meine Kindheit da draußen, an eine mächtige Eiche gebunden? Ich fragte mich, ob sie, deren altes Gesicht da ins Tageslicht hinauszeigte, recht hatte – dass es ihre Aufgabe war, mich zu befreien. Und würde ich wissen, wenn es so weit war?

Vielleicht ist Freiheit wie Fliegen. Vielleicht ist sie aber auch, was ich befürchte, das Erschreckendste, das einem Menschen zustoßen kann, weil plötzlich alles möglich ist. Wenn meine Mutter uns am Ende eines Nachmittags losband, zögerten meine Brüder, Schwestern und ich erst eine lange Weile, bevor wir in alle Richtungen davonschossen. Wir hatten uns so sehr gewünscht, losgebunden zu werden, aber der Strick, der uns verband, und der mächtige Baum, der fest in unserem Hof wurzelte, bedeuteten auch Sicherheit. Wir konnten uns nicht verlieren, einander nicht und uns selbst nicht, ob wir nun spielten oder sangen oder einfach nur einander traten, den Baum, in die Luft. Es lag Sicherheit im Lärm unserer dreizehn verschiedenen Stimmen, die sich heiser gerufen hatten, um die Welt daran zu erinnern, dass es uns noch gab, dass wir da waren und warteten.

Louis hält den Blick auf mein Gesicht gerichtet und wünscht sich, dass ich alles in Ordnung bringe. Ich frage mich gerade, ob er so auch seine Frau ständig ansieht – als wäre es ihre Aufgabe, Wunder geschehen zu lassen – und ob sie deswegen so selten im selben Zimmer wie Louis ist, als die Haustür mit einem Krachen aufschlägt.

Es ist Meggy, deren Stimme voller Dringlichkeit ist und die mit ihrem langen Arm in unsere Richtung gestikuliert. »Wir brauchen Hilfe. Kommt schon!«, ruft sie und verschwindet wieder nach innen.

Einen Moment lang passiert nichts, und Louis und ich starren Meggy an, dann den Ort, an dem sie gestanden hat. Dann renne ich auch schon auf das Haus zu. Meggys Stimme, die sich mit der vertrauten »Es-geht-um-Leben-und-Tod«-Dringlichkeit in mein berufliches Ich gebohrt hat, schwingt mir in den Ohren. Die heiße Luft scheint sich vor mir zu teilen und erlaubt mir so, schneller zu laufen, als ich es je für möglich gehalten hätte. Ich habe Mrs. McLaughlin zu lange allein gelassen und für einen Moment meine Pflicht aus dem Auge verloren. Ich laufe Gefahr, wirklich alle im Stich zu lassen, und dennoch, so wie dieser Augustnachmittag um mich und in mir ist, weiß ich, dass ich die Kraft habe, alles zu richten. Ich renne, wie ich meine Tochter Jessie habe rennen sehen: Mein Körper ist schwerelos, meine Konzentration absolut. Ich spüre, wie meine Arme pumpen, spüre die völlige Zielgerichtetheit meines Körpers und dass meine Füße kaum den Boden berühren.

Catharine

Ich beobachte, wie Lila hinter dem netten Jungen herein-schleicht, der mich im Krankenhaus besucht hat. Beide machen keinen glücklichen Eindruck. Als ich meinen Blick umherschweifen lasse, sehe ich, dass es allen anderen ähnlich zu gehen scheint. Meine Töchter und Schwiegertöchter und auch die kleine Mary sind damit beschäftigt, Daten und Zeiten und noch mehr Zahlen auf die Zettel zu schreiben, die Kelly verteilt hat. Sie beugen sich vor und sind mit allem Ernst bei der Sache.

Aber noch etwas anderes ist im Raum zu spüren, etwas ne-ben der Ernsthaftigkeit. Nur dass ich es nicht zu fassen be-komme. Es hat mit der Art zu tun, wie Gracie die Hände um ihren Bauch geschlungen hält, wie Lila Weber ansieht und Kelly mit roten Wangen durchs Zimmer läuft. Zwischen die-sen Frauen ist etwas, von dem ich nichts weiß. Ich kenne mich nicht länger aus mit dem Leben meiner Enkelinnen. Zum ersten Mal leben sie in einer Distanz zu mir. Ich be-greife es ganz plötzlich, als ich ihre Gesichter betrachte. Wie habe ich das geschehen lassen können?

»Soll ich Ihnen damit helfen?«, flüstert mir Noreen zu.

Ich blicke hinunter auf mein einfaches weißes Laken. »Nein«, sage ich. »Ich denke nur, wie dumm das ist.«

Köpfe heben sich. Einige meiner Töchter haben graues Haar mit braunen Strähnen.

Das stimmt, höre ich eine Stimme quer durch den Raum

sagen. Ich folge dem Klang mit meinen Augen und sehe meine Mutter neben Theresa auf der Couch sitzen. Sie trägt weiße Handschuhe und dasselbe graue Kleid mit dem Gürtel wie an dem Tag, als ich gestürzt bin. Seitdem habe ich sie nicht mehr gesehen und bin nicht unbedingt froh darüber, dass sie jetzt hier ist. Dass sie meinen Fernseher eingestellt und die laute Schwester Stronk in mein Zimmer gelockt hat, nehme ich ihr immer noch übel.

Aber dass sie gekommen ist, bedeutet auch deshalb eine Enttäuschung, weil ich gehofft hatte, als Nächstes würde mein Vater mich besuchen. Seit einiger Zeit vermisse ich ihn. Er war immer so klar und organisiert.

Ich selbst bin in letzter Zeit oft so verwirrt, und ich würde so gerne in die blauen Augen meines Vaters sehen. Ich sehne mich nach seiner Klarheit. Er hat mich immer beruhigt und mir ein Ziel gewiesen. Meine Mutter bringt mich nur noch mehr durcheinander.

Wenn ich sie nicht beachte, geht sie vielleicht wieder. Also wende ich mich Weber zu und sage: »Wie schön, Sie wiederzusehen. Kommen Sie, setzen Sie sich her zu mir.«

Er lächelt, und Lila lächelt auch. Sie ist zwei Schritte hinter ihm, und als er sich auf die Ottomane neben meinem Sessel setzt, bleibt sie bei ihm auf dem Platz stehen, den Noreen gerade frei gemacht hat, um draußen auf ihre Kinder zu warten. Ich würde Noreens Kinder auch gerne kennenlernen, nachdem ich so viel von ihnen gehört habe.

Vielleicht verschwinde ich in ein paar Minuten kurz nach draußen, um genau das zu tun.

»Ich habe Sie doch auf der Straße getroffen«, sagt Kelly zu Weber und sieht ganz verwirrt aus.

Lila sagt: »Das ist mein … mein Freund. Weber.«

»Du kennst den Freund deiner Tochter nicht?«, sagt Meggy.

»Ich bin ihm vorm Friseurladen begegnet.«

Gracie ruckt in ihrem Sessel nach vorn und stößt dabei beinahe Graysons Hand von ihrer Schulter. »Vor dem Friseurladen?«

»Ja«, sagt Kelly, und aus der Verwirrung scheint etwas weit Schlimmeres geworden zu sein, etwas, das ihr noch unangenehmer ist.

»Was hast du denn da gemacht, Mom?« Gracies eigenartige Stimme scheint Kelly zu lähmen. Ich beobachte, wie sich Mutter und Tochter gegenseitig mustern. Es tut mir weh, weil ich nicht weiß, wem oder wie ich helfen soll. Ich habe Gracie noch nie so reden hören. Für ihre Verhältnisse war das ein direkter Angriff.

Erst scheint es so, als würde Kelly nicht antworten. Das ganze Zimmer wartet. »Das ist nicht mehr von Bedeutung«, sagt sie und wendet sich an Weber. »Darf ich Ihnen das Geschenk abnehmen? Wir haben sie alle auf den Tisch gelegt.«

Weber gibt ihr das bunt verpackte Geschenk, das er auf dem Schoß gehalten hat. Kelly trägt die Schachtel bedeutungsvoll zum Esstisch hinüber.

Zwischen ihr und Gracie spannt sich eine Verbindung aus Zorn oder sonst etwas, quer durchs Zimmer. Zwischen meiner ältesten lebenden Tochter und ihrer ältesten Tochter. Die Verbindung streckt sich und knistert vor Elektrizität mit jedem neuen Schritt, den Kelly macht.

»Was geht hier vor?«, sage ich. »Um Himmels willen, können wir einem Gast gegenüber nicht zumindest ein kleines bisschen Freundlichkeit zeigen?«

Wieder kommt ein Murmeln von den Frauen im Zimmer. »Entschuldigung … schön, Sie kennenzulernen, Weber …

möchten Sie einen Eistee … wusste gar nicht, dass Lila einen Freund … voller Überraschungen.«

So, das sind also deine Kinder, sagt meine Mutter. So quer durchs Zimmer bin ich nicht sicher, aber ich glaube, sie hat Tränen in den Augen.

Das sind meine Töchter, sage ich und wünschte, sie benähmen sich angemessener.

Habe ich ihnen nicht von klein auf gesagt: Benehmt euch, so gut ihr könnt, wenn ihr bei einer Party seid? Ich erinnere meine Mutter daran, dass ich auch noch drei Söhne habe: Johnny, Pat und Ryan.

Meine Mutter nickt. *Ryan ist der verkrüppelte Junge, der fast im Feuer umgekommen wäre. Der, der dich an mich erinnert.*

Darauf kann ich nicht antworten.

Ich konzentriere mich auf Gracie. Das Baby wird bald schon da sein. Jeden Tag kann es kommen. Ich muss nicht mehr lange warten.

»Mutter«, sagt Kelly. »Alle haben ihre Wetten abgegeben. Wir warten nur noch auf dich.«

»Ich würde gerne wissen, was es zu gewinnen gibt, wenn wir mit der Größe und dem Datum recht haben«, sagt Meggy. »Ich hoffe, du setzt eine anständige Summe als Preis aus.«

»Ich hatte eigentlich mehr an ein witziges Geschenk gedacht.« Kelly klingt müde. »Bist du fertig, Mutter?«

»Das ist Betrug«, sagt Meggy.

Ich hoffe, meine Mutter bemerkt nicht, wie Meggy und Kelly streiten. Es sollte mir egal sein, ich weiß, aber ich möchte, dass sie einen guten Eindruck von meinen Kindern hat. Was ich gemacht habe, befindet sich in diesem Zimmer. Der Ertrag meines Lebens. Das ist es, was ich zurücklassen werde.

»Grandma muss nicht mitspielen, wenn sie nicht möchte«, sagt Gracie. »Lass sie tun, was sie mag, Mom.«

»Es ist deine Party«, sagt Kelly. »Ich dachte nur, es würde Spaß machen. Tut mir leid, wenn es falsch war, für etwas Spaß sorgen zu wollen.«

»Bist du *mir* böse?«, sagt Gracie zu Kelly. Graysons Hand ist nicht von Gracies Schulter gewichen, seit sie sich gesetzt haben, aber er scheint sprachlos. Die Frauen in unserer Familie bringen die Männer oft zum Schweigen. Besonders, seit mein Mann gestorben ist. Seitdem ist alles Gleichgewicht verloren.

Neben meinem Sessel höre ich, wie Weber Lila zuflüstert: »Ist deine Familie immer so?«

Die Antwort kann ich nicht hören. Ich hoffe, sie schüttelt den Kopf. Ich hoffe, sie erklärt ihm später, dass wir nicht immer so sind. Dass zu Patricks Lebzeiten nichts von dem hier hätte passieren können. Da gab es eine Ordnung in unserer Familie, und kleine Kinder rannten herum und erfüllten die Zimmer mit Lachen. Erst seit ein paar Jahren, weil ich vielleicht nicht immer bestimmt genug war, haben sich die Dinge in diese Richtung entwickelt. Ich hoffe, Lila erklärt Weber, dass sich in ein paar Jahren, wenn die Räume wieder voller Kindergelächter sind, alles zum Guten wendet. Diese Familie wird wieder zueinanderfinden, und wir werden erneut festen Boden erreichen.

Etwas in Kellys Gesicht zerfällt. »Nein«, sagt sie. »Ich habe Lebewohl gesagt, als du mich heute Nachmittag gesehen hast, verstehst du? Ich habe versucht, Lebewohl zu sagen.«

»Ist gut«, sagt Gracie. »Ist schon gut. Weine nicht.«

Kelly lässt einen Schluchzer hören, den sie mit einem Husten in den Händen verbirgt.

Ich warte darauf, dass Meggy und Lila eingreifen und auf Kelly losgehen, weil sie versucht, unter aller Augen eine Art Privatgespräch mit Gracie zu führen. Aber keine von beiden sagt ein Wort. Lila steht so nahe bei Weber, dass sie ihn ebenso gut umarmen könnte, und Meggy hat sich neben meiner Mutter auf die Lehne der Couch gesetzt. Beide Frauen wirken fast schon gelassen.

»Gracie«, sagt Angel mit froher Stimme. »Was glaubst du, wird es ein Junge oder ein Mädchen? Hast du eine Ahnung in der einen oder anderen Richtung?«

»Ich stelle mir immer wieder ein Mädchen vor«, sagt Gracie. »Einmal habe ich sie gesehen.«

Ich freue mich, dass niemand im Raum darüber lacht oder sie deshalb belächelt. Was mich früher einmal geärgert hat, freut mich jetzt. Ich bin froh, dass meine Kinder Patrick aufmerksam lauschten, wenn er ihnen von Kobolden, liebestollen Knaben und Menschen erzählte, die Hunger und Sehnsucht kannten. Er erzählte ihnen diese Geschichten anstelle von Erinnerungen an die eigene, arme Kindheit. Kaum, dass er einmal seine Eltern oder seinen Bruder erwähnt hätte. Dennoch war wohl für ihn – und das verstehe ich erst jetzt, zu spät – alles, all seine eigenen Erfahrungen, seine Enttäuschungen und sein Glaube, Teil dieser Geschichten. Unsere Kinder lauschten ihm und nahmen die Geschichten in sich auf. Vielleicht, denke ich und sehe mich im Raum um, hatten diese ergrauenden Ausgaben meiner Kinder selbst schon von Zeit zu Zeit Visionen. Vielleicht haben sie ein Leben und ein Herz, von dem ich nichts weiß. Dieser Gedanke macht mir Hoffnung.

In letzter Zeit habe ich immer wieder von meinem Mann geträumt. Wie er mein kleines Mädchen auf dem Schoß hält oder sich die Zwillinge an das Hemd drückt. Dabei scheint es ihm auf meinem kleinen Sofa im Altenheim nicht sehr zu behagen.

Das kleine Mädchen versucht sich von seinem Schoß zu befreien und zu mir herüberzulaufen, aber Patrick lässt sie nicht los. Er hält ihre Arme, bis ich die Druckmale auf ihrer Haut sehe und sie aufschreit. Sachte, sage ich, tu ihr nicht weh. Ihr Gesicht ist zu rosa, als bereitete sie sich auf das Fieber vor, das bald kommen und sie Patrick und mir für immer wegnehmen wird. Ich denke, vielleicht spürt Patrick die Wärme ihrer Haut und dass er sie deshalb so fest hält. Er will sie nicht loslassen.

»Ist alles in Ordnung, Grandma?«, sagt Lila.

»Natürlich«, sage ich und gebe Kelly mein Stück Papier zurück.

»Muss es immer so schwer mit dir sein, Mutter?«, sagt Kelly. »Du hast nichts aufgeschrieben.«

Ich spüre die Berührung meines fiebernden Mädchens. Patrick drängt sie mir auf und macht mir klar, dass ich nichts an dem, was geschehen ist, ändern konnte; dass sie in jedem Fall gestorben wäre. Ich schiebe sie weg, und auch ihn. Ich schiebe die Wahrheit weg, während ich gleichzeitig fühle, wie sie sich in meiner Haut festsetzt, wie der feinste, unentrinnbare Staub. Ich atme ihn in meine Lungen ein, ich bin mit ihm bedeckt.

»Ich bin eine alte Frau«, sage ich. »Lass mich in Ruhe.«

Kelly sieht mich über die Schüssel hinweg böse an, in der sie die Babywetten der anderen gesammelt hat.

»Du bist nicht alt«, sagt Theresa.

»Grandma«, sagt Mary. Es ist ihr erstes Wort seit mindestens einer halben Stunde.

Jetzt hast du sie beunruhigt, sagt meine Mutter, die immer noch neben Theresa sitzt.

Sie hat recht. Meine Kinder und Enkel sehen mich mit einem Ausdruck des Unbehagens an. Aber sie wissen doch, dass ich alt bin. Sie wissen, dass ich nicht auf ewig bei ihnen bleiben werde. Wie kann sie das verletzen?

Die Menschen hören nicht gerne die Wahrheit, sagt Mutter. *Sie ist hart.*

Aber sie müssen stark sein, sage ich. Stärker als jetzt allemal. Wie sollen sie je glücklich sein in ihrem Leben, wenn sie nicht einmal stark genug sind zu hören, dass ihre Mutter alt ist? Ich lasse meinen Blick über die Gesichter im Raum gleiten. Wie können sie mich so sehr brauchen? Meine kleine Tochter weint jetzt in einem Zimmer weiter hinten im Haus, und Patrick kommt mit den Zwillingen an mir vorbei. Ich will aus diesem Zimmer hinaus. Ich will die heiße Sommerluft atmen. Ich will sie alle hinter mir lassen, weiß aber gleichzeitig, dass ich mich nicht bewegen kann.

»Magst du noch etwas Eistee?«, fragt Lila.

»Ich glaube, sie wird müde«, höre ich Angel mit gesenkter Stimme sagen. »Wo ist die Krankenschwester?«

»Ich werde dein Geschenk für das Baby zuerst aufmachen, Grandma«, sagt Gracie.

Ich spüre, wie meine Enkel und Kinder um meine Aufmerksamkeit wetteifern, als zögen sie mich am Ärmel. Draußen vor dem Fenster höre ich Gelächter und weiß, wenn ich durchs Zimmer ginge und aus dem Fenster blickte, sähe ich die Kinder der Ballens an eine mächtige Eiche mitten im Hof gebunden. Ich blicke neben mich, um mich zu vergewissern, dass Noreen noch da ist, erwachsen, sicher, frei. Aber sie ist weg.

An ihrer Stelle steht Lila. Ich habe vergessen, wohin Noreen gegangen ist, obwohl sie es mir gesagt hat. Es wird mir gleich schon wieder einfallen.

»Bist du sicher, dass es dir gut geht?«, fragt Lila.

Warum sind sie so vorsichtig mit dir, Catharine?, fragt meine Mutter. *Sie scheinen Angst vor dir zu haben. Was hast du ihnen die ganzen Jahre über angetan?* Sie schüttelt den Kopf. *Man hätte mir erlauben sollen, meine Enkel zu sehen, als sie klein waren. Du dachtest, du könntest alles unter Kontrolle halten und ganz allein alles an ein glückliches Ende bringen. Und deinen Kindern hast du eingetrichtert, dass das auch von ihnen erwartet wird. Wie konntest du nur? Sie dachten, sie müssten ihr Leben ganz ohne Hilfe, Glück oder Barmherzigkeit meistern und dass es, wenn irgendetwas schiefgehen sollte, in jedem Fall ihr Fehler wäre. Sieh dir nur all die schuldigen Gesichter in diesem Zimmer an. Großer Gott. Sie alle denken, dass sie dich enttäuscht und im Leben versagt haben.*

Ich wollte meine Kinder stark machen, und ich wollte, dass sie für sich selbst sorgen können. Ich wollte ihnen nicht weh tun oder sie gar sterben sehen.

Sie sagt: *Du wolltest, dass sie sich nicht verrückt benehmen, so wie ich.*

Tief in meinem Körper fühle ich mich schwach. Musste in meinem Leben alles so klar und ehrlich enden? Jetzt, wo ich nichts mehr daran ändern kann? Jetzt, wo es zu spät ist?

Es ist nie zu spät, sagt meine Mutter. Eine ihrer Hände liegt auf Theresas Schulter, die andere streichelt Meggys Knie. *Auch ich habe am Ende meine Enkelkinder doch noch sehen können, oder etwa nicht? Alles ist möglich.*

Ich erinnere mich, mit wem ich spreche. Ich sollte meiner Mutter nicht zuhören und dem, was sie sagt, kein Gewicht beimessen. *Du hast dich in unserer Hotelsuite mit Toten unterhal-ten,* sage ich. *Wenn es ein Gewitter gab, hast du dich im Schrank versteckt. Du hast dich so unangemessen verhalten, dass Vater dich zu keinem seiner Geschäftsessen mitnehmen konnte.*

Du bist die, die sich unangemessen verhält, sagt meine Mutter. *Die ganze Woche hast du dich auf diese Party gefreut. Gestern Abend konntest du kaum einschlafen, so aufgeregt warst du. Du solltest mit Gracie und deinen Töchtern sprechen und nicht mit mir. Kümmere dich um sie.*

Du hast recht, sage ich. Zumindest in diesem Punkt. Ich sollte mich auf die Gegenwart konzentrieren und aufhören, auf das Weinen von Kindern zu lauschen, die längst erwachsen sind oder schon fünfzig Jahre tot.

Ich wende mich Gracie zu, die das Geschenk auspackt, das Noreen für mich in hellblaues Papier gewickelt hat. Es ist ein zweiteiliges Geschenk, und sie packt das kleine Paket zuerst aus.

Es ist ein gerahmtes Bild von Gracie und Lila als Kinder. Sie haben einander die Arme um die Schultern gelegt. Gracie lächelt, Lila nicht, aber sie sehen zusammengehörig aus, zwei irische Gesichter, die Körper verschlungen wie zwei Teile eines Puzzles.

Gracie lächelt auf die gleiche sanfte, höfliche Weise wie auf dem Bild, als wüsste sie nicht, was sie davon halten soll. »Danke, Grandma«, sagt sie. »Das ist süß.«

»Ich erinnere mich an den Nachmittag«, sagt Lila. »Wir hat-ten uns gerade erst noch um das letzte Stück Kuchen gestrit-ten. Gleich nachdem das Foto aufgenommen wurde, musste ich spucken.«

»Ich erinnere mich ebenfalls an den Tag«, sagt Kelly. »Ihr zwei wart ziemlich anstrengend. Kaum, dass mein Ärger über eine von euch verraucht war, brachte mich die andere in Rage.« Sie lacht und stellt eine Schale mit Keksen auf den Kaffeetisch. Zum ersten Mal an diesem Nachmittag ist sie ruhig.

Siehst du, sagt meine Mutter zu mir. *Jetzt tust du etwas. Es ist nie zu spät. Du zeigst ihnen, wie sie sich verhalten, was sie festhalten sollen. Catharine, du bist nicht so hart oder nutzlos, wie du denkst.*

Die Stimmung im Raum scheint plötzlich leichter. Meggy hat während der letzten zehn Minuten kein negatives Wort gesagt. Der Junge mit dem Bürstenschnitt, der gleich vor meinen Knien sitzt, hat Lila in ein Kätzchen verwandelt. Mary lehnt sich auf der Couch an ihre Mutter und erlaubt Theresa eine seltene Berührung. Gracie reißt das zweite Geschenk auf, eine größere Schachtel. Es ist die Babydecke, die ich aus der weichsten Wolle gestrickt habe, die ich finden konnte. Gracie hält sie hoch, damit alle sie sehen können, und drapiert sie sich dann über den Bauch, als wollte sie das Baby in sich wärmen.

»Ich wusste gar nicht, dass du stricken kannst, Mutter«, sagt Kelly. »Sie ist wunderschön.«

»Ich hab's mir selbst beigebracht«, sage ich.

»Grandma, ich mag sie sehr. Sie ist vollkommen«, sagt Gracie, und dann fängt sie an zu weinen.

Zunächst weint sie in die Decke, dann in Graysons Taschentuch und in ein Papiertuch, das jemand aus der Küche geholt hat. Ihre blassen Wangen sind übernass. Sie weint, als wollte sie nie wieder aufhören. Zuerst starren alle sie an, dann auf den Boden, an die Decke und zueinander hin, um sie für sich sein zu lassen. Ich kann sehen, dass da etwas herausmuss, also lasse ich Gracie einfach, aber ich sehe auch, wie die anderen durch die Tränen beunruhigt werden.

Wir McLaughlins haben eigentlich nicht nah am Wasser gebaut, und wenn es doch einmal so weit kommt, dass wir
weinen müssen, tun wir es allein und ersticken das Geräusch
in einem Kissen. Die Art, wie Gracie weint, völlig unverhal-
ten, und wie ihr die Tränen über die Wangen strömen, ihr
der Atem schluchzend stockt – das ist gänzlich ungewohnt.
Erst stört es auch mich, wie ich zugeben muss. Sie sollte sich
zumindest bis nach der Party zusammenreißen, aber sie
scheint es nicht mal zu versuchen, ihr Weinen in den Griff zu
bekommen. Sie lässt sich vollkommen gehen und hat vergessen, dass wir hier sind. Es ist kaum zu sagen, was für Tränen
sie da vergießt. Mal ist es fast wie Lachen, dann wieder ein
so tiefes Schluchzen, dass ich mir schon Sorgen mache, es
könnte schlecht für das Baby sein.

»Ruhig«, sage ich. »Ganz ruhig.«

Grayson hat immer noch die Hand auf ihrer Schulter, und
Kelly kommt zu ihr herüber und reibt ihr sanft kreisend über
den Rücken, wie eine Mutter, die ein erschüttertes Kind
beruhigt. Gracie scheint es nicht zu bemerken.

»Möchtest du hinausgehen und ein bisschen Luft schnap-
pen?«, sagt Grayson.

»Ist alles in Ordnung mit ihr?«, sagt Meggy.

»Das Baby«, sagt Angel.

Gracie scheint nichts zu hören. Sie reagiert nicht. Sie hat die
Augen geschlossen und wiegt sich sacht vor und zurück. Ihre
Wangen glänzen, und die Tränen fließen und fließen.

So hätte ich weinen sollen, als ich mein kleines Mädchen
verlor, und dann noch einmal, als ich die Zwillinge verlor.
Ich hätte meinen Tränen freien Lauf lassen sollen, statt sie
zurückzuhalten. Warum diese Scham und die Sorge, schwach
zu erscheinen? Meinen Kindern, meinen Babys hätte ich so

viel zugestehen sollen. Und im Übrigen sieht Gracie, während die Tränen weiterfließen, in meinen Augen absolut nicht schwach aus. Sie wirkt ehrlich. In ihren Augen finde ich etwas von meiner Mutter und meinem ersten Kind, und ich kann auch das ungeborene Kind, das sie bereits so sehr liebt, darin erkennen. In diesem Moment kann ich alles sehen, alle, die gesamte Familie McLaughlin leuchtet in ihrem tränennassen Gesicht.

»Oje«, sagt Angel. Sie hat die Augen auf etwas neben meinem Sessel gerichtet, und jetzt merke ich, dass Meggy in die gleiche Richtung sieht. Und Theresa. Und sogar meine Mutter. Alle sehen sie Lila an, mit beschwörendem Blick. Sie bitten sie um etwas.

»Was?«, fragt Lila. »Was glaubt ihr, kann ich tun?«

»Geh und sieh, ob alles mit ihr in Ordnung ist«, sagt Meggy mit leiser Stimme.

Lila zuckt mit den Schultern, aber sie geht zu Gracie hinüber. Sie hockt sich vor sie hin und legt die Hände auf die Knie ihrer Schwester. »Hast du Schmerzen?«, fragt sie. »Haben die Wehen eingesetzt? Gracie, mach die Augen auf. Sieh mich an.«

Die beiden Mädchen verharren lange Zeit in dieser Haltung. Lila fast auf den Knien, die Hände auf ihrer Schwester, den Blick auf ihrem Gesicht. Gracie lehnt sich zu ihr hin, und ich denke an das gerahmte Bild, das auf dem Boden neben Gracies Füßen liegt. Ich sehe hinüber zur Couch, um mich zu vergewissern, dass meine Mutter noch da ist und nicht weiter als eine Armeslänge von meinen Töchtern entfernt.

Mit derselben ruhigen Stimme sagt Lila jetzt: »Sag mir, wo es dir weh tut, Gracie. Sag mir, dass es dir gut geht.«

Gracie öffnet die Augen einen Spalt weit wie jemand, der

widerstrebend aus tiefem Schlaf erwacht. Mit so leiser Stimme, dass es fast nur ein Wispern ist, sagt sie, was nur für Lila gedacht scheint, was aber alle hören: »Ich glaube, unser Baby kommt.«

Nach einem Luftholen bricht ein wahres Chaos aus. Meggy läuft geradewegs zur Haustür. Angel fängt an zu weinen. Kelly rennt in die Küche – ob sie Wasser aufsetzen oder anrufen will, ich weiß es nicht. Mary läuft auf die andere Seite des Zimmers und stellt sich mit dem Rücken zur Wand. Grayson sagt immer wieder: »Bist du sicher? Es ist doch noch zu früh.« Weber bietet seinen Beeper, Handy oder sonst ein spezielles Feuerwehrgerät an, um einen Krankenwagen zu rufen. Als ihm niemand antwortet, zieht er eine schwarze Schachtel aus der Tasche und spricht hinein. Was er sagt, muss ein Code sein, denn es hört sich an, als sagte er immer wieder: Ich liebe dich, ich liebe dich.

Lila verharrt auf dem Boden vor Gracie. Die beiden Mädchen fangen an seltsam zu atmen, in einem gemeinsamen Rhythmus. Sie klingen wie der altmodische Zug, mit dem Patrick und ich nach unserer Heirat von St. Louis nach New York gefahren sind. Die riesige schwarze Lokomotive schnaufte und sang, als sie die Berge überwand, und jedes Mal schien sie es nur mit äußerster Anstrengung bis auf die Anhöhe zu schaffen. Die beiden Mädchen, meine Enkeltöchter, singen mit ihren jungen, klaren Stimmen: »Hii-hii-huuuu. Hii-hii-huuuu.«

Noreen kommt herein und fällt fast über mich, ihre Wangen sind gerötet, und ihre Augen leuchten. Erst denke ich, sie ist gekommen, weil sie etwas Wichtiges zu sagen hat. Sie sieht aus wie eine Frau, die eine Entdeckung gemacht hat. Aber dann zieht sie ihr Stethoskop aus der Tasche und drückt es mir auf die Brust. Es dauert eine volle Minute, bevor ich ihr begreiflich machen kann, dass es mir gut geht und Gracie diejenige ist, die Hilfe braucht.

Dass ich schrecklich müde bin und nicht weiß, ob ich aus eigener Kraft aufstehen kann, sage ich Noreen nicht. Sie soll mich in Ruhe lassen, und im Übrigen ist das im Moment auch alles andere als wichtig. Im Moment sitze ich in einem wundersamen Raum, der voll ist mit dem Gesang der Menschen, die ich liebe. Meine Babys brüllen, um den nächsten Nachkömmling zu begrüßen, den, der das Leben und diese Familie packen und alles herumdrehen wird. Mein Mann steht neben Louis auf der Türschwelle, beide sind froh, direkt nichts tun zu können. Noreen hat das Kommando übernommen und erlaubt auf liebe Weise allen, etwas zu tun. Mary ruft das Krankenhaus an. Angel passt auf Gracies Handtasche auf. Meggy kümmert sich darum, dass in der Küche nicht noch irgendetwas eingeschaltet ist. Kelly holt eine Decke aus einem Schrank oben, damit ihre Tochter nicht unter einer kratzigen Krankenhausdecke liegen muss.

Mein ältestes Kind, mein armes Mädchen, schreit laut im Zimmer hinten, weil sie Durst hat. Die Zwillinge scheinen verschwunden. Sie wissen, dass ich sie in ein paar Stunden im taufrischen Gesicht des Neugeborenen sehen werde. Lila und Gracie atmen weiter zusammen, sie bilden den einzigen ruhigen Umriss in all dem Chaos. Quer durchs Zimmer fange ich Mutters Blick auf, und ich zwinkere ihr zu. Nie zuvor in meinem Leben habe ich gezwinkert, weil das eine Dame nicht tut. Aber es gibt für alles ein erstes Mal. Für jeden. Zudem will ich den Raum zwischen mir und meiner Mutter mit einer Art Geste überwinden. Wenn ich es könnte, würde ich mir einen Pfad durch das Durcheinander des Raumes weben und ihre Hand nehmen. Die Grenzen, Zank, Streit und Groll sind verschwunden. Die Zeit ist verschwunden, und ich habe das Glück, das alles als das zu erkennen, was es ist: einer jener perfekten, überbordenden Momente, auf die man ein ganzes Leben wartet – in dem alles zusammenfindet.

Dank

Helen Ellis und Hannah Tinti haben so gut wie jedes Wort gelesen, das ich während der letzten acht Jahre geschrieben habe. Ein »Danke« sagt längst nicht genug, muss aber hier wohl reichen.

Ebenso möchte ich den Nachfolgenden für ihre fortwährende Unterstützung danken: Stacey Bosworth, Lauren Strobeck, Michael Napolitano, Leah Napolitano Ortiz, Peggy Kesslar, Kristen Fair, Suzanne Klotz, Dan Levine, Mrs. Ronning, Dr. und Mrs. Nap, Carol Fishbone und Toby Hilgendorff, Dina Pimentel, Jen Efferen, Chelsea BaileyShea, Joshan Martin, Theresa Lowrey und der Familie Sumner.

Dank auch meiner Lektorin Shaye Areheart und meiner Agentin Elaine Koster dafür, dass sie dieses Buch mochten und mit auf die Welt gebracht haben.

Für Inspiration und Belehrung danke ich meinen Lehrern David Boorstin, Blanche McCrary Boyd, Paule Marshall und Dani Shapiro.

Ebenso gelten meine Liebe und Dankbarkeit Dan Wilde, der mir die Hand hält.

Und natürlich Dank den McNamaras für ihre Geschichten – die, die sie mir widerstrebend erzählten, und die, die ich erfunden habe.

Kate Atkinson

Ein Sommernachtsspiel

Roman

Einst belegte die erste Lady Fairfax alle nachkommenden Generationen mit einem Fluch. Die junge Isobel spürt diesen noch immer. Ist ihre Mutter tatsächlich fortgegangen, oder hat ihr Vater seine schöne Frau aus Eifersucht umgebracht? Verzweifelt versucht Isobel Ordnung in die Geschichte ihrer Familie zu bringen.
Eine faszinierende Familiengeschichte zwischen Traum und Wirklichkeit – überraschend, mitreißend und ungewöhnlich!

Knaur Taschenbuch Verlag

Harry Cauley

Bridie und Finn

Die Geschichte einer Freundschaft

Bridie O'Connor ist das seltsamste Mädchen, das Finn und seinen Klassenkameraden je untergekommen ist: Sie ist frech und furchtlos, und alles an ihr ist ein bisschen schlampig. Finn, ein stiller Junge und Einzelgänger, kann sie zuerst nicht ausstehen. Aber das ändert sich bald. Die beiden werden unzertrennlich. Doch die Feuerprobe steht Bridie und Finn noch bevor …

Voller Witz und Wärme erzählt Harry Cauley die Geschichte einer Freundschaft, wie sie ein jeder sich wünscht.

Knaur Taschenbuch Verlag